팡토마스

이 도서의 국립중앙도서관 출판예정도서목록(CIP)은
서지정보유통지원시스템 홈페이지(http://seoji.nl.go.kr)와
국가자료공동목록시스템(http://www.nl.go.kr/kolisnet)에서 이용하실 수 있습니다.
(CIP제어번호: CIP2014028636)

FANTÔMAS
팡토마스

3

죽은 자가 살인하다

피에르 수베스트르 · 마르셀 알랭 장편소설
성귀수 옮김

문학동네

차례

일러두기

본문 중 고딕체는 원서에서 이탤릭체로 표기된 부분이다.

1
노르뱅 가 사건

19××년 4월 4일 월요일 자 석간신문 〈라 카피탈〉 1면에는 다음과 같은 자세한 르포성 기사가 실려 있었다.

오늘 아침 몽마르트르 언덕바지에서 동기가 오리무중인 참극이 벌어졌다. 파리 사교계의 유명 인사이자 수많은 예술가를 후원해온 비브레 남작부인이 도자기 화가 자크 돌롱의 아틀리에에서 숨진 채 발견된 것이다.

살해 현장에는 여자와 함께 화가 본인도 마취제에 취한 상태로 의자에 널브러져 있었다. 굳이 '살해 현장'이라고 한 것은, 의학적 초동 수사 결과 비브레 남작부인이 독살에 의해 즉사한 것으로 판명났기 때문이다.

한편 메랑 박사의 응급조치로 겨우 정신이 돌아온 자크 돌롱 화가는 경찰서장의 간단한 신문을 받는 동안 다소 수상쩍은 진술을 반복했고, 곧장 검거 조치되었다.

살해 현장 발견

자크 돌롱 씨가 누나 엘리자베스 돌롱 양과 함께 살고 있는 노르뱅 가街 연립주택 6호 가정부로 일하는 베쥐 부인은 그날도 어김없이 아침 일곱시쯤 1층에서 가사에 전념하고 있었다.

그녀가 집에 도착해 일을 시작한 지 대략 삼십 분. 그때만 해도 별달리 이상한 점이라고는 전혀 눈에 띄지 않는 상황이었다. 단, 화가가 거하는 2층에서 여태 아무 소리도 나지 않는 것이 조금 의아하긴 했다. 보통 그 시각이면 잠자리를 털고 일어나 움직일 때였기 때문이다. 베쥐 부인은 주인이 분명 늦잠잔 걸 후회할 게 뻔했기에, 어서 올라가 잠을 깨우기로 했다.

베쥐 부인은 자크 돌롱 씨의 침실로 가려면 반드시 거쳐야 하는 작업실로 한 발 들어섰다. 한데 문 앞에 드리워진 휘장을 젖히기가 무섭게 움찔 뒤로 물러서지 않을 수 없었다.

작업실 전체가 뒤죽박죽 엉망이었던 것이다.

가구와 집기 들이 마구 흐트러지고 일부는 벌렁 나뒹구는 꼴이, 뭔가 엄청난 소동이 벌어진 게 분명했다.

더군다나 방 한복판에는 이곳에서 숱하게 보아 익히 아는 얼굴인 비브레 남작부인이 바닥에 널브러져 꿈쩍도 않는 것이었다.

그로부터 조금 떨어진 넉넉한 안락의자엔 자크 돌롱 씨가 생기라고는 전혀 찾아볼 수 없는 몰골로 축 늘어져 있었다.

성실한 가정부는 두 사람 모두 뻣뻣하게 굳은 모습에 뭔가 심상치 않은 비극이 벌어졌음을 직감했다.

혼비백산한 베쥐 부인은 후다닥 계단을 달려내려오며 비명을 질렀고, 머잖아 온 주택단지가 벌집 쑤셔놓은 것처럼 발칵 뒤집혔다. 관리인을 비롯한 이웃 주민들이 허겁지겁 달려왔지만, 조금 전 자신이 목격한 끔찍한 광경을 두서없이 떠들어대는 베쥐 부인의 횡설수설을 제대로 알아듣기란 보통 힘든 일이 아니었다.

갑작스러운 사고냐, 자살이냐, 타살이냐 등등, 모든 상상이 가능했다.

겁에 질린 관리인이 소리쳤다.

"경찰서장! 당장 경찰서장을 불러와야 합니다!"

연립주택 6호

몽마르트르 정상에 위치한 저 유명한 '물랭 드 라 갈레트'* 뒤로 지라르동 가에서 시작해 테르트르 광장 방향으로 장바티스트클레망 광장을 따라가다 보면, 아치형으로 급격한 경사를 이룬 노르뱅 가가 나타난다.

연립주택 단지는 정확히 그곳 47번지에 자리를 잡고 있다. 육중한 쇠창살문으로 거리와 격리된 단지 바로 옆에는 관리인 숙소가 있다.

6호 가옥은 특히 다른 집들로부터 동떨어져 있는데다, 다소 아래쪽 후미진 곳에 위치하고 있어서인지 그만큼 외양도 소박했다. 2층을 드넓은 작업 공간으로 할애하고 있는 건물 주위에는 큼직큼직한 나무들로 무성한 정원이 조성되어 있는데, 그 건물은 바로 삼 년 전 당시 보자르 국립고등미술학교 학생이었던 도자기 화가 자크 돌롱에게 임대된 것이었다.

그때 이후 줄곧 시중을 들어준 누나 엘리자베스 돌롱 양과 더불어 그곳에 거해오던 중, 한 이 주 전부터는 자크 돌롱 씨 혼자 그곳에서 지내고 있었다. 오랫동안 앓던 병에서 최근 겨우 회복한 누나가 요양차 스위스로 떠났기 때문이다. 주인 남매의 동향에 늘 정통해 있는 가정부 얘기로는 아가씨가 머잖

* 야외 무도장.

아 돌아올 예정이라고 했다. 아마도 오늘이나 내일쯤……

두 젊은 남매에 대한 지역 내 평판은 그야말로 흠잡을 데가 없었다.

자크 돌롱 씨가 예술가로서 늘 규칙적으로 열심히 일하는 사람이라는 것은 삼척동자도 다 아는 사실이었다. 게다가 타고난 재능 또한 만만치 않았다. 작년에는 살롱전에서 2등 메달을 거머쥐기도 했다.

거만한 구석 하나 없이 싹싹하기만 한 누나는 동생에게 무척이나 헌신적으로 보였다. 온갖 보헤미안들로 항상 시끌벅적한 이웃에서도 그녀만은 조신하기 이를 데 없는 처신으로 늘 존경의 대상이 되어왔다.

돌롱 남매는 비브레 남작부인의 방문을 자주 받았는데, 그녀가 타고 오는 자동차는 그와 같은 산동네에서 사람들 시선을 끌지 않을 수 없었다.

게다가 나이 지긋한 이 귀부인은 다소 화려한 화장을 선호하는 편이었다. 그래서 약간은 괴짜가 아닐까 싶은 생각이 들 때도 있었지만, 대체로 원만하고 선량한 성격의 귀부인임을 다들 알고 있었다. 그녀는 돌롱 남매에게 특별한 관심을 보였는데, 시골에 있는 그 집 가족과 잘 알고지내던 사이인 듯했다.

돌롱 남매 역시 예술가와 예술작품에 대한 후원자로 명성이 자자한 비브레 남작부인과의 친분을 대단히 중요하게 여기는 입장이었다.

초동 수사

그럼에도 불구하고 사람의 말이란 제멋대로 굴러가기 마련. 벌써부터 온갖 추측과 구설이 해괴한 이야기로 불어나는 가운데, 클리냥쿠르 경찰서의 이름난 경찰서장 아그람 씨가 주택 단지에 모습을 드러냈다.

그는 서기를 대동하고서 곧장 6호 가옥으로 들어섰다. 아울러 경찰관 두 명에게 곧 오기로 되어 있는 의사 외에는 아무도 출입시키지 말라는 지시를 내렸다. 또한 관리인에게는 정원에서 대기해달라고 했고, 가정부 베쥐 부인에게는 자신과 함께 2층 아틀리에로 동행할 것을 요구했다.

베쥐 부인이 처음 그 무시무시한 광경을 목격한 때로부터 막 이십여 분이 흐른 상태에서 경찰서장과 함께 다시 들어가 본 사건 현장은 전혀 달라진 것이 없었다. 비브레 남작부인은 끔찍하리만치 창백한 안색에 입술이 푸르죽죽하게 바랜 상태로 두 눈을 꼭 감고 누워 있었다. 이미 몸뚱어리가 사체에서 흔히 확인되는 강직 상태를 보이고 있었다. 한편 자크 돌롱의 몸은 안락의자에 푹 파묻힌 채 마찬가지로 미동도 없는 상태였다.

경찰서장은 아틀리에에 들어서자마자, 무거운 가구를 끌다가 생긴 것 같은 바닥의 흠집들을 여러 개 목격했다.

방안을 빠르게 둘러보고 그 어지러운 상태를 확인한 경찰서장은 우선 가정부를 상대로 보통 그렇게 정돈 상태가 부실한지를 물었다. 가정부는 결코 그렇지 않다면서, 돌롱 남매는 상당히 깔끔한 편이며 특히 누나는 지저분하게 어질러진 상태를 두고 못 보는 성격이라고 대답했다. 물론 누나가 요양차 지난 한 달가량 집에 없었지만, 혼자 지내는 동안에도 동생은 항상 집안의 청결 상태를 고집해왔다고 했다. 더군다나 도자기 작업을 하려면 유약을 칠하기 전에 그림이 깨끗하게 다 말라야 하기 때문에, 가구를 심하게 옮긴다든지 먼지가 날 만한 일은 피해야 한다는 것이었다. 그러자 경찰서장은 혹시 돌롱 씨에게 손님이 많이 찾아오느냐고 질문했다. 가끔 이웃이 들여다볼 뿐, 비브레 남작부인 말고 다른 손님은 거의 없는 편이라는 게 가정부의 대답이었다.

자크 돌롱은 살아 있다

두 사람의 대화는 빈민구제국 소속 의사인 메랑 박사가 도착함으로써 중단되었다. 그는 집에서 막 나오는 길에 갑자기 서署에서 달려온 경찰관과 맞닥뜨려 이렇게 부랴부랴 오게 되었다고 했다.

경찰서장은 그에게 죽은 듯 늘어져 있는 두 사람을 가리켰다.

비브레 남작부인이 이미 수시간 전 숨이 끊어진 상태라는 걸 의사는 단번에 간파했다. 우선 사지가 뻣뻣하게 굳어 있고 몸이 차가웠다. 아울러 손과 목, 양볼에 푸르스름한 반점이 희미하게 보였다.

그다음으로 의사는 자크 돌롱에게 다가가 좀더 주의깊게 살피기 시작했다. 잠시 후 그는 서장에게 말하기를, 남자가 죽은 것 같지는 않으니 어서 침대로 옮기자고 했다. 가정부 베쥐 부인은 침실이 바로 옆에 있다고 가르쳐주면서, "세상에, 젊은 양반이 어서 깨어나야 할 텐데…… 대체 무슨 일이래요? 살아나긴 하겠죠?"라며 호들갑을 떨었다. 의사는 경찰서장과 경찰관 한 명의 도움을 받아 자크 돌롱 씨의 축 늘어진 몸뚱어리를 옆방으로 옮겨놓았다.

의사는 공기를 쐬어야 한다며 급히 모든 창문을 열어줄 것을 부탁했다. 현재 남자가 거의 가사 상태이긴 하나, 강도 높은 치료와 관리를 받으면 이내 회복될 거라는 게 의사의 진단이었다.

베쥐 부인은 후들후들 떨 만큼 흥분한 상태에서도 이리저리 뛰어다니며 의사의 심부름을 열심히 수행했고, 경찰서장은 집 안 다른 곳에 혹시 가구나 집기 들이 평소와 다르게 어질러지지 않았는지 살폈다. 의사가 자크 돌롱을 돌보고 있는 가운데, 경찰서장은 사건 해결의 실마리가 되어줄 단서를 찾아 다시 아틀리에로 돌아왔다.

당장은 아무것도 찾아내지 못한 모양이었다. 지금으로선 그 어떠한 가설도 세우기가 불가능하지만, 다행히 자크 돌롱 씨가 정신이 들면 단번에 이 모든 사태를 설명해줄 진술을 얻게 되리라는 것이 경찰서장의 기대였다.

거기까지 생각이 미친 서장이 건물 안으로의 외부인 출입금지를 더욱 엄격히 지시하는 사이에, 의사의 호출이 있었다.

메랑 박사는 다소 흥분한 목소리로 자크 돌롱 씨가 정신이 들었으니, 어서 물부터 가져다달라고 외쳤다. 과연 자크 돌롱은 정신이 돌아오고 있었다.

깊은 잠에서 서서히 힘겹게 깨어나는 그의 얼굴은 온갖 끔찍한 악몽에 대한 어렴풋한 기억으로 잔뜩 찌푸려져 있었다. 마침내 젊은이는 침대 위에서 길게 기지개를 켜는가 하면, 팔다리를 움직거리고, 결국 두 눈을 번쩍 떴다.

아직도 많이 풀려 있는 눈이 주위의 낯선 사람들에게로 향하자 금세 어리둥절한 기색에 휩싸이고 말았다.

자크 돌롱은 문득 가정부의 얼굴을 알아보고는 거의 본능적으로 "베, 베쥐…… 부인……" 하며 중얼거리더니 다시 맥없이 쓰러져버리는 것이었다.

경찰서장이 걱정스레 어떻게 된 거냐고 묻자, 의사는 안심하라며 단지 갑작스레 깨어나다보니 기운이 부쳐서 그런 거라고 말해주었다. 자크 돌롱은 매우 강력한 마취제를 흡입해서 그 효력이 아직까지 조금 남아 있다는 것이었다. 그러나 잠시 지나고 나면 다 괜찮아질 거라는 게 의사의 진단이었다.

과연 조금 지나자 자크 돌롱 씨는 자신을 추스르려는 노력이 눈에 보일 만큼 애써 몸을 일으키더니, 상체를 바로 세우고 앉아 퀭한 눈으로 주위를 다시 둘러보았다. 그러고는 갑자기 "다들 누구십니까? 당신들은 누구요?"라며 흥분하는 것이었다. 의사는 곧장 자신을 소개하며 안심하라고 한 뒤, 무슨 일이 있었는지 자초지종을 얘기해보라고 말했다.

자크 돌롱은 인상을 잔뜩 찌푸린 채 손으로 이마를 쓸면서, 연신 머리가 무겁다고 호소했다. 그런가 하면 자기한테 무슨 일이 있었는지 얼른 기억이 나지 않는 듯, 말을 더듬기만 했다.

의사는 경찰서장에게 젊은이의 눈에 띄지 않도록 침대 머리맡으로 가 있으라는 눈짓을 보냈다. 그런 다음 맥박을 짚으며 흡사 아버지처럼 다정하게 뭐든 생각나는 대로 이야기해보라고 권했다. 다음은 자크 돌롱의 진술이다.

"그러니까 어제저녁 저는 안락의자에 앉아 책을 읽고 있었습니다. 조금 늦은 시각이었죠. 낮에 일을 많이 해서인지 몹시 피곤했고요. 그런데 갑자기 주위를 둘러보니 복면을 하고 어둡고 긴 옷을 걸친 사람들에게 둘러싸여 있는 것이었어요. 그들은 내가 꼼짝하기도 전에 일제히 달려들어 순식간에 입에 재갈을 물리고 온몸을 결박하더군요. 그러고는 다리 속으로 뭔가 날카로운 물체가 파고드는 느낌이 들었습니다. 그뒤로 도저히 견디기 힘들 만큼 무거운 잠이 쏟아지고 별의별 괴상망측한 환상이 눈에 어른거리는 겁니다. 그리고 곧장 의식을 잃은 것 같아요…… 비명이라도 지르려고 했지만 소용이 없었습니다. 아무런 기력도 없었어요……"

의사가 그게 다냐고 묻자, 자크 돌롱은 잠시 생각하고는 기억나는 건 그게 다라고 확인해주었다. 그러더니 문득 좌측 대퇴부에 손을 갖다대면서 아프다고 하소연했다. 의사가 추가로 환자의 상태를 살피는 가운데, 아틀리에 쪽에서 경찰서장을 부르는 서기의 목소리가 들렸다. 서장은 곧장 달려갔고, 서기가 자크 돌롱이 앉아 있던 안락의자 밑에서 주웠다며 건네는 쪽지를 받아들었다. 그 내용은 다음과 같다.

비브레 부인

괜찮으시다면 저녁때 시간을 좀 내셔서 몽마르트르 제 아틀리에에 한번 방문해주시면 어떨까 싶습니다. 곧 있을 살롱전을 위해 준비중인 도자기들을 보여드릴까 해서요. 와주신다면 우리 함께 정말 즐거운 시간을 보낼 수 있을 겁니다. 제가 굳이 '우리'라는 표현을 쓴 것은, 이제 곧 엘리자베스가 집에 올 것이기 때문입니다. 그러니 이번에 오실 땐 저뿐만 아니라 엘리자베스까지 부인을 반갑게 맞이할 것입니다.

늘 부인을 존경하는 자크 돌롱

경찰서장은 미간을 찌푸린 채 서기에게 쪽지를 돌려주며 잘 보관하라고 한 뒤, 의사와 환자가 얘기를 나누고 있는 침실로 다시 건너갔다. 의사는 그를 보더니, 돌롱 씨가 자꾸 누구냐고 물어서 굳이 감출 이유도 없을 것 같아 이 지역 경찰서장임을 말해주었다고 했다. 돌롱 씨는 금세 경찰서장에게 간밤에 무슨 일이 자기한테 벌어진 건지 밝혀달라며 애원하기 시작했다. 경찰서장은 혹시 지금까지 이야기한 내용 말고 또다른 기억은 없는지, 복면한 사내들이 무단 침입하기 전에 방문한 다른 사람은 없었는지 물었다. 돌롱 씨가 없다고 하자, 의사는 자신의 소견을 이렇게 밝혔다.

"돌롱 씨가 다리에 느꼈다는 통증은 그리 걱정할 건 못 됩니다. 바늘이나 핀에 의해 생긴 가벼운 찰과상 정도이니까요. 약간 부기가 있는 걸로 볼 때, 아마도 이런 일에 별로 익숙하지 않은 자가 서툴게 근육주사를 놓은 것 같습니다. 정말 괴이한 일이죠!"

의사의 말에 경찰서장은 자크 돌롱을 예리하게 쏘아보더니, 혹시 기억에서 빠뜨린 부분은 없는지 다시 한번 잘 더듬어보라며 추궁했다. 이를테면 저녁 내내 혼자였는지, 누굴 기다리지는 않았는지, 누구든 불쑥 찾아올 만한 사람은 정녕 없었는지 등등…… 하지만 돌롱 씨가 여전히 부정적으로 대답하자, 경찰서장은 마침내 의사를 한쪽으로 데려가, 환자가 현재 정신적인 충격을 견딜 만한 상황인지 물었다. 의사는 곧장 무슨 뜻인지 알겠다는 듯 돌롱 씨 쪽을 흘끔 보고는, 이젠 완전히 회복된 것으로 보이며 서장이 뜻하는 대로 진행해도 될 것 같다는 의견을 피력했다.

두 사람의 갑작스러운 밀담에 불안해진 자크 돌롱은 누구의 도움도 없이 혼자 힘으로 침대를 벗어났다. 경찰서장은 기회를 놓칠세라 그를 아틀리에 쪽으로 불러들였다.

그런데, 서장이 부르는 대로 순순히 응하던 자크 돌롱이 문턱을 넘어서자마자 그만 기겁을 하며 뒤로 흠칫 물러서는 것이었다. 신경성 경련이 온몸을 훑고 지나가면서 얼굴이 일그러지고 입술이 파르르 떨렸다. 그는 비브레 남작부인을 보고는 목이 멘 소리로, 대체 어떻게 된 일이냐며 더듬거렸다. 그러는 동안 경찰서장은 젊은이의 표정 하나하나, 일거수일투족을 놓치지 않고 예의 주시했다. 그는 쓰러져 있는 여자가 살해당한 비브레 남작부인임을 뒤늦게 확인해주면서, 불쑥 그것에 대한 해명을 요구했다. 다음은 긴박했던 순간, 두 사람 간의 대화 내용을 그대로 옮긴 것이다.

"그렇습니다, 선생. 비브레 남작부인께서는 누군가의 손에 살해당하셨습니다. 이에 대해 어디 당신 설명을 좀 들어볼까요?"

"저는 모르는 일입니다! 도무지 뭐가 뭔지 모르겠어요!"

"하지만 그녀를 아틀리에로 불러들인 건 당신 아닙니까? 보여줄 도자기가 있다면서 말입니다!"

"그건 그랬죠. 하지만 모르겠어요…… 뭘 어떻게 설명하라는 건지……"

불현듯 또다시 혼절할지도 모른다는 생각이 들자, 의사는 아까 기절한 채 파묻히다시피 하고 있었던 안락의자에 얼른 젊은이를 끌어다 앉혔다. 그렇게 일단 그를 진정시키는 동안, 경찰서장은 작은 찬장 속에서 독극물이라는 딱지가 붙은 약병 몇 개를 찾아내는 등 조사를 계속했다. 그러면서 의사한테만 들리는 작은 소리로 툭 물었다.

"아까 이 여인이 독살됐다고 말하지 않았던가요?"

"실제로 그렇게 보였으니까요, 서장님. 얼굴과 손에 보이는 누렇고 푸른 반점들로 미루어 첫눈에 그런 진단이 가능합니다. 추후에 부검을 해보면 더욱 확실한 결론이 나겠습니다만……"

체포

경찰서장은 화가 곁으로 다가와, 별로 대수롭지 않은 질문인 것처럼 도자기 화가라는 직업상 다양한 독극물도 취급하지 않느냐고 떠보듯 물었다. 자크 돌롱은 그렇다고 대답하면서도, 실제로 사용하는 경우는 흔하지 않으며, 특히 자신은 써본 기억이 아득할 정도라고 덧붙였다.

경찰서장은 이 묘한 대화를 처음부터 지켜보고 있던 베쥐 부인을 나가게 한 뒤, 경찰관에게 현장 주변의 군중을 해산시키도록 지시했다. 그와 동시에 택시를 한 대 불러 6호 가옥 문 앞에 대기시켰다. 잠시 후, 자크 돌롱은 양쪽에서 경찰관들에게 팔을 붙잡힌 채 계단을 내려와 바로 그 택시에 올랐다.

그가 그렇게 체포되었다는 소문은 삽시간에 동네방네 퍼져 나갔다.

추정되는 범행 동기

이상이 초동 수사를 지켜본 이웃 주민들로부터 이 기이한 사건에 관해 우리가 얻은 세부 정보들이다. 한데 그 모든 정보를 종합해봐도 돌롱 화가를 체포하게 된 이유가 무엇인지는 여전히 모호하다.

이에 우리 스스로 그 점을 밝혀내야겠다는 생각에 도달했다. 이 자리에서 공개하긴 어렵지만, 익명의 몇몇 분들 도움을 받아 클리냥쿠르 경찰서장과 비브레 남작부인 살해 혐의를 받고 있는 자 사이에 최종적으로 어떤 장면이 벌어졌는지를 재구성해봄으로써, 우리는 다음과 같은 가설들을 구축하기에 이르렀다.

무엇보다 두 가지 점이 의심스럽게 다가오는데, 첫째, 자크 돌롱 씨의 왼쪽 다리에 놓였다는 주사 문제다. 익히 알려진 대로 깊은 수면 상태란 정제 형태로든 물약 형태로든 마취제가 흡수됨으로써 얻어질 뿐 아니라, 근육주사를 찔러넣는 것으로도 빠져들 수 있다. 특히 자크 돌롱 씨의 경우, 근육주사를 통해 잠이 들었다는 건 의심의 여지가 없어 보인다. 그런 뜻에서, 난데없는 침입자들한테 당했다는 화가의 처음 설명은 얼추 믿을 만해 보였지만, 조금만 생각해보면 정당화될 수 없는 설명임을 알 수 있다. 우선 이번 사건에서 침입자들은 살인을 시도하되 잠을 재우러 나타난 것이 아니다. 게다가 돌롱 씨의 집에서 도둑맞은 물건은 하나도 없다. 이는 절도가 범행의 동기는 아니었음을 말해준다.

또 한 가지, 돌롱 씨는 자신이 혼자였다고 주장했지만 실제로는 아틀리에에 비브레 남작부인도 있었고, 더군다나 그녀는 화가 자신이 불러서 온 몸이었다. 무척 부유한 비브레 남작부인은 알려진 대로 젊은이와 그 누나에게 각별한 관심을 가지고 있었다.

이쯤에서 돌롱과 비브레라는 이름을 다시 한번 뇌리에 떠올려보는 것이 좋을 것이다. 이번 노르뱅 가 사건에 관계된 그 이름들은 사실 불과 얼마 전 장안을 떠들썩하게 만들었던 살인사건의 피비린내 나는 기사 속에서도 언급된 적이 있기 때문이다. 아직까지도 수수께끼 같은 사건으로 남아 있는 이른바 랑그륀 후작부인 살인사건을 사람들은 결코 잊지 않고 있을 것이다. 랑베르 씨와 아리따운 테레즈 오베르누아 양의 존재에 세간의 관심을 모았던 바로 그 사건 말이다. 이번에 처참하게 사망한 비브레 남작부인은 바로 그 랑그륀 후작부인의 절친한 친구였다. 그런가 하면 자크 돌롱 씨는 랑그륀 후작부인의 집사였던 자의 아들인 것이다.*

* 팡토마스 시리즈 1권 『팡토마스』 참조.

물론 우리는 이번 노르뱅 가 사건을 옛날에 거언의 처형으로 표면상으로나마 일단락된 사건과 어떻게든 결부시키려는 의도를 가지고 있는 건 아니다. 그럼에도 불구하고 동일한 인물들이 연루된, 비슷한 수수께끼성 사건 두 개가 수년의 시간 간격을 두고 일어났다는 점을 무조건 간과할 수만도 없다.

어쨌든 위에 보도한 내용으로 다시 돌아가보자.

경찰서장의 조사를 받은 자크 돌롱 씨는 아틀리에의 찬장 속에 깊숙이 넣어둔 독극물은 아주 드물게밖에는 사용된 적이 없다고 증언했다. 그러나 치밀한 가택수색을 거친 결과, 불과 얼마 전 누군가 독극물이 들어 있는 병들 중 하나의 뚜껑을 연 것으로 판명되었고, 바닥에는 아직도 그 가루가 일부 남아 있음이 확인되었다.

현재 가루의 성분에 대한 분석이 진행중이며, 그와 동시에 희생자의 사체에 대한 부검 또한 실시되고 있다. 하지만 이미 모든 정황을 바라보는 시각은 문제의 독극물 가루와 비브레 남작부인의 사망 사이에 직접적인 관계가 있다는 쪽으로 기우는 느낌이다.

실제로 이 사건에 대한 치안국의 입장에서도 느껴지듯, 우리는 추후 예심과정에서 밝혀질 모종의 범행 동기에 따라 자크 돌롱 화가가 자신의 후원자를 독살했을 것으로 추정하고 있다. 아울러 수사에 혼선을 빚기 위해(아마도 죽음의 고통이 밀려오기 전에 그녀가 집에서 나갈 것이라 생각했는지도 모른다) 복면을 한 사람들 이야기를 꾸며냈을 것으로 보고 있다.

처음 응급조치를 해준 의사 말로는, 서툰 솜씨로 주사를 놓은 장본인은 다름아닌 자크 돌롱 자신일 거라고 했다.

무엇보다도 주목해야 할 사항은 이것이다.

보통 자동차를 타고 떠들썩하니 나타나곤 하던 비브레 남작부인이 자크 돌롱 씨 집으로 들어가는 것을 어제저녁만큼은 그 누구도 목격하지 못했다는 사실 말이다.

어쩌면 화가와 이 너그러운 예술 후원자 사이가 겉으로 드러난 것 이상의 친밀한 관계였을 거라는 추정이 가능한 대목이다.

혹시 그들의 관계가 엘리자베스 돌롱 양이 없는 틈을 타 우리 대부분이 알지 못하는 성향을 띠어온 것은 아니었을까?

방금 입수된 소식

치안국으로부터 동생과 관련한 사건 소식을 전보로 전해받은 엘리자베스 돌롱 양은 현재 체류하고 있는 로잔에서 곧장 출발해 한밤중에 도착할 거라는 내용의 답신을 보내왔다.

그 가엾은 누나는 아마 사건의 자세한 내용은 모르고 있을 것이다.

그럼에도 불구하고 우리는 치안국 소속 형사 두 명이 즉시 국경 쪽으로 달려가 당사자가 파리에 도착할 때까지 몰래 따라붙는 것으로 알고 있다. 혹시라도 그녀가 오는 도중 모든 사정을 알게 되면 도망을 치려 하거나 자살을 시도하지나 않을까 하는 염려 때문이다.

어쨌든 내일은 급박하게 전개될 사태로 인해 또다시 정신없는 하루가 될 전망이다.

기사 작성자: 제롬 팡도르

2
토므리의 연애사

제롬 팡도르 기자가 〈라 카피탈〉에 상세하게 전한 끔찍하면서도 수수께끼 같은 사건이 발생하기 이틀 전, 앙리마르탱 로路에 위치한 비브레 남작부인의 우아하고 아담한 저택은 손님 맞을 준비에 들떠 있었다. 비브레 남작부인이 저녁식사를 위한 단장을 마무리한 뒤, 침실을 나와 바로 옆 응접실로 향한 시각은 저녁 일곱시쯤. 발소리를 죽일 만큼 푹신한 양탄자가 깔린 방을 가로지르며 그녀는 벽난로 쪽으로 다가가 호출 벨을 눌렀다.

잠시 후, 단정한 복장의 집사가 나타났다.

"부르셨습니까, 마님?"

"그래요, 앙투안. 오늘 오후에 누구 찾아온 사람이 없는지 알고 싶어서요."

"마님을 찾는 사람 말입니까?"

남작부인은 다소 초조한 태도로 대답했다.

"그야 당연히 나를 찾는 사람이죠! 오늘 오후에 나를 보려고 찾아온 사람이 없었나요?"

"없었습니다, 마님."

"바르베낭퇴유은행에서 전화 없었어요?"

"없었는데요, 마님……"

"그럼 늦어도 일곱시 반까지는 손님들이 도착할 테니까 그 즉시 저녁을 내오도록 하세요……"

그러면서 비브레 남작부인은 응접실을 벗어났다. 그녀는 계단을 우회하며 이어진 유리 회랑을 건너 식당으로 들어섰다.

삼 인분에 해당하는 식기 세트가 차려진 후 이미 시간이 제법 지난 듯했다.

그러지 않아도 벌써부터 저택을 이리저리 다니며 주인마님만을 찾아 헤매던 하인이 이제 막 식당에 들어선 비브레 남작부인과 맞닥뜨렸다.

"마님, 토므리 씨께서 십 분 전부터 응접실에서 기다리고 계십니다."

"알았어요, 곧 가죠."

비브레 남작부인은 유연한 걸음걸이로 다시 회랑을 건너 되도록 부드러운 미소를 띤 채 손님을 맞았다.

부연 벽등에서 퍼져나오는 부드러운 빛이 응접실 입구의 묵직하고 어두운 휘장 빛깔과 어우러지면서 비브레 남작부인의 자태는 그만큼 더 매혹적으로 보였다. 가히 젊은 시절 그대로의 날씬함을 조금도 잃지 않은 몸매였다.

안주인이 나타나자, 기다리고 있던 토므리 씨가 자리에서 벌떡 일어나 한껏 매료된 눈빛으로 상대를 바라보며 이렇게 말했다.

"마틸드, 정말이지 당신 모습은 늘 세련 그 자체이구려!"

비브레 남작부인은 약간은 장난기 섞인 알쏭달쏭한 시선을 쓱 한번 던지고는, 상냥한 태도로 다가오며 대꾸했다.

"잘 지냈나요, 노르베르?…… 언젠가 아프다고 들었는데…… 설마하니 아직도 천방지축으로 지내는 건 아니겠죠?"

두 사람은 나지막한 소파에 나란히 앉아 서로의 자잘한 근황에 관해 다정하게 이야기를 나누기 시작했다.

한데 옛 애인의 푸념 섞인 신세타령을 귀담아들으면서도 비브레 남작부인은 그 모든 걸 무색케 할 만큼 다부져 보이는 상대의 건강한 모습과 당당한 풍채에 은근히 놀라지 않을 수 없었다.

대략 쉰다섯에 이른 나이임에도 불구하고 노르베르 토므리 씨는 한창나이처럼 보였고, 때 이르게 벗어진 머리 역시 이글이글 타는 듯한 검은 눈동자의 생기로 충분히 상쇄되고 있었다.

그는 수 세대에 걸쳐 제당업에 종사해온 저 명망 높은 토므리 가문의 마지막 자손이었다. 사업을 하는 환경에서 성장해온 만큼 활동적이고 대범한 성격을 갖춘 그는 미국과의 거래에 정통하여, 제당업의 일선 경영에 뛰어든 초기부터 아버지에게서 물려받은 재산을 엄청나게 불릴 수 있었다.

사실 그는 파리 사회에서 가장 유명한 인사에 속했다. 워낙 일벌레라 사무실이든 공장이든 항상 제일 먼저 출근해 일을 보면서도, 해만 지면 온갖 사교계 살롱이라든지 극장의 맨 앞줄 좌석, 공식 만찬 자리나 생제르맹 외곽의 무도회에 빠짐없이 출석하는 위인이었던 것이다.

백만장자에 대단한 미남인 토므리는 이미 숱한 연애사건을 두루 섭렵했을 뿐만 아니라, 오십 줄을 훌쩍 넘긴 나이에도 불구하고 철저한 독신주의자로서 돈 후안의 명성을 활발하게 누리고 있었다.

그러던 중 예전 한때 그와 비브레 남작부인 사이에 일정 기간 모종의 관계가 있었다는 소문이 나돌았는데, 지금 보니 그 말이 전혀 틀린 얘기는 아닌 듯했다.

토므리는 자신의 신경통 얘기를 문득 중단하더니 이렇게 물었다.

"그나저나 당신의 매력이던 그 예쁜 미소가 입가에 더는 보이지 않는구려…… 무슨 일이 있는 거요?"

비브레 남작부인은 금세 우울한 눈빛으로 상대를 물끄러미 바라보며 대답했다.

"평생 그런 미소를 띤 채 살아갈 수는 없는 거잖아요…… 인생이란 때론 뜻하지 않게 고통스러운 순간들을 맞기도 하니……"

"아무래도 무슨 걱정거리가 있는가보오?"

염려스러운 표정을 가득 담은 얼굴로 제당업자가 거듭 묻자, 비브레 남작부인은 "그렇기도 하고 아니기도 해요……"라며 얼버무리더니, 잠시 뜸을 들이다가 더듬더듬 말을 이었다.

"늘 같은 문제죠 뭐…… 옛 애인인 당신에게 말하기는 참 염치없는 일이지만…… 금전 문제가 좀 있어서요…… 다행히 그리 심각한 건 아니고요……"

토므리는 곧장 고개를 끄덕이고는 쾌활한 목소리로 말했다.

"아, 내 그럴 줄 알았소! 이것 봐요, 마틸드. 당신 여전히 흥청망청인 거요?"

"어머나, 내가 언제 그랬다고…… 그저 지내다보면 돈이 좀 달릴 때도 있고 뭐 그런 거지! 어제 내 거래 은행에 얼마간 좀 보내달라고 했건만, 아직 아무 소식이 없네요……"

"큰 문제가 있는 건 아닐 거요. 바르베낭퇴유 정도면 비교적 튼튼한 은행이니까……"

"오, 나도 그 점을 걱정하는 건 아니에요. 하지만 평상시엔 내가 요청하면 최대한 빨리 돈을 보내는데, 오늘은 왠지 아무도 코빼기를 안 보여서……"

비브레 남작부인의 푸념에 토므리는 부드럽게 나무라는 투로 대꾸했다.

"이봐요, 마틸드. 당신 갑작스레 돈이 급한 걸 보니, 어딘가 영시원찮은 데 투자를 한 모양이구려! 짐작건대, 또 그 우랄에 있는 구리 광산들을 사들인 것 아니오?"

남작부인은 마치 잘못을 저지르다 들킨 학생처럼 눈을 내리깔면서 기어드는 목소리로 중얼거렸다.

"그곳 값이 오를 줄 알았죠……"

"제발 그런 종류의 사업에 뛰어들 때는 그 방면 전문가와 의논을 좀 하란 말이오! 바르베낭퇴유은행도 그렇고 나도 그렇고, 당신이 묻기만 하면 어련히 알아서 양질의 조언을 해주지 않겠소?"

한데 너무 똑똑해서 탈인 남자친구의 훈계는 아랑곳하지 않고 남작부인이 얼른 말을 끊었다.

"따지고 보면 그다지 심각한 것도 아니에요. 뭐 어쩌겠어요! 그런 일이 지금의 내겐 유일한 소일거리인데…… 내가 원래 도박을 좋아하잖아요. 그리고 그에 따른 모든 감정 상태며 끊임없는 긴장감 등은 나이든 여자로서 누릴 만한 즐거움이라고나 할까……"

토므리는 곧장 반박하고 타이르려 했지만, 비브레 남작부인이 벽난로 옆의 괘종시계 쪽을 흘끔 바라보며 불쑥 묻는 바람에 입을 다물어야 했다.

"그나저나 저녁식사는 조금 늦어도 되겠죠?"

이어서 남작부인은 장난기 어린 눈을 슬쩍 흘겨 상대의 표정을 살피면서 이렇게 떠보는 것이었다.

"내 생각에는 당신이 조금 더 기다린다고 해서 그리 기분 나빠하지는 않을 것 같은데 말이죠…… 실은 당신 말고 소냐 다니도프 대공비도 이 자리에 초대했거든요!"

순간 토므리는 미간을 잔뜩 찌푸리며 흠칫 놀라는 기색이었다.

"글쎄…… 소냐 다니도프 대공비는 당신이 별로 맘에 들어하지 않는 것으로 알고 있는데……"

"까짓, 사람이 익숙해지지 못할 게 뭐가 있겠어요! 더군다나 대공비는 그 눈부신 미모와 지성으로 이미 정평이 나 있는 분인데요."

토므리는 더이상 아무 말도 못한 채, 무척이나 난감해하고 있었다.

그러거나 말거나, 남작부인의 능청스러운 이죽거림은 계속되었다.

"들리는 소문으로는, 미남이신 토므리께서 그 우아한 러시아 여성의 눈부신 미모에 결코 무관심하지는 않을 뿐더러, 파란만장한 연애편력에도 불구하고 난생처음 자신의 자유를 스스로 속박할 마음자세까지 갖춘 것 같더라는데 말입니다……"

그때였다. 응접실 문이 활짝 열리면서 확연한 미모를 자랑하는 소냐 다니도프 대공비가 치맛자락을 살랑거리며 나타났다.

"너무 늦게 도착해서 미안합니다, 남작부인. 파리의 도로 사정이 워낙 혼잡하더군요……"

먼저 남작부인에게 인사부터 한 뒤 또다른 손님에 눈길이 가닿자, 대공비는 그다지 개의치 않는 듯 가볍게 말을 던지면서, 부유한 제당업자가 손등에 예를 표할 수 있도록 우아한 동작으로 손을 쓱 내밀었다.

"어머, 토므리 당신도 있었군요!"

그와 동시에 응접실 문이 다시금 양쪽으로 활짝 열리며, 이번에는 앙투안이 나타나 최대한 엄격하고 정중한 어조로 알렸다.

"마님, 식사 준비되었습니다!"

남작부인은 옛 애인이 에스코트하려고 내어준 팔을 점잖게 밀어내며 이렇게 말했다.

"오, 아네요! 대공비나 신경써주시죠. 난 뒤에서 혼자 따라갈 테니까……"

토므리는 머쓱하나마 시키는 대로 할 수밖에 없었다.

그는 소냐 대공비와 나란히 유리 회랑을 천천히 걸어 식당 쪽으로 향했다.

두 사람과 몇 걸음 떨어진 채 비브레 남작부인은 연신 속으로 중얼거리며 뒤를 따랐다.

'어쩜 저리도 멋질까! 정말이지 잘도 어울리는 커플이라니까……'

마침내 두 손님 맞은편 자리에 착석한 남작부인은 자꾸 머릿속에 치미는 서글픈 생각을 떨쳐버리려 애쓰면서 일부러 쾌활한 척 말했다.

"이봐요, 토므리. 정말이지 당신 옆에 앉은 아리따운 여성분한테 그 어느 사내보다 다정하게 대해주면 좋겠네요!"

저녁식사는 늦은 시각까지 계속됐고, 밤 열시가 되어서야 일행은 식당을 벗어나 응접실로 건너갈 수 있었다. 최고급 포도주가 곁들여진 산해진미로 저녁식사를 마치자, 다들 주고받는 대화의 어조가 활발해지고 있었다. 비브레 남작부인은 그 와중에 한 치의 오차 없이 계획을 차근차근 실행에 옮겼고, 마침내 전혀 티를 안 내면서도 두 손님끼리 실컷 떠들게끔 분위기를 조성하는 데 성공했다.

그 결과…… 과연 예상했던 그대로였다! 유달리 아름답고 부유한 젊은 미망인 소냐 다니도프 대공비와 토므리 사이에는, 이미 오래전부터 나날이 서로가 가까워지는 가운데, 남녀 간의 연애놀음이 무르익고 있었던 것이다.

물론 아직은 결정적이라 할 증거는 없었다. 그럼에도 불구하고 토므리는 몽소 공원에 세운 새 건물 준공식을 핑계로 이제 곧 대규모 무도회를 개최할 거라고 조심스레 운을 떼지 않았는가 말이다…… 아니나 다를까, 그는 그 화려한 야회를 주도하고 이끌 만한 자신의 짝을 구하기가 어려워 난감한 지경이라며 고민을 털어놓기까지 했다.

순간 비브레 남작부인은 그런 중요한 역할을 맡아줄 사람이라면 여기 앉아 있는 소냐 다니도프 대공비 이상 가는 사람이 있겠느냐며 툭 말을 던져볼까도 생각했다. 그러면 둘 다 아마 기다렸다는 듯 환호하면서 당장 그러겠다고 하겠지……

마침내 남작부인은 속으로 결론을 내렸다.

'그래, 이건 분명한 사실이야. 토므리의 결혼이 점점 구체화되고 있는 거야…… 아쉽지만 이젠 현실을 받아들여야겠군!'

밤 열한시쯤 되자 소냐 다니도프가 그만 가보겠다고 했다.

토므리는 머뭇거리면서 두 여인을 번갈아 바라보았다. 과연 어떤 태도를 취해야 좋을지 몰라 망설이는 티가 역력했다.

비브레 남작부인은 그렇게나마 망설이는 남자의 마음이 속으로는 은근히 고마웠다. 그러나 이미 꺼져버린 사랑의 불씨를 정리한 여인으로서 허심탄회한 태도로 사내를 위해 말해주었다.

"이봐요, 토므리. 설마하니 대공비가 혼자 가게끔 내버려둘 생각은 아니겠죠? 당신이 집까지 동행해준다면 그녀 역시 기꺼이 허락할 텐데 말이에요……"

결국 소냐 다니도프 대공비와 백만장자 토므리를 함께 태운 자동차 엔진 소리가 한참 멀어지고 나서야, 비브레 남작부인은 침실로 발길을 돌렸다. 어느새 그녀의 볼에는 미지근한 눈물이 흘러내리고 있었다.

"마치 내 가슴 한쪽이 떨어져나가버리는 것 같구나……"

그렇게 중얼거리는 것도 잠시, 비브레 남작부인은 부랴부랴 감정을 추슬렀다. 앙투안이 밖에서 조심스레 문을 두드리고 있었던 것이다.

"마님, 혹시 제가 방해하는 것은 아닌지 모르겠습니다…… 실은 아까 전해드렸어야 하는데, 식사 전이라 너무 걱정하시는 게 좋지 않을 것 같아서요…… 여기 마님께 온 우편물을 가지고 왔습니다."

"잘했어요, 앙투안."

비브레 남작부인은 하인이 내민 은쟁반 위에서 두 통의 편지를 집어들었다.

남작부인은 곧장 침실 구석을 장식하고 있는 아담한 개폐식 책상 쪽으로 다가갔다. 그러고는 전혀 서두는 기색 없이, 거의 나른하다 싶을 정도로 느릿느릿 의자에 앉아 편지를 개봉했다.

그녀는 첫번째 편지를 대충 훑으면서 자기도 모르게 중얼거렸다.

"어머나, 자크 돌롱이네…… 그러지 않아도 그 사람 생각이 나던 차였는데…… 그래, 당장 만나러 가야지."

도자기 화가가 보낸 편지를 무심코 손가방 안에 넣는 비브레 남작부인…… 문득 두번째 편지봉투에 눈길이 가닿자 자기도 모르게 흠칫 놀랐다. 그 위에 새겨진 B. N.이라는 문자는 바르베낭퇴유은행에서 발행한 서류를 뜻하는 일종의 비밀 이니셜이었던 것이다.

얼른 봉투를 뜯어 한 장 한 장 살펴보는 가운데 남작부인은 눈이 휘둥그레지지 않을 수 없었다. 혹독한 불안감이 가미되어 점점 더 퀭해지는 눈망울로 여자는 연신 이렇게 중얼거리고 있었다.

"오, 맙소사…… 세상에…… 이를 어쩌나……"

앙리마르탱 로에 위치한 우아한 저택은 오래전부터 침묵에 둘러싸여 있었다.

그럼에도 불구하고 작은 응접실에 있는 괘종시계에서 새벽 세 시를 알리는 종소리가 울리자, 그 바로 옆방인 비브레 남작부인의 침실은 순식간에 빛으로 환해졌다! 남작부인은 자신의 거래 은행에서 보내온 편지를 읽은 뒤부터 방에서 꼼짝 않고 있었다. 그러고는 끊임없이 편지를 쓰고 또 쓰는 것이었다.

3
뜻밖의 난제

유력한 석간신문인 〈라 카피탈〉의 기자들은 아침 아홉시가 되자마자 널찍한 편집실에 모여 각자 맡은 꼭지를 작성하기 시작했다.

그런 와중에 제롬 팡도르가 문가에 나타나자 여기저기서 호의와 빈정댐, 환대와 야유 등 제각각의 과장된 반응들로 젊은 기자의 출현을 떠들썩하니 맞이했다.

젊은이는 짧고 간단한 악수만 주고받되, 직업상의 괜한 농담에 일일이 대응하지는 않고 가능한 한 신속히 그 사이를 지나쳐 갔다.

그때 마침 편집장이 팡도르를 불렀다.

"어이, 팡도르. 이리 좀 와보게나. 지금 조판을 하는 중인데 오늘은 뭐 기사 가져온 거 없나?"

"아직은 미정입니다."

"비브레 남작부인에 관해 뭔가 좀 충격적인 내용으로 잔뜩 늘어놓을 만한 얘깃거리 없을까? 돌롱이든, 아니면 다른 누구에 관해서든 말일세……"

"그 돌롱 남매가 사실은 노집사 돌롱의 자식들이라는 건 알고 계신가요? 왜 있지 않습니까. 거언 재판 때 증언을 하러 파리로 상경하다가 철로 상에서 의문의 살해를 당한 사람 말입니다……"

"랑그륀 후작부인 집에서 일을 보던 그 돌롱 영감 말인가? 그 때 그 늙은 귀부인도 살해당하지 않았던가?"

"그랬죠…… 당시 여주인이 세상을 뜬 뒤로 돌롱 집사는 비브레 남작부인 밑으로 들어갔습니다…… 바로 어제 살해당한 남작부인 말이죠."

"저런! 그 사람들 참 팔자도 사납구먼그래…… 한데 말일세, 팡도르. 가만 생각해보면 역시 그 아비에 그 자식 아니겠는가? 만약 아들인 돌롱이 비브레 남작부인을 살해했다면, 그의 아버지 역시 랑그륀 후작부인의 살해범일 가능성이 높다고 보지 않나?"

"오, 천만에요! 어제의 살인사건은 지극히 평범하고 고전적이었습니다. 특별히 이해가 안 갈 만큼 수수께끼 같은 대목이 없었어요. 반면 랑그륀 후작부인 살인사건의 경우는 경찰이 아주 곤욕을 치렀죠…… 쥐브 형사와 함께 제가 추적했던 초기 사건 중

하나였습니다."

"아, 쥐브 형사에 대해서는 자네한테 귀가 따갑도록 들었지. 또 그 비범하면서 절대 붙잡히지 않는다는 악당에 대해서도 말이야…… 온갖 잔혹한 짓을 눈 하나 깜빡하지 않고 저지르면서 별의별 술수를 자유자재로 부린다던 그…… 팡토마스 말일세!"

그런데 문득 팡도르가 고개를 떨구더니 창백한 안색으로 이렇게 말하는 것이었다.

"부장님, 팡토마스에 대해서는 가급적 농담조로 얘기하지 말아주십시오…… 물론 세상 사람들은 팡토마스를 쥐브와 제가 상상 속에서 지어낸 인물로 생각한다는 거 잘 압니다. 팡토마스란 실재하지 않는 존재라고들 치부하고 말지요. 하지만 그건 그 천재적인 괴물의 정체를 지금까지 누구도 확실히 밝혀낸 적이 없고, 그 손에 수갑을 채워본 적이 없기 때문에 벌어지는 현상일 뿐입니다. 부장님도 아시다시피 결국 가엾은 쥐브는 아무 소득 없는 추적 끝에 목숨을 잃기까지 했고 말이죠……"

"그래, 그 유명한 형사가 비명횡사하고 말았지……"

"그건 아니죠! 틀렸습니다! 쥐브는 어디까지나 명예롭게 죽음을 맞이한 겁니다. 거언-팡토마스 사건이 아니라 뇌이의 앵케르만 대로 사건이라 해야죠…… 천신만고의 수사와 추적을 고집하고 나서 결국 그는 팡토마스를 막다른 구석으로 모는 데까지 성공했습니다. 그러면서도 놈의 소굴을 파고들다보면 자신의 목숨 또한 위태로울 수 있다는 것 역시 분명히 알고 있었죠. 아니나 다를까, 팡토마스는 모종의 장치를 통해 건물 전체를 날려버렸고, 그 파편 더미 속에 쥐브가 생매장되고 만 겁니다. 물론 팡토마스가 강했다는 걸 부정하는 게 아닙니다…… 다만 쥐브는 자신이 평소 바라던 가치 있는 죽음, 즉 전쟁터에서의 장렬한 전사를 맞이했다는 얘기지요. 그 죽음이 쓸모가 있었냐고요? (이 대목에서 팡도르의 말투는 더욱 또렷해지고 있었다.) 신념을 가진 모든 이들에게 쥐브의 죽음은 적어도 팡토마스의 존재를 더할 나위 없이 명백하게 증명해준 셈입니다! 나아가 그 악당으로 하여금 영영 자취를 감추게 만들어버렸습니다. 쥐브의 죽음을 계기로 이 사회는 비로소 평화와 안정을 되찾고 있습니다. 쥐브는 결정적인 승리를 위해 자신의 목숨을 바친 것이고, 그로 인해 팡토마스도 더는 책동을 부려 이 사회를 혼란스럽게 만들지 않도록 된 것이지요…… 하지만 이상 제가 한 모든 이야기는 오늘 우리 신문에 쓸 기삿거리와는 아무런 상관이 없습니다. 팡토마스가 연루된 사건들이 워낙 놀랍고 끔찍해서, 어제의 그 사건과는 비교할 수도 없으니까요. 이번 사건은 그저 간단히 몇 줄 끼적여놓는 걸로 마무리하면 될 일 같습니다."

그때였다. 사무실 사환이 불쑥 그의 이름을 불렀다.

"팡도르 씨, 전화 받으세요!"

잠시 후, 신속하게 통화를 마친 팡도르는 다시 편집장에게로 돌아와 말했다.

“부장님, 이거 난감한 일이 발생한 것 같습니다! 지금 즉시 법원에 좀 가봐야겠습니다. 노르뱅 가 살인사건의 피의자인 자크 돌롱 있지 않습니까. 그자가 멍청하게도 구치소에서 목을 맸답니다!”

법원에 도착한 제롬 팡도르는 속으로 이렇게 중얼거리고 있었다.

‘주에 그 친구, 생각할수록 참 똑똑해…… 그야말로 따끈따끈한 소식이 아닌가 말이야! 누구보다 먼저 나에게 전화를 걸어주다니…… 덕분에 아주 흥미진진한 조사를 할 수 있겠어.’

얼마 지나지 않아 두 친구는 법원 복도에서 서로 마주쳤다.

“도대체 어떻게 된 거야? 피의자가 목을 매다니!”

신문기자의 질문에 검사시보로 일하는 친구는 대뜸 이렇게 말했다.

“피의자? 자크 돌롱은 결백해!”

“결백하다고? 맙소사, 요즘은 피의자가 하루아침에 무고한 사람으로 둔갑하는 게 무슨 유행인가보군! 대체 무슨 근거로 그런 말을 하는 건데?”

“네가 그렇게 말할 줄 알고 조금 아까 미리 사본을 만들어놨지. 자, 이거나 읽어보라구!”

제롬 팡도르는 검사시보가 건네주는 종이를 받아들자마자 빠르게 읽어내려갔다.

출처를 밝히는 것으로 시작되는 글의 내용은 다음과 같았다.

(아래 내용은 비브레 남작부인이 제랭 씨에게 보낸 것을 제랭 씨 본인이 검사에게 다시 제출한 편지의 사본임)

제랭 씨

이 편지로 적잖이 성가시게 해드릴 텐데, 미리 죄송하다는 말씀 드립니다. 하지만 당신은 제가 믿고 의지할 수 있는 유일한 친구이기에, 어쩔 수 없이 이렇게 쓰게 되는군요.

저는 방금 제 재산을 관리하고 있는 바르베낭퇴유은행으로부터 편지를 한 장 받았습니다. 내용인즉 제가 파산 상태라는 것이었습니다. 아주 완전히 파산 상태라는 거예요…… 그러면서 한다는 얘기가, 지금 살고 있는 이 저택, 자동차, 그 밖에 나를 둘러싼 모든 사치품들, 내게 한시도 없어선 안 되는 그 모든 것들을 이제는 떠나보내야 한다는 겁니다. 정말이지 갑작스럽게, 너무도 가혹한 타격을 주는 내용이었습니다……

제랭 씨, 편지를 받은 지 두 시간이 채 되지 않았지만, 아직도 뭐가 뭔지 어리둥절할 뿐입니다. 저로선 불가피한 순간을 그냥 가만히 앉아서 기다리며 스스로를 위로나 하고 싶진 않습니다. 저는 이미 나이도 많고 가족도 없는 몸입니다. 제가 후원하는 젊은 인재들을 도우며 경험하는 뿌듯함 말고는 아무 목표도 없는 어리석은 인생일 뿐이에요.

제랭 씨, 제가 방금 내린 이런 유의 결정을 친구에게 고백하는 데는 이것 말고 다른 방법이 있을 수 없습니다. 이 편지가 당신 손에 들어갈 때쯤이면 저는 아마 죽어 있을 거예요……

지금 제 앞 책상 위에는 독극물을 담은 작은 병이 있습니다. 저는 이 편지를 직접 우체국에 부치고 나서 그 내용물을 아무 거리낌 없이 마지막 한 방울까지 죄다 마셔버릴 거예요.

솔직히 말해서 조금은 걱정되는 점도 있어요. 자살이 뭔가 의혹을 남기게 되면 제 몸이 깔끔히 처리되지 못한 채 시체 공시장에 끌려갈 텐데, 그것만은 피하고 싶거든요.

당신 앞으로 이렇게 편지를 쓰는 것도 따지고 보면 바로 그런 걱정 때문입니다. 제가 죽고 나서 당신이 대신 해명을 해주신다면 사법당국에서 쓸데없는 오해를 하지 않아도 될 테니까요.

분명히 말하지만, 저 혼자 독단으로, 스스로 목숨을 끊습니다……

제 죽음 때문에 어느 누구도 불의의 누명을 쓰게 해선 안 됩니다. 저를 파산하게 만든 이 몹쓸 운명에게나 죄를 묻는다면 몰라도……

아무튼 저의 죽음으로 인해 당신이 치러야 할 모든 성가신 일들에 대해 정말 죄송하게 생각합니다. 당신에 대한 저의 진실한 우정만큼은 부디 믿어주시기를 바랍니다.

제롬 팡도르는 자기도 모르게 외쳤다.

"야, 이거 엄청난 뉴스감인걸! 자크 돌롱이 결백한데도 체포되었고, 결국 그 충격을 이기지 못해 목을 매 자살을 결행했다? 이 친구야, 이번만큼은 검찰이 아주 죽을 쑨 셈이 아닌가!"

"넌 조롱하고 싶을지 모르지만, 지금 사정이 보통 심각한 게 아니야. 물론 이 편지에 대해서 아직은 법원 내에 아는 사람은 거의 없다고 봐도 돼. 비브레 남작부인의 전담 공증인 제랭 씨가 직접 검사 집무실로 가지고 온 지 얼마 안 됐으니까. 내가 사본을 만든 뒤 원본을 예심 자료로 제출하자마자 네가 도착한 거라구. 결국 퓌즐리에만 알고 있는 셈이지."

"그 사람 지금 집무실에 있을까?"

"그럴 거야. 오늘 아침 그 가엾은 돌롱에 대한 기초신문을 진행할 예정이었으니까."

"그럼 이 몸이 당장 올라가봐야겠군. 그 망할 놈의 퓌즐리에를 쥐어짜서라도 나의 역대 기사 중 최고의 대박 기삿감을 뽑아내야지!"

검사시보는 사법부를 통째로 싸잡아서 야유하는 친구의 태도 앞에 그저 어깨를 으쓱할 뿐이었다.

"나야 그저……"

"그나저나 너 오늘 오후 내내 근무냐?"

"아니, 일찍 퇴근할 거야."

"그럼 내일이나 볼 수 있겠군."

제롬 팡도르는 친구와 작별인사를 한 뒤, 법원 복도를 성큼성큼 걸어 퀴즐리에 씨의 집무실로 향했다.

잠시 후, 그는 수사판사와 악수를 하면서 말했다.

"퀴즐리에 씨, 제가 왜 이렇게 당신을 찾아왔는지 잘 알고 계시리라 믿습니다."

"노르뱅 가 사건 때문인가요?"

"차라리 경찰청 구치소* 사건이라고 해야 하지 않을까요? 상황이 비극적으로 치달은 건 거기에서니까요."

"아니, 벌써 알고 있는 거요?"

놀라는 수사판사를 향해 제롬 팡도르는 빙긋 웃으며 말했다.

"자크 돌롱이 목매달아 자살한 거, 당연히 알고 있죠. 그가 결백했다는 사실 또한 잘 알고 있습니다! 아시다시피 〈라 카피탈〉 기자는 그 누구보다 먼저 세상 돌아가는 일에 대해 모든 걸 꿰어차기 마련이죠…… 자, 이제 슬슬 좋은 기삿감 좀 털어놓아보시죠. 이번 사태를 대체 어쩌실 셈입니까? 아니, 사법부 전체의 입

* 법원과 같은 구역 내에 있는 경찰청 산하의 기관으로, 재판을 받기 전 미결수들을 수용하는 곳.

장을 물어야 하겠죠? 도대체 감방 안에 있는 피의자를 제대로 감시는 하고 있는 겁니까?"

"감시야 당연히 하는 거고…… 어제 돌롱이 도착하자마자 즉시 베르티용 씨에게 보내 인체 측정을 실시했소이다. 그러지 않아도 방금 베르티용 씨를 직접 만나보고 오는 길인데, 그 양반 얘기가, 돌롱이라는 작자는 당시 무척 의기소침한 상태였고, 신체의 모든 부분에 대한 세밀한 측정 작업에 아무 저항 없이 고분고분 응했다고 합디다. 자살에 대한 언급은 전혀 없었고, 그와 같은 극단적인 결심을 짐작하게 할 만한 기미라고는 눈곱만큼도 찾아볼 수 없었다는 거예요."

"맙소사! 정말 자살할 생각이라면 누가 그런 걸 여기저기 떠벌리겠습니까! 베르티용 씨 방에서 나온 뒤로는 또 어떻게 됐나요?"

"어떻게 되다니? 내 입에서 무슨 얘기가 나오길 기대하는 겁니까? 당연히 교도관이 감방까지 데리고 가 거기 처넣었지요. 자정께 순찰 돌 때만 해도 이상한 점은 전혀 발견 못했답니다. 그러다가 아침이 돼서야 수프를 갖다주려고 가보니 목을 맨 상태더라는 거예요."

"도대체 무얼 가지고 목을 맨 겁니까?"

"셔츠를 찢어서 배배 꼬아 밧줄을 만들었더군요."

"혹시 좀 볼 수 있을까요?"

"아예 사진을 찍어놓는 게 어떻소?"

"그럴 수만 있다면야……"

마침 그때 문에서 노크 소리가 났고, 곧이어 사환 한 명이 수사판사 집무실로 들어서며 말했다.

"어떤 부인이 찾아오셨습니다, 수사판사님. 여기 명함입니다."

퀴즐리에 씨는 사환이 건네는 명함을 흘끔 내려다보더니 갑자기 어쩔 줄을 몰라했다.

"아차, 엘리자베스 돌롱! 그녀가 도착했다는 걸 깜빡하고 있었네…… 뭘 어떻게 얘기하지? 뭐라고 이 사실을 알려야 할까?"

퀴즐리에 씨가 명함을 손에 든 채 당혹스러워하는 사이, 집무실 문이 요란한 소리를 내며 활짝 열렸고 젊은 여자 한 명이 눈물을 철철 흘리면서 들이닥쳤다.

"판사님, 제 동생은 어디 있나요?"

"그게 저……"

수사판사가 무의식적으로 손님에게 자리를 권하는 동안, 제롬 팡도르는 슬그머니 방 한쪽 구석으로 물러났다. 수사판사의 눈을 피해 되도록 두 사람끼리 나눌 흥미진진한 대화를 들어보겠다는 생각이었다.

마침내 퀴즐리에 씨가 입을 열었다.

"돌롱 양, 부디 마음을 다잡으셨으면 합니다. 당신의 동생은 뭔가 착오가 생기는 바람에 체포된 것뿐입니다……"

"오, 수사판사님! 그러게 말입니다. 정말 어이가 없는 일이네요!"

"분명한 건…… 아니, 적어도 제가 생각하기에 당신 동생은 죄가 없습니다……"

"아!……"

젊은 여자의 얼굴이 불현듯 환해졌다.

치안국에서 보낸 전보를 수령하자마자 온갖 걱정 속에 밤새워 파리로 돌아온 그녀는 동생이 결백하다는 얘기를 마치 당장이라도 석방이 가능하다는 얘기처럼 받아들였다.

"대체 이게 무슨 악몽이란 말입니까…… (잠시 그렇게 중얼거리던 여자는 다시 말을 이었다.) 그런데 제가 받은 전보에 의하면 그애가 어디 다친 것 같던데요…… 설마 심각한 건 아니겠죠?"

"동생의 심리 상태가 여간 절박한 게 아니었습니다……"

"오, 대체 왜 그런 말씀을 하는 거죠? 뭔가 저에게 숨기는 게 있군요! 오늘 아침 신문들을 보니 제 동생 역시 살인범 때문에 피해를 본 입장이라고 하더군요. (여자는 갑자기 극도로 불안해하면서 초조한 듯 두 손을 비벼댔다.) 제발 그애한테 아무 일도 없다고 말해주세요! 도대체 지금 어디 있습니까?"

순간 섬뜩한 진실의 빛이 얼굴 한 켠을 스쳐지나는가 싶더니, 마침내 엘리자베스 돌롱은 안락의자에 쓰러지듯 주저앉으며 이렇게 외쳤다.

"죽은 거로군요!"

발작적인 흐느낌 속에서 한동안 축 늘어져 있던 그녀는 마치 신들린 사람처럼 멍한 얼굴로 일어나 중얼거렸다.

"자크한테 절 데려다주세요! 제 눈으로 직접 봐야겠습니다. 정말로 세상이 그애를 앗아갔는지 제 이 두 눈으로 직접 확인해야겠어요!"

"제발 진정하십시오, 돌롱 양. 제가 안내해드리겠습니다."

퓌즐리에 씨는 문득 제롬 팡도르의 존재가 생각났는지, 도움을 요청하는 눈길로 그를 찾았다. 하지만 방금 전까지 진행된 혼란스러운 분위기를 틈타 제롬 팡도르는 이미 방을 빠져나간 뒤였고, 지금은 친구 주에의 배려로 확보한 통행증 덕분에 교도관의 어엿한 안내를 받아 감방들이 열 지은 통로 입구에 다다라 있었다.

그의 머릿속에선 앞으로 쓰게 될 대단한 기사의 문구들이 벌써부터 어른거리고 있었다. 신문기자 중 가장 먼저 자크 돌롱의 자살 소식을 접했을 뿐만 아니라, 그 끔찍한 현장을 직접 방문해 처참한 사체를 눈으로 확인하는 기회까지 누리다니, 여간 흥분되고 뿌듯한 순간이 아니었다.

제롬 팡도르는 일단 교도관한테 수사판사를 기다리겠다고 한 뒤, 한쪽 구석으로 비켜나와 생각했다.

'인생이란 참 기묘하군! 이렇게 엘리자베스 돌롱과 재회하게 되다니…… 아마 그녀가 나를 알아볼 가능성은 매우 희박할 테지. 워낙 어려서 헤어졌으니…… 랑그뤈 후작부인 살해사건 당시 풋내기 소년이었던 나를 과연 그녀가 기억이나 하고 있을까 몰라……'

마침내 가엾은 엘리자베스 돌롱의 비틀거리는 걸음걸이를 옆에서 부축하며 퓌즐리에 씨가 저만치 모습을 드러냈다.

제롬 팡도르는 여자의 우아한 모습을 말없이 눈으로 좇으며 연신 속으로 중얼거렸다.

'음, 과연 출중하군…… 금발은 별로 좋아하지 않는 내 취향마저도 충분히 철회하게 만들 미모야.'

교도관장이 손가락으로 가리킨 감방 앞에 당도하자 퓌즐리에 씨는 엘리자베스 돌롱을 돌아보며 물었다.

"무척 힘들 텐데 정말 괜찮겠습니까? 동생을 이렇게 해서라도 굳이 만나봐야겠습니까?"

돌롱 양이 서슴없이 고개를 끄덕이자, 수사판사는 곧바로 교도관장을 향해 지시했다.

"문을 여시오."

교도관장은 즉시 이행하면서 이렇게 말했다.

"상부 지시에 따라 시신은 침상에 바로 눕혀놓았습니다, 수사판사님. 그다지 보기 흉하지는 않을 겁니다. 흡사 자는 것처럼 말이죠. 자, 보십시오……"

한데 문이 열림과 동시에 자크 돌롱의 시신이 누워 있어야 할 침대 쪽을 손으로 가리킨 교도관장의 입에서 튀어나온 일성一聲은 무척 당혹스러운 것이었다.

"맙소사, 시신이 사라졌어!"

사방이 휑한 벽, 철제 침상 하나와 바닥에 고정된 등받이 없는 의자만 덩그러니 놓여 있는 감방 안에는 얼추 보아도 사람 시체라고는 눈에 띄지 않았다. 자크 돌롱의 시신이 사라져버린 것이다!

"정신 차리시오! 감방을 잘못 안 거 아닌가?"

쥐즐리에 씨가 으르렁대자 교도관장은 파랗게 질려 더듬댔다.

"아, 아닙니다……"

"지금 자크 돌롱이 저기 없는 거 안 보이나?"

"오 분 전까지만 해도 분명히 있었습니다!"

"그럼 누가 다른 데로 옮기기라도 했단 말인가?"

"열쇠를 제가 줄곧 가지고 있어서 그럴 리는 없습니다."

"어허, 이것 봐요, 교도관장!"

"정말입니다, 수사판사님! 틀림없이 저기 있었어요. 그런데 감쪽같이 없어지다니…… (이제 교도관장은 거의 울부짖다시피 하고 있었다.) 도대체 12호실에 멀쩡히 갖다놓아둔 시체가 어떻게 사라진 거지?"

구석에 물러나 있던 제롬 팡도르는 입가에 야릇한 미소를 띤 채 모든 상황을 지켜보고 있었다.

'음, 점점 흥미진진해지는걸…… 열쇠가 교도관장의 호주머니에서 떠난 적이 없다면 수감자는 그것 말고 또다른 수를 냈다는 얘긴데……'

신문기자가 머리를 굴리는 동안 퓌즐리에 씨 역시 있을 수 없는 이런 상황을 어떻게든 이해하려 애쓰고 있었다.

'사람이 사라진 걸 보면, 살아서 도망쳐 나갔다는 뜻인데…… 한데 도망치려고 했다면 죄가 있다는 뜻 아닐까?…… 아, 정말 뭐가 뭔지 도통 모르겠어!'

그러고는 느닷없이 교도관장의 어깨를 거칠게 움켜잡으며 이렇게 묻는 것이었다.

"이봐요, 똑바로 말해봐요! 그자가 정녕 죽어 있기는 했던 거요?"

한편 돌아가는 상황을 말없이 지켜보던 엘리자베스 돌롱은 미친듯이 웃으면서 저 혼자 이렇게 중얼거리고 있었다.

"자크는 살아 있어! 살아 있다구!"

교도관장은 마침내 무슨 엄숙한 선서라도 하듯 한 손을 치켜들고는 말했다.

"수사판사님, 맹세컨대 그자는 누가 봐도 죽은 상태였습니다! 법의관도 저와 똑같은 얘기를 할 겁니다. 아울러 저를 도와 시신을 침상에 같이 옮긴 파브릴 역시 같은 증언을 해줄 겁니다."

이에 대해 퓌즐리에 씨는 버럭 화까지 내며 내뱉었다.

"당신 분명히 맹세했겠다? 좋소, 그럼 지금 당장 검사에게 이 사실을 보고해야겠군!"

그는 문밖으로 몇 발짝 나서다 말고 아까부터 복도에 서서 모든 것을 예의 주시하고 있던 제롬 팡도르와 비로소 눈이 마주쳤다.

"당신 아직도 가지 않고 있었소? 대체 여기는 어떻게 들어온 거요?"

"통행증을 가지고 있거든요."

"그래, 실컷 돌아다닌 모양이니 이젠 좀 나가주실까! 그러고 있다고 무슨 도움 되는 것도 아니고 말이지…… 솔직히 말해서, 신문기자라고 해봤자 공연히 소란만 더 보탤 뿐이오! 그러니 이제 제발 내 눈앞에서 썩 사라져주시지!"

잠시 후, 제롬 팡도르는 비틀거리는 엘리자베스 돌롱을 부축하면서 법원 건물의 중앙계단을 내려가고 있었다.

"부탁이에요, 저를 좀 도와주세요…… 동생은 결코 죄지을 사람이 아닙니다. 제가 보증해요. 그애를 찾아야 합니다. 아, 이 악몽 같은 상황을 끝내야 해요……"

팡도르는 여자의 고통스러운 모습에 마음이 흔들리면서도 겉으로 드러내지 않기 위해 아무 대꾸 없이 그저 점잖게 고개만 끄덕였다.

그는 지나던 택시를 불러 세워 돌롱 양을 태운 다음, 운전기사에게 행선지 주소를 건네고는 문을 닫았다. 순간 여자가 또다시 소리쳤다.

"어떻게든 꼭 좀 도와주세요!"

그제야 팡도르도 이렇게 대답했다.

"진실은 반드시 밝혀질 겁니다!"

돌롱 양을 태운 택시가 어느새 퐁뇌프 다리 모퉁이를 돌아 사라지는데도, 제롬 팡도르는 여전히 그 자리에 꼼짝도 않고 서서 깊은 생각에 잠겨 있었다.

이윽고 고개를 설레설레 흔들고는 앞으로 써나갈 기사에 대해 고민하며 신문사로 발길을 돌리는 팡도르…… 불현듯 부정하기 어려운 너무나도 분명하고 확실한 어떤 생각이 뇌리를 스치는 것이었다!

'이런 수수께끼 같은 사건은 정말이지 보통 상식으로는 이해하기가 어렵지…… 오직 단 한 사람…… 죽은 자를 다시 산 자로 만들어낼 만큼 기발한 수완을 가진 자는 이 세상에 딱 하나뿐이거든! 그게 누구냐면…… 다름아닌 팡토마스지!'

제롬 팡도르는 라 카피탈 사社로 돌아와 확실한 자료를 토대로 한 기사 속에 모든 이야기를 낱낱이 풀어냈다. 당일 저녁 신문이 나오면 세상이 또 한번 발칵 뒤집힐 것이 분명했다.

기사를 다 작성한 뒤, 그는 편집실을 떠나 잠깐이라도 휴식을 취할 겸 바로 옆 베르제르 가에 위치한 아파트 6층의 소박한 자기 집으로 향했다.

현관으로 들어서려던 그는 누군가 문 아래로 밀어넣은 게 분명한 편지 하나를 발견했다.

"어, 편지네! 수신인 이름도 없고 우표도 없어……"

얼른 봉투를 뜯어 안의 내용을 살피던 팡도르는 갑자기 호흡이 빨라지며 눈이 휘둥그레졌다.

"이게 도대체 뭐지?"

그렇게 놀라는 것도 무리는 아니었다. 그가 눈으로 삼킬 듯이 바라보고 있는 편지 자체가 묘한 방식으로 작성되어 있는 것이었다. 즉, 필체가 확인되는 것을 피하기 위해 편지의 발신자는 신문에서 가위로 글자들을 하나하나 오려내 편지지에 붙이는 방식으로 문장을 만들어갔다. 인쇄된 활자들의 작위적인 배열은 그 어떤 경찰의 추적도 따돌리기에 충분해 보였다.

제롬 팡도르는 편지에 쓰인 문장을 읽고 또 읽었다.

제롬 팡도르, 조심하시오, 정말 조심하시오!

지금 당신이 몰두하고 있는 사건은 지극히 흥미로운 게 사실이지만,

그만큼 무시무시한 결과로 치달을 수 있다는 사실을 명심하시오.

서명은 당연히 없었다.

팡도르는 자기도 모르게 중얼거렸다.

"팡토마스야! 역시 이 사건에서는 팡토마스 냄새가 나!……"

4
놀라운 여정

제롬 팡도르는 아주 힘겨운 밤을 보냈다.

혼란스러운 머릿속에는 온갖 끔찍한 망상들이 끊임없이 출몰했다. 악몽에서 간신히 깨어나면 또다른 악몽이 기다리고 있었고, 그때마다 한밤 내내 울리는 괘종시계 소리가 귓전을 때렸다. 가까스로 무거운 잠에 빠져드는가 싶으면 어느새 피로에 찌든 몸으로 깨어나 있는 것이었다.

그러다 끝내 날이 밝았고, 그는 자리에서 일어나 차가운 물로 샤워를 했다. 갑작스럽게 온몸을 파고드는 물줄기가 긴장한 신경을 얼마간 풀어주자, 그는 샤워를 마치고 서둘러 옷을 입었다.

'지금 문제는 죽은 자가 어떻게 해서 감방을 빠져나갔는가를 정확히 알아내는 일이야…… 우선은 그것부터 확실히 짚고 넘

어가야만 해!'

아침 여덟시, 신문기자 제롬 팡도르는 그렇게 일단 생각을 정리했다. 그는 집을 나오면서 관리인을 향해 외쳤다.

"우드리 부인, 어쩌면 오늘 저녁에 못 들어올지도 모릅니다! 여행을 가게 될 것 같아요! 미안하지만 제 우편물 좀 잘 챙겨주세요…… 특별히 신경 좀 써주셔야 합니다, 알았죠?"

몽마르트르 가에서 그는 택시를 불러 세웠다.

"국립도서관으로. 빨리 부탁합니다!"

얼마나 지났을까……

"제기랄, 벌써 세시야! 이러고 있을 때가 아니지. 시간이 없어……"

제롬 팡도르는 도서관 입구에 맡겨둔 소지품들을 되찾아 부랴부랴 밖으로 나왔다. 그는 리슐리외 가로 나서자마자 어느 상점을 골라 들어가면서 지극히 평범한 말투로 말했다.

"한 15미터 정도로 아주 부드럽고 가늘면서도 튼튼한 밧줄을 찾는데요."

"어디에 쓰려고 그러십니까? 여러 종류가 있는데요……"

"친구 중에 목을 매고 싶어하는 녀석이 있어서요……"

철물점 주인은 대답 대신 실소를 터뜨리더니, 몇 종류의 밧줄을 가져와 보여주었다. 제롬 팡도르는 능숙한 솜씨로 그중 하나를 골랐다.

가게를 나오면서 팡도르는 속으로 중얼거렸다.

'이제는 시계점이다!'

그러고는 곧장 가까이 있는 시계 상점으로 들어갔다.

"자명종용 추시계 하나 구하는데요…… 제일 싼 걸로, 소형 모델 있으면 하나 부탁합니다."

원하던 물건을 갖추자 제롬 팡도르는 호주머니에서 시계를 꺼내 흘끔 보았다. 오후 세시 반. 그는 얼른 눈에 띄는 택시를 불러 세웠다.

"법원 앞. 전속력으로 갑시다!"

신문기자는 택시에 올라앉자마자 창문의 블라인드부터 내리더니 윗도리를 벗고 조끼 단추를 풀었다……

방금 법원 건물의 거대한 괘종시계에서 네시를 알리는 종소리가 울렸다. 묘하게 맑은 울림을 가진 소리가 통로마다 조화로운 화음으로 퍼져나가는 가운데, 제롬 팡도르는 상가商街 아케이드로 접어들어 바쁘게 걷고 있었다. 그렇게 한참을 가다 우측으로 돌아, 탈의실이 위치한 좁은 통로로 들어섰다. 팡도르는 사람들을 헤치고 누군가를 한참 찾는 듯하더니, 그곳 직원 중 한 명을 붙잡고 물었다.

"마르그리트 부인 안 계십니까?"

"저 안쪽에 계세요."

마르그리트 부인은 법원 탈의실의 관리 책임자로 신문기자와는 오랜 친분을 유지하고 있었다. 팡도르는 그녀의 세심한 중재 덕분에 언론에 상습적으로 반감을 가진 법관들과 어렵사리 인터뷰를 해올 수 있었다.

"마르그리트 부인, 한 가지 여쭤볼 게 있는데요…… 법관들이 붉은 법복을 벗어두는 곳은 어디인가요?"

팡도르의 질문에 여자는 역시 자상하게 대답해주었다.

"그분들 전용 탈의실은 중죄재판소 부속건물에 있어요. 대회의실 근처예요……"

"아, 그렇군요. 감사합니다!"

제롬 팡도르는 흡족한 미소를 지어 보이며 마르그리트 부인과 헤어져, 곧장 중죄재판소 쪽으로 발길을 돌렸다.

대회의실로 향하는 계단을 달려올라가자마자 그는 근무중인 법정경위에게 물었다.

"게샹 재판장님을 혹시 만날 수 있을까요?"

"이미 퇴근하셨는데요……"

제롬 팡도르는 잠시 생각에 잠긴 듯 보였다.

사실 그는 마르그리트 부인이 귀띔해준 정보가 정확한지 살피는 중이었다.

아니나 다를까, 그가 서 있는 곳 주위로 작은 옷장들이 즐비하게 늘어서 있는데, 재판정을 나오는 법관들이 모두 그 안에다 붉은 법복을 벗어놓는 것이었다. 다름아닌 중죄재판소 판사들이 사용하는 탈의실이었다!

"음…… 재판장께서 안 계신다…… 그러면 혹시……"

사실 제롬 팡도르는 다른 이름을 들이밀어야 할 상황이 닥치리라고는 전혀 예상치 못하고 있었다. 그나마 각각의 옷장들 위에 가지런히 붙어 있는 사용자의 명패가 눈에 포착된 것이 불행 중 다행이라면 다행일까.

그는 그중 하나의 이름을 재빨리 입에 올렸다.

"위베르 판사님은…… 좀 뵐 수 있을까요? 한 오 분 정도만 면담할 수 있는지 알아봐주시겠습니까?"

"잠시 기다리십시오."

얼마 지나지 않아, 성가신 젊은이에게 판사의 면담 거부 의사를 전하기 위해 부지런히 돌아오고 있는 법정경위…… 하지만 이미 그곳에는 아무도 없었다!

"어, 아까 그 젊은 친구 어디 갔지?…… 하여튼 그놈의 수습 소송 대리인이란! 뭐 생각이 바뀐 모양이지…… 자칫 판사님이 들여보내라고 했으면, 괜히 나만 바보 될 뻔했잖아!"

상황을 그렇게 간단히 치부하고 넘어간 법정경위는 오후 네시를 가리키는 시계를 흘끔 확인했다. 카드를 치러 가려면 앞으로 한 시간은 더 남았다는 생각을 하며 그는 읽다 만 신문으로 눈길을 돌렸다.

중죄재판소의 빈틈없이 차단된 창문으로는 달빛 실오라기 하나 새어들지 못했다. 그로 인한 어둠은 숱한 범죄자들이 죽음의 선고를 받았던 거대한 방의 무덤 같은 적막에 무시무시한 기운을 더하고 있었다.

법원의 괘종시계 소리가 울리기 시작했다.

이제 막 열한시…… 텅 빈 회랑을 일깨우는 반향이 미처 잦아들기도 전, 법관들이 좌석을 차지하는 육중한 책상 아래에서 난데없는 자명종 소리가 가늘지만 날카롭게 울렸다.

곧이어 누군가의 손이 자명종을 껐고, 왠지 씩씩하게 들리는 하품 소리와 더불어 한 사나이가 상체를 일으켰다.

'아이고, 지금 정확히 몇시지? 내가 대충 열한시에서 자정 사이에 시계를 맞춰놨는데……'

이윽고 재판장의 책상 바로 밑에서 희미한 불빛이 켜졌다. 미지의 사나이는 아직 그 안에서 모습을 드러내지 않고 있었다.

'음, 열한시 십분이로군. 아직은 오 분쯤 빈둥댈 시간이 있는 셈이야. 보아하니 제법 고된 밤이 될 것 같은데다, 십중팔구 일찍 집에 들어가긴 글렀으니…… 어쨌거나 국가 최강의 조직을 농락하기가 이리 쉬워서야! 자크 돌롱이 자살했다는 게 밝혀진 건 오후 다섯시였지. 이어서 결백했다는 것도 알려졌지만, 결국 시체는 사라졌다, 이거야. 어제 다섯시 반에는 〈라 카피탈〉에 그의 어여쁜 누이에 대한 기사가 났고…… 드디어 오늘밤 열한시 십분, 나 혼자 법원 건물에 틀어박혀 그동안 생각해온 조사를 벌일 참이라, 이거지……'

그런 생각을 굴리는 제롬 팡도르의 입가에 어느덧 은근한 미소가 어른거리고 있었다. 마침내 그는 책상 밑에서 기어나와 중죄재판소의 문짝 두 개 안쪽을 가로지른 굵직한 쇠봉을 움켜잡았다. 저녁때면 으레 잠겨 있기 마련이지만, 안에서 쇠봉을 조작하면 어렵지 않게 문을 열 수 있었다.

제롬 팡도르는 손전등을 들고 계단을 내려가며 자기도 모르게 웃기 시작했다…… 그는 휘파람을 불면서 상가 아케이드를 따라 걷다가, 경범재판소 기록보관실에 이르는 작은 계단으로 아무렇지도 않게 접어들었다. 필경 누구와 마주칠 걱정일랑 전혀 하지 않는 게 분명했다. 밤에는 법원 건물 안에 머무는 사람이 아무도 없으며, 순찰도 밖에서만 돌고 있는 것이었다.

팡도르는 신속한 동작으로 계단을 올라 기록보관실에 들어갔고, 예로부터 그곳 터줏대감인 페테 씨의 자랑이자 기쁨이기도 한 흑단 사다리를 옮겨와 천창에 기대어놓았다. 그는 이제 지붕을 향해 천천히 사다리를 오르기 시작했다……

잠시 후, 제롬 팡도르는 호주머니에서 종이 한 장을 꺼내 조심스레 펼친 다음 살펴보기 시작했다.

'정말이지 오늘밤 국립도서관에서 법원 건물 전체의 상세 도면을 구할 수 있었던 게 얼마나 다행인지 몰라! 지붕이 워낙 넓으니 이 정도로 정확한 도면이 없다면 어디가 어딘지 분간 못하기 십상이지…… 가만있자, 그러니까 지금 내가 있는 곳이 구치소 바로 위라 이거지. 이제부터 내가 알고 있는 사건의 추이를 지극히 논리적인 방식으로 되밟아 확인해보는 거야! 우선, 자크 돌롱은 지금 내 발밑에 위치한 구치소의 한 감방에 수감되었어. 과연 그는 죄가 있는가, 없는가. 그건 이 대목에서 별로 중요하지 않지. 어쨌든 확실한 반증이 나오지 않는 이상 현재로선 그가 무죄라고 말할 수밖에 없는 거야. 이유는 두 가지. 첫째, 소위 희생자로 지목된 비브레 남작부인이 스스로 목숨을 끊겠다는 유서를 남겼다는 사실. 둘째, 퓌즐리에 씨의 의견과는 반대로 내가 보기에 만약 그가 범인이라면 자살 말고 보다 약삭빠른 활로를 추구하지 않았겠느냐 하는 점이지!'

거기까지 일단 생각을 정리한 제롬 팡도르는 두 손을 기분 좋게 문지르며 중얼거렸다.

'좋았어, 이렇게 계속 추리해나가면 되는 거야! 이제 그가 혼자 힘으로 탈출했든 다른 누군가가 나오게 해주었든, 그 방법을 규명해내는 일이 관건이야. 우선 창문을 통한다는 건 불가능하지. 그가 있었던 감방엔 창문이 없으니까. 법원 앞 광장이나 대로를 통해 탈출하는 것 역시 어려운 일이야. 사람이 워낙 많이 다니는 곳이니까…… 강둑 쪽으로 난 출구를 이용하는 것도 생각할 수 없어. 일단 초소들이 버티고 있는데다, 결국에는 센 강이 가로막고 있으니 말이야…… 그렇다면, (신문기자는 발을 탁 구르며 중얼거렸다) 자크 돌롱이 감방을 빠져나오긴 했지만 아직 구치소 어딘가에 있든지, 적어도 법원 건물 안에는 있다는 얘긴데…… 하지만 또한 분명한 것은 자크 돌롱이 법원 안에 있다고 해도 구치소 어딘가에 머물러 있을 거라고는 보기 어렵다는 사실이지. 거긴 이미 철저한 수색이 이루어졌으니까. 있었다면 벌써 발견되고도 남았겠지. 그렇다고 법원 건물 안에 머물러 있다고 단정하기도 쉽지 않아. 구치소를 제외한 다른 곳이라고 해봐야 사람 시신이 눈에 띄지 않고 나돌아다닐 만한 데라곤 전혀 없으니까…… 자, 그렇다면 자크 돌롱은 법원 내에서 오로지 구치소하고만 연결되어 있는 제3의 장소를 통해 빠져나왔다고밖에는 볼 수가 없겠는데…… 그런 곳이라면 하수구와 굴뚝 정도가 아닐까? 만약 하수구라면, 과연 어떻게 빠져나왔을까? 내가 아는 한 구치소와 하수구를 연결하는 배관 중에 사람 하나 능히 지나다닐 수 있을 만큼 큼직한 규모는 없는 것 같은데…… 그 대신 굴뚝은 하나 있는 걸로 알고 있어. 이른바 마리앙투아네트의 낡은 굴뚝 말이야. 구치소에서 지금 내가 서 있는 바로 이 지붕으로 통하는 굴뚝이지. 음…… 아무래도 그 굴뚝을 통해 탈출이 이루어진 것 같아. 어디 조사해보자.'

제롬 팡도르는 국립도서관에서 몰래 빼내온 도면을 손전등으로 비추어가면서, 주위에 들쭉날쭉 솟아 있는 서로 다른 크기의 굴뚝들을 하나둘 살펴보기 시작했다.

문제의 '마리앙투아네트 굴뚝'의 구멍을 발견하는 데는 그리 오랜 시간이 걸리지 않았다.

'거참 묘하게도 생겼군! 지붕 가장자리보다 낮게 위치한 굴뚝은 이거 하나야. 일부러 누가 알려주거나 지붕을 직접 조사해보지 않는다면, 이 굴뚝 구멍은 다른 어느 곳에서도 보이지 않을 게 분명해. 자크 돌롱이 이 굴뚝을 통해 빠져나갔다면, 결코 사람들 눈에 띄었을 리 없어.'

그런가 하면 또다른 사실도 곧바로 신문기자의 눈에 포착되었다.

'어, 이것 봐라! 여기 최근 뭔가에 긁힌 자국이 있네. 석재에 하얀 자국이 나 있는 걸로 봐서…… 옳거니, 분명 밧줄이 닿아 마찰로 인해 생긴 흔적이야! 구멍도 생각보다 넓은걸. 이건 자크 돌롱 혼자뿐만 아니라, 서너 명, 아니, 그 이상도 한꺼번에 충분히 들락거릴 크기야. 음, 이만하면 내가 제대로 짚은 것 같군그래!'

신문기자는 굴뚝 안쪽으로 몸을 한껏 숙여보았다. 그는 컴컴한 구멍 속에 방금 반짝하며 보였던 물체를 좀더 자세히 관찰하기 위해, 자칫 안으로 빨려들어갈 것처럼 상체를 들이밀었다.

잠시 후, 몸을 일으킨 그의 얼굴이 환해져 있었다.

'맙소사, 저 안에 붙어 있는 쇠붙이들 녹이 벗겨져 있어. 분명 최근에 누군가 지나다니면서 벗겨진 흔적이야! 자크 돌롱은 이리로 빠져나온 게 틀림없다고!'

제롬 팡도르는 스스로 전개한 조사 결과가 무척 뿌듯했다.

'마리앙투아네트 굴뚝'을 통해 사람 몸이 빠져나갔을 가능성이 엿보이자 그는 단박에 자크 돌롱이야말로 그 장본인일 거라 확신하는 것이었다.

'만약 자크 돌롱이 살아 있는 상태였다면, 일단 이곳 지붕 위까지 다다른 뒤부터는 세 가지 탈출 방법을 생각해볼 수 있었을 거야. 먼저, 내가 여기까지 올라온 과정을 거꾸로 되밟아가는 거지. 즉 천창을 통해 기록보관실로 숨어들어가서 적절한 때를 기다리다가, 법원 복도로 빠져나와 사람들 틈에 섞여 밖으로 탈출하는 방법이 있었을 거고…… 그게 아니라면 그냥 지붕 어딘가에 마냥 숨어 있을지도 모르겠군. 마지막으로 이곳 지붕 어딘가에 법원 지하실이나 하수구 쪽으로 연결된 통풍구가 있지 않나 찾아보았을지도 모르지…… 아, 하지만 자크 돌롱은 죽은 몸이 아닌가 말이야! 이미 그건 결정난 걸로 치지 않았나. 그렇다면 그의 시신은 이곳에 머물러 있을 수밖에 없든지, 그 누구의 발길도 가닿지 않는 곳에 내려가 있지 않으면 안 돼. 이 아래 법원 기록보관실이라는 데는 서기들이 워낙 자주 들락거리는 곳이라 냄새나는 시체를 숨기기엔 영 마땅치 않은 장소지. 따라서 자크 돌롱의 시신은 지붕 어딘가에 있든지, 아니면 지붕과 하수구 사이를 잇는 어떤 통로가 있든지 해야 말이 되는 거거든……'

이제 제롬 팡도르는 홀로 법원 건물의 지붕 전체를 샅샅이 수색할 참이었다.

그는 만약을 대비해 권총을 빼들었다. 자크 돌롱 사건에 여러 명의 공범이 개입되어 있을 거라는 확신이 이미 그의 심중에 깊이 뿌리내리고 있었던 것이다. 팡도르는 광대한 법원 건물의 지붕 전체를 탐사한다는 그리 쉽지 않은 과업에 드디어 첫발을 내딛기 시작했다.

사실 제롬 팡도르는 일단 무슨 일에든 한번 착수하려고 결정한 이상 쉽게 기가 꺾이는 타입이 아니었다. 그는 그야말로 건물의 지붕 전체를 물샐틈없이 뒤지고 다녔다. 어느 한구석 살펴보지 않은 데가 없었고, 빗물받이 홈통 하나하나까지 직접 눈으로 들여다보고서야 넘어갔다. 그렇게 두 시간 가까이 애쓴 끝에야, 비로소 젊은 신문기자는 '마리앙투아네트 굴뚝' 가까이 돌아와 있었다. 설혹 자크 돌롱이 지붕 위로 올라왔다 해도 지금은 더이상 거기 머물러 있지 않고 다시 어디론가 내려갔을 거라는 게 그가 내린 결론이었다.

신문기자는 다시금 도면을 들여다보면서, 조금은 괴팍한 작업에 착수했다.

그는 지붕을 뚫고 솟은 굴뚝들을 하나하나 세어가면서 바람결에 펄럭거리는 큼직한 도면 위에다 일일이 번호를 매겨갔다.

그렇게 절반쯤 체크해나가던 팡도르의 입에서 갑자기 쾌재의 탄성이 터져나왔다.

"아, 이런…… 내 이럴 줄 알았다니까!"

실제 법원 지붕에 솟은 굴뚝 중 도면상에는 표시되어 있지 않은 굴뚝이 하나 있는 것이었다.

'저건 어디로 통하는 거지?'

팡도르는 서둘러 문제의 굴뚝 가까이 달려갔다.

과연 구멍은 사람 하나 너끈히 들락거릴 만큼 넓었고, 석재 일부도 밧줄에 긁힌 듯 조금 부스러져 있었다. 팡도르의 머릿속이 점차 복잡해졌다.

'이 굴뚝은 대체 뭐지? 그을음 흔적이 전혀 눈에 띄지 않는 걸 보면 어쩜 굴뚝이 아닐지도 몰라…… 그럼 혹시 통풍구일까? 만약 통풍구라면 그 반대편은 법원 건물 안의 어떤 공간일 텐데, 그리로 사람 시체를 내려보낸다는 게 과연 가당키나 한 일일까? 세상에, 그런 황당한 짓을 할 리가 없지! 결국 이 구멍이 통풍구라면 여길 통해서는 자크 돌롱을 내려보내지 않았다는 얘긴데…… 그럼 대체 어디로 내보낸 거야?'

팡도르는 문제의 굴뚝에 귀를 갖다대보았다.

'혹시 무슨 단서가 될 만한 소리라도 들을 수 있다면…… 과연 이 시간에는 법원에 사람이 하나도 없는 모양이군.'

그때였다. 지극히 희미하게, 이따금 끊어졌다가 다시 이어지는, 흡사 철썩이는 것 같은 소리가 아주 멀리서 들려오는 듯했다……

'굴뚝이 센 강으로 통하나? 설마…… 그러기에는 거리가 너무 멀지. 게다가 무슨 목적으로 그런 통로를 이곳 지붕에 만들었겠어……'

팡도르는 한동안 사고의 갈피를 못 잡고 우두커니 서 있었다. 그러다 어느 한순간 반짝하는 영감이 뇌리를 스치는 것이었다!

'만약 이 굴뚝처럼 생긴 통로가 하수구로 연결된 거라면?'

그럴듯한 가정이었다. 자크 돌롱의 시신이 구치소 교도관들을 따돌릴 수 있을 만한 방법에 대해 어제부터 내내 생각해오던 내용이 이 가정 하나로 단번에 확고한 사실처럼 다가오기 시작했다.

하지만 어떻게 검증해낼 것인가? 이 통로가 어디에 이르는지 어떻게 알아낸단 말인가?

그는 옷자락을 들춰 허리에 감고 있던 길고 가느다란 밧줄을 풀었다. 철물점을 나와 법원까지 오면서 내내 숨겨 가지고 온 바로 그 밧줄이었다.

밧줄 끝에 돌멩이를 묶고 통로를 따라 늘어뜨린 후 돌멩이를 흔들어서 밧줄 끝까지 폭이 동일하게 이어지는가를 검증하는 데는 잠깐의 시간이면 족했다. 하지만 그것만으로는 그다지 큰 진전을 이뤘다고는 볼 수 없었다. 수수께끼를 풀기 위해서는 보다

심도 있는 확인 작업이 필요했다.

팡도르는 담담하게 중얼거렸다.

"기껏해야 살인마들을 떼거지로 직접 상대할 위험밖에 더 있겠어?…… 좋아, 어디 해보는 거야!"

그러고는 지금까지의 추리가 옳은지 그른지 확인하고픈 마음에, 밧줄 한쪽 끝을 서둘러 옆의 굴뚝에 단단히 동여맸다. 그런 다음 유사시 언제든 빼들 수 있도록 권총을 허리춤에 끼워넣었다. 이제 제롬 팡도르는 두 손으로 밧줄을 억세게 그러쥔 채 천천히 미지의 구멍 속으로 미끄러져 내려갔다……

하강하는 과정은 역시 만만치 않았다.

우선 밧줄의 길이가 충분한지 알 수 없었다. 컴컴한 통로 속에서 불빛이라고는 오로지 작은 손전등 하나가 전부인 상황. 발을 디딜 곳이라고는 전무했다. 밧줄 길이가 다해 아차 하는 순간 끝모를 허공으로 곤두박질치지는 않을지 덜컥 겁이 났다.

그러나 점차 하강의 시간이 경과할수록 하나둘 확인되는 사실들로 인해 어느덧 위험에 대한 걱정과 막연한 두려움이 잦아드는 것이었다.

굳이 이런 식의 수사에 익숙한 사람이 아니더라도, 지금 이 통로를 최근 몇몇 사람이 지나갔다는 사실만큼은 충분히 알 수가 있었다.

'음, 여기도 돌조각 부서져나간 흔적이 있네. 생긴 지 얼마 안

되는 흔적이야…… 오호라, 벽에 긁힌 자국이 있어! 피가 좀 묻어 있는 것 같은데……'

팡도르는 얼른 무릎과 어깨로 벽을 짚으면서 하강을 잠시 멈추고는 방금 눈에 스친 흔적들을 자세히 살펴보았다.

의심의 여지가 없었다! 신문기자의 날카로운 관찰력은, 비록 신통치 않은 손전등 불빛 속이었지만 통로의 돌출한 내벽 한두 곳에 소량으로 묻어 있는 새빨간 핏자국을 뚜렷이 식별해낼 수 있었다.

그는 잇새로 중얼거렸다.

"이건 틀림없이 자크 돌롱이 죽어 있었다는 사실을 말해주고 있어. 만약 살아 있는 상태에서 상처가 난 거라면 핏자국이 좀더 넓게 이곳저곳 퍼져 있겠지. 미끄러지지 않으려고 애쓰다가 긁혀서 난 상처일 테니 피가 줄줄 흘렀을 거야. 하지만 이 자국들은 몸이 뭔가에 대롱대롱 매달려 내려오다가 살짝살짝 부딪치는 가운데 응고된 핏자국이 찍혀 묻어난 것에 불과해……"

팡도르는 계속해서 몇 미터 더 내려갔다.

"옳거니!"

그의 입에서 갑작스러운 탄성이 터져나온 건 얼마 지나지 않아서였다.

이번에는 들쭉날쭉한 돌벽에 엉겨붙은 머리터럭 몇 올이 그의 눈에 띄었던 것이다!

팡도르는 다시 한번 벽에 몸을 붙인 채 발견물 검사에 들어갔다. 그는 머리털 절반가량을 채취해 조심스럽게 지갑 속에 끼워 넣으며 속으로 중얼거렸다.

'이런 흔적들을 내가 조작했다고 경찰이 말하게 내버려둬선 안 돼. 설사 저 아래에서 자크 돌롱의 시신을 찾지 못한다 해도, 어떻게든 내일까지 이 머리카락이 그의 것이라는 사실만은 밝혀내야지……'

점점 더 내려갈수록 제롬 팡도르는 돌벽 여기저기 희끄무레하게 뭉개진 자국들을 더 많이 확인할 수 있었다. 필경 그것은 밧줄 끝에 매달린 어떤 묵직한 물체가 이리저리 부딪치면서 생긴 흔적들이었다.

끝에 도달하려면 아직은 멀었다는 감을 갖고 내려가던 도중이었다…… 문득 발밑에 무언가 닿는 느낌이 들었고, 팡도르는 일단 그것이 단단한 바닥이라고 생각했다.

'벌써 도착한 거야?'

쥐고 있던 밧줄을 순간적으로 놓을까 했지만, 신중함이 간발의 차로 앞섰다.

'가만…… 아직은 여기가 어딘지 모르잖아…… 자, 자, 진정하자구! 자칫 한 발 잘못 디뎌 심연으로 곤두박질치지 말라는 보장이 없지 않은가 말이야……'

과연 조심해서 손해보는 경우란 없는 모양이었다!

그가 단단한 바닥이라고 잠시나마 생각했던 것은 튀어나온 돌벽 부위에 박혀 있는 쇠붙이였다.

제롬 팡도르는 그 돌출한 쇠붙이에 의지해 잠시 숨을 골랐다. 그리고 남은 밧줄을 끌어올려 여유 길이가 2~3미터밖에 남지 않았음을 확인했다. 대신 현재 멈춘 지점부터는 굴뚝 청소부나 지붕 수리공들이 디딜 수 있게끔 그와 같은 쇠붙이들이 규칙적으로 박혀 있어, 마치 사다리처럼 이용할 수 있다는 걸 깨닫고는 그렇게 반가울 수가 없었다.

이제 내려가는 길은 훨씬 수월해졌다. 마침내 바닥에 착지한 제롬 팡도르…… 하지만 거기가 어디인지는 알 수 없었다.

손전등 불빛에 의지해 사방을 둘러보았지만, 투박하게 마감 처리된 아치형의 돌벽들만 보일 뿐이었다. 그는 조금이라도 섣부른 소리를 낼까봐 조심하면서 몇 걸음 내디뎌보았다. 그러다 걸음을 멈추고는 바짝 귀를 기울였지만 아무 소리도 들리지 않았다.

모든 감각을 긴장시킨 채로 다시 몇 걸음 더 내딛는 팡도르. 문득 발밑에 뭔가 질퍽거리는 느낌이 들었다. 부리나케 손전등을 아래로 향하자 질펀하게 깔린 진흙 더미가 눈에 들어왔다. 그제야 팡도르는 지금까지 파고들어온 굴뚝 같은 통로가 자신을 어느 버려진 하수도로 데려왔다는 사실을 깨달았다. 저 위에서 어렴풋하게 들린 철썩거리는 소리는 진흙 더미 사이로 흐르는 보잘것없는 물줄기가 센 강 쪽으로 내려가면서 만들어내는 소리였던 것이다!

팡도르는 바짝 몸을 수그려 진흙에 남겨진 이런저런 자국들을 치밀하게 살폈다. 조밀하게 이어진 발자국과 깊이 파인 또다른 자국들을 알아보는 것은 그리 어려운 일이 아니었다.

"사람들이 이리로 지나다닌 거야……"

그렇게 중얼거리며 자국들을 따라 몇 걸음 걷다가 그는 또 이렇게 덧붙였다.

"뭔가 무거운 짐을 운반한 것 같은데…… 음, 두 사람이었군. 발자국으로 미루어 두 사람이 함께 행동했어. 게다가 발뒤꿈치 자국이 구두코 자국보다 유난히 더 깊은 걸 보면, 뭔가 무거운 짐을 운반했다는 결론이 나오지."

내심 자신의 발견과 추리에 뿌듯해하며 두 손을 비벼대는 팡도르의 시야에 끔찍한 광경이 들이친 건 바로 그 직후였다. 역겹기 그지없는 큼직한 시궁쥐들이 뒤죽박죽 우글거리며 한데 모여 있는데, 가만 보니 뭔가를 한창 뜯어먹고 있는 모양이었다.

팡도르는 순간적으로 치미는 구토를 간신히 참았다.

'맙소사, 저거 혹시 돌롱의 시체 아닌가?'

그는 얼른 돌멩이를 하나 주워 쥐떼 한가운데로 던졌다. 순식간에 흩어지는 시궁쥐들이 남긴 것은 다름아닌 피로 범벅된 하나의 검붉은 진흙 덩어리였다!

'시체가 사라진 진짜 이유가 뭔지 이제야 알겠군! 범인들이 시신을 끌어다가 저곳에서 토막낸 거였어. 그 잔해를 진수성찬 삼아 방금 전까지 시궁쥐들이 때아닌 포식을 했고 말이야…… 맙소사!'

팡도르는 몇 걸음 더 걷다가 또다시 비슷한 크기의 핏덩이를 우글거리며 에워싼 쥐떼와 맞닥뜨렸다.

'아무래도 더이상 찾아볼 게 없을 것 같군. 이제 시신은 어디에도 없는 게 분명해.'

손전등 불빛이 점점 잦아들 즈음, 팡도르는 예상대로 센 강 쪽 깎아지를 듯한 제방으로 터진 하수구 끝에 다다랐다.

'그나마 다행이로군! 온 길로 되돌아가지 않아도 되겠으니 말이야……'

바깥에는 아직도 깊은 어둠이 드리워져 있었다.

팡도르는 앞으로 이동하면서 이제 어떤 재주를 부려 이 깎아지를 듯한 제방의 경사를 타고 올라가야 할지 고민하기 시작했다.

그런데 하수구 밖, 검은 수면을 굽어보다 말고 미처 몸을 돌리기도 전, 누군가 뒤에서 와락 밀치는가 싶더니, 신문기자의 몸뚱어리는 센 강의 수면 위로 곤두박질치고 말았다!

5
툴루슈 할멈과 크라나주르

"어이, 크라나주르. 프록코트하고 정장 한 벌에 얼마 받아온 거야?"

사내는 여기저기 기운 허름하고 지저분한 옷 호주머니를 한참이나 뒤지더니, 마침내 작은 은화 몇 닢을 꺼내 또다시 한참을 셌다.

'사람하고는!'

툴루슈 할멈은 사내를 물끄러미 바라보며 속으로 중얼거렸다.

하긴 크라나주르 같은 사람도 참 보기 드문 타입이었다. 그가 어떻게 해서 툴루슈 할멈이나 그 가까운 패거리와 관계를 맺었는지 정확히 알고 있는 사람은 아무도 없었다.

어느 화창한 날, 이 초라한 행색의 사내는 패거리 틈에서 흐리

멍덩한 얘기를 주거니 받거니 하고 있었다. 사람들이 이리저리 움직이는 대로 사내는 덩달아 쓸려다녔으며, 그 누구도 그의 입에서 본인 이름이라든가 고향 얘기를 끄집어낼 수 없었다. 그 이유는 사내가 워낙 심각한 기억상실증을 앓고 있어, 한 시간 전에 자신이 한 짓조차 기억해내지 못했기 때문이다!

결코 사악한 구석은 없으나 정신력이 다소 박약한 사내는 남이 시키는 일이라면 늘 군말 없이 따를 자세가 되어 있었다. 비참하기 그지없는 그의 외모는 언뜻 사십에서 칠십 세까지도 짚어볼 만큼 당최 종잡을 수가 없었다. 그만큼 가난과 궁핍은 인간의 몰골을 다른 무엇보다 터무니없게 망쳐버릴 수 있는 요소들이었다.

툴루슈 할멈은 퐁뇌프 다리와 아를레 가 사이, 법원 앞 둔치에서 '만물상 손님'이란 자그마한 가게를 꾸려가고 있었다. 하지만 막상 가게 안으로 들어가보면 그 같은 감칠맛나는 상호와는 전혀 어울리지 않는 광경이 펼쳐졌다.

사실 그곳은 글자 그대로 '헌옷 가게'일 뿐이었다.

가게 뒤편, 센 강의 물살이 내려다보이는 둔치 쪽으로는 툴루슈 할멈의 초라한 간이침대가 놓인 가게 뒷방이 자리잡고 있었다. 그 뒷방을 나서면 어둡고 좁은 골목을 거쳐 아를레 가로 통하게 되어 있는데, 이를테면 툴루슈 할멈의 가게는 두 개의 출입구를 갖춘 셈이었다. 이는 물론 경찰의 촉각을 늘 경계하면서도 도덕성이 의심되는 작자들과의 교류를 끊을 수 없는 할멈 같은 여걸의 거처에 없어서는 안 될 조건이기도 했다.

툴루슈 할멈의 거처이자 일터인 그곳은 1층에만 두 개의 방이 있었고, 지하에는 널찍한 지하실이 있어서 어둡고 습한 비밀 계단을 통해 드나들도록 되어 있었다.

툴루슈 할멈은 이른바 미로와도 같은 장소가 필요했다. 인생을 살 만큼 산 노파가 새삼 몸을 사리는 데는 그만한 이유가 있었을 터……

할멈은 이미 경찰과 뜻하지 않은 인연을 맺은 경험이 몇 차례 있었다. 그중 가장 안 좋았던 최근의 경험은 소위 샬레크 박사로도 알려진 루파르가 '레 시프르 파'의 우두머리 자리를 꿰어차고 있던 시절로 거슬러올라갔다.*

당시 할멈은 샤르보니에르 가의 자기 집에서 체포당했다. 포도주 중개인인 마르시알 씨에게서 탈취한 돈을 은닉한 혐의였는데, 처음에는 중죄재판소로 보내졌다가, 다행히 변호사의 눈부신 활약에 힘입어 불과 스물두 달의 수감생활만으로 종지부를 찍을 수 있었다.

하지만 그후에도 전혀 개과천선하지 못한 툴루슈 할멈은 조심스레 숨겨 갖고 있던 돈을 챙겨, 이번에는 법원 건물 바로 가까

* 팡토마스 시리즈 2권 『쥐브 대 팡토마스』 참조.

이 새로운 둥지를 틀기로 작정했던 것이다.

'붉은 법복들과 이웃처럼 지내면서 그중 몇몇하고 안면을 트다보면, 오히려 여러모로 도움이 되겠지……'

물론 그런 욕심은 핑계일 뿐이었다. 툴루슈 할멈은 파리 중심의 시테 섬 가게를 정리하고 보다 인적이 드문 법원 둔치에 너절한 구멍가게를 열면서 여러 가지 다른 속셈들을 품고 있었다.

요컨대 툴루슈 할멈은 몇몇 멤버가 검거, 처형되고 나서 내부적으로 개혁중인 '레 시프르 파'의 패거리와 계속 관계를 유지하고 있었다. 조직이 와해되어감에 따라 그 빈자리들은 다른 멤버들이 신속히 메워가는 추세였다.

그 와중에서도 가장 소중한 힘이 되어주는 멤버가 있었으니, 이름하여 니베. 그다지 자주 범행에 가담하는 편은 아니었지만 워낙 영향력이 막강한 자리에 있는 터라, 조직에는 더없이 고마운 존재였다.

니베가 하는 일이 무언고 하니, 명예를 중시하고 공익을 수호하는 내로라하는 공직 중에서도 바로 법원 구역 내 경찰청 산하 구치소를 관리하는 교도관이었다!

툴루슈 할멈 가게에서 이따금 볼 수 있는 사람으로는 라 샤펠 구역을 주름잡던 꺽다리 창녀 에르네스틴도 있었다. 예전에 한동안 경찰관과 그렇고 그런 관계를 가졌다고 의심을 받던 바로 그 여자였다. 하지만 그런 소문들은 무엇 하나 입증된 것이 없었고, '꺽다리' 에르네스틴은 사실 욕 들을 만한 짓을 한 적이 전혀 없었다. 만에 하나 그녀가 동료를 배반할 생각을 조금이나마 품었다 해도, 예전에 구트도르 가에서 같이 호객 행위를 했던 늙은 매춘부 '애교마담'이 세 치 혀 한 번 잘못 놀렸다가 피투성이 신세가 된 전력을 떠올리고는 곧장 단념했을 것이다.*

가게 진열대 앞에 좀더 잘 보이게 하려고 아카데미 회원의 망토를 내거는 크라나주르를 툴루슈 할멈이 마뜩잖은 눈빛으로 바라보는 사이, 누군가 가게 안으로 들어서며 할멈을 향해 활기차게 외쳤다.

"잘 있었어요, 할멈!"

다름아닌 '꺽다리' 에르네스틴이었다. 그녀는 눈에 익은 신호가 떨어지기까지 그저 진열대 쪽만 흘끔거리면서 앙리 4세 동상 주변을 반시간이나 어슬렁거렸다고 호들갑을 떠는 것이었다. 가게가 경찰의 감시하에 있거나 툴루슈 할멈이 염탐을 우려할 상황이라 판단할 경우 진열대에는 아무 옷이나 걸려 있기 일쑤지만, 만약 주위에 짭새들 낌새가 전혀 없고 완전히 자유롭게 드나들 수 있을 만한 상황이면 다 낡아빠져 여기저기 기운 아카데미 회원 망토를 일부러 잘 보이게 걸어놓는다는 건 조직의 멤버 누구나 숙지하는 내용이었다. 그런 옷이라고 해봐야 지나는 행인

* 팡토마스 시리즈 2권 『쥐브 대 팡토마스』 참조.

이든 수집가든 특별히 관심을 보일 리 없지만, 의미를 알고 보는 자들에게는 더없이 중요한 메시지를 담고 있는 셈이었다.

에르네스틴은 무척이나 흥분한 표정이었다.

"소식 들었어요?"

순간 툴루슈 할멈의 얼굴 한 구석에 불안의 기색이 스치고 지나갔다.

"무슨 소식 말인가?"

"그 딱한 에밀레가 글쎄 추락했대요!"

"저런, 가엾은 녀석…… 몸깨나 상했겠네?"

"나도 거기까지밖에 몰라요!"

에밀레…… 얼마나 용감한 청년이었던가! 동료들 팔아넘기지 않고 자기 혼자 곤경을 헤쳐나가기 일쑤였고, 항상 전체의 이익을 위해 열심히 헌신하던 그가 아닌가!

지금으로부터 삼 년 전, 탈영병이었던 미밀이라는 청년이 경찰의 일제 검거 작전 와중에 라 샤펠 구역에 위치한 코른 영감의 가게 '친구 사이'에서 체포되어 곧장 알제리 죄수부대로 보내졌다. 하지만 그곳에서 젊은이는 으레 생각하듯 고약한 행실로 문제나 일으키는 대신, 지극히 깔끔하고 성실한 자세로 일관해 상급자들로부터 신뢰를 얻는 데 성공했다.

덕분에 그는 부대 금고를 감쪽같이 털 수 있었는데, 발각되기는커녕 다른 무고한 사람이 둘이나 누명을 쓰고 체포되어 총살

당하는 동안 그 누구도 그를 의심하지 않았다.

군의 특별한 배려를 등에 업은 미밀은 죄수부대 복무 의무기한을 다 채우지도 않은 상태에서, 출중한 복무 성적을 앞세워 알제에 위치한 연대본부로 차출되기에까지 이르렀다. 온갖 여가활동이 보장되는 그 대도시에서 그는 비행기를 다루는 조종사들과 친분을 쌓기 시작했다.

그 일로 더더욱 의기양양해진 미밀은 여섯 달이 채 지나지 않아 군복무가 만료되자마자 아주 능숙한 솜씨를 지닌 비행사로 거듭났다. 그렇다고 비행술의 달인 행세까지 한 것은 아니지만, 그런대로 그 직종에서 짭짤한 수익을 거두는 수준에는 도달하게 된 것이다.

이제 미밀에서 에밀레로 완전한 변신에 성공한 그였지만, 여전히 보다 큰 야심을 품고 있었다.

그는 약간의 속임수와 더불어 비행 기록을 세운다는 핑계로 이 나라 저 나라 오가면서 밀수를 하는 것처럼 쉬운 일은 없다는 걸 깨달았다.

에밀레는 두 명의 약삭빠른 젊은이를 정비사로 고용하고 있었는데, 이들은 사실 튤루슈 할멈의 가게에 모이는 사전꾼과 밀수꾼 들을 비행사와 연결시켜주는 중개인 역할을 톡톡히 해내고 있었다.

'꺽다리' 에르네스틴이 에밀레의 사고 소식을 접하자마자 그토록 불안해했던 건 바로 그런 사정 때문이었다. 비행기는 추락하면서 완전히 파괴된 것일까? 엄청난 양의 말린산産 레이스 세공품들은 무사히 도착할 수 있는 걸까?

아닌 게 아니라, 실은 얼마 전부터 왠지 하는 일마다 제동이 걸리면서 온갖 액운이 한꺼번에 쇄도하는 느낌이었다.

예컨대 '술통'과 그 똘마니 몇몇 역시 벌써 붙잡혀 감금된 상황이다. 아무래도 툴루슈 할멈 주변이 통째로 감시의 대상이 되고 있는 모양이었다. 그러더니 결국 에밀레마저 비행기 추락사고를 당하기에 이르렀으니……

툴루슈 할멈은 뭐가 어떻게 된 건지 속시원히 알고 싶어했다.

도대체 에밀레한테 무슨 일이 닥친 건가?

할멈은 다짜고짜 버럭 소리쳐 불렀다.

"크라나주르!"

사내는 빈둥대던 가게 뒷방에서 득달같이 뛰어나왔다.

할멈은 그의 손에 동전 한 닢을 쥐여주며 말했다.

"크라나주르, 지금 당장 가서 석간신문 하나 사와! 또 괜히 깜빡하지 말고!"

크라나주르가 가게 문밖을 나서자마자 인상을 잔뜩 찌푸린 또 한 사람이 가게 안으로 들어섰는데, 둔치 쪽 입구가 아닌 아를레가로 난 어두운 골목을 통해 가게 뒷방으로 들어온 것이었다.

그는 춥기라도 한 듯 옷깃을 잔뜩 추어올렸고 모자는 푹 눌러

써서, 말하자면 얼굴 대부분이 가려진 상태였다.

할멈은 즉시 달려가 둔치 쪽 출입문의 자물쇠를 채운 뒤, '꺽다리' 에르네스틴과 방금 들어온 손님 쪽으로 돌아와 물었다.

"그래, 니베, 무슨 소식이라도?"

그제야 모자를 젖히고 옷깃을 바로 한 남자의 험상궂은 얼굴이 드러났는데, 다름아닌 구치소 교도관 바로 그였다.

그는 바짝 몸달아 하는 두 여자를 향해, 사법당국을 온통 뒤집어놓으면서 비교적 평범한 살인사건을 일거에 장안의 화제가 될 만한 참극으로 만들어버린 최근의 사태를 상세하게 이야기하기 시작했다.

툴루슈 할멈과 에르네스틴은 자크 돌롱과 비브레 남작부인의 사건에 관해 니베가 지금 이야기하고 있는 것 이상으로 많이 안다고 생각했지만, 감히 그 너머를 캐묻지는 못했다. 교도관은 가뜩이나 기분이 별로인데다 에밀레에게 닥친 사고 소식으로 짜증만 더해진 상태였던 것이다.

"첫, 설상가상이로구먼! 오늘밤 내로 레이스 세공품들이 도착하는 걸로 알고 있는데……"

니베가 아쉬운 듯 중얼거리자 에르네스틴이 불쑥 물었다.

"그건 누가 전달하러 오기로 한 거죠?"

"'마도로스'가 오기로 했지……"

……신문을 사기 위해 바깥으로 나온 지 대략 한 시간. 크라나주르는 방금 미친 듯한 달리기를 마친 사람처럼, 튈루슈 할멈의 소굴과 아를레 가를 잇는 비좁고 어두운 길목 앞에 다다라 가쁜 숨을 몰아쉬고 있었다.

복도를 따라들어간 그는 곧바로 여주인에게 가는 대신, 나선형으로 배배 꼬인 계단을 통해 8층까지 그대로 올라갔다.

크라나주르는 자물쇠에 열쇠를 꽂아 돌린 다음, 흔들거리는 문짝을 열고 경사진 지붕에 길쭉한 천창이 뚫린 지붕밑 방으로 들어갔다.

이 누추하기 짝이 없는 거처가 바로 밀거래자들이 득실거리는 가운데 하루 대부분을 늙은 장물어미 곁에서 온갖 수발을 들며 연명하고 있는 기이한 사내의 보금자리였다.

별이 반짝이는 맑은 밤 날씨였다.

크라나주르는 가급적 빨리 몸을 식히기 위해 빠끔히 열린 창문 밖으로 머리와 어깨를 내밀었다. 드넓게 펼쳐진 지붕들 위를 무심코 눈으로 훑던 사내는 별안간 온몸을 움찔할 정도로 놀랐다.

정면에 보이는 것은 다름아닌 법원 건물. 그 거대한 지붕을 바라보는 그의 눈에 방금 여기저기 굴뚝들 사이를 건너다니는 웬 그림자 하나가 포착된 것이다.

만약 누구라도 지금 이 순간 크라나주르의 얼굴을 보았다면 평소와는 판이한 인상에 어리둥절했을 것이다. 튈루슈 할멈 가게에서 흔히 봐온 흐리멍덩한 눈빛에 어벙해 보이는 웃음, 둔한 표정의 크라나주르는 온데간데없고, 예리한 눈빛에 민감해 보이는 얼굴, 섬세한 동작의 또다른 크라나주르가 잔뜩 긴장한 채 서 있는 것이었다.

정말이지 완전히 다른 사람이었다!

지붕 위를 배회하는 그림자에서 눈을 떼지 못하는 크라나주르는 별다른 상황 변화가 없는 한 그렇게 창문에 매달려 온밤을 지새우기라도 할 것 같았다. 그런데 문득 그림자가 개중 커다란 굴뚝 위로 올라가더니, 그 속으로 천천히 빨려들 듯 자취를 감추는 것이 아닌가!

크라나주르는 정체불명의 그림자가 조만간 다시 모습을 드러내주길 바라며 잠시 그대로 시선을 고정하고 있었다.

하지만 법원 건물의 광대한 지붕은 마치 아무 일 없었다는 듯 평소의 적막한 기운을 무겁게 드리우고 있을 뿐이었다……

잠시 후, 크라나주르는 가게 뒷방으로 돌아왔다.

"도대체 왜 이리 오래 걸린 거야? 신문은 가져오긴 한 거야?"

할멈의 질책에 크라나주르는 찔끔하면서 되도록 멍청한 표정으로 주위를 둘러보다가 이내 두 눈을 내리깔며 더듬거렸다.

"그, 그게…… 그만 까먹었네요……"

어수룩하게 보이는 사내의 출현에 별 관심이 없는 니베는 에르네스틴을 상대로 '종지기'라는 별명을 가진 그녀의 애인 이야기에 한창 몰두해 있었다.

정말이지 '종지기'는 대단한 위인이었다. 얼추 평화스러운 인상을 줄 것 같은 그 별명은 사실 '종치기의 달인'으로서 그가 가지고 있는 끔찍한 명성에 기인한 것이었다. 하필 왜 '끔찍한 명성'인고 하니, 에르네스틴의 애인이 즐겨 치는 '종'이란 두드리면 소리가 나는 보통의 '종鐘'이 아니라, 운 나쁘게 그한테 걸리는 행인의 머리통이었기 때문이다!

에르네스틴은 오늘밤에 '종지기'를 볼 생각은 말아야 할 거라고 했다. 마침 일이 험하게 꼬여서 한창 바쁘다는 이유였다.

호기심이 발동한 툴루슈 할멈이 대뜸 물었다.

"혹시 돌롱 사건에 한몫 낀 거 아닌가?"

순간, 크라나주르는 큼지막한 헌옷 꾸러미를 정돈하는 척하면서 전혀 티내지 않고 귀를 바짝 기울였다.

하지만 니베는 툴루슈 할멈에게 이렇게 대답하고 있었다.

"내가 아는 한 '종지기'는 그 일과는 전혀 상관이 없다오. 다만 '술통'처럼 꼴사납게 당할까봐 여기 오지 않는다는 거올시다. 나로선 충분히 이해할 수 있죠. 조심해서 나쁠 건 없으니까……"

에르네스틴과 툴루슈 할멈은 너 나 할 것 없이 '술통'의 딱한 처지를 생각하며 혀를 찼다.

가엾은 사람 같으니! 석방된 지 겨우 보름 만에 다시 감옥에 기어들어가다니…… 밀거래에 사전꾼 혐의까지 뒤집어썼으니 쉽게 빠져나오진 못할 터……

한편 니베는 시계를 꺼내 살펴보고는 화제를 돌리려는 듯 이렇게 외쳤다.

"이제 곧 두시 반이로구먼! 슬슬 내려가봐야겠는걸…… 하수도 입구에 '마도로스'가 배 댈 시간이 다 됐어."

밀거래 물품들이 도착할 때면 으레 초조해지곤 하는 툴루슈 할멈이 얼른 니베를 붙잡고 말했다.

"자네 혼자서는 무리일 텐데……"

"글쎄 말입니다. 딱히 마땅한 사람도 없으니, 괜찮다면 크라나주르를 데리고 가죠 뭐……"

잠시 크라나주르 본인이 듣지 못하게끔 저만치 떨어져 낮은 목소리로 '괜찮을 거다, 아니다' 논의가 오갔다. 크라나주르는 지금껏 그런 작업에 그 누구를 따라서도 함께 나선 일이 없었다. 게다가 종종 엉뚱한 소리나 해대는 판국이니 과연 그를 믿고 일할 수 있을까? 니베는 의외로 느긋한 미소를 지으며 이렇게 말했다.

"오히려 좀 어수룩하고 기억력도 부실한 인간일수록 위험 없이 데려다 쓸 수 있는 거올시다!"

툴루슈 할멈 가게 밑의 지하 공간은 크고 어두운데다 악취가 심했다. 벽에는 역겨운 습기가 배어나왔고 바닥에는 여기저기

지저분한 쓰레기와 부패물, 진창이 뒤엉켜 있었다.

앞장서서 그곳으로 내려간 니베는 온갖 잡다한 궤짝과 꾸러미들을 아슬아슬하게 넘어 좀더 작은 규모의 지하실로 건너갔다. 그곳 역시 지저분하기는 마찬가지였고, 주위를 빙 둘러 녹슨 뚜껑이 달린 길쭉한 양철통들이 쌓여 있었다.

램프를 들고 따라나선 크라나주르는 니베가 이끄는 대로 그 통들을 향해 다가갔다. 마침내 뚜껑이 열리자, 그 안에는 놀랍게도 수많은 금화들이 반짝반짝 빛을 발하고 있었다!

니베는 넋을 잃은 채 통 안을 들여다보는 크라나주르의 어깨를 퍽 때리며 으르렁댔다.

"그런 데 얼빠져 있으면 곤란하지! 자네 같은 멍청이도 저런 누르스름한 빛깔에 현혹될 줄은 몰랐는걸!"

크라나주르는 허겁지겁 고개를 끄덕이면서, 무슨 말인지 잘 알아들었다는 표시로 이렇게 더듬댔다.

"가짜 돈…… 가짜 돈……"

한편 지하실 저 끝에는 철제 빗장을 가로지른 육중한 문이 보였다. 니베는 그리로 다가가 크라나주르와 함께 빗장을 들어냈다.

문이 열리자 어둡고 길게 이어진 통로로 강한 공기가 훅하고 불어닥쳤다. 바닥 전체가 마치 길거리처럼 포석으로 단장되어 있었으며, 그 위로는 온갖 오물 찌꺼기들이 뒤엉켜 수렁을 이룬 역겨운 개울이 흐르고 있었다.

"여기가 바로 시테 섬의 하수도가 모이는 간선 하수도라네."

니베는 그렇게 설명한 뒤, 왼쪽 멀리 보이는 희끄무레한 지점을 손으로 가리키며 덧붙였다.

"저기 빛이 보이지? 저기로 나가면 센 강이야. 조금 있으면 '마도로스'가 저기에 배를 대게 되어 있어……"

한데 갑자기 니베가 입을 다물더니 크라나주르의 소매를 낚아채 급히 지하실 출입문 쪽으로 뒷걸음질쳤다. 난데없는 소음 하나가 신경에 거슬렸던 것이다.

"이건 또 뭐지?"

두 남자는 그 자리에서 꼼짝 않고 귀를 기울였다. 그리고 잠시 후, 둘 다 자신의 귀를 의심하지 않을 수 없을 만큼 기겁했다. 저만치 센 강 쪽 하수구와는 반대 방향에서 규칙적인 발소리가 선명하게 들려오는 것이 아닌가!

"누가 와요!"

그렇게 중얼거린 크라나주르는 불과 한 시간 전 법원 건물의 지붕에서 목격한 기이한 그림자와 지금의 발소리를 허술한 기억력에도 불구하고 대비시키면서 더더욱 놀라고 있었다.

얼마 지나지 않아 아치형의 축축한 내벽을 이리저리 더듬는 손전등 불빛이 눈에 들어왔다.

"일단 들어가 있자!"

니베는 들릴 듯 말 듯한 목소리로 그렇게 내뱉으며 하수도와 지하실을 가로막는 묵직한 문 뒤로 몸을 숨겼다. 두 남자는 문짝 틈새로 몰래 하수도 쪽 동향을 내다볼 수 있도록 램프부터 껐다. 난데없이 손전등을 휘두르며 나타난 미지의 존재가 친구라면 당장 문을 열고 나가 반갑게 맞을 것이되, 만약 친구가 아닌 적이라면……

진상이 판명되기까지는 그리 오랜 시간이 걸리지 않았다. 점점 발소리가 가까워오면서, 모습을 드러낸 침입자의 얼굴이 내벽에 반사된 손전등 불빛 덕분에 희미하게나마 식별 가능한 정도로 눈에 들어오는 것이었다!

두 남자가 숨어 있는 문 앞을 침입자가 지나치는 순간, 니베가 크라나주르의 팔을 덥석 움켜잡으며 숨죽인 목소리로 으르렁댔다.

"그놈이야! 돌롱 사건을 취재했던 바로 그 기자, 제롬 팡도르!"

니베의 손이 주춤주춤 자기 바지 호주머니 쪽을 더듬었다. 교도관의 동작을 예의 주시하던 크라나주르의 귀에 단도의 찰칵대는 쇳소리가 찌르듯 파고들었다.

니베는 신중함 따위는 일거에 벗어던진 듯 문을 열고는 크라나주르와 함께 하수도로 잠입해 들어갔다. 이쯤 되면 방금 제롬 팡도르로 확인된 젊은이를 뒤에서 덮치려는 것이 분명했다.

젊은이는 느린 속도로 센 강 쪽을 향해 걸음을 떼고 있었다.

크라나주르가 약간은 초조하게 들리는 목소리로 물었다.

"이러다가 괜한 말썽이라도 생기는 것 아닐까요?"

"그럴지도 모르지! 어쨌든 난 저놈 꼴이 정말 보기 싫어 죽겠거든……"

두 남자는 살금살금 걸으며 신문기자와의 거리를 조금씩 줄이고 있었다. 그러나 제롬 팡도르는 깊은 생각에 잠겨 아무것도 눈치채지 못한 채, 여전히 한 치의 흐트러짐 없는 걸음걸이로 걸어갈 뿐이었다.

이제 남은 거리는 불과 1미터 남짓…… 이미 결심을 다진 니베는 깊게 숨을 들이켠 뒤, 아무 소리도 내지 않고 칼을 쥔 오른팔을 높이 치켜들었다!

제롬 팡도르는 방금 하수도의 끝, 센 강으로 물줄기를 쏟아붓고 있는 하수구 앞에서 걸음을 멈춘 상태였다. 이제 눈 한 번 깜짝할 사이면 니베의 칼끝이 무자비하게 내리꽂혀 젊은이의 목덜미 깊숙이 파고들 참이었다…… 바로 그때! 당최 무슨 의도인지 알 수는 없지만 별안간 크라나주르의 뇌리에 어떤 생각이 영감처럼 스치면서, 그대로 신문기자의 허리춤에 발길질을 가해 저 아래 센 강으로 곤두박질치게 만드는 것이었다!

이어서 센 강의 수면에 젊은이의 몸뚱어리가 부닥치면서 나는 요란한 물소리가 들려왔다.

워낙 눈 깜짝할 사이에 벌어진 일이라, 니베는 한껏 치켜든 팔을 아직도 내리지 못한 채 휘둥그레진 눈으로 크라나주르를 바라보고 있었다.

"아, 이런 멍청한 새끼……"

기어이 그의 입에서 거친 욕설이 새어나왔다.

크라나주르의 어처구니없는 행동 때문에 성가신 신문기자를 영원히 제거할 절호의 기회가 날아가자, 교도관의 노기는 하늘을 찌르고 땅을 갈아엎을 것처럼 드셌다.

마침내 둘은 툴루슈 할멈과 '꺽다리' 에르네스틴이 노심초사 결과를 기다리고 있는 가게 안으로 발길을 돌렸다. 늘 정확하기로 이름난 '마도로스'로부터 어떠한 소식도 얻지 못한 채 빈손으로 돌아왔을 뿐 아니라, 예기치 않게 주어진 천금 같은 기회조차 수포로 돌리고 나타난 패잔병들 같은 몰골이었다.

사실 니베는 왠지 모르게 그 신문기자야말로 통탄할 방해꾼이라는 생각이 들었다. 반면 에르네스틴과 툴루슈 할멈은 모든 잘못을 크라나주르의 덜떨어진 행동 탓으로 돌리며 펄펄 뛰는 것이었다.

정작 장본인인 크라나주르는 답답한 듯 하늘을 올려다보며 가슴을 두드리더니, 어깨를 으쓱하고는 그저 알아듣기 힘든 변명만 우물거리고 있었다. 뭐라 똑 부러지게 설명은 못하겠지만, 자기는 그렇게 해야 잘하는 걸로 생각했으며, 오히려 니베를 돕는 길인 줄 알았다는 것이다……

6
되짚어보기

제롬 팡도르가 법원 지붕과 굴뚝에서 시작해 수수께끼 같은 하수도까지 기상천외한 탐사를 시도한 것은 노르뱅 가의 살인 현장이 발견된 월요일 이후 화요일에서 수요일로 넘어가는 한밤중의 일이었다.

센 강 쪽으로 난 하수구에 도착한 순간 제롬 팡도르는 갑작스럽게 파고든 허리의 통증과 함께 물속으로 곤두박질쳤고, 그 통증의 기억은 아직도 생생하게 몸에 남아 있었다.

제롬 팡도르는 무엇보다도 저력을 갖춘 인간한테서 늘 두드러지게 나타나는 자질을 지니고 있었다. 다름아닌 완벽한 자기 통제력 말이다!

강물에 떨어지고 나서 그는 일단 물 흐르는 대로 몸을 맡겼다.

그리고 익숙한 수영 솜씨로 물살을 헤치고 나아가 마침내 퐁뇌프 다리의 아치 기둥에 다다르고 나서야 잠시 숨을 돌리며 생각에 잠겼다.

'참 괴이한 일이야……'

그런 다음 수영 선수조차 외면하기 힘든 수준의 날렵한 영법을 발휘해 맞은편 기슭까지 전속력으로 헤엄쳐갔다.

강에서 나오고 나서도 팡도르는 신중을 다해 강둑에 널린 돌무더기 뒤로 잽싸게 몸을 숨겼다.

그는 사람들 앞에 물이 뚝뚝 듣는 채로 나서는 걸 피하기 위해 일단 바지와 저고리를 벗어 물기를 짜내는 작업부터 착수했다. 최소한 얼추 보기에 무리 없을 만큼 물기가 빠지자, 팡도르는 서둘러 옷을 입고 아무 일도 없었던 것처럼 강둑을 걸어올라갔다. 때마침 지나가는 빈 택시를 잡아탄 뒤 그는 운전기사에게 행선지 주소를 댔다.

목요일 아침, 라 카피탈 사에 출근한 팡도르에게 사환이 다가와 귀엣말로 알려주었다.

"팡도르 씨, 휴게실에서 어느 여자분이 벌써 한 시간 전부터 기다리고 있습니다. 이름은 밝히지 않으면서, 아마 자기가 누군지 짐작할 거라고만 하는데요……"

"어떻게 생겼는데?"

팡도르는 예사로운 말투로 툭 던지듯 물었다.

"금발이고요, 곱게 생겼던데요. 온통 검은색 옷을 입었고……"

순간 팡도르는 사환의 말을 자르며 내뱉었다.

"알았어. 갈게."

제롬 팡도르는 편집실에 모자와 외투를 걸쳐놓자마자 곧장 휴게실로 건너갔다. 과연 여자가 한 명 기다리고 있었는데, 역시나 엘리자베스 돌롱이었다!

여자도 신문기자를 보자마자 곧장 다가왔다. 반짝이는 눈빛에 눈부시리만치 아름다운 용모였다.

그녀는 감사하는 마음이 절로 느껴질 만큼 신문기자의 손을 덥석 붙들며 말했다.

"아, 역시 당신이 도와주시리라 믿고 있었습니다! 어제 신문기사를 봤어요. 정말 고맙습니다! 너무도 고마워요! 그런데 한 가지 부탁이 있습니다. 살아 있는 제 동생을 도대체 어디 가면 만날 수 있는지 말씀해주세요!"

갑작스레 맞닥뜨린 여자의 열띤 태도 앞에서 제롬 팡도르는 잠시 할말을 잃고 우두커니 서 있었다.

전날 저녁에 나온 〈라 카피탈〉에는 노르뱅 가 사건 전담기자가 되다시피 한 팡도르의 충격적인 기사가 실렸다. 여러 가정과 의문점을 나열하는 가운데 자신이 겪은 괴이한 모험 전반을 소개하는 내용이었다.

죽은 채 감방 안에 방치되어 있던 자크 돌롱이 만약 '마리앙투아네트 굴뚝'을 통해 구치소에서 빠져나왔고, 법원 건물 지붕에 도달해 다시 다른 통로를 거쳐 센 강으로 통하는 하수구까지 내려갔다면, 이는 곧 돌롱이 산 채로 탈출한 증거라고 볼 수 있지 않을까?

그러나 지금 신문기자는 자신이 종사하는 직업이 때로는 얼마나 잔인한 결과를 초래할 수 있는지를 실감하고 있었다.

자신이 쓴 기사 하나로 인해 엘리자베스 돌롱의 가슴에 아무 속절 없는 희망의 불씨가 다시금 살아나고 있었던 것이다. 현재 여자의 내면을 뒤흔들고 있는 기대와 기쁨은 그 전망이 지극히 불투명할 따름이었다.

이토록 아름답고도 불행한 여인이 모처럼 행복에 젖은 모습을 바라보면서 제롬 팡도르는 가슴이 미어지는 것 같았다. 계속해서 이런 상황에 그녀를 방치한다는 것 자체가 그로선 더없는 고통이었다. 마침내 팡도르는 결단을 내려 이렇게 잘라 말했다.

"제가 아무래도 큰 실수를 한 것 같습니다. 당신이 생각하는 방향으로 기사를 쓰는 게 아니었어요! 미리 알리지도 않고 말이죠…… 아, 직업상 일부 수행할 수밖에 없는 일들이란 따지고 보면 정말 괴롭기 짝이 없습니다. 그런 일들을 하다보면 정작 고통받는 마음을 달래줘야 할 사람들을 자기도 모르게 괴롭히고 있기 마련이거든요. 적어도 이번 사건에 대해 당신은 제가 가졌을 만한 환상보다 더 큰 환상을 가져선 안 됩니다. 어디까지나 당신에게 도움이 되고 싶은 마음에서 진심을 담아 드리는 말씀입니다. 더는 가망이 없는 일에 지나친 기대를 품고 있어선 안 됩니다. 분명히 말씀드리지만, 제가 직접 조사하고 확인한 점들로 미루어 당신의 가엾은 동생분은 더이상 이 세상 사람이 아니라는 결론이 나옵니다. 이따금 그의 죽음을 의심하기는 했지만, 현재로선 확실히 사망했다는 심증을 가지고 있답니다."

기자의 얘기를 한참 듣고 있던 엘리자베스는 마침내 고개를 푹 떨구었다. 그녀의 눈에는 눈물이 그렁그렁했고 입에서는 한 마디도 새어나오지 않았다. 잠시 무거운 침묵이 두 사람을 짓눌렀다.

엘리자베스는 이제 자세를 추스르고 떠날 준비를 했다. 더이상 면담을 해봤자 아무 소용이 없다는 걸 이해하는 눈치였다.

한데 제롬 팡도르가 여자를 배웅해주려고 하는 찰나, 아까 그 사환이 노크도 하지 않고 불쑥 휴게실로 들어와 알렸다.

"팡도르 씨, 웬 남자분이 찾아오셨습니다! 자신이 센 강 바지선 관리자라고 하면서 돌롱 사건 때문에 왔다고 하던데요……"

"그래? 들어오시라고 하게."

팡도르는 사환이 나가자 곧바로 여자 쪽을 돌아보며 말했다.

"이보세요, 돌롱 양. 이제부터 들을 얘기를 견뎌낼 만큼 마음의 준비를 단단히 하셔야 합니다. 지금 저 사람이 당신 동생의 사건에 관해 뭔가 증언할 게 있어서 온 거라면, 그건 필경 저로선 상상하기도 싫을 만큼 끔찍한 장면을 목격했기 때문일 겁니다. 혹시 얘기를 안 듣는 게 낫겠다 싶으면 지금이라도 자리를 피하셔도 됩니다."

하지만 엘리자베스는 고개를 가로저으며 단호하게 말했다.

"저는 충분히 각오가 되어 있어요!"

마침내 사환이 방문객을 데리고 왔다.

"팡도르 씨, 당신은 저를 모르실 테지만 저는 당신을 아주 잘 압니다. 매일 〈라 카피탈〉에 당신이 쓰는 기사를 읽고 있거든요……"

제롬 팡도르는 상대의 장황한 찬사를 정중히 끊으며 말했다.

"네, 네, 잘 알겠습니다. 한데 무슨 일로 저를 찾아오셨는지요?"

"오, 그게 그러니까…… 뭐랄까…… 정말 황당한 일이 있어서요…… 실은 어제 제가 당신이 쓴 기사를 읽고 있었습니다. 자크 돌롱이 멀쩡히 살아서 법원 건물 지붕을 통해 도망쳤을지 모른다는 그 기사 말입니다. 그 기사가 특별히 흥미를 끈 것은, 아시다시피 제가 퐁뇌프 포구에서 출발하는 바지선 관리자로 일하거든요. 이를테면 그게 제 관할구역 내에서 일어난 사건이다, 이 말씀이죠…… 어쨌든 어제 저는 만약 시체 상태였다면 하수도에서 쥐들한테 파먹혔을 거라고 당신이 지목한 바로 그 지점쯤에 이르러 문제의 기사를 열심히 읽고 있었거든요…… 그런데 역시 기사에서처럼 일이 그렇게 된 게 아니더라, 이겁니다, 팡도르 씨……"

"자, 자, 도대체 거기서 무얼 본 겁니까?"

"제가 무얼 봤느냐고요? 돌롱이 도망치는 걸 봤습니다!"

바지선 관리자의 말이 떨어지기가 무섭게 얼굴이 하얗게 질린 엘리자베스가 의자를 박차고 일어나 두 손을 모은 채 달려들 듯 나서며 외쳤다.

"오, 어서 말해보세요! 어서요! 제발 부탁입니다……"

"그러니까 어제 아침에 말입니다, 제가 동트기 조금 전에 일어났거든요. 닻줄을 점검하려고 하는데, 기사에 언급된 그 하수구에서 어떤 큼직한 꾸러미가 물위로 떨어지는 걸 얼추 본 것 같더라, 이겁니다. 실은 그때 잠이 조금 덜 깬 상태여서 그냥 그런가보다 하고 별 주의를 기울이지 않았지요. 게다가 비가 많이 오다보면 그놈의 하수구에서 지저분한 것들이 쏟아져내리는 일이 다반사 아니겠습니까…… 한데 이번엔 그런 게 아니었어요! 조금 있자니 물에 떨어진 꾸러미가 물살에 떠내려가는 게 아니라, 강줄기를 저 혼자 가로질러 맞은편 기슭 쪽으로 나아가고 있지 뭡니까! 그러고 보니 누군가 자기 모습을 드러내지 않으면서 조용히 센 강을 헤엄쳐 건너고 있다는 생각을 떨칠 수가 없더군요……"

바지선 관리자는 잠시 숨을 고른 뒤 이렇게 덧붙였다.

"이상이 바로 제가 말씀드리려고 했던 이야기입니다, 팡도르 씨. 혹시 다음 기사를 쓰실 때 도움이 될 수 있을지 모르겠네요……"

엘리자베스의 귀에는 더이상 아무 말도 들리지 않았다. 하지만 제롬 팡도르는 이야기가 유발한 충격 속에 여자를 그대로 방치할 수만은 없었다. 그는 여기까지 직접 와서 정보를 전해준 손님에게 몇 마디 고맙다는 인사를 한 뒤, 서둘러 밖으로 내보냈다. 등뒤로 문을 닫은 제롬 팡도르는 엘리자베스 앞으로 바짝 다가가 말했다.

"오, 돌롱 양…… 당신 동생은 틀림없이 사망했습니다! 방금 저 사람이 얘기한 자가 정말 당신 동생이라면, 그 모든 건 어제 아침에 일어난 일이 아닐 겁니다. 분명히 말씀드리지만……"

"하지만 아까 그분은 사실을 있는 그대로……"

"분명히 말씀드리지만, 그때 센 강을 헤엄쳐 건넌 자가 당신 동생이 아니라고 확신할 만한 충분한 이유가 저에게는 아주 많이 있습니다."

팡도르는 잠시 여자가 허탈감 속에 잠겨 있도록 가만 놔두었다. 그러고는 다시 부드러운 어조로 이렇게 물었다.

"자, 이제 우리 차분하게 얘기를 좀 나눠볼까요?…… 짐작하시겠지만 저는 이런저런 제약이 많은 입장입니다. 당신에게 모든 걸 다 말해드릴 순 없어요…… 하지만 되도록 돕고 싶은 마음입니다! 그 대신 우선 당신의 가슴속에서 동생이 살아 있을 거라는 기대부터 몰아내는 것이 중요합니다. 제발 제 말을 믿으세요……"

엘리자베스는 슬픈 표정으로 눈가에 번지는 눈물을 훔쳤다.

제롬 팡도르는 그녀에게 한 발 더 다가가 낮은 목소리로 속삭였다. 그의 마음속에는 어느덧 이 빠져들 것 같은 매력의 소유자에 대한 가없는 연민과 애정이 뜨겁게 용솟음치고 있었다.

"이제 좀 진정하세요. 당신을 돕겠다고 약속하겠습니다. 꼭 그럴 거예요! 믿으셔도 됩니다…… 그런데 제가 뭐든 도움이 되기 위해서는 당신에 관해 좀더 많은 것을 알아야 합니다. 당신 자신과 당신 가족, 당신의 동생, 친구라든가 원한관계에 있는 사람들 모두요. 그런 사정들을 확실히 알아야 서로의 노력을 합해서 결실을 맺을 수 있습니다. 자초지종이 어떻게 된 건지 밝혀낼 수가 있어요……"

마침내 여자는 신문기자가 신속하게 알아들을 수 있도록 자기가 살아온 인생의 큰 흐름을 되도록 간명하게 되짚어주었다. 그녀는 제롬 팡도르가 옛날에 자기와 함께 뛰놀던 샤를 랑베르일 줄은 꿈에도 생각지 못한 채* 어린 시절 이야기를 들려주는 것이었다. 뿐만 아니라 인생에서 처음 겪은 비극인 랑그륀 후작부인 살인사건도 몇 마디 언급했으며, 그 이후 후작부인 댁을 떠나 비

* 팡토마스 시리즈 1권 『팡토마스』 참조.

브레 남작부인을 모시게 되었다가 그 자신마저 끔찍한 살인의 희생자가 된 아버지 돌롱 집사 얘기도 빠뜨리지 않았다.

그녀는 자크 돌롱과 함께 일찍이 고아가 된 뒤, 부모로부터 상속받은 얼마 안 되는 돈으로 어떻게 파리에 정착하게 되었는지를 상세히 설명했다. 엘리자베스는 재단사로 일했고 자크 돌롱은 도자기 화가로 일해왔다는 것이다.

몇몇 대인관계에 관해서도 이야기했는데, 일부 부유층 사람들이 그들 남매한테 관심을 보여주었다고 했다.

그 대목에서 제롬 팡도르가 불쑥 물었다.

"비브레 남작부인과는 늘 좋은 관계를 유지했나요?"

순간 여자의 눈에서 불꽃이 번쩍하고 튀었다.

"사람들이 그 가엾은 부인과 제 남동생에 관해 정말 역겨운 이야기들을 계속 써내더라구요! 요즘 들어와서 신문들은 남작부인을 아주 괴상하고 정신 나간 여자처럼 묘사했어요. 잘 아시겠지만, 심지어 그녀와 제 동생 사이에 뭔가 특별히 친밀한 관계가 있다는 식으로 떠들고 있지 않습니까! 정말 입에 올리기도 역겨운 얘기들 말이에요…… 그 모든 것은 터무니없는 거짓이랍니다! 물론 비브레 남작부인은 아주 좋은 분이고 교양도 깊으셨지요. 대부분의 예술가들에게 무척 호의적이고, 특히 자크에게는 더욱 다정하신 분이었어요. 하지만 그건 그분 가문과 우리 가족 사이에 오래전부터 있어온 친분에 기인하는 것이지요. 아버지께서 돌아가신 후 비브레 남작부인은 우리 남매 뒤를 챙겨주는 일을 한시도 놓으신 적이 없습니다. 저로선 동생을 잃은 슬픔이 남작부인의 자살로 인해 더욱 견디기 어려운 거예요!"

"지금 '자살'이라고 했습니까? 그럼 결국 당신도 남들처럼 그 다정한 후원자께서 스스로 목숨을 끊었다고 보시는 겁니까?"

"스스로 그렇게 글을 남겼으니까요. 그러니 믿을 수밖에요…… 실은 그 문제는 저도 깊이 생각을 해보고 있답니다. 한데 그럴수록 뭔가 이상한 거예요! 비브레 남작부인은 아무리 파산하고 불행에 빠져도 결코 스스로 목숨을 끊을 만한 성격이 아니거든요. 재정 상태에 대해서 이런저런 얘기를 하시는 것도 곁에서 자주 들었지만, 바르베낭퇴유은행에서 부인의 도박벽에 대해 몇 차례 문제제기 하는 것조차 그저 웃어넘기곤 하셨거든요……"

"바르베 씨와 낭퇴유 씨라면 트리니테 광장 일대에서 알아주는 은행가들 아닙니까? 개인적으로 그 사람들을 아십니까?"

"조금은요…… 야회에 초대받아 비브레 남작부인 댁에 갔을 때 바르베 씨와 낭퇴유 씨를 몇 번 뵌 적이 있답니다. 실은 제 동생도 한두 번 그분들에게 투자 문제로 조언을 구한 적이 있었지요. 오, 별로 큰 액수는 아니고요. 우리 남매는 결코 자본가 축에 들지는 못한답니다. 어쨌든 그때 두 은행가께서 자기들 친구인 토므리 씨를 소개하며 도자기를 몇 점 팔아보도록 종용했었지요."

팡도르는 이번에도 놓치지 않고 물었다.

"파리에 친지들이 꽤 많은 모양입니다?"

"우리 남매는 아주 단순한 생활을 해왔어요. 남작부인 말고 가깝게 지낸다고 할 수 있는 사람이라면 전직 형사 미망인인 부라 부인밖에는 거의 없다고 할 수 있지요. 그분은 오퇴유의 라페 가에서 하숙집을 운영하시는데, 제가 지금 그곳에 기거하고 있답니다. 솔직히 말씀드려서 노르뱅 가 연립주택에는 다시 들어가 살 용기가 나지 않거든요."

신문기자는 돌롱 양을 상대로 치밀한 조사를 집요하게 이어갔다.

"노르뱅 가의 집에 대해 조금만 더 이야기해보도록 합시다. 그곳 이웃 주민들과의 관계는 어땠나요? 대개 어떤 사람들이었습니까?"

여자는 잠시 생각을 하더니 이렇게 대답했다.

"말이 이웃이지, 저희 남매는 그곳 단지 내 주민들과 가깝게 지내는 편이 전혀 아니었습니다. 대부분이 서툰 그림쟁이들이거나 노동자 집안이었지요. 다만 어느 외국인과는 가끔 마주하기도 했는데, 제가 알기로는 네덜란드 사람인가 그랬어요. 이름은 판 후런이라 하고요. 아코디언 제작 일을 하며 우리 맞은편 주택에서 혼자 여섯 명의 자식을 부양하고 있었습니다. 상처한 지 꽤 여러 해 되는 것 같더라구요. 그러고 보니 조각을 하는 루이 씨도 있군요. 저녁때면 이따금 전신소에 근무하는 아내를 데리고 우리집에 와서 차를 마시고 가곤 했지요. 그 밖에는 정말 알고 지내는 사람이 거의 없었어요."

팡도르는 잠시 생각을 정리한 뒤 말했다.

"그런데 당신이 스위스에서 돌아와 불과 몇 시간 전 참극이 벌어진 방에 처음 들어섰을 때 말입니다. 혹시 특별히 이상한 점은 없었나요?"

"글쎄요…… 특별히 의심되는 점은 못 느낀 것 같은데…… 아무튼 제가 무엇이든 치밀하게 관찰하고 조사하는 타입이 아니라서…… 그 당시엔 그저 억울하게 누명을 쓰고 있는 동생 곁으로 허겁지겁 달려가보는 것 외엔 정신을 팔 수가 없었습니다!"

"초동 수사 때 당신 동생이 진술하기론, 사건이 있던 그날 저녁 내내 집을 방문한 사람이 전혀 없었다고 했습니다. 그럼에도 불구하고 비브레 남작부인이 죽은 채 그의 곁에서 발견된 사실을 당신은 어떻게 설명하시겠습니까? 그녀가 거기 들어가는 것을 아무도 본 사람이 없는데 말이죠. 당신 동생이 혹시 착각을 한 건 아닐까요? 과연 그의 기억이 정확하다고 할 수 있을까요?"

여자는 대답하기를 주저하는 기색이 역력했다. 상대를 불안한 눈빛으로 쳐다만 보고 있는 여자에게 제롬 팡도르는 타이르듯 말했다.

"저를 믿으세요…… 당신이 생각하고 있는 것을 말해보십시오."

마침내 여자가 입을 열었다.

"당신의 지금 그 얘길 듣고 보니, 제가 파리로 돌아오면서 느꼈던 끔찍한 불안감이 다시 고개를 드는군요. 실은 그 점에 관해 저 역시 당최 납득이 안 가는 뭔가가 있긴 해요…… 아마 누군가 그날 저녁 남동생을 만나러 왔을 겁니다. 확실히 말할 순 없지만, 그때 그런 예감이 들었어요!"

"예감이라…… 그 이상은 아닙니까?"

순간 여자는 갑자기 뭔가를 깨달은 듯 얼굴이 환해지며 말했다.

"그래요, 그 이상…… 분명 사실이었어요!"

신문기자는 기회를 놓칠세라 얼른 다그쳤다.

"어서 말씀하십시오!"

"동생 책상 위에 책이 펼쳐져 있고 그 옆에 종이들이 어질러져 있었거든요…… 한데 웬 이름하고 주소들이 적혀 있는 목록 하나가 눈에 띄는 거예요! 우리가 쓰는 종이이고, 우리가 쓰는 것과 비슷한 초록빛 잉크가 사용되었더군요. 그래서……"

차근차근 추론이 진행되는 가운데 여자가 말하고자 하는 내용이 어렴풋이 드러나자, 신문기자는 잔뜩 긴장하며 거듭 재촉했다.

"그래서 뭡니까? 그 목록이 결국 당신 남매가 거주하던 바로 그 집 안에서 씌어진 것 같다는 얘긴가요?"

"네, 그런데 그건 제 동생의 필체가 아니었어요."

"목록에 적힌 내용이 구체적으로 뭔가요?"

"말씀드렸다시피 이름과 주소 들인데, 다들 우리가 아는 사람들이었어요. 두세 개 날짜도 곁들여 적혀 있더군요."

"그게 답니까?"

"네, 그게 다예요. 다른 건 없었습니다."

신문기자는 다소 실망한 기색으로 중얼거렸다.

"그 정도로는…… 어쨌든 아무리 사소한 거라도 소홀히 넘겨선 안 되겠지. 그 목록은 어떻게 했습니까?"

"그저께 오퇴유의 하숙집으로 이사하기 전 몇 가지 물품들을 챙길 겸 집에 갔을 때, 거기 있던 종이들하고 한데 모아서 가져왔죠."

"그럼 그 목록을 제게 좀 갖다주시겠습니까?"

그로부터 두 시간 후, 제롬 팡도르는 혼자 하얀 백지를 앞에 놓고 사무실에 앉아 당일 저녁 〈라 카피탈〉에 실을 기사에 관해 고민하고 있었다.

7
진주와 다이아몬드

"나딘!"

"네, 마님!"

"나딘, 지금이 몇시지?"

시르카시아 출신으로 잉크처럼 검은 머리채가 유난한 아가씨가 날씬하고 가녀린 몸을 의자에서 일으켰다. 부랴부랴 시계를 살피러 목욕실을 나서는데 등뒤에서 다시 여주인이 불렀다.

"가지 마, 나딘. 내 곁에 있어줘."

"왜 그러세요, 마님?"

"나딘, 오늘이 '바로 그날'이라는 거 모르니?…… 난 무서워!"

항상 자신의 습관을 엄격하게 유지하는 소냐 다니도프 대공비는 저녁 여덟시쯤 귀가해 옷을 갈아입고 가벼운 저녁식사를 마친 뒤, 잠자리에 들기 전 밤 열한시쯤 향료가 가미된 미지근한 물에 몸을 담그는 걸 결코 소홀히 하지 않았다.

그날 저녁 역시 이 아리따운 이방異方 여인은 아늑한 욕조에 몸을 담근 채 어린 하녀와 친근하게 잡담을 나누고 있었다.

늦어야 열한시 십오분 정도 되었을 때였다.

오래전부터 파리에 정착해 살고 있는 소냐 다니도프 대공비는 자신만의 아파트에서 살아볼 결심을 당최 할 수 없었다. 원 없는 소비 행태가 가능할 만큼 엄청난 부의 소유자인 그녀는 그보다 샹젤리제의 널찍한 호화 호텔에서 맘 편하게 사는 쪽을 훨씬 더 선호했다.

그날 저녁, 소냐 다니도프는 평소보다 어딘지 더 초조해하고 신경질적이었다. 그녀는 나딘이 한시도 자신의 곁을 떠나지 못하게 잡아두고 있었다.

소냐 다니도프가 '바로 그날'이라는 표현을 어찌나 불안해하며 입에 올리는지, 나딘은 깜짝 놀라 멀뚱하니 주인을 바라보았다.

그 한마디 표현이 대공비의 뇌리에 얼마만큼 치명적인 의미로 각인되어 있는지 잘 알고 있었던 것이다.

하루도 틀리지 않고 정확히 오 년 전, 소냐 다니도프가 지금과 똑같이 목욕을 하고 있는 사이 수수께끼 같은 존재가 갑자기 나타나 잔뜩 겁을 주고는 막대한 액수의 돈을 강탈해갔던 그 일을 하긴 어찌 잊을 수 있겠는가! 호텔 자체가 크고 작은 절도 행각이 심심치 않게 자행되는 공간이고 보면, 진부한 사건으로 치부할 만도 했다. 만약 그녀 앞에 나타난 그 대범한 강도가 저 정체불명의 공포를 뿌리고 다닌다는 팡토마스였음이 곧바로 확인되지만 않았다면 말이다……

그 악명 높은 잔혹의 대가가 저지르고 다닌 온갖 난행들을 모르지 않는 소냐 다니도프로서는 그와 마주했던 밤 뜻밖의 상황 속에서 간신히 죽음을 모면한 자신의 처지를 도무지 납득할 수 없을 정도였다.

어쨌든 그후로 목욕을 할 때마다 그녀는 팡토마스를 생각하게 되었고, 매년 사건이 일어난 날만 되면 또다시 무시무시한 악당이 자기 앞에 불쑥 나타날지 모른다는 생각 때문에 주체할 수 없는 공포감에 시달리는 것이었다. 만약 이번에 또다시 그와 맞닥뜨린다면 결코 목숨을 부지한다는 보장이 없을 터! 나딘도 그런 사정을 모르는 것은 아니었다. 그녀 역시 그날 생각만 하면 온몸에 소름이 돋았으나, 억지로 마음을 가라앉히면서 주인마님의 생각을 다른 데로 돌리려 애썼다.

나딘은 마치 노래를 흥얼거리듯 밝고 영롱한 음성으로 말했다.

"그런 건 그만 잊어버리세요. 조금 있으면 무도회에 가셔야 하잖아요. 약혼자이신 토므리 씨 댁에 말이에요……"

하지만 대공비는 몸서리를 치는 가운데 충실한 하녀를 쳐다보며 이렇게 대꾸했다.

"아, 나딘…… 당최 불안한 마음을 떨칠 수가 없구나! 왠지 이 날만 되면 진정이 안 돼…… 우리 러시아 사람들이 얼마나 미신적인지 너도 잘 알 거다. 내 비록 이곳 파리에서 거주하고 있지만, 초원의 딸로서 품고 있는 순진한 영혼은 여전히 그대로인 것 같아! 토므리 씨도 이번 무도회를 여는 건 잘못하시는 거야. 가엾은 비브레 남작부인이 처참하게 돌아가신 게 불과 이 주 전 아닌가 말이야! 그래서 내가 그렇게 말렸는데…… 내가 알기로 남작부인은 옛날 그의 애인이었다지……"

"그런 소문이 있었지요."

나딘이 중얼거리자 대공비는 힘주어 거듭 말했다.

"난 정말 그럴 거라고 확신해! 그렇기 때문에 나의 의구심을 덜려고 토므리 씨가 더더욱 오늘밤 무도회를 강행하려는 걸 테고…… 그는 비브레 남작부인이 단순한 친구였을 뿐이라고 했지. 그녀가 죽은 것 때문에 우리의 결혼 발표를 미룰 수는 없다고 말이야. 만약 그런 이유로 결혼 발표를 하지 않고 미적댄다면 호사가들의 입방아만 부추길 뿐이라더군……"

그쯤에서 나딘은 대공비의 말을 끊었다.

"마님, 이제 그만 욕조에서 나오셔야겠어요. 무도회에 늦겠습니다."

목욕실 바로 옆의 드레스 룸. 몸 전체를 비추도록 되어 있는 여러 개의 전신거울 위로 수많은 전구들이 눈부신 빛을 발하는 가운데, 소냐 다니도프는 나딘의 도움을 받아 화려한 몸단장을 끝냈다.

대공비는 개폐식 책상을 열고 그 안에서 보석상자를 꺼냈다.

"나딘, 나 오늘밤에는 제대로 좀 꾸며볼 생각이란다!"

그녀는 귓불에 두 개의 큼직한 진주 귀걸이를 착용하며 중얼거렸다.

"양쪽에 각각 백만 프랑어치를 단 셈이지."

대공비는 계속해서 손가락 세 개에 다이아몬드를 박은 백금반지를 하나씩 끼며 말했다.

"이건 아마 팔구백만 프랑은 될걸……"

나딘은 또다른 큼직한 보석상자를 열고 묵직해 보이는 황금팔찌를 여주인에게 내밀었다.

"아니야, 나딘. 그건 무도회에 어울리지 않는단다."

"어머, 이 멋진 걸 착용하면 훨씬 더 근사하게 보이실 텐데……"

소냐 다니도프는 잠시 뜸을 들이더니, 해맑은 웃음으로 백옥같은 치아를 드러내며 외쳤다.

"이 정도로 만족하자꾸나, 나딘…… 이제 대공비로서의 몸단장은 이 세 줄짜리 진주 목걸이를 걸치는 걸로 마무리짓는 거야……"

소냐 다니도프는 말이 끝나기가 무섭게 하얀 대리석 같은 가슴 위로 눈부신 보석의 향연을 주렁주렁 펼쳐 보였다! 오래전부터 대공비를 모셔왔지만, 나딘은 지금처럼 화려하게 치장한 대공비의 모습을 본 적이 없었다.

소냐 다니도프는 가느다랗고 섬세한 손가락을 움직여 진주 목걸이를 목뒤에서 채웠다.

거울 속에 비친 자신의 모습을 한참 동안 바라보면서, 그녀는 미래의 배우자가 될 토므리 씨에게 이 모든 것이 어떤 인상을 줄지 뿌듯한 마음으로 가늠해보는 것이었다.

마지막, 검은 담비로 만든 풍성한 모피 망토를 두르는 걸로 무도회에 참석하기 위한 만반의 준비가 갖춰졌다. 4월 중순임에도 불구하고 매서운 기가 좀처럼 가시지 않는 날씨에 그 같은 모피 망토는 더없이 어울리는 소품이었다.

이제 남은 것은 나딘이 부르러 간 자동차가 준비될 때까지 기다리는 일뿐.

*

"크라나주르! 크라나주르!"

툴루슈 할멈이 그토록 악을 쓰며 소리쳐 불렀는데도 전혀 반응이 없었다.

도핀 광장 쪽으로 통하는 길목까지 점원을 부르러 나간 이 성마른 노파는 얼마 지나지 않아 볼썽사납게 투덜거리면서 가게 안으로 돌아왔다.

"이 멍청한 인간이 또 어딜 간 거야?"

대략 밤 열한시쯤 된 시각. 주위는 쥐 죽은 듯 조용하기만 했다. 그런 만큼 툴루슈 할멈의 날카로운 고함소리는 더더욱 요란한 메아리를 만들었다.

"크라나주르! 이런 빌어먹을…… 크라나주르, 어디 있는 거야?"

이번에는 아주 울부짖듯이 소리쳐 부르는데도 크라나주르는 여전히 대답이 없었다.

"설마 술독에라도 빠져 있는 건 아니겠지…… (노파는 혼잣말로 중얼거렸다.) 아무리 멍청해도 지금쯤 내 목소리를 듣고 달려와도 벌써 달려왔어야 하잖아……"

마침내 툴루슈 할멈은 어깨를 으쓱하고는 이렇게 중얼거렸다.

"틀림없이 어디 또 멀리 나가 어슬렁거리고 있는 게야. 도대체 어디 있는 거냐구! 하긴, 자기가 무슨 짓을 하는지 돌아서면 죄다 까먹고 마는 인간이 어디 가서 뭘 하는지 무슨 재주로 알겠어…… 하는 수 없지 뭐. 나 혼자 하는 수밖에……"

시테 섬 최고의 장물어미가 조수 부르는 걸 포기하고 혼자 가게에 꾸부정하니 앉아 수상쩍은 작업에 팔을 걷어붙이려는 찰나, 법원 쪽 둔치로 통하는 문이 우당탕 열리면서 별안간 누가 들이닥쳤다! 급하게 달려온 듯 숨이 턱까지 차 헐떡이는 가운데, 불청객은 순식간에 가게 깊숙이 파고들어와 덜컥 멈춰 서 있었다.

늘 경계심을 늦추는 법이 없고 조심성이 아예 몸에 밴 툴루슈 할멈은 갑작스러운 침입에 깜짝 놀라는 한편, 본능적으로 자신을 방어할 만한 도구를 손으로 더듬어 잡았다.

한데 그게 하필이면 큼직한 검이었다! 팔려고 내놓은 장물들 틈에 아무렇게나 굴러다니던 골동품 검 말이다.

요컨대 성깔 사나운 노인네가 그처럼 공격용인지 방어용인지 모를 무기를 거머쥐고 있는 꼬락서니란 엉뚱하면서 우스꽝스럽기 짝이 없는 광경일 수밖에 없었다. 그나마 요긴하게 쓰일 경우라 해도 할망구의 몸으로 그걸 제대로 부린다는 건 상상할 수조차 없는 일!

더군다나 불쑥 들이닥친 불청객은 결코 나쁜 의도를 갖고 있는 것 같지는 않았다. 아니, 오히려 그 정반대였다.

불청객은 무의식적으로 몇 발짝 뒤로 물러나더니 탁자에 기대서서 얌전히 이마의 땀부터 훔치는 것이었다. 아직은 숨이 찬지 한마디도 말을 하지 못했다. 먼저 입을 연 건 툴루슈 할멈이었다. 상대가 누구인지 그제야 알아본 것이다.

"아! 난 또 누구라고…… '토마토' 아닌가! 도대체 왜 이리 늦은 거야? 벌써 삼십 분을 기다리지 않았나! 에르네스틴도 이제 곧 도착할 걸세."

툴루슈 할멈이 '토마토'라는 별명으로 부른 사내는 정말이지 그에 딱 어울리는 외모의 소유자였다.

동그란 머리통에 짧게 깎은 머리털이 그야말로 새빨간 빛깔이었던 것이다! 뿐만 아니라, 살갗 역시 그에 걸맞게 전체적으로 붉은 톤이었다. 통통한 볼과 감자처럼 두툼한 주먹코 모두 불그스레한 주근깨로 뒤덮여 있었다. 까칠하니 면도한 턱도 황갈색이었고, 움푹 들어간 작은 눈 주위로는 붉은 속눈썹이 둥글게 말려 야수 같은 인상을 보태고 있었다.

튤루슈 할멈이 대뜸 캐물었다.

"그래, 좋은 소식이야, 나쁜 소식이야?"

"그거야 두고 봐야죠…… 아마 좋은 쪽일 겁니다."

순간 늙은 장물어미의 눈에 탐욕의 빛이 스쳤다.

"그년 몸에 쇠붙이깨나 걸쳐지나보군?"

할멈의 말에 '토마토'는 고개를 끄덕였다.

"좀더 일찍 오지 못한 것도 그애를 기다리느라고 그런 겁니다."

"그래, 순순히 털어놓던가?"

"후후, 아마 그랬겠죠, 지금 내가 속속들이 꿰뚫고 있는 걸 보면…… 이래 봬도 걔 나한테 푹 빠졌다니까요!"

"그건 그렇고…… 자, 어서 걔가 뭐라고 얘기했는지나 죄다 불어!"

'토마토'는 튤루슈 할멈에게 상세한 정보를 전하기 시작했다.

"사십오 분 정도 기다리니 나딘이 나오더라구요. 아, 걔의 입을 열게 만드는 건 식은 죽 먹기였습니다. 내가 굳이 묻지도 않았는데 술술 털어놓았으니까요. 그만큼 대공비가 주렁주렁 걸친 보석들을 보고는 입이 떡 벌어져 다물지를 못한 거지요! 줄잡아 수백만 프랑어치는 될 것 같다더군요. 진주하고 다이아몬드만으로도 말이죠……"

"진짜 다이아몬드하고 진짜 진주라면 충분히 그럴 만도 하지."

그때였다, 바깥 보도 쪽에서 문득 사람 발소리가 들린 것은.

'토마토'는 일순 부르르 떨었다.

"뭐지? 누가 오기로 되어 있나요?"

"초조해하지 말게나, '토마토.' 걱정할 필요 없다니까."

"이젠 여기서 내가 더 할 일도 없지 않나요? 아는 걸 죄다 털어놓았으니……"

'토마토'가 그래도 계속 불안해하자 툴루슈 할멈은 마치 어머니처럼 자상한 말투로 이렇게 말했다.

"그럼, 그럼. 이제 더 할 일은 없지…… 근데 '꺽다리' 에르네스틴은 보고 싶지 않은가?"

하지만 '토마토'는 마지막 말을 듣지 못했는지 서둘러 입구 쪽으로 몸을 돌려 냉큼 빠져나가는 것이었다. 툴루슈 할멈이 또 뭔가 구시렁대려는데 가게 뒷방 쪽에서 누군가 불쑥 나타났다. 다름아닌 '꺽다리' 에르네스틴이었다!

그녀는 인사는 생략한 채 대뜸 물었다.

“어떻게 됐나요?”

툴루슈 할멈은 지체 없이 상황을 설명했다.

“만사 오케이야. ‘토마토’가 방금 여기서 나갔는데, 하녀를 통해 들은 얘기가, 대공비가 온갖 치장을 하고 방금 무도회장으로 나섰다는 거야!”

에르네스틴은 뿌듯한 듯 한 차례 심호흡을 한 뒤, 무작정 장물어미 옆구리를 쿡 쑤시며 말했다.

“빨리 서둘지 뭐해요, 할멈! 어서 거지 옷이나 한 벌 내줘요. 또 그럴듯하게 분장 좀 해야죠. 시간이 없다고요……”

툴루슈 할멈은 함께 어울려 밀거래하는 자들의 변장을 돕는 일에 거의 전문가 수준의 조언과 각종 수단을 제공하는 존재였다.

……이윽고 거리에서 자비를 구걸하는 여자의 모습으로 완전히 변신한 에르네스틴이 가게 뒷방 쪽으로 향했다. 그녀는 툴루슈 할멈을 도와 벽장 속에서 약병과 탈지면, 붕대 등등 약품들을 꺼냈다. 그러고는 희부연 등불 아래 두 여자 모두 웅크린 채 표딱지들을 살피고 병 냄새를 일일이 맡아보는 것이었다.

에르네스틴은 연고가 묻은 습포 위에 시험 삼아 역겨운 냄새가 진동하는 누르스름한 용액 몇 방울을 조심스럽게 떨어뜨렸다. 그런 다음 클로로포름이 든 것으로 확인된 기다란 병을 옷속에 감추었다…… 툴루슈 할멈이 주의깊은 눈으로 지켜보는 가운데, 이 대범한 매춘부는 범죄자들의 세계에서 보통 '마스크'로 통하는 것을 준비한 셈이었다. 즉, 면으로 된 마스크를 희생자의 얼굴에 갖다대고 누르면 당하는 입장에선 그 즉시 의식을 잃고 실신하게 되는 것이다!

궁금해하는 툴루슈 할멈에게 에르네스틴은 간단히 대답했다.

"이 정도면 틀림없어요. 아주 깔끔하게 처리되는 거지…… 일단 자동차가 멈추면, 내가 오른쪽 문 앞에 바짝 달라붙어 구걸을 한다, 이 말이에요. 대공비는 아마 기겁을 하며 고개를 돌리겠지요…… 그래도 내가 계속 주의를 끌며 붙잡고 늘어질 때, 미밀이 반대편 문을 갑자기 열고 마스크로 대공비 낯짝을 틀어막는 거예요! 부인은 전혀 반항을 못할 테고, 더군다나 미밀이 꼭 붙들고 있을 테니 그사이에 내가 보석들을 재빨리 챙겨 호주머니 속으로 꿀꺽하면……"

그제야 툴루슈 할멈이 고개를 끄덕이며 대꾸했다.

"음, 그 정도면 확실하구먼. 한데 차는 어떻게 멈출 생각인데?"

"그건 따로 사람들이 알아서 할 일이에요. 어쩌면 지금 이미 작전을 진행중인지도 모르고……"

툴루슈 할멈은 다시 말을 끊으며 물었다.

"아차, 그나저나 미밀이 다쳤다고 하지 않았나? 비행기 추락 사고를 당했다고 한 것 같은데?"

'꺽다리' 에르네스틴은 씩 웃으며 이렇게 대답했다.

"물론 그랬죠. 하지만 다행히 멀쩡하답니다. 보통 운이 좋았던 게 아니죠!"

"아무튼 재수 하나는 끝내주는 녀석이라니까……"

툴루슈 할멈은 금세 어조를 바꿔 다시 물었다.

"아까 따로 사람들이 알아서 한다고 했는데…… '사람들' 누구?"

툴루슈 할멈도 다 알고 있으리라 생각한 에르네스틴은 다소 놀란 눈치로 대답했다.

"그야 내 애인 '종지기'는 당연히 포함될 거고, 또 '털보'도 가담할 거고요."

"오, '털보'까지 가담한다면 정말 대단한 작전이 되겠구먼그래……"

에르네스틴은 상대를 똑바로 바라보며 비장한 투로 말했다.

"그럼요, 대단한 작전이고말고요. 만에 하나 클로로포름이 말을 안 들으면 칼을 사용하게 될지도 몰라요……"

문득 호주머니 속에서 은시계를 꺼내 살피던 에르네스틴은 다급한 표정으로 변했다.

"어머나, 벌써 자정이 지났네! 당장 달려가봐야겠어요. 그럼 이따 봐요, 툴루슈 할멈!"

'꺽다리' 창녀는 낡아빠져 너덜너덜한 숄을 부랴부랴 머리에 뒤집어쓰며 내뱉듯 말했다.

제당업자 토므리 씨의 저택은 몽소 공원을 바라보는 멋진 전망을 갖추고 있었다.

그럼에도 불구하고 그 화려한 건물에 이르는 통로는 보통 발루아 로라 불리는, 무척이나 한적한 길 하나뿐이었다. 끝이 말제르브 대로로 통하게 되어 있는 그곳 가로변에는 드문드문 몇몇 저택들이 서 있는데, 모두가 부티 철철 넘치는 호화 저택들이었다.

그날 밤만큼은 발루아 로 주변이 보통 혼잡한 분위기가 아니었다.

온갖 자동차와 화려한 마차 들이 길게 줄을 이어 속속 도착해, 거대한 차양이 드리워진 현관 계단 앞에 제당업자 토므리 씨 댁 귀빈들을 줄줄이 내려놓고 있었다.

내로라하는 사교계 인사 모두가 이날 연회에 초대되었는지, 눈부시게 불 밝혀진 현관 안으로 하나둘 들어서는 신사숙녀 누구 하나 그 지위나 명성으로 따져 파리를 대표하는 명사의 반열에서 빠지는 사람이 없었다.

그런가 하면 기마 근위병 둘이 마치 조각상처럼 상체를 꼿꼿이 한 채 토므리 씨 저택 입구 양쪽에 버티고 있었고, 여러 명의 정복 경찰관들이 교통의 원활한 흐름을 위해 애쓰고 있었다. 특히 귀족적인 분위기의 발루아 로에 남루한 행색의 사람들이 얼씬하지 못하도록 관리하는 것이었는데, 그들 부랑자들은 나름대로 호기심에서든 다른 음흉한 의도에서든 길가로 몰려들어 혹시라도 뭔가 값나가는 물건 떨어진 게 없나, 사소한 심부름이라도 해서 짭짤한 대가라도 챙길 순 없나 끈질기게 기웃거리는 것이었다.

그 밖에도 경찰관들은 말제르브 대로에까지 배치되어 밤새 손님을 기다리는 자동차 행렬을 가지런히 정돈하는 책임도 맡고 있었다.

혼잡한 정도로 미루어, 오늘밤 경찰의 질서유지 업무는 대단히 중요하면서 그만큼 힘겨울 전망이었다. 이런 종류의 행사에 비교적 익숙한 현지 군경대원 한 명이 젊은 하급자에게 이렇게 말하는 모습도 보였다.

"내가 그동안 무도회나 야회라면 적잖이 봐왔지만, 오늘 토므리 씨 댁 무도회는 정말이지 대통령궁에서 치르는 행사도 부럽지 않을 정도야!"

동네 안의 몇몇 포도주 가게들은 밤새도록 영업을 할 수 있도록 허가를 받은 상태였다. 아마도 자동차와 마차를 운전하는 기사들이 심심찮게 들락거려줄 거라 나름대로 계산이 서 있는 모양이었다.

벌써 새벽 한시가 됐는데도, 말제르브 대로 쪽 몽소 가 입구에는 엄청난 혼잡이 벌어지고 있었다.

에르네스틴과 미밀은 사람들 틈에 섞여 주위를 유심히 살피는 가운데, 변장 때문에 더욱 알아보기 힘든 나머지 두 공범 '종지기'와 '털보' 쪽도 시야에서 놓치지 않으려 애쓰고 있었다.

큼직한 중절모에 푸른색 작업복을 괴상하게 차려입은 '털보'는 어찌 보면 촌사람 티가 나기도 하고, 최소한 이처럼 북적대는 분위기 속에서 넋이 나간 외지인 같은 행색이었다.

그는 '종지기'로부터 멀리 떨어지지 않는 정도 내에서 이리저리 어슬렁거리고 있었다.

'종지기'로 말하자면 대갓집 운전기사가 따로 없을 정도로 기막히게 변장을 한 상태였다. 그는 방금 어느 고급 승용차에서 내린 운전기사 앞을 빙그레 웃는 얼굴로 가로막으며 이렇게 말했다.

"어이, 카지미르!"

카지미르라 불린 남자는 손을 내밀어오는 상대와 무의식적으로 악수한 뒤, 잠시 어색하게 뜸을 들이다가 중얼거렸다.

"누군지…… 기억이 안 나는데……"

'종지기'는 대뜸 외쳤다.

"날 몰라보겠는가? 세자르를 기억 못한다고? 작년에 로스차일드 가家에서 일하던 세자르 하면 잘 알 텐데……"

하지만 카지미르는 아직도 기억이 안 나는 모양이었다.

일단 그는 어떻게든 아는 사람이려니 하고 넘어가려 했다. 소냐 다니도프 대공비를 모시면서 워낙 많은 사람들과 접해온 터라, 그들 모두를 기억하지 못하는 게 이상한 일도 아니었다. 게다가 세자르라는 이 사람은 제법 선량한 인상이었고, 벌겋게 상기된 얼굴로 보아 포도주 가게에서 한잔 사겠다는 달가운 제의가 뒤따를 것은 불 보듯 뻔한 일이었다.

아니나 다를까, 사십팔 시간 전부터 몰래 염탐해온 소냐 다니도프 댁 운전기사를 이처럼 쉽게 친구로 만든 것에 흐뭇해진 '종지기'는 스스럼없이 제안했다.

"이보게, 카지미르. 이렇게 만났으니 우리 술 한잔 걸쳐야지?"

과연 '종지기'의 예상은 적중했다. '한잔하자'는 것이야말로 카지미르에게는 떨칠 수 없는 유혹이었던 것이다.

숙달된 운전기사이자 진지하고 올바른 인간인 그에게 단점이라곤 딱 두 가지. 술을 홀짝이면서(오, 결코 만취하는 법은 없었다!) 사람들과 수다떨기를 좋아한다는 것이었다!

한마디로 지칠 줄 모르는 수다쟁이, 몇 시간이고 멈추지 않고 떠들어댈 수 있는 타입의 인간이었다!

목표가 확실하게 서 있는 '종지기'의 입장에서 상대에 대한 정보를 미리 꿰뚫어놓는 것은 당연지사. 그는 소냐 다니도프의 운전기사가 가진 약점과 취향을 상세히 조사해두고 있었다. 이제 그 앞에 함정과 함정을 연달아 파놓아 돌이킬 수 없는 나락으로 곤두박질치게 만드는 일은 식은 죽 먹기나 다름없었다……

'종지기'는 '털보'를 불러와 '타이어 영감'이라는 호칭으로 소개하기까지 했다.

"운전기사들을 상대로 새 타이어와 헌 타이어를 사고파는 일을 하지."

그때였다. 웬 껄렁껄렁한 젊은이가 끼어들더니 자동차를 지키고 있겠다며 나서는 것이었다. 다름아닌 미밀이었다. 세 남자가 나누는 대화를 몰래(최소한 카지미르가 눈치채지 못하게) 엿듣고 있다가 지정된 타이밍에 재깍 등장한 셈이었다. 그러잖아도 소냐 다니도프 대공비의 운전기사가 누구 자동차를 맡아줄 뜨내기가 없나 주위를 두리번거리는 와중에 불쑥 나타나 고마운 제안을 했으니……

카지미르는 미밀에게 후한 보수를 건네며 이렇게 덧붙였다.

"신경 좀 각별히 써주기 바라네. 아무도 근처에 얼씬거리지 못하게 하고…… 돌아오면 지금 받은 보수의 거의 두 배를 더 줄 테니 잘해!"

미밀은 깍듯하게 허리를 숙이며 외쳤다.

"감사합니다, 아저씨! 염려 붙들어 매두셔도 될 겁니다!"

한편 두 공범 '종지기'와 '털보'는 젊은이와 은밀한 눈짓을 교환하는 가운데, 아무것도 모르는 카지미르를 데리고 떠들썩한 취객들이 득실거리는 가까운 술집으로 걸음을 옮겼다.

카지미르는 실제로는 한 번도 본 적 없는 세자르라는 이 친구를 어떻게든 기억 속에 되새겨봐야겠다는 마음을 품고 있었다.

두번째 술잔이 비워지자, 그는 상대를 처음 만났던 장소가 기억나는 것 같은 착각에 빠지기 시작했다.

"그러고 보니 외무성 장관이 주최한 무도회장이 틀림없어!"

한편 바깥에서는 미밀이 계속 의아해하며 어쩔 줄 모르고 있었다. '종지기'와 '털보'가 나타나 '다음 계획'에 관해 설명을 해 줄 때가 됐는데……

마침내 저만치 몽소 가와 말제르브 대로가 만나는 모퉁이를 도는 '털보'의 의기양양한 모습이 보였다.

가짜 타이어 상인은 술집 밖으로 나오자마자 미밀 곁으로 한걸음에 달려왔다. 그는 나지막하지만 분명한 목소리로 지시사항을 전달했다. 이제부터는 한시도 지체할 수 없는 급박한 상황 전개가 예상되기 때문에, '털보'의 태도에선 그만큼 긴박감이 묻어났다.

그는 먼저 카지미르를 들먹이며 이렇게 말했다.

"저 바보 자식은 자동차니 뭐니 온갖 잡동사니 얘기를 한도 끝도 없이 주절대고 있을 태세야. 카뷰레터와 속도 변화가 서로 어쩐다는 둥 하도 지껄여대는 통에 아주 내 골치가 빠개질 지경이라니까! 이젠 완전히 기진맥진이야…… 그건 그렇고, 이제부터 중요한 얘길 할 테니 귀 바짝 세우고 잘 들어, 미밀. 다니도프 대공비의 차 기름 탱크를 보면 왼쪽 스프링 받침 가까이 배출구 꼭지가 있는 모양이더라. 기름 탱크 안에는 아직 25리터쯤 연료가 들어 있는데, 그 정도면 상당히 멀리 갈 수 있는가보더라구. 워낙 기름을 많이 잡아먹지 않는 차래. 한데 그놈의 차가 여기서 500여 미터 가다가 덜컥 멈춰야 하거든. 몽소 가와 테에랑 가가 만나는 지점쯤에서 말이야! 카지미르는 무도회장을 나오는 자기 마님을 태우고 그쪽으로 갈 거고…… 그러니 자네는 이 차 기름 탱크에서 24.5리터의 기름을 빼내 버리라고. 카지미르는 기름이 떨어진 걸 알고 어찌된 영문인지 몰라 당황하겠지. 결국 가까운 정비소로 기름을 구하러 찾아다닐 텐데, 그사이 우리는 어여쁜 대공비를 요리하는 거야. 보석들을 깡그리 접수하는 거지……"

'털보'는 술집에서 몰래 챙긴 1리터들이 빈 용기를 작업복 속에서 꺼내 건넸다.

"자, 이걸로 정확히 재가며 24.5리터만 빼내면 되는 거야. 일이 마무리되면 카지미르가 돌아올 때까지 조용히 기다려. 자네는 받을 돈이 있는 입장이니까. 절대로 놈의 의심을 불러일으킬 만한 행동을 해선 안 돼. 그가 차에 올라 대공비를 태우러 발루아 로를 따라들어가면, 그때 자넨 잽싸게 뒤돌아서 에르네스틴과 함께 몽소 가와 테에랑 가가 만나는 지점까지 달려가 기다리면 되는 거야."

미밀은 원숭이 뺨치는 민첩성뿐 아니라 숙달된 운전기사의 수완도 겸비한 젊은이였다. 비행기 조종사 경력이 괜한 감투만은 아닌 듯, 기계와 관련한 것이라면 그 무엇도 그에게 낯설지 않았다. '털보'는 또다시 카지미르를 상대하러 술집으로 돌아갔고, 미밀은 동료가 남긴 지침을 글자 하나 어긋나지 않게 정확히 이행했다.

그런데……

갑자기 운전기사들 사이에서 심상치 않은 동요가 일기 시작했다.

무도회가 예상보다 빨리 끝나가는 것 같다는 의견이 도는 것이었다.

카지미르는 헐레벌떡 달려와 약속한 수고비를 지불해주었고, 미밀은 그 즉시 자리를 피했다. 잠시 후, 그는 에르네스틴과 함께 지정된 지점에서 진을 치고 기다렸다.

한 십오 분쯤 지났을까, 에르네스틴은 목을 쭉 빼고 눈을 까뒤집다시피 한 채 말제르브 대로 쪽을 바라보며 중얼거렸다.

"정신 바짝 차려……"

마음 졸이며 기다린 끝에, 드디어 줄지어 빠져나오는 자동차들이 포착됐다.

'꺽다리' 창녀가 다시 중얼거렸다.

"정신 바짝 차려야 해…… 다들 몰려나오는 걸 보니 분명히 끝난 거야!"

끔찍하리만치 혼잡한 발루아 로…… 이리저리 바쁜 질서유지 인원들이 서로 부르고 외치는 소리에 자동차 엔진 소리가 시끄럽게 뒤섞이고 있었다.

무도회는 끝이 났고, 각자 집으로 돌아가기 위해 자기가 타고 온 차량을 찾아 분주히 움직였다.

토므리 씨 저택 주변의 인파 속으로 이미 감쪽같이 섞여들어간 '종지기'와 '털보'는 흥분된 마음을 다잡으며 소냐 다니도프 대공비가 나타나기만을 기다리고 있었다.

그런데 밖으로 나서는 손님들 얼굴이 왠지 굴지의 제당업자 댁 잔치에서 실컷 춤추고 즐긴 사람들 표정 같지 않아 보였다. 하나같이 뭔가 끔찍한 일을 당해 격한 흥분 상태에 휩싸인 것처럼 하얗게 질리거나 잔뜩 찌푸린 인상들이었다. 다들 알아들을 수 없는 소리를 수군거리면서 어떻게든 냉정을 되찾으려 애쓰는 분위기였다. 그 와중에 어렴풋이 귓가로 흘러드는 몇 마디 얘기들…… 방금 끝난 토므리 씨 댁 무도회에서 황당한 절도사건이 벌어진 듯했다!

마침내 경찰까지 개입했는데, 그냥 오가다 들른 것이 아니라 파리 경찰청 고위 인사가 직접 급파한 인력이었다.

소문은 이미 연기처럼 사방으로 퍼져나가고 있었다……

하지만 상류층 인사들이란 원래 자초지종을 상세히 알면서도 절도사건 같은 일에 직접 나서서 이러쿵저러쿵 떠드는 법이 없기에, 사건 자체가 모호한 추측에만 맡겨지는 상황이었다.

하는 수 없이 '털보'와 '종지기'는 일단 서로 떨어져 흘러다니는 얘기를 수집하기로 했다. 그런데 잠시 후 다시 만났을 땐, 둘 다 할말을 잃은 채 서로를 멀뚱하니 바라볼 뿐이었다.

절도 얘기가 있었고, 소냐 다니도프 대공비가 피해자로 거론되고 있었다.

먼저 침묵을 깬 건 '종지기'였다.

"빌어먹을! 우리만 바보 된 거야…… 누군가 선수를 친 거라구!"

도대체 누가 그처럼 대범한 일을 꾸미고 전문 절도범들까지 따돌린 채 먼저 신속하게 해치웠단 말인가……

'종지기'는 자기도 모르게 속으로 중얼거리고 있었다.

'설마…… 팡토마스가……'

8
중단된 무도회

소냐 다니도프는 과연 휘황찬란한 분위기 속에서 토므리 씨 댁 무도회에 자태를 드러냈다. 최대한 격식을 갖춰 현관 바로 앞까지 직접 마중 나간 제당업계 부호의 팔에 손을 얹은 채 우아하게 등장한 그녀의 모습은 눈부시기 그지없었다.

춤을 추던 남녀 모두 잠시 멈춰 선 채 이 아름다운 커플의 입장을 바라보았고, 집시 악단은 곧바로 화려하고 우렁찬 연주를 새로 시작했다.

빨간 제복을 갖춰 입은 악단 맞은편에는 한 무리의 사람들이 흥겨운 분위기 속에서 담소를 나누고 있었다. 특히 오늘밤 토므리는 매우 들뜬 모습이었다. 대공비의 입가에도 미소가 가시지 않았다. 근사한 차림의 은행가 낭퇴유는 계속해서 그녀 주위를 오가며 눈도장을 찍고 있었다. 그런가 하면 방금 도착한 제롬 팡도르는 몇몇 사람과 간단히 악수를 나누는 중이었다.

한데 춤을 추던 한 커플이 느닷없이 그 틈을 비집고 들어오자, 담소를 나누던 분위기가 일거에 흐트러져버리는 것이었다. 그 와중에 사람들은 또다른 무리들로 나뉘어 흩어졌고, 그렇게 춤을 추는 중간중간 활발한 대화가 이어졌다 끊어졌다 하는 것이었다.

방금 전 토므리와 함께 춤 한 곡을 끝낸 소냐 다니도프 대공비는 살짝 숨이 찬 모양이었다. 거울 속에 비친 자신의 모습을 재빨리, 그러나 빈틈없이 훑어본 대공비는 양볼이 발갛게 달아올라 있는 걸 발견했다.

'어머나, 얼굴이 빨개졌네……'

외모에 대한 여자 특유의 과민한 반응은 대공비에게도 예외는 아니었다.

문득 그녀는 치맛자락이 무언가에 걸린 듯 거칠게 당겨지는 걸 느꼈다. 그와 동시에 검은 복장을 갖춘 낭퇴유 씨의 목소리가 들렸다.

"이런, 죄송합니다, 대공비! 하긴 이처럼 번잡한 분위기 속에선 조심하는 데도 한계가 있기 마련이지요…… 그나저나 제 구두 때문에 환상적이고 섬세한 모슬린 천이 조금이나마 손상됐을까 걱정입니다!"

대공비는 즉시 별일 아니라며 손사래를 쳤고, 그래도 은행가는 거듭 죄송하다는 표현과 더불어 머리를 조아리고는 멀어져갔다. 한데 막상 혼자 남게 되자 입술을 지그시 깨문 대공비의 인상은 그리 편해 보이지 않았다. 앞으로 삼십 분 후면 토므리와 나란히 서서 공식적으로 무도회의 개시를 선언할 텐데, 지금 형편으로선 도저히 불가능할 터였다.

소냐 다니도프는 아까 무도회장에 들어설 때 약혼자가 해준 말이 문득 생각났다. 회랑 끝 외딴방으로 안내해 망토를 벗겨주면서 토므리 씨는 이렇게 말했었다.

"이곳은 당신 혼자만을 위해 내가 마련해둔 규방이라오."

대공비는 때마침 떠오른 그 생각에 쾌재를 부르며 문제의 장소로 걸음을 옮겼다. 규방에 들어가 문을 닫고 나서야 그녀는 손상된 치맛자락을 마음놓고 손보기 시작했다.

집안 하녀가 도와주려 했으나 대공비는 점잖게 사양했다. 충성스러운 나딘이 곁에서 수발을 들지 못하는 지금, 차라리 스스로 일을 처리하는 것이 낫다는 생각에서였다. 게다가 모슬린 천 속으로 핀 두 개를 보이지 않게 찔러넣는 것만으로도 쉽사리 해결될 문제였다. 발갛게 달아오른 양볼 역시 약간의 분을 바르는 것으로 충분히 가릴 수 있었다.

소냐 다니도프는 사랑하는 약혼자 토므리가 안락한 규방으로 개조해 선사한 공간, 그 안에 세심하게 배려해 마련해둔 각종 향수병과 화장용품 들을 뿌듯한 마음으로 둘러보았다.

먼저 분첩부터 열어 양볼을 다듬은 대공비는 귀족 혈통의 여인네답게 얼른 향수 분무기 쪽으로도 손을 뻗어 '바이올렛 에센스'라고 적힌 향수를 얼굴과 목에 잔뜩 뿌렸다.

그동안 무도회장의 열기가 다소 부담스러웠던 것일까. 소냐 다니도프 대공비는 왠지 몸이 축 늘어지는 듯한 느낌이 들었다. 화장을 고치는 동안 계속 속이 울렁거리더니, 갑자기 졸음이 오는 것처럼 정신이 몽롱해지는 것이었다……

소냐 다니도프는 방 한쪽에 놓인 긴 의자에 쓰러지듯 기대앉았다. 그윽하면서도 어딘지 모르게 묘한 향수 냄새와 더불어 깊은 한숨을 토해내며 그녀는 속으로 이렇게 중얼거렸다.

'이 향기는 좀…… 차라리 그냥 화장수가 나을 걸 그랬어……'

대공비는 나른한 몸 그대로 의자에 눕다시피 한 채, 눈으로 더듬어 원하는 화장수를 찾았다. 하지만 토므리가 마련해준 이 환상적인 공간에 단 하나 아쉬운 게 있다면 바로 평범한 화장수 따윈 없다는 점이었다!

상큼한 느낌을 기대하며 분무기를 누른 대공비는 오히려 넘치듯 몰려드는 피로감에 휩싸였고, 어느 순간 두 눈을 스르르 감아버렸다……

몸을 일으키려 했지만 소용이 없었다. 현실감각을 완전히 상실한 듯, 지금 자고 있는지 깨어 있는지조차 알 수 없는 상태였다.

그리 불쾌하지만은 않은 일종의 마비 상태가 대공비의 온몸을 휘감았다. 머릿속은 뒤죽박죽…… 고함이라도 내지르고 싶었지만 목소리가 목구멍을 넘어서지 못하고 있었다. 대공비의 몸은 그저 무기력하게 들썩이고 있을 뿐이었다.

그러는 가운데 웬 목소리 하나가 귓가에서 나지막이 속삭였다.

"저항하려고 애쓰지 마시오…… 그대로 편히 잠들라니까…… 두려워하지 말고……"

소냐 다니도프는 다시 한번 몸을 움직이려 했으나 곧바로 주위 모든 사물에 대한 의식을 놓아버리면서 축 늘어졌다.

한동안 완벽한 적막이 작은 규방 안을 무겁게 내리눌렀다. 그 사이, 함께 무도회를 이끌 춤을 준비하기 위해 약혼녀를 찾아다니던 토므리는 굳게 닫힌 규방 문 앞에 당도해 있었다. 그는 조심스럽게 노크했다.

아무 응답이 없자, 토므리는 더이상 기다리지 않고 문을 열었다.

방은 깊은 어둠 속에 잠겨 있었다.

순간 당혹스러운 느낌에 얼른 전원 스위치로 손이 간 토므리. 작은 규방은 이내 환한 빛으로 가득차는데……

갑작스레 펼쳐진 광경 앞에서 토므리의 얼굴은 곧바로 하얗게 질려버렸다.

소중한 약혼녀 소냐 다니도프가 창백한 안색으로 긴 의자에 축 늘어져 있는 것이었다.

뿐만 아니라, 새빨간 핏자국이 엉겨붙은 그녀의 가슴팍이 불규칙하게 들썩거리면서 거친 숨을 토해내고 있었다.

기겁을 한 토므리는 당장 도움의 손길을 부르러 뛰쳐나가고……

사색이 된 얼굴로 회랑을 내달리는 토므리 씨의 모습이 사람들 눈에 비치고 나서 얼마 지나지 않아, 여인네 두세 명의 비명소리가 악단이 연주하던 매혹적인 왈츠의 흐름을 끊어버렸다. 토므리가 뛰쳐나온 작은 방을 향해 사람들의 다급한 발길이 급류처럼 쇄도하고 있었다.

알루아 부인을 포함해 여자 두 명은 이미 반쯤 실신한 상태로 의자에 쓰러져 있었고, 유명한 외과의사 뒤 마르비에 박사는 몰려드는 사람들을 어떻게든 방문턱에서 저지하기 위해 애쓰고 있었다. 그러는 동안 시체 안치실이 되어버린 작은 규방 안의 끔찍한 광경에 대해 이런저런 수군거림이 사람들 속으로 급속히 퍼져나갔다. 간간이 들리는 얘기 가운데는 '살인'이니 '강도'니 하는 단어가 심심치 않게 섞여 있었다.

저택의 모든 공간이 불길한 웅성거림으로 가득차는 데는 그리 오랜 시간이 걸리지 않았다. 이제 더는 의심의 여지가 없었다. 문제의 작은 방에까지 왔다가 다시 떠밀려 무도회장으로 돌아간 스무 명 남짓한 사람들의 입을 통해 끔찍한 사건 현장이 상세히 전달되고 있었던 것이다.

"아, 글쎄 정말이라니까요! 토므리 씨가 약혼 선물로 마련해 둔 방에 소냐 다니도프 대공비가 피투성이가 된 채 쓰러져 있지 뭐예요! 진주 목걸이는 온데간데없이 사라졌고요……"

"이본!…… 마르트!…… 우린 어서 가야겠다! 이런 안 좋은 일은 너희들한테 유익할 게 하나 없어요."

리월 장군이 방금 주워들은 얘기 때문에 혼비백산 어쩔 줄 몰라하는 두 딸을 허둥지둥 곁으로 불러모았다. 퇴역한 노병과 두 딸은 부랴부랴 휴대품 보관대로 다가가 맡겨두었던 외투를 걸치고 있었다. 한데 하인 한 명이 슬그머니 장군에게 다가오더니 낮은 목소리로 뭔가를 속삭이는 것이었다.

"뭐야? (장군은 금세 발끈했다.) 이게 대체 무슨 소린가? 나갈 수가 없다니!…… 그럼 우리를 의심이라도 한단 말인가? 대체 무슨 얘기를 하는 거야?"

마침내 집사가 직접 나서서 지극히 정중한 태도로 설명했다.

"장군님, 죄송하지만 소리를 조금 낮춰주십시오. 이건 십 분 전에 이미 내려진 공식 조치입니다. 토므리 씨가 사건 현장을 발견하자마자 집의 모든 출입구를 봉쇄하고, 경찰관들로 하여금 1층에서 집안 전체를 통제하도록 지시를 내린 겁니다. 따라서 지금은 아무도 밖으로 나가실 수가 없습니다. 물론 장군님을 특별히 의심해서가 아닙니다. 범인이 저택 밖으로 빠져나가는 것을 막기 위해서 부득이 내린 조치일 뿐입니다."

그제야 다소 진정된 리월 장군은 집주인 토므리의 조치를 이해하고 두 딸과 함께 다소곳이 한쪽 구석으로 물러났다.

희생자가 누워 있는 방에서 가까운 곳부터 차근차근 사람들을 한곳으로 몰기 시작했다. 그런가 하면 베란다의 흡연 공간에서는 사람들이 우글거리면서 온갖 얘기들이 난무하고 있었다.

그러다 어느 한순간, 갑자기 모든 대화가 일거에 잠잠해졌다.

사건 현장이 발견된 직후부터 보이지 않던 토므리 씨가 중앙계단 꼭대기에 비로소 모습을 드러낸 것이다. 한데 각종 화려한 빛깔의 의상들로 넘쳐나는 그곳 분위기와는 너무나 동떨어진 검은색 정장 차림의 한 남자가 그 옆에 서 있었다.

누군가 이렇게 쑥덕거렸다.

"아바르 씨야……"

그랬다. 치안국장이 직접 현장에 나온 것이다!

토므리 씨는 집안 코앞에서 벌어진 참극에도 불구하고 지극히 냉정한 판단력을 발휘해 제일 먼저 경찰청으로 전화를 걸었었다. 때마침 집무실을 지키고 있던 치안국장 아바르 씨, 전화를 받자마자 조금도 지체하지 않고 토므리 씨의 저택으로 직접 달려온 것이다.

여러 호화스러운 살롱들을 지나오면서 토므리 씨는 치안국장과 나지막이 대화를 주고받았다.

"이렇게 빨리 와주셔서 정말 감사합니다. 대공비를 발견하자마자 신속하게 집의 모든 출입구를 봉쇄 조치해놓았습니다. 다만 유감스럽게도 처음 십오 분가량은 제가 자리를 비우는 바람에 집안 곳곳에서 무슨 상황이 벌어졌는지 잘 모르겠습니다. 잘하면 누구든 그사이에 태도라든가 감정 변화가 수상쩍은 자를 색출할 수도 있었을 텐데……"

아바르 씨는 빙그레 웃으며 집주인의 말을 잘랐다.

"괜찮습니다, 토므리 씨. 손님들 중에 범인이 있다면 제아무리 사소한 단서라도 이미 저에게 보고가 올라왔을 겁니다. 실은 이곳에서 춤을 추던 사람들 가운데 제가 비밀리에 파견한 경찰관이 네댓 명 섞여 있거든요."

치안국장의 말에 토므리 씨는 당장은 믿기 어렵다는 반응이었다.

"오, 그럴 리가요! 저의 집에 오신 손님들은 모두 제가 잘 아는……"

"그건 저도 마찬가지입니다! (치안국장의 음성엔 힘이 들어가 있었다.) 사실 파리 시내에서 벌어지는 모든 무도회나 야회엔 우리 경찰 인력 몇 명이 항상 참석해 있기 마련입니다."

그제야 토므리 씨는 감탄을 금치 못하며 입을 다물었다.

두 사람이 들어선 문제의 규방 안에는 뒤 마르비에 박사가 희생자 곁에 우두커니 서 있었다.

온갖 장신구와 화장용품 들이 즐비한 방 한복판에 과연 소냐 다니도프 대공비는 잠이라도 자는 듯 누워 있었다.

의사가 먼저 치안국장을 안심시켰다.

소냐 다니도프 대공비는 현재 강력한 마취제의 약효로 인해 쓰러져 있을 뿐, 크게 위험한 상태는 아니라는 거였다.

한두 시간만 지나면 정신이 돌아올 것이 확실하다고 했다.

아바르 씨는 달리 추궁하지 않고서도 현장을 한 번 쓱 훑어보는 것만으로 이미 정확한 사태 파악에 도달해 있었다. 몸싸움의 흔적은 어디에도 없었고, 희생자의 가슴에 난 상처는 도둑이 목걸이를 억지로 낚아채느라 생긴 것에 불과했다. 방으로 드나드는 출입구도 회랑 쪽으로 난 문과 두 개의 창문이 유일했다.

굳게 닫힌 창문 너머로 단단한 철제 덧문 역시 꼼꼼히 닫혀 있는 게 보였다. 그것들은 쉽게 열 수도 없을뿐더러, 밖에서 그런 식으로 닫아거는 것도 불가능했다. 결국 도둑은 밖이 아닌 안에서 침입한 셈이었다. 필경 무도회장에 있다가 이리로 오는 대공비를 뒤따라 들어왔을 가능성이 크다는 얘기……

치안국장은 갑자기 토므리 씨를 홱 돌아보며 말했다.

"지금부터 여기 초대된 손님들에게는 다소 당혹스러울 수 있는 일을 진행할 텐데, 다들 이해해주시리라 믿습니다. 뒤 마르비에 박사의 의견을 그대로 따를 경우(이 대목에서 박사는 확인의 표시로 고개를 끄덕였다), 불과 삼십 분 전에 일어난 것으로 추정되는 이번 사건은 어느 모로 보나 현재 저택 안에 머물러 있는 자에 의해 저질러졌을 가능성이 큽니다. 따라서 지금 당장 모든 분들을 대상으로 몸수색을 벌여야겠습니다. 이제 한 명 한 명 차례대로 토므리 씨의 서재로 들여보내주십시오. 일단 토므리 씨 당신부터 시작하는 게 좋겠습니다. 그래야 손님들도 순순히 절차에 따라주실 테니까요……"

그후 장시간에 걸쳐 까다롭고 지루한 수색이 실시되었으나 아무런 성과도 나오지 않았다.

한편 이 새로운 사태에 한껏 몰입되어 현장을 면밀히 지켜보던 팡도르는 기계적으로 외투를 걸치다 말고 문득 멈춰 섰다.

정체불명의 어떤 음성이 방금 귓가에 중얼중얼 맴돌았던 것이다!

"조심하시오, 팡도르…… 이건 중대한 사건이오……"

신문기자는 작심한 듯 홱 돌아보았다.

지금껏 이런저런 메모나 육성으로 자신의 조사활동에 어떤 영향력을 행사하려는 듯 보이던 수수께끼 같은 존재의 정체를 이번에야말로 밝혀내겠다는 생각이었다.

팡도르는 시야에 들어오는 모든 이들의 얼굴 표정을 매섭게 훑었다. 하지만 어느 하나 특별하게 눈에 걸리는 인상은 없었다.

팡도르는 울컥 치미는 부아를 간신히 참으며 저택을 나섰다.

9
인체 측정실

법원으로 향하는 삯마차 속에서 제롬 팡도르는 두 손을 비벼대며 속으로 중얼거렸다.

'정말이지 이번주는 흥미로운 기삿거리가 넘쳐나겠는걸!'

간밤에 벌어진 사건에 관해 만나는 사람마다 증언을 청취한 뒤, 제롬 팡도르는 이제 법원으로 향하고 있었다.

'솔직히 이번 사건에 대해 내가 정확히 아는 거라곤 아직 없어. 소냐 다니도프 대공비가 당한 방식이 보통 괴이한 게 아닌데 말이야…… 또 새벽 한시에 아바르 씨는 범인이 초대 손님 중에 섞여 있을 거라 보고 모든 이에 대해 철저한 몸수색을 단행했단 말이거든…… 어쨌든 그러고도 아무런 성과가 없었지. 보아하니 베르티용이 왔던 것 같은데, 간명하게 지문만 채취했어도 경찰 업무는 그만큼 수월해지겠지. 근데 다른 한편으로는 검찰이 소환을 한다 해도 범인이 그에 응할 만큼 순진할 거라고 어떻게 장담하지? 토므리 씨 댁 무도회에 참석한 손님들 전원을 소환해서 줄줄이 베르티용 사무실 앞에 세우기라도 할 거야? 낌새가 조금이라도 이상하면, 범인은 아마 뒤도 안 돌아보고 국경 너머로 달아나버릴걸!'

제롬 팡도르가 도착하자, 인체 측정실 사무실 입구에는 두 명의 치안국 소속 경찰이 버티고 서 있었다.

일단 명함을 책임자에게 건네도록 한 뒤 기다리자, 몇 분 되지 않아 사환 한 명이 나타나 베르티용 씨의 집무실로 곧장 안내했다.

"무슨 일로 또 오셨습니까?"

"베르티용 씨, 간밤에 있었던 일들이 궁금해서 왔습니다. 솔직히 말씀드려서, 이제부터 어떤 작업을 진행할 계획인지 저로선 도무지 감을 잡을 수가 없거든요. 어젯밤 토므리 씨 댁에 초대받은 손님들을 일일이 소환하신 거 맞습니까? 이유는 뭐죠? 이곳에 사람들을 줄 서서 기다리게 만든 뒤, 한 명 한 명 확인 절차를 거칠 수 있을 만큼 확실한 지문은 확보해두신 겁니까?"

쏟아지는 질문에 베르티용 씨는 미소 띤 얼굴로 대답했다.

"허허, 가만 보니 당신은 우리의 인체 측정법이 경찰 업무에 제공할 수 있는 성과를 거의 신뢰하지 않는 모양이군요! 하지만 그건 우리가 작업하는 방식에 대해 잘 모르기 때문 아닐까요? 간밤에 채취한 지문들은 지극히 정확합니다. 조만간 검거가 가능해진다면, 그건 어디까지나 확실한 근거를 토대로 이루어질 겁니다."

신문기자는 정중히 고개를 숙이며 말했다.

"저 역시 그렇게 되기를 바라고 있습니다. 그렇더라도 제가 현장을 떠난 직후 어떤 일들이 벌어졌는지 간단한 설명을 좀 부탁드리고 싶은데요……"

"오, 뭐 별로 특별한 일은 없었습니다. 사건이 어떤 상황에서 일어났고 어떻게 발견되었는지는 물론 잘 알고 계시겠죠? 급히 연락을 받고 현장에 도착한 아바르 씨는 아무도 저택을 벗어나지 않았다는 걸 금세 확인했지요. 그러고는 즉시 모두를 대상으로 몸수색을 단행했습니다. 하지만 찾아낸 건 전혀 없었죠. 문제의 보석을 몸에 지닌 사람은 아무도 없었습니다. 몸수색을 끝낸 마지막 손님마저 저택을 떠난 뒤, 건물 전체에 대한 수색이 시작됐는데 역시 보석은 발견되지 않았습니다. 저는 수색이 완료된 직후에 현장에 도착했지요. 댁으로 돌아간 소냐 다니도프 대공비는 향수 분무기를 사용하고 나서 곧장 잠이 들었다는 것 빼고는 아무것도 모른다고 진술했다지요. 문제의 분무기는 나중에 증거물로 입수해 조사해보니 내용물에 클로로포름이 섞여 있었다고 합니다. 누가 그런 걸 향수에 섞어넣었는지는 아무도 모르고 말이죠."

"아바르 씨가 와달라고 한 건가요?"

"그렇습니다. 전화를 직접 거셨더군요. 지문 상태는 지극히 만족스러웠습니다. 범인의 손 전체 지문을 뜰 수 있었으니까요. 심지어 일부 특이한 선線들로 미루어 범인이 이미 우리 사무실을 거쳐간 것으로 추정되고 있지요. 분명 제가 아는 손이에요…… 한번 확인해볼까요?"

베르티용이 호출 벨을 누르자 인체 측정실 직원 한 명이 방으로 들어왔다.

"아까 보낸 지문 확인은 됐겠지?"

직원은 두 장의 색인표를 내밀며 말했다.

"여기 있습니다, 실장님. 이미 이곳에서 측정을 거친 자입니다. 등록번호 9200번입니다."

베르티용은 신문기자를 돌아보며 이렇게 말했다.

"보십시오, 제 말이 맞지요? 이제 목록을 훑어보기만 하면 됩니다. 등록번호로 봐서 최근 것이니, 이달에 작성한 목록을 살펴보면 누군지 나올 겁니다. 틀림없이 상습범일 테니까요."

그는 두툼한 장부를 넘기면서 계속 말을 이었다.

"9800, 9700…… 아, 9200, 여기 있군요!……"

그런데 그가 갑자기 손에 들고 있던 장부를 떨어뜨리면서 말을 더듬는 것이었다.

"아, 아니…… 이럴 수가……"

"왜 그러시죠? 누굽니까?"

"그, 그게…… 자크 돌롱으로 나와 있네요……"

소냐 다니도프 대공비의 보석을 강탈한 자가 다름아닌 자크 돌롱이란 얘기……

"그럴 리가요!"

팡도르가 외치자 베르티용은 어깨를 으쓱하며 말했다.

"하지만 여기 엄연한 증거가 있습니다."

"자크 돌롱은 죽었어요!"

"그래도 어제 절도를 저지른 자는 분명 그자입니다."

"뭔가 착오가 있겠죠!"

"착오란 있을 수 없습니다. 다시 말하지만 도둑은 자크 돌롱이에요."

제롬 팡도르는 욱하는 기분에 더이상 참을 수가 없었다.

"이것 보십시오, 베르티용 씨! 분명히 말하지만 자크 돌롱은 죽었단 말입니다!"

하지만 박사 역시 질세라 고개를 저었다.

"저 역시 분명히 말합니다. 여기 이렇게 색인표가 두 개 있으니 직접 살펴보면 알 것 아닙니까! 하나는 며칠 전에 자크 돌롱을 측정한 것이고, 다른 하나는 간밤에 채취한 자료란 말입니다. 두 개가 정확히 일치하고 있습니다."

"그건 어쩌다 일어난 우연의 일치일 뿐입니다."

신문기자의 말에 베르티용 씨는 강력한 성능의 돋보기까지 들이대며 대꾸했다.

"우연의 일치란 있을 수 없습니다. 여기 이 세부적인 특징들을 잘 보십시오. 두 개의 자료 모두에서 드러나는 엄지손가락의 이 일그러진 선들을 보세요…… 둘 다 반듯하지 못한 문양을 보이고 있습니다. 도자기 화가로서의 직업상 특성을 그대로 노출하고 있지요…… 모든 특징이 너무나 뚜렷합니다. 더이상 의심의 여지가 없어요…… 자크 돌롱이 이번 사건의 범인 맞습니다!"

제롬 팡도르는 짜증 섞인 목소리로 똑같은 말을 반복했다.

"하지만 자크 돌롱은 죽었단 말입니다! 분명히 말하지만 그는 죽었어요!"

"자크 돌롱이 살았느냐 죽었느냐는 경찰이 알아서 규명할 문제고요…… 저로서는 한 가지만 확실하게 말씀드릴 수 있습니다. 어젯밤 보석을 도둑질한 사람은 며칠 전 이곳을 거쳐간 바로 그 사람이 맞습니다. 다름아닌 자크 돌롱 말이죠……"

10
어느 토목 인부의 정체

'바르베낭퇴유은행 참 대단하구먼!'

제롬 팡도르는 묵직한 마호가니 가구들과 두툼한 양탄자, 푹신한 의자들이 놓여 있는 1층의 거대한 홀을 지나면서 속으로 중얼거렸다.

마침내 건물 수위가 다가서며 물었다.

"무슨 용건이십니까, 선생님?"

"제 명함을 낭퇴유 씨께 전해드렸으면 합니다. 잠시 그분과 대화를 나누길 바란다고 전해주십시오. 사적인 용무가 있어서 그럽니다."

알다시피 바르베 씨와 낭퇴유 씨는 비브레 남작부인의 재산을 관리하던 은행가들로, 소냐 다니도프 대공비가 화를 당했던 제당업자 토므리 씨 댁 무도회에 함께 참석했었다. 따라서 충분히 취재할 가치가 있는 사람들이었다.

잠시 후 바르베 씨가 다소 근엄하고 냉정한 태도로 손님을 맞았고, 신문기자는 최대한 서글서글하게 웃는 낯으로 임했다.

"시간이 매우 귀하실 테니, 쓸데없이 낭비하지는 않도록 하겠습니다, 바르베 씨."

팡도르가 입을 열자 은행가는 대뜸 이렇게 대꾸했다.

"이미 기사로 나간 것 말고 제가 뭔가 다른 정보를 제공할 수 있을 거라 생각하셨다면 잘못 판단하신 겁니다. 저는 그날 사건에 대해 아는 게 별로 없는데다, 당신이 쓴 기사를 보고 비로소 알게 된 내용이 태반입니다."

"그래도 비브레 남작부인이 실제로 파산했는지 확인해주실 수는 있겠지요?"

"그 정도쯤은 직업상 지켜야 할 비밀 준수 원칙에 딱히 위배되지는 않겠지요…… 네, 그렇습니다. 비브레 남작부인께선 엄청난 손실을 보신 상태였습니다."

"그럼 소냐 다니도프 대공비는 어땠나요?"

"그분은 제 고객이 아닌 것 같은데요……"

"그런가요?"

"어허, 이런…… 혹시 제가 그 두 분 모두를 잘 안다고 생각하는 건가요? 우리가 여기서 주로 관리하는 것은 국가나 기업 주도의 대형 사업들입니다. 낭퇴유 씨나 저나 고객들의 이름 전부를 세세히 꿰어찰 수는 없는 노릇이지요."

"그럼 자크 돌롱이란 이름은 알고 계십니까?"

"오, 그 젊은 예술가야 알지요. 비브레 남작부인께서 직접 소개를 했거든요. 저더러 그분 재정을 좀 지원해달라고 부탁하시기에 기꺼이 그렇게 해드렸지요. 이제 와서 말입니다만, 그건 전적으로 잘못된 판단이었고 그저 후회될 뿐입니다……"

"결국 그 사람이 범행을 저질렀다고 보시는군요?"

"그야 당연하죠! 신문을 읽은 모든 이들이 그렇게 생각하지 않겠습니까?"

바르베 씨로서는 방금 신문기자의 떠보는 듯한 질문이 의아스러울 수밖에 없었다. 자신이 썼던 기사와는 달리 스스로 돌롱의 혐의에 의혹을 표하는 듯한 뉘앙스를 풍겼으니 말이다. 바르베 씨가 눈을 휘둥그레 뜨고 제롬 팡도르를 바라보고 있는데, 갑자기 집무실 문이 덜컹 열리면서 숨이 턱까지 찬 낭퇴유 씨가 안으로 들이닥쳤다. 뿐만 아니라 제롬 팡도르가 모르는 얼굴 대여섯 명도 마찬가지의 혼비백산한 기색으로 함께 나타났다.

바르베는 의자에서 벌떡 일어나 동업자에게 다가서며 외쳤다.

"맙소사, 대체 무슨 일인가?"

낭퇴유 씨는 안락의자에 쓰러지듯 앉으며 대답했다.

"방금 아주 고약한 절도사건이 터졌네……"

"어디서?"

"카트르셉탕브르 가에서…… 사고가 나는 바람에……"

순간 팡도르는 더이상 얘기도 듣지 않고 정신 나간 사람처럼 후다닥 바르베낭퇴유은행을 박차고 나갔다. 그는 최대한 신속히 오페라 광장을 향해 달음박질쳤다.

낭퇴유 씨가 말한 사고 때문에 이미 현장에는 엄청난 인파가 운집해 있었다. 그나마 경찰이 쳐놓은 바리케이드가 무분별한 접근을 적절히 차단하고 있었고, 사람들은 무슨 일이 어떻게 벌어졌는지 모른 채 한곳으로 정렬되는 분위기였다.

구경꾼들 틈을 비집고 지나다니는 일이라면 그 누구보다 익숙한 신문기자는 아니나 다를까 사람들 사이를 능숙하게 헤치며 안으로 파고들었다. 호기심에 몰려든 군중 맨 앞줄에 도달한 팡도르는 일반인에게는 접근이 차단된 공사 현장 안에까지 진입하기 위해 경찰에서 제공한 자유 통행증을 내밀 계획이었다.

파리 주요 일간지 기자들을 대상으로 파리 경찰청에서 발행한 그 소중한 카드를 꺼내려고 호주머니 속에 손을 넣는 순간, 팡도르는 정확히 그 공사장에서 튀어나와 반대 방향으로 돌진하던 누군가와 부닥쳤다.

부연 흙먼지와 진흙을 뒤집어쓴 토목 인부였다. 그는 맨머리에 오른손으로 한쪽 볼을 가린 상태였다. 흘낏 보니 손가락 사이로 핏줄기가 찔끔찔끔 비어져나오고 있었다.

두 사람의 시선이 서로 마주치자, 팡도르는 자기도 모르게 움찔하지 않을 수 없었다.

한순간 상대를 쏘아보는 토목 인부의 눈빛이 어딘지 심상치 않다고 느꼈던 것이다.

왠지 위협과 환영의 심기가 동시에 감지되는 묘한 눈빛이었다……

신문기자가 어리둥절한 채로 머뭇거리는 사이, 토목 인부는 사람들 사이를 파고들며 멀어져갔다.

어떤 일에든 결정이 빠른 편임에도 불구하고 이번만큼은 왠지 갈피를 못 잡고 한동안 멍하니 서 있는 제롬 팡도르…… 무너진 건물의 잔해 더미 가운데 몇몇 동료 기자들의 친근한 모습을 어렴풋이 알아보고는 그나마 안심이 됐다. 이번 사태에 관한 정보 습득에는 별 어려움이 없으리라 생각한 것이다. 벌써부터 몇 가지 세부적인 사항들이 그의 귀에 흘러들어왔다. 붕괴된 곳에는 바르베낭퇴유은행 소유의 묵직한 금괴들을 실은 차량이 파묻혔었는데…… 사람들이 우선적으로 그걸 끄집어냈고…… 지금은 안전하게 은행으로 이송됐다는 것이다.

일단 그 점에 안심한 신문기자는 아까 자신과 부딪치면서 멀어져간 사람을 다시 눈으로 좇았다.

얼추 보기에 지극히 자연스러운 태도로 걸어가고 있는 토목 인부…… 하지만 방금 전 자신과 맞닥뜨렸을 때 그토록 이상한 눈빛으로 노려보던 저 사내를 놓쳐선 안 된다는 강력한 예감이 지금 팡도르의 마음을 강하게 압박하고 있었다. 더군다나 종종 어려운 난관을 즐기는 편이고, 항상 다른 기자들이 넘보지 못할 기삿거리에 욕심을 내며, 특히 범죄사건이 발생하면 다른 누구보다 탁월한 능력을 발휘하여 더 많은 정보를 캐내곤 하던 팡도르로선 무조건 그 사내를 뒤쫓아가 말을 붙여봐야겠다는 생각이 드는 게 당연했다.

그러고 보니 사내의 걸음걸이는 어딘가 그냥 멀어져간다기보다는 애써 자리를 피한다는 느낌이 들었다!

멀리서 토목 인부의 불안스러운 행보를 지켜보던 팡도르, 어느 한순간 흠칫 놀라는가 싶더니 금세 안도의 한숨을 내쉬었다. 어렴풋이 머릿속을 맴돌던 예상이 과연 틀리지 않았던 것이다! 토목 인부는 겉보기와는 다르게 지나던 택시를 불러 세우더니 냉큼 올라타는 것이 아닌가!

팡도르는 즉시 주위를 두리번거렸고, 운 좋게도 곧바로 다른 차를 잡아타자마자 운전기사에게 툭 던지듯 말했다.

"저 앞에 가는 4227 GH 차량을 바짝 따라붙읍시다! 요금은 충분히 내리다!"

빠릿빠릿해 보이는 젊은 나이의 운전기사는 깜짝 놀라는 듯하더니, 금세 상황을 눈치채고 속도를 높이기 시작했다. 그는 대단히 능숙한 운전 솜씨로 차들 사이를 이리저리 빠져나가 결국 손님이 지목한 차를 따라붙는 데 성공했다. 리볼리 가를 가로지른 두 대의 택시는 연달아 루브르 궁의 소문小門 아래로 진입했다.

팡도르는 자기도 모르게 움찔했다.

두 대의 자동차는 방금 생페르 교각을 건넜고, 한동안 제방을 따라 달리더니, 보자르 국립고등미술학교를 돌아 낡고 비좁은 보나파르트 가로 진입하는 것이 아닌가!

물론 우연의 일치일 뿐이라고 할 수도 있었다…… 하지만 쥐브가 이 거리에 살았던 것은 분명한 사실. 이 방향으로 200~300미터만 더 가면, 모든 이의 접근을 철저히 차단한 채 혼자만의 아지트로 그토록 오랜 세월 유지되어온 저 유명한 형사의 소박한 거처 앞을 지나게 되는 것이었다.

지금으로부터 삼 년 전, 안타깝게도 쥐브가 그만 불귀의 객이 되고 만 이후, 팡도르는 바로 이 보나파르트 가에 되도록 얼씬도 하지 않고 있었다. 그토록 친근했던 장소를 돌아보는 것이 그의 가슴속에 너무도 고통스러운 감정을 불러일으킬 것이 뻔했기 때문이다.

언젠가 한번 옛 친구의 거처가 어떻게 됐는지 궁금해 와본 적이 있었다. 그랬더니, 아…… 역시 파리라는 대도시는 제아무리 익숙한 장소도 단 여섯 달만에 완전히 다른 곳으로 탈바꿈시키는 것이었다! 예전의 관리인들은 모두 어디 가고, 이제는 새로운 얼굴들이 손님을 맞이하고 있었다. 특히 뚱뚱한 체구의 한 여자

관리인은 신문기자에게 무뚝뚝한 어조로 이렇게 얼버무리는 것이었다.

“5층의 그 집은 세입자가 죽은 다음 깨끗이 치워져 보험감독관으로 일한다는 새 사람에게 곧바로 넘겨졌어요……”

그리고 지금은……

팡도르는 얼굴이 하얗게 질리면서 심장이 멈출 것 같은 느낌이었다. 추격중인 택시가 차츰 속도를 늦추는가 싶더니, 보도 옆으로 가까이 가면서 바로 쥐브의 집 앞에 뚝 멈춰버리는 것이 아닌가!

토목 인부는 차에서 내리자마자 곧장 건물 안으로 달려들어갔다. 그의 오른손은 여전히 볼을 꾹 누르고 있었다.

이 순간 무얼 어떻게 해야 할지 팡도르는 길게 생각하지 않았다. 요금으로 지폐 한 장을 던지다시피 하고는 거스름돈도 기다리지 않고 후닥닥 택시에서 뛰어내려, 그토록 친근한 복도와 계단이 기다리고 있는 건물 안으로 파고드는 것이었다.

토목 인부는 최대한 빨리 앞서나갔고, 팡도르도 질세라 뒤를 좇았다. 두 사람 다 어둑한 계단에서 가쁜 숨을 몰아쉬었다.

드디어 5층. 팡도르가 거의 기진맥진해 비틀거리는 동안 사내는 쥐브의 옛날 집으로 의연하게 들어갔다.

이제 뒤좇던 사람 코앞에서 문이 막 닫히려는 찰나, 신문기자가 불쑥 끼어들면서 토목 인부의 저고리를 와락 움켜잡았다.

급기야 뒤를 홱 돌아본 사내와 팡도르가 얼굴을 서로 마주하게 되었다.

순간 상상조차 하기 힘든, 도저히 이해가 되지 않을 장면이 펼쳐지기 시작했다!

한동안 아무 말 없이 상대를 바라보던 팡도르는 그대로 이 미지의 사내 품속에 쓰러졌고, 그런 젊은이를 사내는 있는 힘을 다해 꼭 끌어안는 것이었다. 두 남자의 입에서는 거의 동시에 이런 중얼거림이 새어나오고 있었다.

"쥐브……"

"팡도르……"

팡도르는 사부님의 서재를 장식하고 있는 아늑한 가죽 안락의자에 몸을 파묻은 채 서서히 정신이 돌아오고 있었다. 살짝 눈을 떠보았지만, 아직도 눈앞에 보이는 것이 꿈인지 현실인지 알 수가 없었다.

그토록 존경하던 쥐브가 그지없이 다정한 눈길 속에 다소 걱정스러운 마음을 담아 자신을 물끄러미 굽어보고 있었다.

곧이어 복받친 감정의 떨림이 느껴지는 나직한 음성으로 이렇게 속삭이는 소리가 들렸다.

"팡도르…… 나의 소중한 친구 팡도르……"

그렇다! 지금 팡도르의 눈앞에 보이는 사내는 관자놀이에 살짝 흰머리가 돋고 이마에는 약간의 주름이 파인, 그러면서도 여전히 단단하고 날렵한 인상의 쥐브, 바로 그였다!

뜻밖의 조우로 인한 정신적 혼란과 충격이 워낙 격렬하다보니, 웬만한 일에는 정신을 놓는 법이 없는 팡도르조차 그만 실신해버리고 만 것이다.

하긴, 무턱대고 뒤쫓은 낯선 토목 인부가 지금껏 죽은 줄로만 알고 있던 쥐브로 느닷없이 돌변했으니 그 충격이 어지간했겠는가! 지난 삼 년간 어이없는 상실감에 시달리며 눈물로 그리워하던 존경하는 스승이자, 마치 부자간의 인연처럼 절절한 애정으로 맺어진 친구의 생환이 아닌가 말이다!

팡도르가 점차 정신을 추스르는 동안, 쥐브는 오페라 광장에서 신문기자와 맞닥뜨렸을 당시 얼굴을 덥수룩하게 에워싸고 있던 붉은 수염을 말끔히 떼어내고 남루한 작업복을 다른 옷으로 갈아입으면서 하나하나 몸가짐을 고쳐갔다.

팡도르는 뜻하지 않게 쥐브와 재회한 기쁨에 몸 둘 바를 모르는 것은 물론이고, 그토록 긴 세월 적어도 공식적으로는 그를 이 세상에서 사라지게 만든 지난 모든 사정들에 대한 강렬한 호기심에 휩싸이고 있었다.

마침내 쥐브가 먼저 입을 열었다.

"나는 자네의 근황에 대해 굳이 묻지 않겠네, 팡도르. 이미 여러 차례 자네를 지켜봤기에 잘 지낸다는 건 알고 있거든…… 이제 보니 살도 조금 찐 것 같군그래."

팡도르는 또다시 감정이 복받쳐 어쩔 줄 몰라하는 기색이 역력했다. 쥐브는 편한 어조로 이렇게 물었다.

"그나저나 자네 아까 나를 알아본 건가?"

"솔직히 말해서 못 알아봤습니다. 다만 우리의 시선이 서로 교차하는 순간 어떤 예감이랄까, 깊은 내면에서 어떤 계시 같은 것이 느껴졌어요! 미적거리지 말고 당장 저 사람을 뒤쫓아야겠다는 결의 같은 게 가슴을 치더라고요……"

신문기자는 내친김에 막혔던 질문들을 털어놓기 시작했다.

"근데 왜 그런 변장을 한 겁니까, 쥐브? 아까 바르베낭퇴유은행 물건을 운송하는 도중 닥친 사고 현장에서는 어쩌다 저와 마주치게 된 거죠?"

쥐브는 쏟아지는 질문 세례를 손을 내저어 자르더니, 특유의 빈정대는 말투로 말했다.

"어허, 천천히, 천천히…… 그러다가 소보다 쟁기가 앞서 가겠네그려! 그렇게 두서없이 얘기를 늘어놓다가는 서로 할말이나 알아야 할 일들 절반도 소화해내지 못하겠어. 팡도르, 자네 알고는 있나. 우리 둘 다 지금 아주 불가사의한 사건들 속으로 휘말려들고 있다는 사실을?…… 하지만 적어도 이제는 함께 일할 수 있다는 희망이 우리에게 있지. 자세한 얘기는 나중에 여유가 생기면 차차 하도록 하고, 일단 지금은 지난 삼 년간 내가 뭘 하고 살아왔는지 중요한 흐름만 짚어주는 게 좋을 것 같군. 자, 들어 보게나……"

쥐브 형사는 일련의 상황 속에서 두 사람이 헤어지게 된 바로 그날 이후 자기한테 일어났던 중요한 사건들을 팡도르가 알아듣기 쉽게끔 큼직큼직한 윤곽들로 간추리고, 때론 웅변까지 토해가면서 간명하게 되짚어주었다.

출발점은 삼 년 전으로 거슬러올라갔다. 그 당시 쥐브는 팡도르와 함께 저 수수께끼처럼 신출귀몰하는 존재 팡토마스를 뒤쫓고 있었다.

일련의 정교한 작전들과 약간의 운에 힘입어 형사와 신문기자는 그 막강한 악당을 뇌이의 한 저택 안으로 모는 데 성공했다. 그곳은 벨담 부인이라는 호칭으로 잘 알려졌으며, 악명 높은 팡토마스의 연인이자 공범이기도 한 어느 영국 귀부인이 사는 곳이었다!

한데 쥐브가 본격적인 검거에 돌입하려던 바로 그 순간, 어마어마한 폭발이 일어나면서 두 친구는 물론 열댓 명에 달하는 순경과 치안국 소속 형사 들까지 무너져내리는 파편 더미 속에 묻혀버렸던 것이다.

구조대가 신속하게 도착했고, 이후 사십팔 시간 동안 한시도 쉬지 않고 생존자 발굴 작업이 진행되었다.

천만다행으로 팡도르는 가벼운 상처만 입은 상태였고 며칠 지나지 않아 완전한 몸 상태를 회복하게 되었다. 하지만 친구 쥐브를 잃은 아픔만큼은 고스란히 혼자 감당해야만 했다!

쥐브 형사의 생사를 확인하는 수색 작업은 철저하게 진행되었으나 이렇다 할 소득이 없었다. 다수의 사체들이 신원을 확인할 수 없었는데, 형사가 감쪽같이 사라질 수는 없는 노릇이기에 잔해 더미 속에서 끄집어낸 분해된 시신 하나를 그의 것으로 추정하기에 이르렀다.

그러나 쥐브는 사실 죽지 않았던 것이다!

그 역시 팡도르와 마찬가지로, 아니, 그보다 더 기적적으로 화를 면했고, 건물이 무너지고 얼마 지나지 않아 제힘으로 일어나 현장을 벗어날 수가 있었다. 형사는 극도의 흥분 상태에서 저택을 뛰쳐나와 팡도르를 찾았고, 팡토마스에 대한 추격을 계속했다. 두 사람 다 자신과 마찬가지로 무사히 그 아비규환으로부터 벗어났으리라 생각한 것이다.

그렇게 몇 시간 동안 주변을 헤매다니던 그는 다시 현장으로 돌아왔고, 그제야 팡도르가 부상을 입은 채 발견되었으나 크게 위험한 지경은 아니라는 걸 알게 되었다. 아울러 사람들이 자기를 죽은 걸로 판단하고 있다는 사실도 깨달았다.

뜻밖의 상황에 맞닥뜨린 쥐브는 당분간 사람들의 그런 판단을 기정사실화하는 게 좋겠다는 생각을 하게 되었다. 무엇보다 적을 포획하는 것이 목표인 입장에서, 만약 팡토마스로 하여금 상대의 죽음을 믿게 할 수만 있다면 그만큼 경계심을 무너뜨려 더 쉽게 목표를 달성할 수 있겠다는 생각이었다. 죽은 척함으로써 산 자를 때려잡자는 전략이라고나 할까!

쥐브는 어디까지나 서열을 중시하는 공무원답게 곧장 치안국장 아바르 씨를 찾아가 자신의 그런 복안을 밝혔다. 아바르 씨는 처음 얼마간은 난색을 표했으나, 이내 마음을 돌려 쥐브가 살아 있다는 사실을 덮어두는 데 동의했다.

당시 쥐브는 벨담 부인이 영국으로 건너가 있다는 사실까지 파악하고 있었다.

당연히 팡토마스가 그녀와 합류하리라 가정한 쥐브는 서둘러 파리를 떠나 영불해협을 건넜다. 그리고 거기서 다시 대서양을 건너갔는데, 이유인즉 런던에 도착하자마자 팡토마스와 벨담 부인이 함께 신대륙으로 떠났다는 정보를 입수했던 것이다.

그후 쥐브는 몇 달 동안 아무 성과 없이 이곳저곳 떠돌아다녔다. 마치 연기처럼 사라진 듯, 팡토마스는 아무런 흔적도 남기지 않았다. 마침내 낙담한 쥐브 형사는 애당초 뭔가를 잘못 짚은 채 시간만 낭비했다는 결론에 도달했고, 그 즉시 프랑스로 돌아오고 말았다.

가짜로 죽기 전, 쥐브는 '술통'이라든가 '털보', 툴루슈 할멈 등 팡토마스가 이끄는 것으로 추정되는 패거리의 몇몇 하수인들을 잡아 가두는 데 열심이었던 만큼, 감옥의 교도 행정 전반에 특별한 관심을 가지고 있었다.

그래서인지 상테 교도소의 교도관 한 명이 몇 년 전 거언이라는 사형수를 맡았던 바로 그 교도관과 동일 인물이라는 사실에 주목했다. 당시 쥐브는 그 사형수가 팡토마스 본인일 것으로 믿어 의심치 않았으나, 결국 사람이 바뀌는 바람에 엉뚱한 사람이 희생되고 말았다.*

쥐브는 니베라는 이름의 그 교도관이 옛날 사건에 관해 자세한 사항까지 꿰뚫고 있을 것으로 의심하고 있었다. 그리하여 아바르 씨의 동의하에 상테 교도소 서기과 직원으로 잠복해 들어가 동향을 살피기도 했다.

그런데 얼마 안 있어 니베는 상테 교도소에서 나와 경찰청 구치소로 전근을 했고, 팡토마스의 똘마니들 일부는 믈룅에서, 나머지는 클레르몽에서 각자 형기를 마쳤다. 그러고는 하나같이 다시금 파리 한복판에서 뭉치고 있는 판국이었다.

쥐브로서는 이번에야말로 그들 사이로 침투해 들어가야겠다는 결심을 할 만도 했다!

"무슨 복안이라도 있는 건가요?"

팡도르가 잔뜩 긴장한 눈빛으로 보채자 쥐브의 대답이 이어졌다.

"죽자고 과거의 사건에만 매달리는 게 능사는 아니지 않은가!

---

* 팡토마스 시리즈 1권 『팡토마스』 참조.

뿌리째 근절시킬 때도 됐지…… 이보게, 팡도르. 자네가 하나 알아야 할 것이 있어. '털보'라든가 '술통', 그놈의 극성맞은 툴루슈 할망구가 속해 있는 밀수꾼, 사전꾼 집단이 어쩌다가 최근 어리바리한 인간 하나를 알게 됐는데, 그자 이름이 크라나주르라고 하지……"

"크라나주르요? 대체 무슨 얘기를 하시려는 건지……"

"자, 이제부터 크라나주르가 어디서 어떻게 생겨난 존재인지 말해줄 테니 잘 듣게나. 예전에 팡토마스가 경찰 수사에 혼선을 주기 위해 자기 대신 발그랑이라는 불쌍한 배우 한 명을 처형하게 만든 사실 자네도 잊지 않았겠지. 그때 그 천재적인 악당이 불과 몇 시간 동안이긴 하나 친히 발그랑의 모습을 취하고 과감하게 극장에까지 나타난 적이 있다네. 진짜 발그랑이 멀쩡히 연기를 했던 바로 그 극장에 말이야. 한데 팡토마스는 발그랑 역할을 끝까지 해낼 수 없었지. 그래서 생각해낸 방법이 주변 사람들로 하여금 발그랑이 갑작스러운 기억상실증에 걸린 것으로 믿게 만드는 거였다네.* 그렇게 함으로써 가짜 발그랑인 팡토마스가 배우와 가장 친한 친구들 눈앞에서도 당분간이나마 진짜 발그랑 행세를 무난히 해낼 수가 있었던 것이지…… 솔직히 말해 내가 크라나주르라는 인물을 만든 것은 전적으로 팡토마스의 그런 아

* 팡토마스 시리즈 2권 『쥐브 대 팡토마스』 참조.

이디어를 따온 것이었다네!"

쥐브는 크라나주르라는 인물의 정체를 시작으로, 악당들의 소굴에 들어가 자신이 어떻게 신뢰를 얻어갔는지를 단숨에 이야기해주었다. 크라나주르가 비록 낯선 자이긴 했지만, 두 시간이 채 못 돼 보고 들은 모든 걸 까먹고 만다는 사실이 입증되자 너도나도 그 앞에서 자기들의 은밀한 사업 얘기를 아무 거리낌 없이 하더라는 것이다!

쥐브는 계속해서 말을 이었다.

"또 한 가지 덧붙이자면, 그 패거리는 내가 보기에 그다지 특별한 점이 없더라는 것이네. 아무래도 내가 그저 밀거래나 하고 가짜 돈이나 돌리는 평범한 도둑 집단에 끼어들어간 것 같아. 다만 딱 하나 신경 쓰이는 점이라면, 놈들이 엄청난 양의 파운드화를 유통시키고 있다는 사실이야. 물론 모두 가짜 돈이지. 도대체 출처가 어디인지를 모르겠단 말이거든…… 놈들은 또 벨기에에서 밀반입해온 레이스 세공품을 팔고 있는데, 그건 내가 별로 관심이 없어서 그냥 우리 경찰청 부하들을 시켜 처리하려고 하는 중이지. 실은 그 밀수꾼들 중 '술통'이라는 자와 그 수하 두 놈이 경찰에 이미 체포된 상황이라네. 아무튼 나는 이제 그만 그 소굴을 떠날 생각을 하던 참이었어. 팡토마스가 남긴 새로운 흔적을 조사하러 말이야. 돌롱 사건이 터졌을 때 난 벌써 팡토마스가 여전히 건재하다는 걸 직감으로 알아차렸거든! 그런 와중에 나의 훌륭한 젊은 친구를 이렇게 다시 만나게 될 줄이야…… 이전보다 훨씬 용감하고 똑똑해졌으며, 사건을 능란하게 다룰 줄 알게 된 자네를 말일세! 이보게, 팡도르. 과연 이번 돌롱 사건과 내가 끼어 있는 밀수꾼 패거리 사이에는 무슨 관계가 있는 걸까? 만약 경찰청 구치소 교도관 니베가 사전꾼 패거리의 가장 소중한 동업자 중 한 명이라는 사실을 자네가 안다면 이 문제제기와 그 해답이 얼마나 중요한지 실감할 수 있을 텐데 말이지……"

팡도르는 깜짝 놀라며 외쳤다.

"아, 그럴 수가! 듣고 보니 당신이 또다시 팡토마스의 꼬리를 물고 늘어지는 중이라는 게 절로 믿어지는군요!"

"아직 자네에게 해줄 얘기가 많지만…… 먼저 얼마 전 자네한테 내가 좀 못할 짓을 한 것에 대한 양해부터 구해야겠어……"

점점 더 눈이 휘둥그레지는 팡도르에게 쥐브 형사는 니베의 살해 기도로부터 친구를 구해준 저 대단한 발길질의 사연을 유머까지 섞어가며 이야기해주었다.

팡도르는 한동안 어안이 벙벙해 멍하니 있더니, 쥐브의 두 손을 덥석 붙들고는 울먹이는 목소리로 중얼거렸다.

"아…… 당신은 저의 둘도 없는 스승이자 친구예요! 아, 진작 눈치채야 했는데……"

"자네가 아직 모르는 것들이 더 있다네. 언젠가는 꼭 깨우쳐야 할 것들이지……"

쥐브는 순식간에 점잖은 어조로 돌변해 이렇게 덧붙였다.

"그나저나 젊은 기자 양반, 당신 직업에 이리 소홀해서야 되겠소? 지금이 벌써 오후 한시…… 라 카피탈 사에서 오페라 광장 사고와 관련해 당신이 오기만을 목 빠져라 기다리고 있지 않겠소?"

그제야 팡도르는 후닥닥 일어나 외쳤다.

"아 참, 그렇지! 까마득히 잊고 있었네…… 그래도 당신을 만난 일에 비하면 하나도 중요치 않……"

순간 쥐브가 팡도르의 말을 뚝 자르며 말했다.

"'조심하시오, 팡도르…… 이건 중대한 사건이오……' 이 말을 벌써 잊었나? 그동안 돌롱 살인사건이나 토므리 씨 댁의 소냐 다니도프 절도사건 등등 몇 차례 일이 터졌을 때마다 내가 자네한테 경고 삼아 귀띔해준 주문을 잊었느냔 말일세!"

"아니, 그럼 그 역시 쥐브 당신이었단 말입니까?"

"그렇다네. 하여튼 그건 그렇다 치고…… 시간이 얼마 없으니 내 말 잘 듣게. 난 또다시 자취를 감출 예정이지만, 필요한 경우 이제 어디서 어떤 식으로 나와 접촉하면 되는지 자네도 알겠지. 난 당분간 크라나주르로 계속 암행할 걸세. 자, 자, 그러니 이제 어서 가보라구. 가서 기사를 고민해봐야 할 것 아닌가! 우선 제목은 이렇게 가는 거야…… '대범한 절도사건.' 밑도 끝도 없는 듯하지만 독자의 관심을 끌기엔 제격이지. 그다음은 이렇게 한 번 써보는 건 어떤가?……"

11
대범한 절도사건

쥐브가 기사를 불러주고 두 시간이 지난 뒤, 신문기자는 라 카피탈 사로 돌아와 초고를 다시 읽어보았다.

오늘 아침 기자가 바르베낭퇴유은행 행장실에서 바르베 씨와 담소를 나누고 있는데, 별안간 낭퇴유 씨가 헐레벌떡 뛰어들어와 카트르셉탕브르 가에 엄청난 절도사건이 터졌음을 알렸다. 최근 발행된 국채에 해당하는 2000만 프랑 상당의 금괴를 절도당한 사건이었다.

이후 이어진 혼란과 당혹감은 이루 말로 표현하기 어려웠다.

사건이 터지던 순간 기자가 은행에 가 있었던 것은 불행 중 다행이었으며, 덕분에 초기의 정보들을 입수하기가 그만큼 쉬

웠고, 이 놀랄 만한 사건에 대한 취재에 즉각 착수할 수 있었다.

바르베낭퇴유은행

바르베낭퇴유은행은 익히 알려진 것처럼 자타가 공인하는 일류 금융기관의 하나로, 대규모 국채나 중요한 산업 투자 자금을 주로 관리하는 곳이다. 공동 경영자인 바르베 씨와 낭퇴유 씨는 금융업계에 널리 알려진 존경받는 인사들이며, 이번에 닥친 불행으로 모든 이들이 애석해하고 있는 상황이다.

얼마 전 바르베 씨와 낭퇴유 씨는 정부로부터 국채발행 사업을 주도하도록 선정되었다. 사업은 순조롭게 추진되었고, 그로 인해 거둬들인 자금은 오페라 광장에 소재한 파리할인은행 금고에 안전하게 예치되었다. 이제 은행에서 그 자금을 인도받는 과정만 남은 상황이었다.

그런데 바로 이 마지막 과정에서 기사의 제목에 언급한 대범한 절도사건이 벌어진 것이다.

사건은 어떻게 일어났는가

오전 열시 정각, 낭퇴유 씨는 파리할인은행 오페라 광장 지점에서 금괴와 지폐 다발을 운송할 소형 트럭을 살피고 있었다. 특별히 문제될 만한 점은 보이지 않았지만, 관례에 따라 은행 직원 여섯 명과 치안국 형사 세 명이 낭퇴유 씨를 수행하고 있었다.

적재 작업은 할인은행 구내에서 낭퇴유 씨가 지켜보는 가운데 이루어졌다. 마침내 트럭 덮개가 봉인되고 운송 행렬이 출발했다.

그런데 트럭이 막 오페라 광장을 벗어나 카트르셉탕브르 가 모퉁이를 돌아들 때쯤, 즉 지하철 공사장을 에워싼 방책을 따라 서행할 즈음 엄청난 폭발음이 천지를 진동하는 동시에 깊이 함몰한 흙구덩이 속으로 낭퇴유 씨를 포함한 수행원들이 곤두박질치고 말았다. 그런 가운데 수도관까지 터지면서 주변 도로 일대가 침수되는 지경에 이르렀다.

응급구조 작업

그때가 오전 열한시경이었다. 인근 상점의 점원들이 죄다 바깥으로 쏟아져나왔고, 카트르셉탕브르 가 일대는 순식간에 아수라장을 방불케 했다. 엄청난 폭발음에 모든 행인이 너 나

할 것 없이 걸음을 멈춘 채 아연실색한 표정들이었다. 여기저기서 폭탄이다, 사고다, 하며 난리들이었다.

얼마 지나지 않아 사람들은 열성과 용기를 발휘해 희생자들에게 도움의 손길을 내밀기 시작했다. 그러나 난데없이 일어난 폭발로 인해 지반이 심하게 무너져내린데다, 앞서 언급한 대로 대형 수도관이 터졌고 지하철 공사장 천장까지 붕괴된 터라 구조 작업은 결코 쉽지 않았다. 게다가 추가 붕괴의 위험마저 있는 상황이라 앞뒤 가리지 않고 나선 비전문 구조자들이 한 치 앞도 분간하기 어려운 구덩이 속으로 들어가 위험을 무릅쓰는 데는 한계가 있었다.

소방대원 투입

초기의 혼란이 다소 가라앉자 치안 업무가 신속하게 조직되었다. 구경하러 몰려드는 인파가 갈수록 많아지는 가운데, 사다리와 밧줄을 갖춘 소방대원들이 속속 현장에 도착했다.

제일 처음 구덩이에서 끌어올려진 사람은 낭퇴유 씨였다. 기적적으로 다친 데 하나 없이 구출된 그와는 달리, 은행 직원들은 모두 크고 작은 타박상을 입은 상태였으며, 곧바로 인근 병원으로 실려갔다.

일단 스스로 무사함을 확인한 낭퇴유 씨는 수천만 프랑어치의 금괴가 실린 차량을 끌어올려야 한다며 현장 수습에 나선 경찰관들을 독려했다.

금괴 회수 작업

다시금 구덩이 속으로 내려간 소방대원들은 낭퇴유 씨가 말한 차량이 어디에도 보이지 않자 적잖이 당황했다. 애당초 예상하기로는 무너진 흙더미 속에 깊이 파묻혀 있을 것으로 보았으나, 소방대원 르고픽 씨가 지하철 공사장 구덩이 속을 집중적으로 파헤친 결과 불과 몇 미터 되지 않아 뒤집힌 채 처박혀 있는 문제의 차량이 모습을 드러냈다. 놀랍게도 차체가 약간 긁힌 것을 제외하고는 멀쩡한 상태였다.

사람들은 부랴부랴 길 위로 차량을 끌어올렸고, 낭퇴유 씨는 봉인이 손상되지 않았다는 걸 확인하고는 사고 순간 득달같이 달려나온 할인은행측 요원들의 중개하에 곧장 은행으로 차량을 견인토록 조처했다.

도난 발견

부상자 중 어느 누구도 우려할 만한 상태는 아니었고 낭퇴유 씨 역시 지극히 양호한 상태로 구조되었기에, 비극적인 사고는 일견 별다른 후유증 없이 마무리되는 듯했다. 이제 바르베낭퇴유은행에 차량이 도착하자마자 봉인을 제거하고 수천만 프랑을 밤새 안전하게 은행 금고에 넣어두는 일만 남은 셈이었다.

그러니 정작 뚜껑을 여는 순간 금괴가 있어야 할 자루 속에 납덩이만 잔뜩 들어 있는 걸 발견한 낭퇴유 씨가 얼마나 놀랐을지는 짐작하기 어렵지 않을 것이다. 기자와 면담중이던 공동 경영자 바르베 씨에게 낭퇴유 씨가 허겁지겁 달려와 모든 사실을 알린 것은 그처럼 도난 사실을 깨달은 직후였다.

촉박한 시간 속에서 뭔가 신속한 조치가 요구되는 상황이었다.

즉각적으로 치안국에 신고가 들어갔고, 아바르 씨가 직접 출동해 수사를 주도하게 되었음은 물론이다.

지하철 갱도

기자는 치안국장의 배려에 힘입어 지하철 공사 현장에까지 그와 동행할 수가 있었다. 필경 절도는 그 안 어딘가에서 이루어졌으리라는 게 경찰의 시각이었다. 우리가 그곳에 도착한 건 폭발이 일어난 지 대략 한 시간이 지나서였다. 아직도 구경꾼들이 자리를 뜨지 않고 모여 서서 사고의 원인들을 제각기 떠들어대고 있었지만, 그로 인해 초래된 결과에 대해선 짐작조차 못하는 분위기였다.

처음에는 별 성과가 나오지 않았으나, 아바르 씨는 특유의 뚝심을 발휘해 굴착된 지하철의 여러 갱도를 혼자서 계속 파고들었다. 그러다 어느 한순간 외마디 탄성을 내지르며 그가 달려간 지점에는 놀랍게도 수천만 프랑어치의 금괴를 실었다가 도난당한 차량과 모든 점에서 유사한 또 한 대의 차량이 덩그러니 놓여 있는 것이었다.

차량의 정체

상황은 너무나도 명백했다.

아바르 씨는 눈앞에 보이는 차량이야말로 원래의 차량이며, 바르베낭퇴유은행 구내에서 봉인을 떼어낸 차량은 초동 수사에 혼선을 주기 위해 절도범들이 바꿔치기해놓은 가짜 차량이라고 주저 없이 판단해버렸다.

지하철 갱도에서 발견된 차량 안에는 당연히 수천만 프랑어치의 금괴는커녕 금가루 하나 보이지 않았다.

초기 단계에서 확인된 사항들

이제부터는 도난사건을 어떻게 설명할 것인가, 범인들의 흔적을 어디서 탐지해낼 것인가가 문제였다. 결코 쉬운 일은 아니었으며, 복잡하게 꼬인 사태 전반을 해결하기 위해서는 아바르 씨의 전문가적 능력이 필수적이었다.

현재 보수중인 지하철 공사가 어떤 양상으로 진행되고 있는지는 독자 여러분도 잘 알고 있을 것이다. 엔지니어와 토목 인부들이 어떤 식으로 공사를 계획하고 시행하는지 그 상세한 설명은 이미 본지의 지면을 통해 여러 차례 소개한 바 있다.

그중 특히 오페라 광장에서는 대규모 공사가 진행되고 있다. 요컨대 그곳은 여러 다른 노선들이 합쳐지고 갈라지는 이른바 환승 지점으로, 사방 거의 모든 방향으로 굴착 공사가 진행중이다. 폭발이 일어난 지점은 확인 결과 정확히 네 갈래의 갱도가 지나는 곳이었다.

차량 1, 즉 바르베낭퇴유은행으로 끌어간 뒤 납덩이만 잔뜩 든 것으로 확인된 차량은 이들 중 가장 큰 규모의 갱도, 다시 말해 오퇴유-오페라 간 노선에서 발견되었는데, 입구에서 몇 미터쯤 떨어진 곳에 있었다고 한다. 한 가지 덧붙일 것은 오퇴유-오페라 간 갱도가 이미 충분한 넓이로 확장된 구간이라 구조대원들이 가장 쉽게 접근할 수 있었고, 따라서 그 안에 방치된 차량이 제일 일찍 발견될 수밖에 없었다는 사실이다.

차량 2(원래 금괴를 싣고 있었으나 나중에 텅 빈 채로 발견됨)는 이와 반대로 비좁고 작은 갱도들 중 한 곳에, 그것도 입구에서 제법 떨어진 지점에 있어서 누구든 다른 수가 없을 때에만 그곳을 드나들 법했다.

이 같은 점으로 미루어 결국 이번 사건은 사전에 치밀하게 계획되어 실행에 옮겨진 것으로 보인다. 무엇보다 두 대의 차량이 존재한다는 사실이 이와 같은 추정을 뒷받침하고 있다.

범인 검거에 미치는 언론의 순기능을 충분히 이해하고 있는 아바르 씨의 자상한 배려에 힘입어, 기자는 지하 깊숙한 곳에서 발견된 차량 2를 직접 가까이서 살펴보는 기회를 누렸다. 과연 바퀴도 다 일그러지고 차체도 반쯤 우그러진 아주 참담한 지경이었다. 물론 봉인은 흔적조차 남지 않았다. 한 가지만 덧붙이자면, 낭퇴유 씨를 비롯해 사고 현장을 목격한 모든 이들은 그 순간 너무 흥분한 상태였기에 차량 1이 발견 당시 거의 손상된 부분이 없었다는 사실에도 별로 놀라지 않았던 것이다. 사실상 그 정도의 엄청난 추락을 감안한다면 차량 2와 같은 상태를 추정하는 것이 자연스러웠을 텐데 말이다.

의문점들

기자가 이 글을 쓰는 지금 시각에도 지하철 갱도 안에서는 계속해서 조사가 이루어지고 있으며, 아마도 밤에는 상당한 정도로 진행이 되어 있을 것이다.

그러나 아직은 이렇다 할 추적의 단서가 발견되지 않은 상태이며, 누구의 소행인지 모를 이 황당한 사건과 관련해 기껏해야 몇몇 사항들이 겨우 밝혀졌을 뿐임을 치안국도 인정하고 있다.

아바르 씨는 이번 사건이 오랜 시간을 두고 치밀하게 사전 계획되었으며, 결국 재앙은 누군가 의도적으로 폭발을 일으켜 발생한 것임을 확실하게 못박았다. 그런가 하면 낭퇴유 씨는 금고 경비를 맡은 할인은행 직원들 말고는 금괴가 당일 아침 운반될 거라는 사실을 아는 이가 아무도 없었다는 주장을 펴고 있다. 그러나 해당 직원들은 하나같이 나무랄 데 없는 정직성을 인정받는 사람들이다.

요컨대 수수께끼는 전혀 풀리지 않았다는 얘기. 복잡한 만큼 모골을 송연하게 만드는 이 같은 사건이 오전 열한시에 파리 한복판 공사중인 지하철 갱도 안에서 벌어지려면 인원도 풍부할 뿐더러 완벽하게 조직된 집단이 개입했어야 한다는 것이 기자의 의견이다.

그렇다면…… 과연 우리는 다시금 팡토마스가 판을 치는 시점으로 회귀해야 한단 말인가?

어쨌든 아바르 씨는 이번 사건의 공모 가능성과 그 대범한 성격을 근거로 범인들이 경찰의 수사망을 영영 벗어나기란 결코 쉽지 않을 것으로 내다보고 있다……

제롬 팡도르가 이상 충격적인 내용의 기사 초고를 손보고 있는 사이, AFP 통신사에서 몇 건의 문건이 라 카피탈 사로 도착했다.

젊은 신문기자는 흘끔 내용을 훑어보았다.

그러더니 어느 순간 얼굴이 하얗게 질리는 것이었다!

그는 두 손으로 머리를 움켜쥔 채 통신사에서 보내온 뉴스를 한 글자 한 글자 또박또박 읽었다.

카트르셉탕브르 가 사건

차량 2에 대한 마지막 조사 결과 피 묻은 지문이 발견되었다. 베르티용 씨에게 감식을 의뢰하자 지체 없이 다음과 같은 결과를 알려왔다.

“본 지문은 비브레 남작부인 살해사건과 소냐 다니도프 대공비 절도사건으로 이미 수배중인 용의자 자크 돌롱의 손에서 나온 것임.”

한동안 머릿속을 미친 듯 휘젓던 혼란이 점차 가라앉자, 신문기자는 어깨를 한 번 으쓱하더니 다음과 같은 제목을 붙여 기사를 작성하기 시작했다.

충격, 경찰 발표:

“수천만 프랑의 금괴를 훔친 자는 이미 고인이 된 자크 돌롱이다!”

12
낯선 침입자

오퇴유-마들렌 노선버스로부터 날렵하고 유연한 몸집의 사내 하나가 훌쩍 뛰어내렸다.

나이를 가늠한다든가 얼굴 생김새를 판별하기는 그리 여의치 않았다. 챙이 넓은 브라질식 펠트 모자를 푹 눌러쓰고 외투의 옷깃을 잔뜩 치켜세워서 얼굴 윤곽이 거의 보이지 않았던 것이다.

사내는 라 퐁텐 가와 푸생 가, 데 페르샹 가가 만나는 교차로의 모차르트 가 어귀에 다다르자마자 뿌듯한 기분으로 버스에서 뛰어내린 터였다.

사람들로 번잡한 길들을 등지고서 그는 모차르트 가와 몽모랑시 대로를 잇는, 새로 뚫린 이름 없는 골목길들로 접어들었다.

어딘가로 작심한 듯 향하는 그의 발걸음은 매우 빨랐다.

"라페 가라고 했지? 어디 보자…… 내가 틀리지 않다면 이곳 어디쯤일 텐데……"

실제로 사내는 그 이름이 내걸린 가파르고 인적 드문 길에 다다라 있었다. 길을 따라 양편으로 멋들어진 저택들이 즐비하게 늘어서 있었다.

그중 한 곳을 향해 그는 큰 걸음이지만 되도록 조용히 다가갔다. 그의 관심을 끌고 있는 듯 보이는 건물은 비탈의 중간쯤, 정확히 말해 독퇴르블랑슈 가로 빠지는 모퉁이에 위치해 있었다.

사내는 한눈에 장소의 특성을 간파했다.

일단 가로등 불빛이 희미하다는 점, 아울러 인근 가옥들 어느 창문에서도 자신의 일거수일투족을 알아볼 수 없다는 점에 주목했다.

낯선 사내는 라페 가를 가로질러 독퇴르블랑슈 가로 접어들더니, 넉넉한 검은 망토로 온몸을 가린 채 보도를 따라 이어진 울타리의 움푹한 구석으로 몸을 숨겼다.

거기서 그는 꼼짝도 하지 않고 그대로 머물러 있었다. 아마 누군가 그곳을 지나쳤다 해도, 불과 몇 미터 거리에서조차 그의 존재를 감지하지 못했을 터였다. 그만큼 일말의 미동도 없이, 그의 검은 윤곽은 어두운 밤 속에 완벽히 녹아들어 있었다. 그러다 갑자기…… 사내는 움찔했다.

어두운 고요 속에서 성당 종소리가 방금 아홉시를 알린 것이다. 적막은 보다 깊어졌고, 밤은 완벽에 한걸음 더 가까이 다가가고 있었다……

그때였다, 방금 전 이 낯선 사내가 가까이 다가가 유심히 지켜보던 저택의 현관문이 열리면서, 반짝하고 사각형의 빛을 어둠 속으로 쏟아낸 것은. 문턱에 선 여자들이 말을 나누고 있었다.

그중 연장자인 여자가 물었다.

"지금 나가려고, 아가씨?"

"오, 걱정하지 마세요, 아주머니. (젊은 여자의 목소리였다.) 금방 돌아올 거예요. 우체통까지 잠깐 내려갔다 올 거거든요."

"편지는 쥘한테 맡기면 될 것을……"

"아뇨, 제가 직접 하는 게 나을 것 같아요."

"나라도 같이 가줄까? 지금 시각엔 거리에 사람도 별로 없을 텐데……"

계속되는 우려의 말에 여전히 상큼한 목소리가 이렇게 대답했다.

"전 무섭지 않아요. 라페 가만 좀 인적이 뜸하고 거길 지나면 모차르트 가인데요 뭐. 걱정할 거 없어요!"

사각형의 빛은 대화가 마무리되면서 금세 사라졌다.

두 여자의 대화를 한마디도 놓치지 않은 사내의 귀에 현관문 닫히는 소리가 들렸고, 이어서 정원의 자갈 위를 걸어가는 여자의 발소리가 들려왔다.

잠시 후, 철책문이 삐걱대며 열리는 소리와 함께 보도 위 어슴푸레한 가로등 조명 아래 한 젊은 여인의 우아한 윤곽이 드러났다. 그녀는 성큼성큼 걸어가고 있었다.

어둠 속에 그대로 꼼짝 않고 있던 낯선 사내는 여자가 충분히 멀어지자 울타리에 바짝 붙어 몸을 숨긴 채 능숙하게 그뒤를 쫓기 시작했다.

그는 속으로 이렇게 중얼거리고 있었다.

'음, 의심의 여지가 없군! 처음부터 꽤 귀에 익은 목소리다 했는데, 틀림없이 그 여자야…… 제기랄, 일이 꼬이게 생겼는걸…… 어디 두고 보는 수밖에…… 어쨌든 거짓말을 둘러댄 거라면 그건 정말 이상한 일이겠지. 하긴 뭐하러 거짓말을 하겠어? 혹시 연인과의 밀회 약속?…… 쳇, 그럴 리는 없을 거야. 분명 말한 그대로 우체통에 가는 게 틀림없어. 늦어도 십오 분 내에는 돌아오겠지. 그러면……'

젊은 여자는 낯선 사내가 조심스럽게 미행하는 것을 전혀 눈치채지 못하고 있었다.

그녀는 모차르트 가를 내려가 푸생 가로 접어들어 계속 걷더니, 과연 우체통 안에 편지 한 통을 훌쩍 던져넣었다. 그런 다음 지체 없이 방향을 돌려 잰걸음으로 귀가를 서두르는 것이었다.

사내는 오퇴유에 있는 우체통까지 여자를 미행하지는 않았다. 만약 그랬다면 사람들이 많이 지나다니는 장소들을 거쳐야 했을 텐데, 그건 왠지 내켜 하지 않는 것 같았다. 그는 마지막 어둑한 길목에서 미행을 멈추고는 그대로 기다렸다.

마침내 여자가 되돌아오는 것을 바라보면서 그는 만족한 듯 큰숨을 내쉬었다.

"오호라, 저기 오시는구먼. 집으로 돌아가는 거야…… 다 잘 되어가고 있어! 이제 웃을 일만 남았군그래……"

그렇게 중얼거리는 낯선 사내의 얼굴을 누가 봤다면, 불길하게 일그러진 미소에 몸서리라도 쳤을 터였다.

젊은 여자는 얼마 지나지 않아 라페 가의 저택 앞에 당도했고, 곧바로 초인종을 눌렀다.

뚱뚱한 몸집의 여인이 문을 열어주며 호들갑을 떨었다.

"어머, 왔네! 뭐 곤란한 일은 없었고, 엘리자베스?"

그랬다. 아가씨란 다름아닌 딱한 예술가 자크 돌롱의 누이였던 것이다! 엘리자베스 돌롱은 히죽 웃으며 고개를 가로저었다.

"전혀 없었어요, 아주머니. 계속 걱정하며 기다리신 모양이네요? 죄송해요……"

"아냐, 아냐! 죄송하긴…… 엘리자베스, 어디 한번 얘기해봐요. 쥘이 그러던데, 내일은 어디 안 나갈 거라며? 사람이 워낙 멍청하니 혹시 잘못 알고 한 소리 아닌가 해서 그래……"

엘리자베스 돌롱은 고개를 가로저으며 대답했다.

"아녜요, 쥘 말이 맞아요. 내일 아침에도, 오후에도 외출 안 할 거예요."

"누구 올 사람이라도 있는 건가?"

"실은 누가 찾아올지도 몰라요…… 혹시 잠깐이라도 일이 있어 제가 자리를 비워야 하면, 기다리시도록 하라고 줠한테 미리 얘기해놓아야겠네요. 그래도 가급적 멀리는 나가지 않게 신경쓸 거예요……"

"아, 그럼, 그래야지…… 자, 나도 이만 들어가봐야겠네…… 잘 자요, 아가씨!"

"네, 안녕히 주무세요, 아주머니!"

하숙집 주인 부라 부인과 그렇게 인사를 나눈 뒤 엘리자베스 돌롱은 자기 방으로 올라갔다.

한데 조심스레 문을 닫아걸고 램프에 불을 붙이자마자, 지금까지 상냥하게 웃고만 있던 얼굴이 갑자기 일그러지면서 황망한 표정으로 돌변하는 것이었다!

그녀는 한숨을 토해내며 나지막이 중얼거렸다.

"그가 와줬으면…… 아, 무서워! 너무 무서워……"

여자는 방 한복판에 덩그러니 선 채 휘둥그레진 눈으로 사방을 둘러보았다.

필경 엘리자베스 돌롱이 거하는 방에서 뭔가 황당한 일이 벌어진 모양이었다. 늘 꼼꼼하고 단정한 아가씨의 방이 지금은 엉망으로 어질러져 있으니 말이다. 서랍장의 서랍들이 죄다 빠져나와 저만치 방구석에 하나하나 포개져 있는가 하면, 잡다한 옷가지들은 그 옆에 제멋대로 수북이 쌓여 있었다. 소파 위에는 책들이 마구잡이로 팽개쳐져 있고, 예전에 엘리자베스 돌롱이 동생의 서류들을 넣어 보관해두던 대형 버드나무 트렁크는 아예 바닥에 나뒹군 채 엎어져 있었다. 물론 그 안에 있던 각종 서류들 역시 쓸모없이 버려진 휴지 더미처럼 아무렇게나 흩어져 있고……

엘리자베스 돌롱은 한참 동안 망연자실 그 모든 꼴을 바라보더니 또다시 이렇게 중얼거렸다.

"아, 정말 그가 한시라도 빨리 와줬으면…… 도대체 이게 다 어쩌자는 거지?……"

마침내 여자는 가까스로 안정을 되찾고, 얼굴도 특유의 차분한 표정으로 돌아갔다.

"그래, 그만 잠이나 자자. 하긴 아까부터 너무 졸렸어…… 일단 누워서 자다보면 내일이 밝아오겠지……"

엘리자베스 돌롱의 방에 불이 꺼진 지 몇 분이 지났을까. 대략 밤 열시 반 정도가 되었을 때, 저택의 현관문이 다시금 살짝 열렸다.

한 남자가 극도의 조심성과 더불어 사방을 경계하는 눈빛으로 자갈을 피해 화단을 디디며 아무런 소리 없이 집밖으로 나서, 거리 쪽 철책을 향해 이동하고 있었다.

순식간에 철책에 다다른 그는 휘파람을 불기 시작했는데, 느리고 단조로우면서도 왠지 특이한 선율이 담긴 부드러운 소리였다.

잠시 후, 그와 똑같은 휘파람 소리가 화답하더니, 이제는 사람 목소리가 불쑥 이렇게 물어왔다.

"쥘인가?"

"네, 접니다, 두목."

방금 저택을 벗어나 휘파람 신호를 보낸 사람은 하숙집 사환 쥘이었고, '두목'으로 불린 사람은 거의 두 시간가량 참을성 있게 집 안팎을 염탐하던 낯선 사내였다.

"다 잘되어가고 있겠지, 쥘?"

"다 잘되어가고 있습니다, 두목."

"뭐 새로운 사항은?"

"여자가 편지를 썼습니다."

"누구에게 보내는 편지인가?"

"그건 모르겠습니다…… 볼 수가 없었습니다, 두목."

"이런 멍청한 '토마토' 녀석!"

그러나 쥘은 볼멘소리로 대꾸했다.

"제 잘못이 아닙니다. 응접실에서 쓴 게 아니라 자기 방에 틀어박혀서 썼거든요. 도저히 훌끔거릴 기회가 없었습니다."

"여자가 불안해하던가?"

"네, 조금 그랬습니다."

"아무도 눈치챈 사람은 없겠지?"

"네, 그럴 겁니다, 두목…… 아, 만에 하나 빌어먹을 누군가가 눈치챈다면……"

순간 낯선 사내의 목소리가 별안간 강압적으로 돌변하며 불쑥 말을 잘랐다.

"그만 됐어! 우리에겐 낭비할 시간이 없다! 당장 작업에 들어가야 해!"

"지금요? 오늘밤에 말입니까? 두목, 설마……"

"설마 뭐? 자네 혹시 내가 쓸데없는 농담 따먹기나 하자고 이 밤에 자네와 약속했다고 생각하는 건 아니겠지?"

"그럼…… 이제 어떻게 해야 합니까?"

두목은 잠시 뜸을 들이다가 말을 이었다.

"우선 나뭇가지들 때문에 집 전체가 잘 보이지 않아…… 저것 좀 보라구! 저기 누가 불을 켜는 것 아닌가? 아직도 잠 안 자고 버티는 인간이 있어?"

"아닐 겁니다. 다들 잘 거예요."

"자넨 내가 시킨 대로 했겠지? 마취제는 제대로 다 탔고?"

"네, 두목, 안심하십시오. 제가 직접 방에 들어가 램프를 끄고……"

"좋았어! 그렇다면 이제……"

사내는 두 개의 철제 빗장으로 걸어 잠근 철책문 앞까지 정원을 에워싼 벽돌담을 따라 미끄러지듯 다가왔다. 그러고는 눈 깜짝할 사이 소리 하나 없이 날렵한 동작으로 몸을 날리는가 싶더니 쥘의 곁에 사뿐히 내려섰다.

"이 정도 철책문을 넘나드는 것쯤 애들 놀이 수준이지……"

두목이라 불린 자의 기상천외한 모습은 가엾은 쥘로 하여금 오금을 저리게 할 만했다.

지금 부라 부인의 사유지로 침범해 들어온 낯선 사내는 조금 전까지 걸치고 있던 긴 외투와 넓은 챙모자는 어디로 벗어던졌는지 완전히 다른 차림새였다.

보통은 어떤 옷을 입든 약간의 빛이라도 반사해 사람들의 시선을 끌기 마련이지만, 지금 사내가 머리부터 발끝까지 하나로 밀봉하듯 몸에 착 달라붙게 입은 검은 복장은 어두운 장소에서는 도저히 판별할 수 없게 만드는 옷이었다. 글자 그대로 옷을 입은 사람을 밤의 어둠 속에 감쪽같이 녹아들게 만들 만큼 음산한 복장이었다…… 게다가 얼굴도 전혀 드러내지 않은 상태였다! 머리 전체를 검은 복면으로 가렸는데, 아래로 내려갈수록 헐렁하게 자락을 드리워 얼굴의 윤곽조차 가늠할 수 없었고, 오로지 타는 석탄처럼 이글거리는 두 눈망울만 눈구멍을 통해 섬뜩한 빛을 발하게끔 되어 있었다.

두 사람은 조용한 가운데 나란히 걸음을 옮겼다.

한데 쥘이 발소리를 내지 않으려고 극도로 조심하는 반면, 함께 걷는 사내는 마치 침묵의 구두라도 신은 듯 아무 거리낌 없는 걸음걸이였다.

둘은 그렇게 저택의 현관문 앞까지 다다랐다.

"열어라!"

두목이 지시했다.

쥘이 열쇠로 문을 따자 문짝이 아무 소리 없이 부드럽게 열렸다.

복면을 쓴 사내의 다음 지시가 이어졌다.

"지금부터 내 말 잘 들어! 너는 계단 중간쯤에 서 있도록 해. 위까지 올라오지는 말고 그쯤에서 망을 보란 말이야. 만약 무슨 소리가 들리면, 즉 내가 들킬 위험에 처하면 너는 온갖 소란을 피우면서 아래층으로 달려 내려가는 거야. '저놈 붙잡아라, 저놈 붙잡아라' 고래고래 소리를 지르면서 말이지! 그렇게 해서 일단 혼란스러운 분위기가 만들어지고 사람들이 우왕좌왕하게 되면, 그 틈을 노려 나는 어디로 활로를 뚫을지 알아서 판단할 테니까."

'토마토' 쥘은 속으론 걱정이 됐지만, 선견지명이 담긴 지시에 감히 어떤 토도 달지 못했다.

"네, 잘 알겠습니다, 두목! 분부대로 이행하겠습니다!"

두목은 쥘을 계단 중간쯤에 버려둔 채 혼자 2층으로 올라갔다.

집안 구조를 훤히 꿰뚫은 사람처럼, 그는 거침없이 복도를 꺾어 엘리자베스 돌롱의 방문 쪽으로 직행했다.

잠시 문에 귀를 갖다대던 그의 입에서 이런 중얼거림이 새어 나왔다.

"음, 숨소리가 규칙적이군. 자는 게 분명해……"

그는 호주머니 속에서 열쇠를 하나 꺼내 열쇠구멍에 꽂아넣더니, 뭔가 잘되지 않는 듯 또 중얼거렸다.

"제기랄! 안에서 열쇠를 꽂아넣은 채 자는 모양이로군…… 아, 이를 어쩐다! 내 것을 억지로 밀어넣으면 저쪽 열쇠가 바닥에 떨어질 텐데…… 그럼 소리가 날 테고…… 아까 쥘은 어떻게 방에 들어가서 불을 껐다는 거지?"

낯선 침입자는 잠시 생각해보더니 이렇게 내뱉었다.

"아차, 이런 바보 같으니! 잠금장치에서 나사를 빼놨다고 했지! 그렇다면 살짝 밀기만 해도 충분하겠지……"

과연 사내가 잠금장치 부분을 어깨로 살짝 밀자 문은 그대로 맥없이 열렸다. 그는 등뒤로 조심스레 다시 문을 닫고, 곧장 창가로 다가갔다. 대형 커튼을 치면서 그는 이렇게 중얼거렸다.

"쥘 그 녀석, 이런 사려 깊은 조치를 취해놓다니 제법이야……"

그런 다음 호주머니 속에서 작은 전등을 꺼내 불을 켰다. 그는 불빛을 비추면서 구석에 놓인 소파로 접근했다. 거기에 마치 죽은 사람처럼 하얀 얼굴의 엘리자베스가 깊은 잠에 빠져 있었다.

"약효가 훌륭하군! 아주 훌륭해! 저녁식사 때 약을 먹었고 그

다음 밖에 나갔다 들어왔는데도 약효가 나는 걸 보면…… 오호, 약장수가 내 돈을 거저먹지 않은 건 분명해!"

사내는 엘리자베스를 그대로 놔두고 방을 가로질러 내용물이 바닥 여기저기 엎어져 있는 대형 트렁크가 있는 데로 다가갔다.

"에잇, 빌어먹을 종잇장들!"

그는 대뜸 짜증부터 부리더니 어깨를 으쓱하고는 다시 중얼거렸다.

"하긴 계속 뒤지고 다니기에는 너무 늦은 게 사실이야…… 신중하고 냉정해져야지…… 어차피 나불대는 입을 막아버려도 결과는 마찬가지니까!"

복면을 한 사내는 아무런 힘도 들이지 않는 것처럼(그만큼 근육질의 당당한 체구였다!) 가뿐하게 엘리자베스 돌롱의 몸을 들어올리고는 음산한 목소리로 빈정거렸다.

"자, 자, 아가씨. 어서 코 자야지! 아주 푹 자려면 이 따위 소파보다 훨씬 더 좋은 데가 있어요……"

그는 방 한가운데에 여자의 몸을 눕힌 뒤, 가스스토브 쪽으로 가서 고무로 된 가스관을 떼어냈다. 그리고 그 끄트머리를 여자의 입안에 밀어넣고는 가스 밸브를 열었다……

"음, 이만하면 완벽해! 내일 아침 여덟시, 늦어도 아홉시 이전에 우리의 부라 아주머니께서는 알아서 가스계량기를 열어주시겠지! 요 맹랑한 아가씨는 그때까지도 마취제 때문에 눈을 못 뜨고 있을 테고…… 덕분에 아주 조용하고 얌전하게, 비명도 내지르지 않고 고통도 없이…… 오호, 아리따운 우리의 엘리자베스께선 그렇게 삶을 떠나 죽음의 세계로 건너가신다, 이거야!"

복도로 나간 사내가 문을 도로 닫는 과정 역시 눈곱만치의 빈틈도 없었다.

문의 잠금장치는 고스란히 원래 있던 상태 그대로 문짝 깊숙이 장착되었고, 열쇠 또한 안쪽 구멍에 얌전히 들어가 있었다. 누구든 살짝 미는 것만으로 쉽게 문을 열 수가 있었다……

한데 문득 복면의 사내가 이렇게 중얼거리는 것이었다.

"혹시 사환 녀석이 청소를 하려다가 내 솜씨를 선불리 발견하게 놔둬선 안 되겠지!"

사내는 곧장 허리를 숙여 문 아래로 작은 나무토막을 단단히 끼워넣었다.

이제 웬만한 힘을 들여서는 문을 열기가 힘들 터였다.

사내는 마지막으로 손전등 불빛을 휘둘러 복도의 동정을 면밀히 살핀 뒤, 인기척이 없음을 확인하자마자 여전히 소리 없는 발걸음으로 계단을 내려가기 시작했다.

계단 중간쯤에서 기다리고 있던 쥘이 물었다.

"어떻게 됐나요, 두목?"

"다 잘됐다. 성공이야! 문에는 쐐기를 단단히 박아놨고…… 내일 아침 청소할 때 주의하라고, 알겠지?"

쥘은 고개를 끄덕였다.

"네, 네…… 그런데 혹시……"

하지만 더이상의 말은 잇지 못했다. 두목의 손이 어깨를 덥석 내리누르는가 싶더니 검은 복면 속으로부터 거친 목소리가 새어 나오는 것이었다.

"내 말 잘 들어…… 난 말야, 같은 말 여러 번 반복하는 건 딱 질색이거든! 누구도 내게 질문하는 건 허용하지 않는다고 몇 번 말했을 텐데…… 명심하란 말이야! 내가 여자를 죽였는지 알고 싶은 거냐? 좋아, 말해주지. 난 여자를 죽이지 않았어. 다만 스스로 죽어가게 만들어놨을 뿐이지…… 자살 말이다! 알아들어? 그 이상 꼬치꼬치 너를 상대로 입 아프게 얘기할 필요는 없겠지!…… 아 참, 그리고 한 가지. 내일은 가능한 한 오랜 시간 동안 누구도 저 방에 들어가지 못하도록 해야 한다. 부라 부인이든 누구든 여자를 찾으면, 방금 외출하는 걸 봤다고 둘러대면서 어떻게든 시간을 끌란 말이다!"

그러자 쥘이 대뜸 볼멘소리를 했다.

"하지만 그건 불가능합니다! 내일 자기를 찾아올 손님들이 좀 있다고 했거든요! 그래서 하루종일 집에 틀어박혀 있을 거라고 했단 말입니다……"

"이런 멍청한 놈! 그게 무슨 대수라고! '엘리자베스 돌롱 양은 방금 외출했지만, 멀리는 가지 않겠다고 하셨습니다. 이십여 분 있으면 돌아오실 거예요.' 뭐 이런 식으로 둘러대면 될 거 아냐!"

"그러다 진상이 밝혀지면요?"

"진상이 밝혀진들, 스스로 목숨 끊으려는 사람이 남의 방해를 받고 싶어하지 않는 거야 당연한 일일 텐데 뭐가 문제란 말인가! 안 그래?"

"네, 두목…… 그렇습니다!"

둘은 정원으로 나왔다. 복면 쓴 사내는 다시 철책문을 뛰어넘을 태세로 이렇게 내뱉었다.

"자, 그럼 잘 있으라구! 늘 성실하게, 정신 바짝 차리고…… 무얼 얻을지만 생각하지 말고, 무얼 각오해야 할지 항상 명심하고 있으란 말이야!"

13
라페 가

〈라 카피탈〉의 보조 기자 마레가 부고訃告 표시로 테두리를 두른 봉투 하나를 팡도르의 책상 위에 툭 던졌다. 팡도르는 열에 들뜬 손놀림으로 부랴부랴 봉투를 뜯었다. 만약 그 순간 그의 표정을 봤다면, 유능한 동료인 마레로선 적잖이 놀랐을 것이다. 제롬이 기겁을 한 것은 엘리자베스 돌롱이라는 서명 때문이었다!

제롬 팡도르는 자신이 가진 상상력을 통해 일개 사념조차 워낙 신속하게 구체화시키는 타입이라, 뭔가 행동을 하다가도 종종 눈앞에 거의 실감나게 펼쳐지는 다양한 환상들을 들여다보느라 문득문득 가만히 멈춰 있기 일쑤였다.

그동안 자크 돌롱의 젊은 누나를 여러 차례 만날 때마다 그 아름다운 미모뿐 아니라 가슴을 후비는 고통에 함께 마음 아파하던 그였다.

"어디, 읽어보자……"

그는 나직이 중얼거리고는 편지를 읽어나가기 시작했다.

안녕하셨어요?

그동안 당신은 그토록 불행해하던 저를 늘 잘 대해주셨지요. 정말이지 워낙 진실된 마음을 보여주셨기에 지금 이렇게 또 한번 도움을 부탁드리는 거랍니다.

최근 저에게 도저히 납득할 수 없는 이상한 일이 일어났습니다. 왠지 그 때문에 저는 제 불쌍한 동생이 여전히 살아 있으며 무고한 상태임을 믿을 수밖에 없습니다. 어쩌면 제 동생은 누군가에게 억류되어 당신도 알다시피 끔찍한 범죄 행각에 대한 누명을 쓰도록 강요받고 있을지 모릅니다.

오늘 파리 시내에 볼일을 보러 나갔을 때, 당연히 저는 알지도 못하거니와 하숙집 누구도 보지 못한 사람들이 제 방에 침입했답니다!

제가 쓰는 물건들, 보관중인 서류들, 이런저런 가구들이 사방에 흩어져서 엉망진창 나뒹굴고 있더군요.

제가 얼마나 놀라고 무서웠을지 짐작이 갈 겁니다……

뭐 딱히 저를 해치거나 값진 물건이라도 훔치려고 침입한 것 같지는 않습니다. 전 항상 보잘것없는 귀금속들을 벽난로 위에 놓아두는데, 그게 멀쩡히 있는 걸 보면 말이죠……

그럼 도대체 왜 남이 사는 곳에 침입한 걸까요?

어쩌면 제가 지나치게 상상력을 발휘하는 거라고 말씀하실지도 모르겠군요…… 하지만 분명히 저는 진정하려 애쓰고 있다는 말씀을 드립니다. 그럼에도 불구하고 도저히 안정이 안 되고 너무나도 무서운 거예요!

방금 제 물건 중에 도난당한 게 없다고 했지요. 그런데 한 가지 우연의 일치로 일어난 상황만큼은 꼭 말씀드리는 게 좋을 것 같습니다.

다름아니라, 제가 틀림없이 빨간색 작은 가방 안에 얼마 전 언급했던 목록을 고이 넣어두었거든요…… 비브레 남작부인이 제 동생 집에서 죽은 직후 제가 보았던 그 목록 말입니다. 제가 모르는 필체의 주인공에 의해 녹색 잉크로 쓰인 것이었지요. 저는 엉망진창으로 어질러진 방에서 왠지 이유는 모르겠지만 무엇보다 그 목록부터 찾아 헤맸답니다. 다행히 가방은 다른 종잇장들 가운데에서 발견되었지만 그 안에 목록은 온데간데없었습니다!

혹시 제가 착각한 걸까요? 다른 데 꼭꼭 숨겨두었거나, 모든 게 너무 어질러지다보니 엉뚱한 서류들 틈에 섞여들어간 걸까요? 그래서 찾지 못하는 것일까요?

하지만 저는 솔직히 말해서 제 방에 도둑이 들었다면 필경 그 목록을 훔쳐가려는 것 외에 다른 목적이 있을 수 없다고 생각합니다.

당신은 어떻게 생각하시나요?

전 아무래도 갈수록 제가 주제넘게 굴 것 같은 느낌이 듭니다. 하지만 당신도 제가 얼마나 불행한지 잘 아실 겁니다. 저의 지금 처지로서는 충분히 미치고도 남을 만하다는 걸 이해하실 거예요. 저는 이 문제를 놓고 당신과 이야기를 나누고 싶습니다. 그래서 당신 생각을 알고 싶어요. 당신은 워낙 이런 일에 일가견이 있으니, 제 방에서 뭔가 단서가 될 만한 것을 찾아낼 수 있지 않겠어요? 그 전까지 저는 아무것에도 손을 대지 않을 생각입니다!

내일 저는 당신이 오기만을 기다리며 여기서 꼼짝 않고 있을 겁니다. 오실 수 있다면 제발 와주십시오. 세상이 저를 버린 것 같고, 오로지 당신밖에는 믿을 사람이 없습니다……

제롬 팡도르는 떨리는 필체로 써내려간 편지를 읽고 또 읽으며 계속해서 중얼거렸다.

"세상에…… 가엾어라……"

그러면서 하나하나 생각을 정리해가는 것이었다.

'정말 무서워서 죽을 지경인 게야. 어떻게든 그녀를 안심시켜야 할 텐데…… 일단 이 도와달라는 편지는 어젯밤 부친 것 같으니 지금이라도 당장 달려가봐야겠군! 혹시 누가 알아, 운 좋게 뭔가 희미하나마 단서가 될 만한 흔적이라도 내 손에 걸려들지?'

하긴 카트르셉탕브르 가에서 최근 벌어진 사건을 누구보다 면밀히 따져본 제롬 팡도르는 범죄 수사에 관한 특유의 낙천적인 관점을 토대로, 오직 요행만이 범인 검거를 가능케 할 거라는 결론에 거의 도달해 있던 참이었다.

사실 그는 자크 돌롱의 지문이 발견된 별도의 두 사건, 즉 소냐 다니도프에 대한 절도사건과 카트르셉탕브르 가에서 벌어진 사건에 대한 주장이 제각각인 만큼 경찰의 견해와 자신의 견해를 명확히 구분하여 고려하고 있었다.

경찰은(팡도르는 여기에 아바르 씨와 베르티용 씨 모두를 포함시키고 있었다) 자크 돌롱이 살아 있으며, 위 두 가지 서로 다른 사건에 대한 그의 혐의 가능성을 굳게 믿고 있는 입장이었다.

그도 그럴 것이, 베르티용 씨는 〈라 카피탈〉과 본격적인 경쟁에 들어간 것을 다행으로 여기는 대부분의 파리 언론을 상대로 다음과 같은 발언을 했다.

"돌롱이 살아 있다는 사실과 그의 혐의 가능성을 우리 경찰이 강변하는 것은 어디까지나 확고부동한 물리적 사실들을 토대로 한 것입니다. 우리는 범죄 행각이 일어날 때마다 거기서 누구도 흉내낼 수 없는 그만의 서명을 발견해온 셈입니다……"

반대로 제롬 팡도르는 자크 돌롱이 죽었음을 확신하는 입장이었다.

"자고로 과학을 신봉한다는 사람들은 오로지 과학밖에는 모른다. 그들은 심리적이거나 논리적인 차원에서 문제에 접근하려는 최소한의 노력도 하지 않는다. 분명 자크 돌롱이 죽은 것을 확인했으면서도 그후에 살아 돌아다니는 걸 봤다는 생각 때문에 후자 쪽이 더 확실하다는 결론에 도달하고야 마는 것이다. 나로 말할 것 같으면, 자크 돌롱의 사망을 무려 오십여 명이 확인했기 때문에, 그가 살아 있기보다는 죽었다는 쪽에 훨씬 더 개연성이 있다고 주장하는 입장이다. 그의 손에서 나온 것으로 확인된 지문 역시 그가 살아 있음을 보증하는 증거처럼 보이기는 한다. 하지만 지문이 남겨지기 전에 이미 그 주인공 자크 돌롱이 사망했으므로 지문의 증빙력은 사라진다고 봐야 옳다!!!"

〈라 카피탈〉에 실은 기사에서 제롬 팡도르는 경찰측 입장에 확신을 갖고 있는 진영에 대한 도발로 읽힐 만큼 자크 돌롱이 사망했음을 고집스럽게 주장하고 있었다……

한편, 비브레 남작부인이 살해된 직후 엘리자베스 돌롱이 숨어들다시피 정착한 부라 부인의 하숙집은 조용하고 안정된 생활에 목마른 사람들을 위한 최상의 아지트로 알려져 있었다. 공원과도 같은 정원이 두 채의 건물을 에워싸고 있는데, 거리에 면한 큼직한 건물이 사실상 하숙집 기능을 하고 있고 그뒤 조금 후미진 곳에 부라 부인이 거하는 작은 별채가 자리잡고 있었다.

하숙집이 내세우는 자랑거리 중 하나인 그곳 정원은 사람들이 이리저리 거닐며 한담을 나누는 장소였다. 하숙집 식구들 모두

가 그곳을 자기 집 정원처럼 편하게 누렸고, 탁 트인 맑은 공기를 마음껏 향유했다.

오늘 아침에도 두 사람이 한가로이 바람을 쐬고 있었다.

노인은 관자놀이 부위가 새하얀 머리카락으로 밝게 빛나는 옆의 여자에게 이렇게 말했다.

"부인, 뜨개질은 좀 그만하시고 우리 브리지 게임이나 한판 하는 게 어떻겠습니까?"

"그거야 늘 환영이죠……"

그들은 곧장 하숙집 사환을 소리쳐 불렀다.

"쥘!…… 쥘!…… 어서 카드 좀 가져와요!"

사환이 부랴부랴 심부름을 수행하는 동안, 두 사람은 라페 가를 지나다니는 몇 안 되는 행인들을 유심히 바라보고 있었다.

"저기 저 젊은이가 혹시 이리로 오는 건 아닐까?"

"맞아요…… 아마 부라 부인을 찾아온 손님일 거예요……"

"어쩌면 새로 들어오는 하숙인일지도 모르죠……"

"아, 제발 휘스트를 할 줄 아는 사람이었으면…… 그럼 얼마나 좋을까!"

마침내 손님인 제롬 팡도르가 철책문에 달린 초인종을 눌렀다.

그는 문을 열려고 헐레벌떡 달려온 쥘에게 대뜸 물었다.

"엘리자베스 돌롱 양은 안에 계시오?"

"아뇨, 외출하셨는데요! 나가신 지 한 시간도 채 안 됐습니다!"

"아직 안 돌아온 거 확실합니까?"

"오, 그럼요, 선생님! 벌써 다른 손님 두 분이 먼저 와서 기다리고 계신걸요."

"아, 그래요! 그럼 집에 돌아오기는 하겠군요?"

"그럼요! 물론이죠…… 오래 걸리진 않을 겁니다……"

제롬 팡도르는 시계를 흘끔 보며 중얼거렸다.

"열시 십오분이로군. 자, 그럼 돌아오실 때까지 좀 기다려볼까……"

"저를 따라오시지요."

제롬 팡도르는 쥘의 안내를 받아 집안 응접실로 향했다. 실내는 다소 어둠침침했다. 몇 걸음 들어서자마자, 쾌활하게 인사를 건네는 목소리가 들렸다.

"팡도르 씨 아니신가!"

"아이고, 여기서 또 뵙네요!"

신문기자는 움찔하는 것을 간신히 참으며, 화사하게 웃는 바르베 씨와 낭퇴유 씨의 손을 덥석 붙잡았다.

"두 분 다 돌롱 양을 보러 오신 겁니까?"

"그렇소. 현재 돌롱 양이 처해 있는 열악한 상황에서 헤쳐나올 수 있게 돕겠다는 약속을 드리러 왔지요. 돌롱 양이 며칠 전 우리 앞으로 편지를 보냈거든요. 우선 가엾은 동생분이 남긴 몇몇 작품들을 우리가 중개해서 팔 수 있는 방법이 없겠느냐는 것이었고, 자신이 일할 만한 양장점 좀 알아봐줄 수 없겠느냐는 겁니다. 그래서 긍정적인 답변을 갖고 이렇게 찾아온 거지요."

"정말 고마운 처사이십니다. 그나저나 돌롱 양은 외출했다지요? 제가 보기에 그리 늦지는 않을 겁니다. 약속을 했거든요!"

"네, 사환한테서 들었습니다."

"그래서 말씀인데요, 제가 여기 관리실로 가서 돌롱 양의 행방에 대해 좀 구체적으로 물어봐야겠습니다. 솔직히 저는 용무가 좀 바쁘거든요. 여기 이러고 있을 게 아니라 미리 마중이라도 나간다면 그만큼 시간도 절약될 테고요……"

그렇게 말하고 나서 팡도르가 응접실의 여러 출입구 중 한 곳을 향해 성큼성큼 걸어가는데, 문득 낭퇴유 씨가 다른 쪽 문을 가리키며 외쳤다.

"거기가 아닙니다, 팡도르 씨! 관리실은 이쪽이에요!"

그래도 팡도르는 자기가 택한 방향의 출입문으로 쓱 나서며 내뱉듯 말했다.

"모든 길은 로마로 통한다지 않습니까!"

계속해서 그는 속으로 중얼거렸다.

'바르베와 낭퇴유 저 두 사람 참 자상도 하지. 엘리자베스 돌롱 일만 아니면 저들을 상대로 다시 인터뷰를 할 수도 있는 건데 말이야! 한데 이 아가씨가 과연 외출중일까? 은행가 양반들이 갑자기 들이닥쳐 겁을 먹은 거라면, 일단 나갔다고 해둔 뒤 화장

이라든가 옷매무새라도 고치는 중일지도 모르지. 하지만 나만큼은 지체 없이 곧장 만나려고 할걸……'

집의 구조를 원래부터 파악하고 있던 신문기자는 돌롱 양의 방이 위치한 2층으로 계단을 올라갔다.

문 앞에 선 그가 유난히 코를 킁킁거렸다.

"이게 무슨 냄새지? 어, 가스 냄새 아냐!"

그는 맹렬하게 문을 두드리기 시작했다.

"돌롱 양! 접니다, 팡도르!"

문에 바짝 얼굴을 갖다대자 가스 냄새가 보다 독하게 다가왔다.

제롬 팡도르는 신속하게 결단을 내리지 않을 수 없었다. 아울러 어떤 무시무시한 생각이 일말의 얼토당토않은 걱정과 더불어 뇌리를 스치고 지나갔다.

그는 있는 힘을 다해 문을 두드렸다.

"돌롱 양!"

아무 대답도 없었다. 이제 팡도르는 계단 쪽을 향해 외쳐댔다.

"여기요! 여기 좀 올라와봐요!"

하지만 하숙집 전체에 딱 한 명뿐인 사환조차 다른 일에 몰두해 있는지, 아무런 반응도 없었다.

제롬 팡도르는 다시 문에 매달려 이리저리 살핀 후, 납죽 몸을 숙여 열쇠구멍을 들여다보려고 애썼다. 보아하니 안쪽에 열쇠가 꽂혀 있는 것 같은데, 그렇다면…… 신문기자는 깜짝 놀랐다!

"뭐야, 진짜 외출한 게 아니었어?"

그러고는 더욱 노골적으로 킁킁거리며 냄새를 맡았다.

"정말 가스 냄새가 지독하네!"

이번에는 작심한 듯 일어나 몇 발짝 뒤로 물러서더니 그대로 몸을 날려 어깨로 문을 받아버렸고, 그 즉시 문짝은 경첩째 뜯겨 바닥에 나뒹굴었다!

"맙소사!"

방 한복판, 맥없이 바닥에 늘어져 있는 엘리자베스 돌롱이 제롬 팡도르의 눈에 들어왔다. 스토브에서 뜯어낸 가스관이 여자의 입술 사이에 물려 있고, 가스 밸브는 활짝 열려 있었다.

"아뿔싸, 내가 너무 늦었나……"

여자의 몸뚱어리 옆에 털썩 무릎을 꿇고 죽음의 관부터 빼낸 뒤, 혹시 심장이 뛰는지 가슴에 귀를 갖다대보는 팡도르…… 천만다행히 매우 약하지만 분명한 박동 소리가 들리고 있었다!

"살아 있어!……"

한편 아까 문을 부술 때 난 굉음 때문에 하숙집 식구들 모두가 혼비백산 문턱까지 달려왔는데, 그중에는 쥘은 물론 하숙집 주인과 바르베 씨 그리고 낭퇴유 씨도 섞여 있었다. 너 나 할 것 없이 호들갑 떠는 사람들을 향해, 이미 냉정을 되찾고 있는 제롬 팡도르가 으르렁거렸다.

"아무도 들어오지 마세요! 사건이 터졌습니다!"

그는 단단한 팔로 여자를 안아들고 방을 빠져나왔다.

"우선 맑은 공기가 필요합니다……"

팡도르는 여자를 들쳐업은 채 빠른 걸음으로 계단을 내려와 정원으로 뛰쳐나갔다. 사람들은 이 놀라운 광경을 여전히 눈으로 지켜보며 그뒤를 따랐다.

하숙집 주인 부라 부인이 들뜬 목소리로 외쳤다.

"선생님이 아가씨 목숨을 구했어요! 세상에, 이 무슨 망측한 일이……"

제롬 팡도르는 혼잣말을 하듯 중얼중얼 대꾸했다.

"네, 제가 구하긴 했는데…… 도대체 누구의 마수로부터 구한 건지…… 스스로 죽으려 한 게 아닌 건 분명한데…… 아무튼 괴이한 일입니다. 뭔가 비밀이 있어요……"

그는 일단 여자의 몸을 가까운 벤치에 내려놓은 뒤, 바르베 씨와 낭퇴유 씨를 돌아보며 이렇게 덧붙였다.

"부탁 하나만 하겠습니다. 두 분은 지금 가셔서 경찰서장 좀 불러주십시오!"

그런 다음 부라 부인을 돌아보며 또 말했다.

"부인, 돌롱 양을 잠시만 돌봐주시기 바랍니다. 별다른 조치는 따로 취하지 않아도 될 겁니다. 전에도 질식으로 인해 초기 가사 상태에 빠진 사람들을 여럿 봤는데, 몇 분만 지나면 정신이 돌아올 겁니다!"

마지막으로 줠을 향해 제롬 팡도르는 단호한 어조로 내뱉었다.

"자, 당신은 나랑 같이 2층으로 올라갑시다! 우선 돌롱 양의 방문 앞을 지키고 서서 사람들이 들어오지 못하게 해요. 나는 경찰이 도착할 때까지 무슨 단서가 없는지 찾고 있을 테니까."

젊은 신문기자는 하숙집 사환을 대동하고 부리나케 계단을 뛰어올라, 방금 전 여자를 발견한 방으로 들어갔다. 그러면서 줠을 향해 날카롭게 외쳤다.

"당신은 들어와선 안 돼요! 나 하나만으로도 범인이 남겼을지 모를 흔적이 지워질 염려가 있으니까……"

"범인이라고요? 하지만 그 아가씨가 가스관을 억지로 입에 물고 숨을 쉬진 않았을 거 아닙니까? 스스로 자결할 생각이 아니라면 어떻게 그런 꼴로……"

"그야 당신 말이 이치에는 맞을 수도 있겠지! 그러나 사람이란 종종 이치에 맞았다고 자부하는 순간 그릇된 판단을 하고 있는 경우가 태반이외다."

제롬 팡도르는 다른 설명 없이 방안 구석구석을 면밀하게 조사하기 시작했다.

과연 엘리자베스 돌롱의 편지에 적힌 사연은 거짓이 아니었다. 누군가 이 방안에서 본격적인 수색을 단행한 흔적이 역력했다.

그녀 자신이 알려왔던 것처럼, 지금 제롬 팡도르의 눈앞에는 모든 것이 전날 오후 집에 돌아온 방 주인이 목격한 상태 그대로 엉망진창 어질러져 있었다.

각종 기념품이랄지 공책들, 친구에게서 온 편지들, 악보 등 잡동사니들을 모아둔 대형 트렁크는 완전히 개방되어 바닥에 엎어진 채 내용물을 죄다 쏟아낸 상태였다.

그런가 하면 벽난로 위에는 돌룡 양의 보석들과 반지 몇 개, 브로치, 작은 금시계, 심지어 돈지갑까지 멀쩡하게 방치되어 있었다.

침입자가 그처럼 손쉬운 전리품은 아예 거들떠보지도 않았다는 얘기다!

제롬 팡도르는 방 한복판에서 한쪽 무릎을 꿇은 채 여기저기 바닥을 더듬으며 중얼거렸다.

"거참 이상하군……"

그는 벌떡 일어나 누구든 무심코 몸을 기대거나 손으로 짚었을 만한 목제품을 면밀히 살펴보았지만, 아무 소득도 없었다.

경첩째 떨어져나간 문의 잠금장치 또한 유심히 관찰해보았다. 거의 멀쩡한데다, 빗장도 원활하게 작동하고 있었다. 단지 나사만 빠져 있는 상태였다.

마찬가지로 창문의 걸쇠 역시 어떤 부자연스러운 완력이 가해진 흔적은 전혀 없었다.

이처럼 완벽하게 닫힌 방에 누군가 침입을 했다면, 의심할 나위 없이 정교하게 만들어진 위조 열쇠를 사용한 것이 틀림없었다!

결국 사전에 치밀하게 준비했든지, 내부에 공범이 있었을 거라는 게 신문기자가 내린 결론이었다. 소위 '결쇠'라고 불리는 위조 열쇠를 손에 넣기 위해서는, 최소한 문제의 잠금장치로부터 밀랍본이라도 떠야만 했을 테니 말이다.

그렇게 침입의 경로를 조사하던 제롬 팡도르는 다시 방안으로 눈을 돌려 이것저것 살피기 시작했다.

정녕 단서가 나타날 것인가?…… 아무것도 없었다!

세면대 역시 말끔하기만 했다.

한데…… 문득 비누에 눈길이 간 팡도르, 갑자기 얼굴에 화색이 도는 게 아닌가!

"오호! 이거 참 흥미롭군그래!"

그는 사환과의 거리가 벌어진 틈을 타, 잽싸게 비누 덩이를 섬세한 삼베 손수건으로 감싸 서랍장 마지막 서랍 속에 조심스레 숨겼다. 속옷 더미 아래 단단히 감춰둔 그것을 누구든 일부러 찾아볼 생각까진 할 수 없을 것 같았다.

팡도르는 만족한 표정으로 중얼거렸다.

"자, 이제 다시 엘리자베스나 보러 갈까! 좀 나아졌는지 말이야……"

아닌 게 아니라 제롬 팡도르가 당도했을 때 여자는 완전히 정신이 돌아온 상태였으며, 바르베 씨와 낭퇴유 씨가 헐레벌떡 데려온 경찰서장의 질문에 아무 스스럼 없이 대답할 태세였다.

서장이 말했다.

"자, 자, 돌롱 양. 어떻게 해서 사건이 벌어졌는지 처음부터 끝까지 차근차근 얘기해보시죠."

가엾은 엘리자베스는 두 눈을 휘둥그레 뜬 채, 먼저 제롬 팡도르 앞으로 보낸 편지부터 자세하게 얘기하기 시작했다. 아울러, 전날 자기 방에 도둑이 든 것 같다는 말도 빠뜨리지 않았다. 과연 누구일까? 오리무중이었다……

여태껏 누구에게도 말을 하지 않은 건 한마디로 침입자들에게 앙갚음당할까봐 두려워서였지 뭔가 특별한 감感이 있어서가 결코 아니었다.

드디어 여자의 이야기는 경찰서장이 '자살'이라 칭한 행동으로까지 옮겨왔다.

"저는 어제저녁 하숙집 전체가 사용하는 공동 식탁에서 저녁을 들었습니다. 몸이 아픈 건 전혀 아니었는데, 낮에 벌어진 상황으로 인해 감정 상태가 다소 격해 있었지요. 저녁식사 후 저 자신을 포함한 이 집의 모든 하숙인들은 다 함께 응접실로 건너갔답니다. 하지만 저는 갑자기 졸리기 시작했고, 결국 그 자리를 몇 분 견디지 못했습니다. 저는 서둘러 친구들에게 작별인사를 한 뒤 편지를 가지고 곧장 우체통에 갔다 돌아왔으며, 그대로 방으로 올라가 잠이 들었습니다…… 정말이지 지금 이렇게 벤치에서 깨어나기까지 그것밖에는 아무 기억도 안 나요! 무슨 일이 벌어졌는지 전혀 모르고 있습니다. 사람들이 그러던데…… 저를 구해주신 분이 팡도르 씨 맞나요?"

신문기자를 오래도록 바라보는 젊은 여자의 눈빛 속엔 분명 풍부한 감정이 배어 있었다. 뭐랄까, 일종의 감사의 정이랄까, 아직은 두려운 빛이 남아 있지만 분명 거기엔 뜨거운 애정의 기운이 서려 있었다……

한편 엘리자베스 돌롱 양의 진술을 꼬박꼬박 메모해가며 진지하게 귀담아듣고 있던 경찰서장이 결론 삼아 던진 말은 이랬다.

"이상한 일이야! 참으로 이상해!…… 이봐요, 돌롱 양. 당신의 진술 내용은 정말이지 믿기 어려울 정도로 이상합니다!…… 믿어지지가 않아요……"

14
누군가 전화를 했다!

글라시에르 가를 따라 병원과 감옥 들이 빽빽이 들어선 드넓은 구역. 아우구스티누스 수녀회 건물은 수백 미터에 달하는 거무튀튀한 장벽과 더불어 그 무미건조한 모양새를 보란 듯 드러내고 있었다. 격자로 짜인 작은 쪽문을 갖춘 거대한 대문이 그 은둔의 거처와 외부세계가 서로 통하는 유일한 관문이었다. 그것은 매우 드물게 반쯤 열릴 뿐, 활짝 열어젖혀진 적은 한 번도 없었다. 그야말로 수녀원이 총괄하는 평화와 안식의 삶을 현대적 생활의 발현으로부터 철저히 격리하는 차단막이라 할 수 있었다.

오전 열시 반경, 지하철 역에서 수녀원 입구까지 빠른 걸음으로 걷다보니 살짝 숨이 찬 제롬 팡도르는 조심스레 초인종을 눌렀다.

"무슨 일이신가요, 선생님?"

"원장수녀님을 뵈러 왔습니다."

잠시 그대로 적막이 흐른 뒤 격자형 쪽문이 슬그머니 열렸다. 제롬 팡도르는 얼른 수녀원 안으로 들어섰다. 첫번째 아치형 궁륭 아래에서 한 수녀가 가벼운 인사로 손님을 맞고는 곧바로 돌아서며 중얼거렸다.

"저를 따라오십시오."

한동안 제롬 팡도르는 수녀의 뒤를 따라 좁은 복도를 걸어갔다. 복도 한쪽은 작은 방들이 열 지어 있었고 그 맞은편은 인적 하나 없이 조용한 직사각형의 드넓은 회랑으로 탁 트여 있었다. 어느 유리문 앞에서 걸음을 멈춘 수녀는 그 문을 살짝 열어 손님에게 앞을 내어주면서 이렇게 말했다.

"응접실에서 기다려주시기 바랍니다. 먼저 명함을 주시면 원장수녀님께 전해드리도록 하겠습니다."

제롬 팡도르는 자신이 들어와 있는 방 전체를 눈으로 빠르게 훑었다. 정돈 상태가 지극히 엄격하게 느껴지는 방이었다. 사람 사는 세상의 온갖 천태만상을 익히 듣고 보아온 신문기자로서는 이 적막한 장벽 안의 모든 것들이 다소 섬뜩하게 다가왔다. 깊은 상념에 빠져 있던 팡도르…… 왜소한 체구의 노파 한 명이 방에 들어오자 퍼뜩 꿈에서 깨기라도 한 듯 멀뚱하니 상대를 바라보았다. 창백하고 주름졌지만 고결한 품성이 담긴 얼굴에 이상하리만치 빛나는 안광眼光을 소유한 원장수녀였다.

제롬 팡도르는 꾸벅 인사를 하며 말했다.

"원장수녀님, 그간 안녕하셨습니까? 이곳에 기거하는 돌롱 양의 안부 좀 여쭤보려고 왔습니다."

원장수녀는 다소 차갑고 점잖은 인상과는 달리 무척 활달한 목소리로 대답했다.

"아니, 전화로 그냥 기다리시지 못하고 이렇게 직접 찾아오셨단 말인가요? 하긴, 이해합니다…… 그 아가씨를 돌보게 되어 있는 수녀를 찾으러 간 사이에 그만 통화가 끊어졌지 뭡니까! 그래서 말씀을 못 드린 거죠."

"무슨 말씀인지?……"

팡도르가 어리둥절해하자 원장수녀가 말했다.

"오늘 아침 아홉시쯤 전화하신 분 아닌가요? 돌롱 양의 안부를 묻는다고 말입니다……"

"아뇨, 전화한 적 없는데요!"

"그것 참 모를 일이군요…… 아무튼 이렇게 오셨으니, 직접 만나보십시오."

원장수녀가 호출 벨을 울리자 다른 수녀 한 명이 나타났다.

"여기 계신 선생님을 돌롱 양에게 모셔다드리세요. 아까 보니 정원을 산책하고 있던데, 아마 아직도 거기 있을 겁니다…… 자, 그럼 전 이만……"

왁스 처리된 바닥을 소리 없이 미끄러지며 원장수녀가 나가자, 이제 방안에는 안내를 맡은 수녀와 제롬 팡도르만 남았다. 수녀는 곧 상냥한 동작으로 앞장섰다. 팡도르는 방금 전 원장수녀가 한 얘기를 곰곰이 생각하면서 그뒤를 묵묵히 따라나섰다.

여자가 은둔해 있는 곳이 벌써 노출됐나?

도대체 누가 전화를 걸어 꼬치꼬치 캐물었단 말인가?

우선 직사각형의 넓은 구내마당을 가로지른 수녀는 미로처럼 얽히고설킨 궁륭 아래 통로들을 이리저리 돌아들더니, 급기야 정원을 굽어보는 테라스에 이르러 걸음을 멈췄다.

"찾으시는 여자분은 지금 저기 산책로를 거닐고 있습니다…… 마침 이쪽으로 오고 있군요, 그럼 전 이만 물러가겠습니다."

아닌 게 아니라 제롬 팡도르의 시야 저만치 엘리자베스 돌롱의 우아한 자태가 보였다. 신문기자를 보자 부랴부랴 걸음이 빨라지며 서두는 기색이 확연하게 느껴졌다.

검은색의 소박한 옷차림에 반짝이는 금발머리가 절묘한 색의 대조를 이루면서 여자를 이전 어느 때보다 아름답고 매혹적으로 보이게 했다. 지난 며칠간 그 가엾은 영혼을 들볶은 정서적 파란도 젊고 상큼한 미모를 결코 훼손하지 못했다.

엘리자베스 돌롱은 사내의 두 손을 꼭 품듯이 쥐면서 말했다.

"이렇게 아침부터 찾아와주셔서 정말 고맙습니다! 전 속절없이 이리저리 떠돌며 표류하는 기분이에요. 사방에 저를 해치려는 적들만 득실거리는 것 같습니다. 그야말로 악몽 속에서 하루하루 살고 있어요…… 만약 당신마저 없으면 전 어떡해야 하죠?"

젊은이는 불행한 여자의 너무나도 진솔한 하소연에 가슴이 찢어지는 것 같았다. 그는 두 손을 힘주어 같이 잡아주며 대답했다.

"잘 아시겠지만 얼마든지 제게 기대셔도 됩니다. 아직도 딱히 믿고 싶진 않지만, 설사 당신을 노리는 적들이 수두룩하다 해도, 며칠 이곳에 머물며 안정을 취하다보면 결코 혼자가 아니라는 사실을 깨닫게 될 겁니다. 그건 그렇고…… 혹시 어제 이후로 이곳 수녀원 주소를 누구한테 가르쳐준 적이 있습니까?"

"아뇨, 전혀 없는데요……"

아침에 왔다는 의문의 전화 생각을 떨치지 못하는 제롬 팡도르는 여자를 놀라게 하지 않으려고 이렇게 말했다.

"그냥 한번 물어본 겁니다. 대답을 들었으니 이제 됐습니다."

그러고는 곧장 다른 주제로 넘어갔다.

"그래, 기분은 많이 나아진 겁니까?"

"아, 정말이지 당신은 제 생명의 은인이세요! 확신하건대, 분명 누군가 저를 없애려 했거든요…… 독살하려 했단 말입니다! 당신도 그렇게 생각하시죠? 그때 방에서 의식을 잃고 쓰러지기 직전, 전 분명 모종의 마취제 때문에 잠이 오고 있었답니다. 제 동생이 그랬던 것과 똑같이 말이죠…… 이제 보니 동생 역시 처음에는 잠이 들었다가 독살당한 게 분명해요!"

“그러니까…… 동생이 죽은 건 확실하단 얘기죠?”

제롬 팡도르가 조용히 묻자, 여자는 더이상 머뭇거리지는 않으면서도 잔뜩 울먹이는 목소리로 대답했다.

“안타깝게도 당신이 동생의 죽음에 대해 하도 많은 증거를 제시하시니 저로서도 더는 의심할 수가 없네요…… 하지만 저를 에워싸고 워낙 험악한 일들이 자꾸 일어나는 판국이라, 어떨 땐 정신이 다 없고, 막 돌아버리는 것 같아요……”

팡도르는 여자의 말을 자르며 이렇게 타일렀다.

“그럴 때일수록 우린 현 상황을 진지하게 연구, 관찰해야만 합니다. 설사 그 때문에 혹독한 기억들을 되살리는 고통을 감수할지라도 말이죠.”

그런 대화를 주고받는 사이, 두 젊은 남녀는 테라스에서 벗어나 어느새 정원 한복판을 걷고 있었다.

팡도르가 다시 얘기를 시작했다.

“끔찍한 사건이 처음 터진 뒤로 당신 주변에 휘몰아친 모든 사태들을 논리적인 추리력으로 차근차근 짚어가다보면, 그 가운데 처음 사건과 이후 사건들을 그럴듯한 연결고리로 이어줄 만한 단서가 사실상 전무하다는 걸 알 수 있습니다…… 누가 훔칠 마음을 품고 방안에 침입한 그날까지 당신 자신은 애석하게도 전혀 중요한지 몰랐겠지만, 저는 그 녹색 잉크로 쓰였다는 목록에 대해 여러 차례 생각하고 또 생각해봤거든요…… 그래서 말인데, 문제의 그 목록을 아직 가지고 있는지 말씀해주실 수 있습니까?"

여자는 침울하게 고개를 가로저으며 대답했다.

"모르겠어요, 정말이지 모르겠습니다! 정신이 완전히 나가버렸는지 생각을 모으려면 엄청 힘이 들어요. 일전에 말씀드렸듯이, 그 목록은 오퇴유 집 제 방 벽난로 위에 놓아둔 빨간 가방 속에 들어 있었는데 감쪽같이 사라져버린 거예요. 한데 이제 와 그 일을 생각하면 머릿속은 계속해서 긴가민가하기만 하답니다. 지금은 그게 도둑맞지 않았다면 원래부터 대형 트렁크 속에 있었던 건 아닐까 하는 생각마저 들어요. 책상 위에 아무렇게나 쌓아둔 동생의 책이며 서류들을 제가 트렁크 안에 쓸어 담을 때 함께 휩쓸려 들어간 건 아닐까 말이에요! 어쨌든 그 문제는 우리가 함께 그 집에 가서 조사를 해봐야 명확한 답이 나올 거예요……"

제롬 팡도르는 이미 눈물이 그렁그렁한 여자를 자상하게 위로했다.

"너무 힘들어하지 마세요. 이미 일어난 일 갖고 쓸데없이 고민하고 슬퍼할 필요는 없어요. 그보다는 차라리 목록의 내용을 생각해내려고 노력하는 게 중요합니다. 전에 제게 귀띔해준 적이 있죠? 주변 지인이랄지 관계된 인물들 이름이 담겨 있다고……자, 조금이라도 떠올려볼 수는 없을까요?"

"아, 모르겠어요…… 도저히 모르겠습니다!"

여자는 거의 신경질적으로 내뱉었다.

"자, 자, 제가 아주 기가 막힌 기억술을 하나 알고 있는데, 한번 시도해보는 건 어떨까요? 자고로 우리 눈의 망막이란 사진의 아주 민감한 감광판과 같아서, 두뇌가 미처 갈무리해두지 못한 것도 마치 거울처럼 담아낸답니다. 그러니 억지로 기억을 떠올릴 생각 말고, 그저 당신 망막에 비쳤던 것들을 백지 위에서 다시 읽어낸다 생각하고 한번 시도해보세요."

제롬 팡도르는 나무 아래 고즈넉이 자리한 투박한 벤치로 여자를 안내했다. 마침 그 바로 앞에는 정원용 탁자가 하나 놓여 있었다. 나란히 의자에 앉자마자, 팡도르는 호주머니에서 종이와 연필을 꺼내들었다.

그 와중에 여자의 팔이 남자의 어깨에 살짝 부딪혔고…… 순간, 마치 감전된 듯 두 남녀는 동시에 움찔했다! 이제까지와는 뭔가 다르게 흔들리는 눈빛이 서로 교차했고, 둘 다 그 파장이 어디까지 미칠지 장담할 수 없는 기분이었다. 할말을 잃고 머쓱하니 앉아 있는 제롬 팡도르…… 그리고 얼굴이 발갛게 달아오른 엘리자베스 돌롱……

두 젊은 남녀는 무슨 말을 해야 할지 몰라 어색하게 서로를 바라보기만 했다. 만약 저만치 계단 위에서 접수계 담당 수녀가 엘리자베스의 이름을 소리쳐 부르지 않았다면 두 사람의 어색한 분위기는 한참을 그대로 이어졌을 것이다.

"돌롱 양!…… 돌롱 양!…… 전화 왔습니다!"

제롬 팡도르는 자리에서 벌떡 일어나며 말했다.

"제가 전화 받는 데 함께 있어도 되겠습니까? 지금 전화 건 사람이 아까 전화를 걸었다는 사람과 동일 인물인지 무척 궁금하거든요!"

전화가 있는 널찍한 응접실로 부랴부랴 들이닥친 두 사람…… 엘리자베스는 얼른 전화기를 들면서 거의 본능적으로 보조 전화기를 팡도르에게 내밀었다.

"여보세요?……"

신문기자의 귀에 들려오는 상대편 목소리는 모르는 남자의 것이었다.

"여보세요!…… 돌롱 양이십니까?"

"네, 그렇습니다만…… 누구신지요?"

한데 엘리자베스가 같은 질문을 반복하려는 찰나, 전화기를 내려놓는 듯한 기계음이 팡도르의 귀에 들렸다. 물론 전화선을 타고 어떤 대답도 돌아오지 않는 상황……

엘리자베스 돌롱은 금세 초조해하며 다그쳐 물었다.

"누구시냐고요!"

여전히 아무런 반응도 없었다!

도대체 이 수수께끼 같은 전화질의 정체는 무엇이란 말인가! 두 번씩이나 엘리자베스를 찾았다가, 일단 통화가 연결되면 즉시 끊어버리는 이자는 과연 누구인가?

솟구치는 궁금증에도 불구하고 제롬 팡도르는 일단 여자의 불안감을 불필요하게 자극할 말은 삼가기로 했다. 그는 점잖게 여자에게 팔을 빌려준 채 다시 정원으로 향하면서 이렇게 말했다.

"그러니까…… 당신 동생 집에서 발견된 목록 이야기를 하고 있었죠?"

제롬 팡도르는 엘리자베스의 동의하에 백지를 이리저리 다듬어 문제의 목록 크기에 어림잡아 맞춰가기 시작했다. 그 결과 길이가 대략 10여 센티미터, 폭은 그보다 조금 덜한 종이가 만들어졌다.

엘리자베스 돌롱은 아무것도 적혀 있지 않은 백지 위를 오랫동안 집요하게 노려보았다. 며칠 전 원본에서 읽었던 이름들이 보는 이의 정신력 하나만으로 그 안에 다시금 떠오를 수 있기라도 한 듯……

얼마나 지났을까. 백지 위에, 아니, 백지를 노려보는 여자의 뇌리에 정말로 하나둘 사람 이름이 어른거리는 것 같았다…… 첫째로 동생의 이름이, 그다음으로는 비브레 남작부인의 이름과 공증인 제랭의 이름이…… 한데 문득 낯익은 이름 둘이 한데 묶여서 떠오르는 게 아닌가!

여자는 불쑥 이렇게 소리쳤다.

"바르베와 낭퇴유! 맞아요. 그 두 사람 이름도 목록에서 본 것 같아요!"

천리안이나 시도해볼 수 있는 이런 작업이 가져다준 기대 이상의 성과에 흡족해진 제롬 팡도르가 뿌듯한 미소를 짓는 가운데, 엘리자베스는 계속해서 연상의 꼬리를 따라잡고 있었다.

"이제야 분명해졌어요. 철자가 틀렸던 것까지 기억나네요…… 목록에는 낭퇴유Nanteuil가 아니라 노퇴유Nauteuil로 적혀 있었거든요! 두 은행가의 이름이 세번짼가 네번째에 올려져 있었어요. 그러고 보니 비브레 남작부인의 이름은 제일 꼭대기에 있었군요…… 그리고 날짜도 있었던 것 같아요…… 잠깐…… 뭔가 순열로 진행되는 숫자들이네요…… 이를테면…… 5 다음에는 7이고, 그다음에는 9…… 그게 뭔지 잘 기억은 안 나는데…… 제가 모르는 다른 이름도 있었던 것 같아요……"

"노력해봐요……생각을 집중해요!"

잠시 침묵이 흐르는 동안 팡도르는 여자가 내뱉는 말들로부터 여하한 추론이든 도출해내기 위해 악착같이 머리를 쥐어짰다. 여자가 불러주는 순서 그대로, 그는 이름들을 줄줄이 적어넣고 있었다. 그러고는 이제 15, 17, 19, 이렇게 세 개의 숫자에 완전히 몰두한 채 부지런히 머리를 굴리고 있었다. 과연 이것의 의미는 뭐란 말인가?

순간, 어떤 생각이 뇌리를 툭 치고 지나가는가 싶더니, 팡도르는 호주머니에서 얼른 수첩을 꺼내 들춰보기 시작했다. 잠시 후,

그의 입에서 혼잣말처럼 이런 중얼거림이 새어나왔다.

"음, 흥미로운걸…… 카트르셉탕브르 가에서 의문의 절도사건이 벌어진 게 5월 15일이었단 말씀이야…… 하지만 단순한 우연의 일치가 아닐까? 정녕 이런 세부적인 사실까지 고려해야 할까?"

그때였다. 여자가 버럭 외치는 소리에 제롬 팡도르는 화들짝 놀라 생각에서 깨어났다.

"이름 하나가 생각났어요. 토마스!…… 뭐 생각나는 것 없나요?"

"토마스라…… (천천히 그 이름을 되뇌어보는 팡도르) 모르겠는데……"

하지만 몇 초 지나지 않아 자리를 박차고 일어나며 이렇게 외쳤다.

"혹시 토므리가 아닐까요? 토므리Thomery하고 토마스Thomas는 서로 혼동할 수도 있지 않을까요?"

잠시 입을 다물고 있던 여자는 이내 미간을 찌푸리며 기억을 쥐어짜기 시작했다.

"그럴 수도 있겠죠. 처음 몇 글자 톰Thom은 진하게 쓰여서 그런지 제법 선명하게 떠오르는데, 나머지 부분은 자꾸 희미해져요…… 아마 당신 말이 맞을 거예요!"

한데 제롬 팡도르는 여자의 얘기를 더는 듣지 않고 있었다. 투박한 벤치를 벗어나 그는 더이상 여자에겐 신경을 쓰지 않은 채, 그늘진 오솔길을 이리저리 거닐며 낮은 목소리로 혼잣말을 중얼거리고 있었다.

"토마스…… 그건 분명 토므리야…… 자크 돌롱, 비브레 남작부인, 바르베와 낭퇴유, 공증인 제랭…… 이들 모두는 지금까지 어둠 속을 암행하는 패거리의 희생자들이었고…… 아, 정말 이해할 수가 없군…… 어쨌든 이 난관을 헤쳐나가야 해!"

정원에는 이제 두 사람 말고는 아무도 없었다.

편안한 고요와 평화의 기운이 사방에 드리워져 있었다. 새들은 노래하고, 부드러운 바람이 어렴풋한 애무의 손길처럼 덤불의 잔가지들을 나른하게 쓰다듬었다. 엘리자베스를 바라보는 제롬 팡도르의 눈길이 점점 더 정감을 더해가고 있었다. 그 눈빛에 감동한 여자 입가의 미소는 갈수록 흔들리는데……

팡도르는 다시 힘주어 말했다.

"우린 반드시 이 난관을 헤쳐나갈 겁니다. 두고 보십시오…… 약속하지요!"

두 청춘 남녀는 누가 먼저랄 것도 없이 다시금 서로의 손을 꼭 맞잡았다.

나른하고 감미로운 분위기가 두 사람을 에워싸고…… 엘리자베스가 저항할 생각조차 못하는 사이, 제롬 팡도르는 한 손으로 여자의 어깨를 부드럽게 감아 안으면서 몸을 기울였다. 눈을 지

그시 감은 채 그는 천천히 여자의 입에 기나긴 키스를 했다……
신문기자도 엘리자베스 돌롱도 분명 이성보다는 감정에 치우친 행동이었다.
둘 다 어느 한순간 그 점에 생각이 가닿자, 화들짝 꿈에서 깨어난 것처럼 입을 떼고 서로를 민망하게 바라보았다.
지금은 사랑 운운할 때가 아니지 않은가!

제롬 팡도르는 엘리자베스에게 작별을 고했다. 그는 여자의 배웅을 사양했고, 아직 포옹으로 인한 가슴속 두근거림이 채 가라앉지 않은 여자도 굳이 고집하지는 않았다.
신문기자가 회랑에서 거리로, 수녀원에서 속세로 이어지는 문턱을 막 넘어서려는데, 수녀 한 명이 다가와 말했다.
"당신이 제롬 팡도르 씨이신가요?"
"그렇습니다, 수녀님."
"저희 원장수녀님께서 얘기를 좀 나눴으면 하시는데요……"
팡도르는 깍듯이 고개를 숙여 동의를 표했다.
잠시 후, 널찍한 응접실로 안내된 신문기자를 맞으러 원장수녀가 나타났다.
"선생님, 이렇게 붙잡아서 죄송합니다만, 긴요한 얘기를 꼭 좀 나눴으면 해서요……"
"떠나기 전에 제대로 인사도 여쭙지 못한 제가 오히려 죄송하지요. 기꺼이 도와주셨는데 직접 감사하다는 말씀도 안 드리고 가려 한 걸 보면 제가 정신이 없긴 없나봅니다."

원장수녀가 어리둥절한 눈빛을 보이자 팡도르는 얼른 이렇게 덧붙였다.

"엘리자베스 돌롱 양을 이곳에 머물도록 받아주셔서 정말이지 뭐라 감사를 드려야 좋을지 모르겠습니다……"

그제야 원장수녀는 신문기자의 말을 자르며 얘기를 시작했다.

"선생님, 저도 바로 그 돌롱 양에 관해서 얘기를 나누고 싶었던 겁니다. 물론 저 역시 불행에 빠진 한 여인에게 도움을 줄 수 있어 무척 다행으로 생각합니다만, 솔직히 말씀드려서 돌롱 양이 이곳에 도착할 때만 해도 그 불행이 어떤 성격의 것인지 저를 포함한 이곳의 수녀님들 모두 전혀 모르는 상태였습니다."

원장수녀의 어조는 상당히 무뚝뚝한 편이었다. 상황이 심상치 않음을 간파한 제롬 팡도르는 약간 당혹스러운 표정으로 물었다.

"저기…… 지금 무슨 말씀을 하시려는 건가요?"

"선생님도 잘 아시겠지만, 범죄를 저지른 자크 돌롱과 비브레 남작부인 사이의 관계가 정확히 어떤 것이었는지, 최근 저에게 들어온 정보가 있어서요……"

순간 팡도르는 앉아 있던 의자에서 벌떡 일어서며 자기도 모르게 내뱉었다.

"거짓입니다! 새빨간 거짓이에요! 잘못된 정보를 접하신 겁니다, 원장수녀님!"

하지만 원장수녀는 아무리 그래봐야 소용없다는 뜻으로 손을 내젓는 것이었다.

"그것이 사실이든 거짓이든 그건 중요하지 않습니다. 분명한 것은, 그 이름만으로도 이곳의 존엄한 품격에 해를 끼치고야 말 저 아가씨를 우리는 더이상 받아줄 수가 없다는 사실입니다."

전혀 예상치 못했던 선언이라, 제롬 팡도르는 어안이 벙벙할 따름이었다.

"그러니까 결국…… 돌롱 양을 이곳에 기숙자로 더이상 거둬줄 수 없다는 말씀인가요?"

"그렇습니다."

신문기자는 잠시 고개를 숙인 채 생각에 잠기더니 이렇게 말했다.

"원장수녀님은 지금 저에게 진짜 이유를 말씀하고 계시지 않습니다. 그건 아마도……"

원장수녀는 또다시 손짓을 해 상대의 말을 잘랐다.

"사실 돌롱 양으로 하여금 다른 안식처를 찾도록 종용해야 할 불가피한 이유에 대해서 저는 되도록 말을 피하고 싶었습니다. 하지만 선생님께서 그토록 요구하시니, 돌롱 양이 조금 전 이곳에선 결코 받아들이기 어려운 태도를 취했다는 점만 언급하겠습니다."

"맙소사, 좀더 명확하게 말씀해주셔야죠!"

"선생께서 그 아가씨를 껴안고…… 오, 이런 일까지 제 입으로 세세하게 언급하도록 강요하시다니 정말 유감입니다. 이 집이 연인끼리 밀회나 나누는 장소로 전락하게 놔둘 수는 없다는 말을 꼭 제 입으로 해야만 하겠습니까?"

제롬 팡도르는 뭐라 항변하려 했으나, 그 전에 이미 원장수녀는 쌀쌀맞은 인사를 남긴 채 자리 뜰 준비를 하고 있었다.

팡도르는 하는 수 없이 이렇게 말했다.

"잘 알겠습니다…… 지금 그 말씀은 전적으로 오해입니다만, 논리적으로는 옳게 볼 수도 있는 입장이신 것 같으니 제가 수용하도록 하겠습니다. 대신 돌롱 양에게 적절한 다른 안식처를 찾을 때까지 이틀만 여유를 주셨으면 합니다."

원장수녀는 말없이 고개만 끄덕이고는 거듭 작별인사를 남기고 응접실 밖으로 나갔다.

15
애매모호한 혐의

법원으로 향하는 택시 안에서 제롬 팡도르는 버릇처럼 혼잣말을 중얼거리고 있었다.

"이젠 결론을 내려야만 해! 아, 돌롱 양이 분실했다는 그 문서를 애당초 면밀히 검사하지 않고 소홀히 넘긴 건 정말 실수였어! 줄줄이 이어진 이름들하고 사건 발생일과 거의 일치하는 그 날짜들…… 혹시 범행을 이어가기 위해 참조한 수수께끼 같은 도면이 아니었을까? 오늘 내 행동이 어쩌면 어리석은 바보짓일 수도 있겠지만, 이제는 무엇 하나 건성으로 넘길 수는 없어. 과연 공판과정에서 새로운 뭔가를 얻어낼 수 있을까? 오늘 재판 받을 밀수꾼들이 붙잡힌 게 무려 다섯 달 전이지만, 토므리라는 이름이 입에 오르내렸다는 건 아직도 생생히 기억나. 그때는 예심도 그냥 그러려니 하며 지나쳤고, 사건 자체를 종결된 것으로 보고 있었지. 한데 어제저녁 문득 법원의 사건 목록을 읽어볼 생각이 난 건 천만다행이야! 그 사람에 대해 보다 자세하게 살피다보면, 그 행동거지에서 어떤 결론을 도출해내게 될지도 모르잖아? 아, 자크 돌롱, 비브레 남작부인, 소냐 다니도프 대공비, 바르베와 낭퇴유 그리고 엘리자베스 돌롱까지 모두 내가 추적중인 악당 패거리한테 희생되게끔 만든 어떤 공통의 실마리를 붙잡을 수 있으면 좋으련만…… 그것만 포착하면 당장이라도 범인을 덮칠 수 있을 텐데 말이야…… 물론 절도가 목적이었을 테고…… 하지만 그것 말고도 다른 동기가 또 있을 것 같단 말이거든. 참 묘하게도 그 모든 사람들이 서로 아는 사이고, 적어도 종종 마주치는 관계였다는 사실만 봐도 그래. 게다가 하나같이 바르베낭퇴유은행과 거래하는 고객들이거나 토므리 씨와 친분이 있는 사람들이잖아!"

그사이 택시는 법원 앞에 도착했고, 제롬 팡도르는 넓은 홀을 가로질러 곧장 법정으로 향했다.

재판은 방금 휴정한 상태였다.

재판을 구경하기 위해 찾아오는 단골 방청객들이란 늘 다양한 풍모가 뒤죽박죽 한데 어우러져 그 자체로 묘한 장관을 연출하기 마련이었다. 법정경위의 날카로운 외침 소리가 이따금 실내 분위기를 흔드는 가운데, 앞으로 불려나온 이런저런 증인들은 하나같이 두방망이질하는 가슴을 달래며 증언대에 서는 것이었다……

팡도르는 서로 친근하게 얘기를 나누고 있는 사람들 틈으로 섞여들어갔다. 만난 지 제법 오래되었음에도 불구하고, 그는 다소 괴상망측하게 보이는 차림새 하나만으로도 저만치 앉아 있는 튈루슈 할멈을 금세 알아보았다.

한동안 주변에서 연달아 터지는 사건들에 너무 몰두한 나머지 밀수꾼들의 동향 추적에 어쩔 수 없이 소홀해온 팡도르는 법정의 좁은 복도에서 튈루슈 할멈과 맞닥뜨리자 적잖이 놀랐다. 이미 몇 주 전부터 이 늙은 장물어미가 철창신세를 지고 있는 걸로 생각해왔던 것이다……

하지만 놀란 기색은 전혀 드러내지 않은 채, 신문기자는 그녀 입에서 무슨 얘기가 나올지 알아보자는 생각으로 스스럼없이 다가갔다.

할멈은 자신이 요즘 법원 앞 고수부지에서 조그만 가게를 꾸려나가고 있다고 했다. 이런저런 잡동사니를 파는 가운데 누구에게도 폐 끼치지 않고 성실히 살고 있으며, 앞으로 바라는 건 언젠가 은퇴해 편안한 삶을 누릴 그날까지 얌전히 생활하는 것뿐이라고도 했다.

그야말로 누구나 가질 수 있는 평범한 소망이 아닌가!

그녀의 가게는 두 개의 방과 지하 저장실로 이루어져 있는데,

처음 가게를 차리면서 다량의 잡동사니 고물들을 그 저장실에 빼곡히 쌓아놓았다고 했다. 한데 워낙 쥐를 무서워하는 터라, 그후론 그곳에 한 번도 내려가본 적이 없다는 것이었다. 그러던 중 어느 날인가 가게에 앉아 얌전히 헌옷 수선을 하고 있는데, 난데없이 경찰이 들이닥쳤다는 것이다! 그러면서 장물 은닉에다 밀거래, 금전 위조 등 터무니없는 죄목을 들이댔다는 것인데……

경찰은 할멈을 대동하고 지하로 내려가 그 모든 혐의의 증거품들이 가게 부지에 속한 간이창고에 고스란히 있는 걸 확인시키겠다고 했단다.

그 당시 툴루슈 할멈이 깜짝 놀란 걸 생각하면…… 할멈은 정말 간이창고 따위가 존재하리라고는 꿈에도 생각지 못했거니와, 더군다나 그곳이 센 강 쪽으로 뻗은 하수도와 연결되어 그 통로로 밀거래 봇짐들이 들어와 가게 안에 은닉되어왔다니 자기는 그저 기가 찰 노릇이라고 했다!

그나마 다행으로 판사들이 할멈의 억울한 사정을 십분 참작해, 구류 이십사 시간 만에 무사히 풀려날 수가 있었다는 것이다.

처음에 툴루슈 할멈은 법정에 출두한 피고들, 특히 '술통'은 알지도 못한다고 강변했다. 하지만 그건 착각이었고, 옛날 라 샤펠 구역에 살 때 마주친 적이 있어서 알긴 아는데, 너무 오래전 일이라 더는 기억이 안 난다고 말을 바꿨다!

팡도르는 거침없이 쏟아지는 수다에 한쪽 귀를 맡긴 채, 절로 새어나오는 웃음을 참지 못했다. 이 늙은 장물어미가 과연 어느 정도 신뢰할 만한 인간인지 뻔히 알고 있었기 때문이다!

바로 그때였다. 팡도르조차 웬만해선 알아보기 힘들 만큼 완벽하게 변장한 쥐브, 아니, 크라나주르가 온갖 어리석은 동문서답들로 재판 분위기를 실컷 농락한 뒤 어슬렁거리며 법정을 빠져나온 것은…… 그는 툴루슈 할멈 곁으로 다가오더니 멍하니 쳐다보고 서 있었다.

"자네도 왔나? 자네도 증인으로 나온 거야?"

눈을 흘기며 던지는 노파의 질문에 크라나주르는 우스꽝스러운 표정으로 뻣뻣한 수염을 긁적이면서 멀뚱멀뚱 대답했다.

"모르겠어요. 까먹었나봐요……"

순간 주변 모든 사람이 웃음보를 터뜨렸고, 그중 팡도르는 더욱 크게 웃어젖혔다.

툴루슈 할멈은 크라나주르를 빤히 바라보며 이죽거렸다.

"하여튼 크라나주르 자네도 따지고 보면 참 운 좋은 사람이야. 워낙 멍청하니, 저 꼬치꼬치 캐묻기 좋아하는 양반들 앞에 나가 더이상 주절댈 일도 없을 테고 말이지!"

그런데 재판정에서 복도로 통하는 작은 쪽문이 반짝 열리는 순간 어수선했던 대화가 뚝 끊겼다. 법정경위가 얼굴을 내밀고 이렇게 알렸다.

"공판이 재개됩니다. 증인들은 이쪽으로 들어오십시오. 툴루슈 부인, 어디 계세요? 이번 차례입니다!"

그러나 팡도르는 사람들을 따라 안으로 들어가는 대신, 크라나주르의 어깨에 떡하니 팔을 얹으며 일부러 다들 듣게끔 큰 소리로 외치는 것이었다.

"크라나주르라고 했던가요?…… 난 왠지 이런 양반이 맘에 들더라! 자, 자, 이쪽으로 잠깐 가시죠. 당신이나 좀 취재해서 재미난 기사 하나 건져야겠습니다!"

팡도르는 그렇게 자연스레 형사를 데리고 한쪽 구석으로 갔다. 마침내 둘만 남게 되자 신문기자는 대뜸 물었다.

"어떻게 돼갑니까, 쥐브?"

"아직은 별것 없어……"

"제가 여길 지키고 앉아 있을 필요가 있을까요?"

쥐브는 잠시 생각하더니 대답했다.

"그래, 그러는 게 낫겠네. 어쩌면 내가 계속 있지 못할 수도 있고, 또 자네가 이 사건 전반에 걸쳐 좀 알아두는 것도 나쁘진 않을걸세. 어쩌면 뭔가 괜찮은 정보를 얻을 수 있을지도 모르고……"

"그나저나 좀더 오래 있으면 안 됩니까? 할 얘기도 좀 있고……"

때마침 두 사람이 밀담을 나누는 곳을 향해 발소리가 들려왔고, 쥐브와 팡도르는 부랴부랴 서로 떨어질 수밖에 없었다. 물론 그 직전 쥐브는 재빨리 친구에게 약속을 정해주었다.

"오늘 저녁 여덟시, 자네 집으로 갈 테니 기다리게!"

재판정에서는 방금 검사의 논고가 끝난 상황.

중죄재판에서 이제 곧 선고를 받을 밀수꾼들이 다섯 달 전 일제히 검거되었을 때, 이들이 미친 사회적 파장은 실로 대단한 것이었다. 여기 모인 피고들은 무려 이 년 가까이 관세법을 유린해가면서 매일 밤 엄청난 물량을 파리로 들여와 상당한 부를 축적해오다가, 보수에 불만을 품은 한 보잘것없는 중개상의 배신으로 하루아침에 검거되었다. 이들의 기묘한 내력에 관해 여론의 관심이 여간 뜨겁지 않았는데, 하나같이 말쑥한 신사들이 기막히게 조직된 범죄 집단을 구성해 암약해오고 있었다는 게 일반적인 견해였다. 그들은 이른바 생사여탈권을 한 손에 틀어쥔 수장의 지휘하에 움직였으며, 시테 섬 한복판을 거미줄처럼 가로지르는 어마어마한 지하 동굴들 속에 물건을 쟁여두었다가 필요시 센 강을 오가는 거룻배에 그때그때 실어 내보냄으로써 공권력을 코앞에서 유린해왔다는 것이다.

제롬 팡도르는 곰곰이 생각했다.

'시테 섬에 지하 동굴이라…… 바로 이 시테 섬 안에 강력한 단체를 조직한 자들이 있다는 얘긴데…… 음, 자크 돌롱의 탈옥과 죽음 모두를 아우르는 수수께끼 같은 사건들의 전모가 바로 그 단체를 통해 밝혀질 수도 있을 것 같군!'

제롬 팡도르는 그와 마찬가지로 이번 재판의 결말을 지켜보기 위해 참석한 법조신문 기자들과 악수를 나눈 뒤, 배심원단 쪽을 돌아보며 변론이 진행되는 것을 주의깊게 지켜보았다.

달변의 변호인은 필경 배심원들에게 확신 어린 태도를 충분히 각인시켜줄 것 같은 활달한 제스처를 써가면서 본 소송의 전모를 신속하게 짚어나가고 있었다.

팡도르는 속으로 중얼거렸다.

'음, 나쁘지 않은걸! 자칫하면 앙리 로바르 선생이 이번 소송에는 근거가 부실하다는 점을 아주 기정사실화하겠어. 저대로 한 시간만 더 떠들어댄다면 배심원단이 도둑놈들 손이라도 들어주겠어!'

변호인은 계속해서 열변을 토하고 있었다.

"원고측에서는 치밀하게 조직된 범죄단체 운운하고 있습니다! 저 밀수꾼들이 기상천외한 부정이득을 취해왔다고 말입니다! 그런가 하면 저들의 거대한 창고에는 은밀히 들여온 물건들이 그득하다고도 합니다!…… 이쯤 되면 다들 『알리바바와 사십 인의 도적』에나 나올 법한 지하 소굴이라도 상상하실 게 분명합니다! 기상천외한 동굴 속에 가득 쌓여 있는 엄청난 보물들을 마음속에 그리고 있을 테지요. 대낮 같은 조명 아래 온갖 금은보화가 번쩍이는 으리으리한 방들이 이 시테 섬 지하를 가득 메우고 있는 것처럼 말입니다…… 하지만 배심원 여러분, 실상은 그저 단순한 지하실에 불과합니다. 보통 파리의 셋집이라면 으레 딸려 있는 보잘것없는 지하실 말입니다! 여러분, 본인은 이 사건을 둘러싸고 호들갑스럽게 일어난 과장된 분위기를 이 자리에서 굳이 재론할 생각은 없습니다. 그런 어처구니없는 분위기는 이제 여론에 의해 어느 정도 순화되어, 여러분이 더이상 제 의뢰인들을 위험천만한 범죄자들로 간주하지는 않게 되었으니 말입니다. 정말 그건 말도 안 되는 이야기지요. 이참에 모든 것을 진실에 입각한 수준에서 다시 가늠해보아야 할 것입니다."

이 대목에서 변호인은 넘치는 확신을 주체 못하는 듯 자료철을 탁 덮더니 변호인석을 박차고 앞으로 나섰는데, 그렇게 함으로써 배심원단에 강한 인상을 심어주려는 기색이 역력했다. 그는 배심원단을 똑바로 노려보는가 하면 법정을 이리저리 활보하면서 얘기를 이어나갔다.

"여러분은 본 사건에서 어떤 인물이 전면에 부각되었는지 아십니까? 누가 이 밀수꾼 조직의 수장으로 지목되었는지 아시나요? 어떤 믿을 만한 근거가 있기에 피고에게 혐의를 둔 것인지 정녕 여러분은 알고 계십니까? 배심원 여러분, 언론이 그 주특기인 과장을 통해 현재 여러분의 준엄한 심판대에 이 딱한 인간들을 억지로 세우지 않았더라면, 그리하여 잠시나마 한 점잖은 인간의 명성에 심각한 해악을 끼치지만 않았어도 본 사건은 한낱 우스꽝스러운 해프닝으로 받아들여졌을 것입니다…… 자, 이제 사태의 핵심을 돌아보아야 할 때입니다. 문제의 이름을 입에

오르내리게끔 만듦으로써 이득을 볼 자가 과연 누구인지 알아야 할 것입니다! 오, 물론 개중에는 아니 땐 굴뚝에 연기가 나겠느냐는 얄팍한 생각의 소유자들이 있다는 것쯤 저 역시 모르지는 않습니다. 요컨대 토므리 씨의 이름이 본 사건과 관련해 오르내리는 것은 다 그럴 만한 이유가 있기에 그럴 거라는 생각을 그들은 예전에도 지금도 하고 있을 테지요…… 하지만 그렇게 어영부영 얼버무리는 식이라면 곤란합니다. 천만에요! 보다 철저하게 규명해볼 필요가 있다는 얘깁니다. 어설픈 추문을 해명하는 논리가 너무 손쉽고, 내로라하는 재계 인사가 워낙 터무니없는 혐의 선상에서 거론되다보니, 이제는 그의 명성에 먹칠을 한 이 어처구니없는 사건을 본 법정에서 본격적으로 조명해볼 필요가 생기는 겁니다! 그렇습니다. 토므리 씨의 이름은 싫든 좋든 거론되고 있는 게 사실이지요…… 하지만 그것은 토므리 씨가 소위 비밀 창고로 지목된 문제의 지하실을 포함한 건물의 실소유자라는 단 하나의 이유 때문에 그런 것뿐입니다. 배심원 여러분, 밀수꾼들이 정상적으로 임대료를 지불해가며 사용하는 장소의 소유주라는 사실 하나 때문에 누군가가 그 밀수꾼들의 우두머리라는 혐의를 뒤집어쓴다면, 이는 얼마든지 불쾌하거나, 최소한 어이없는 일 아니겠습니까! 아무튼 본 변호인은 이 문제를 두고 굳이 장시간 이야기할 생각은 없습니다. 그보다는 여러 구체적인 사실들에 대한 논의를 시작하고자 합니다……"

그때였다. 제롬 팡도르가 자리에서 슬그머니 일어나면서 이렇게 혼잣말을 중얼거렸다.

"변호사 선생, 나로 말하자면 이제 그만 나가봐야겠습니다……"

신문기자는 조용히 법정 밖으로 나가 홀을 가로질러 걷기 시작했다. 한데 그의 걸음걸이가 왠지 법원에 도착할 때처럼 활달하지 못하고, 무슨 범상치 않은 생각에 깊이 빠져 있는 사람처럼 그저 기계적으로 발을 내딛는 것이었다.

16
치밀한 추리

팡도르가 일부러 생각해서 자기 방과 관리실 사이에 설치해놓은 인터폰을 통해 관리인의 목소리가 흘러들어왔다.

"팡도르 씨, 여기 작고 뚱뚱한 체구의 어떤 부인께서 찾아오셨는데요. 올라가시라고 할까요?"

그 말을 듣자마자 팡도르는 당장 의아한 생각부터 들었다. 방문한 사람이 누구인지 전혀 몰랐지만, 일단 저녁 이 시간대엔 사전 약속 없이 아무도 만나지 않는다는 말을 전해달라고 했다.

그러나 바로 다음 순간 쥐브와의 약속이 머릿속에 언뜻 떠오른 팡도르. 지금 온 사람이 어쩌면 그 약속과 무관하지 않을 거라는 데에 생각이 미쳤고, 무조건 내치기보다는 만나서 용건을 들어보는 것이 낫겠다는 결론에 이르렀다.

그렇게 머리를 굴리고 있는 사이, 어느새 6층 그의 거처에까지 올라온 방문자가 조심스레 초인종을 눌렀다.

신문기자는 문만 열어주고는 어두컴컴한 구석으로 곧장 몸을 숨겨, 관리인이 말한 부인이 앞을 지나쳐 걸어들어오도록 내버려두었다.

과연 작고 뚱뚱한 체구였을 뿐 아니라, 무척 나이들어 보이는 여인이었다. 끄트머리가 노르스름한 잿빛의 두툼한 곱슬머리 위에 묘하게 생긴 모자를 아슬아슬하게 얹고 안경을 착용한 여인은 전설에나 나올 법한 마녀처럼 큼직한 숄을 뒤집어쓴 채, 삐딱하게 구부러진 지팡이를 짚고 있었다. 심술궂은 꼽추 할망구 요정이 따로 없었다!

잔뜩 궁금해진 팡도르가 등뒤로 조용히 문을 닫는 사이, 낯선 노파는 곧바로 작은 응접실을 향해 걸어들어갔다. 그곳은 신문기자가 온갖 서류와 책 들 사이에서 대부분의 시간을 보내는 곳이었다. 방 한가운데에 우뚝 멈춰 선 노파는 갑자기 안경을 벗더니 잿빛 머리카락까지 후딱 잡아당겼다!

순간 팡도르의 웃음소리가 대차게 터져나왔다.

"아하하, 쥐브!"

형사는 거동을 불편하게 만들던 여장을 단번에 벗어던지며 대꾸했다.

"맙소사, 자넨 내가 스스로 모습을 드러내기 전엔 단 한 번도 내 정체를 알아차리지 못하는군그래……"

이내 진지해진 팡도르는 형사를 붙잡고 소파에 앉힌 뒤, 냉정하고 예리한 눈빛을 반짝이며 얘기를 시작했다.

"쥐브, 드디어 단서를 잡았습니다……"

"옳거니! (대견하다는 찬사엔 장난기가 물씬 배어 있었다.) 어디 한번 들어볼까!"

"말씀하신 대로 밀수꾼들에 대한 공판과정을 지켜봤거든요. 더 오래 앉아 있을 필요가 없다는 판단이 들 때까지, 특히 앙리 로바르 씨의 변론을 주의깊게 들었습니다. 그 결과 제가 주목한 점은 이렇습니다. 누군가 시테 섬 안에 위치한 건물을 소유하고 있는데, 그곳은 다름아닌 절도범과 장물아비 들이 수시로 드나드는 장소였다더군요. 한데 그 소유자는 자크 돌롱 사건에 이렇게 저렇게 연루된 다수의 사람을 가까이 알고지내는 반면, 그 애꿎은 건물에 대해서는 할말이 아무것도 없다는 겁니다. 공교롭게도 그 사건 역시 시테 섬 지하 하수도 속 어떤 공간 안에서 벌어졌는데 말이죠! 자, 이상을 종합해보면 다음 두 가지 가능성을 추정해볼 수 있다는 게 저의 결론입니다. 첫째, 이 인물은 다소 소심한 성격이며, 혹시라도 자신이 나쁜 일에 연루될까 대단히 걱정을 하고 있습니다. 그 같은 우연의 일치로 인해 어떤 골치아픈 사태가 일어날지 생각조차 하기 싫은 것이죠. 둘째, 그는 오히려 정반대로 지금까지 제가 보아온 자들 중 가장 악독한 녀석입니다. 결국 지난 모든 사건들 사이의 연관성이 확인된 셈인데, 그 중심에 바로 토므리 그자가 버티고 있는 셈이지요……"

하지만 쥐브는 단호하게 말을 잘랐다.

"천만의 말씀!"

"네? 뭐라고 하셨나요?"

"그건 아니라고 했네."

신문기자는 태연하게 담배만 피워대고 있는 쥐브를 어리둥절한 표정으로 살폈다. 그러나 이번에는 팡도르도 나름의 확신이 있는지 고집스레 자신의 의견을 거듭 내세웠다.

"제 생각을 좀더 자세히 설명해드려야겠군요. 우선 돌롱 사건의 첫째 원인은 바로 비브레 남작부인의 자살에서 기인하는 듯합니다. 그건 필경 사랑의 상처에서 비롯된 자살인 것 같고요…… 즉 연인인 토므리 씨에게서 버림을 받은 나이든 아낙의 상처 말입니다! 토므리 씨는 소냐 다니도프한테 빠져서 적극적으로 구애를 하고 있었지요. 그러던 중 대공비가 토므리 씨가 주최하는 무도회에 참석했고, 거기서 그만 수수께끼 같은 방식으로 보석을 강탈당하고 맙니다…… 과연 누가 한 짓이었을까요? 바로 토므리 그자의 소행이죠……"

"글쎄 아니라니까!"

형사의 반박에 신문기자는 어깨를 으쓱한 뒤 이렇게 말했다.

"맙소사, 정말 완강하군요, 쥐브! 하지만 이번에는 제 의견을 수긍하게 될 겁니다. 자, 들어보세요…… 우리가 폭파사건 이후 한동안 서로 떨어져 지내다가 재회했을 때 생각나시죠? 그때 당신은 도대체 시테 섬의 밀수조직이 어떻게 그 많은 가짜 파운드화를 손쉽게 유통시키고 있는지 모르겠다며 혀를 내둘렀어요. 사업이나 금융 분야에 이렇다 할 연줄도 없는 자들이 어떤 수단으로 그런 수완을 발휘하는지 추적중이라면서 말이죠. 말하자면 저는 지금 그 해답을 찾아낸 셈입니다! 바로 툴루슈 할멈의 지하실을 포함한 건물의 실소유자 토므리 그 인간이 든든한 배후였다는 얘기지요!"

"아니야……"

여전히 흔들리지 않는 형사 앞에서 팡도르는 맥빠진 표정으로 중얼거렸다.

"그럼 당신은 어떻게 생각하는데요?"

그제야 쥐브는 마치 꿈에서 깨어난 사람처럼 천천히 이야기를 시작했다.

"이보게, 팡도르. 현재로서는 비브레 남작부인이 자살했다는 것 말고는 아무것도 정확히 알려진 것이 없다고 보아야 하네. 아울러 클로로포름 중독의 충격에서 많이 회복된 소냐 다니도프 대공비가 내달이면 토므리와 결혼할 거라는 것도 확인된 사실로 보아야겠지. 거기까지 무엇 하나 이상한 점이라곤 없네. 같은 의미에서 현재 우리가 몰두하고 있는 일련의 절도사건들은 물론이고 심지어 살인사건에 이르기까지, 어쩌면 그 무엇도 놀랍다거나 불가해하다고 엄살떨 일은 아니야!"

팡도르는 놀라움과 더불어 누구도 못 말릴 자신감 넘치는 태도로 발끈했다.

"무슨 말씀이세요! 지금 농담하십니까, 쥐브? 놀랍다거나 불가해하지 않다니, 그럴 리가요! 지금까지의 모든 사건들이 서로 밀접하게 연관되어 있는 것만 봐도…… 자크 돌롱에서부터 팡토마스까지 말입니다!"

거의 무의식적으로 튀어나온 마지막 말에 쥐브도 흔쾌히 맞장구를 쳤다.

"그렇지, 팡토마스! 바로 그렇기 때문에 오히려 놀랄 일이 아니라는 거야……"

두 남자는 한동안 아무 말 없이 서로를 마주보며 숨을 몰아쉬었다. 상황의 연속과 추리의 고리가 결국에는 또 한번 두 사람으로 하여금 몸서리치지 않고는 결코 떠올릴 수 없는 어마어마한 악당의 이름을 입으로 발설하는 지경까지 이르게 한 셈이었다. 그 이름을 기억 속에서 끄집어내는 즉시 두 사람은 언제나 그 깊이를 알 수 없는 어둑한 안개에 둘러싸여 갈피를 잡지 못했다……

쥐브는 서서히 달아오르는 흥분감 속에서 이렇게 말했다.

"팡토마스…… 도대체 그는 누구일까? 자네가 그 답을 말해줄 수 있을까? 그동안 자네나 나나 온갖 역경을 헤쳐오면서 나이

지긋한 신사인 에티엔 랑베르를 비롯해 기언이라는 영국인,* 루파르라는 거친 사내, 샬레크라고 하는 병색이 완연한 인간 등등** 숱한 사람들과 부딪쳐왔지. 그러는 가운데 어느 시점에 이르러서는 그들 하나하나에게서 제각각 팡토마스의 모습이 출몰하는 것을 발견하곤 했어. 하지만 그걸로 끝이야. 가짜 수염이든 가발이든, 그 어떤 인위적인 분장 없이 팡토마스 자신의 얼굴, 그 시커먼 복면 뒤에 감춰진 정체를 있는 그대로 확인하는 것만큼은 아직 우리에게 턱없이 먼 일이란 말일세! 놈을 쫓는 이 일이 끝없이 힘들고 위험할 수밖에 없는 이유가 바로 여기에 있지. 팡토마스는 한 번도 자기 자신으로 나선 일이 없네. 늘 다른 누구이거나, 심지어 동시에 두 사람으로 존재하기도 했어!"

일단 본론에 들어간 쥐브의 열변은 좀처럼 끝날 조짐을 보이지 않았고, 팡도르 역시 굳이 말을 자를 생각이 없는 듯했다. 대화의 흐름이 일단 팡토마스의 이름을 언급하는 단계로 넘어가자, 그 수수께끼 같은 존재의 마력에 마취되다시피 한 두 남자는 감히 다른 문제로 관심을 돌릴 엄두를 못 내고 있었다.

팡토마스의 존재를 파헤치려는 두 사람의 열띤 토론은 장시간 계속되었다.

---

* 팡토마스 시리즈 1권 『팡토마스』 참조.

** 팡토마스 시리즈 2권 『쥐브 대 팡토마스』 참조.

17
긴급 체포

쥐브와 모처럼 오랜 대화를 나눈 다음날, 신문기자 제롬 팡도르는 라페 가에서 벌어진 사건의 목격자이자 그 사건에 희생될 뻔한 엘리자베스를 구해준 사람으로서 수사판사의 소환을 받았다.

눈에 익은 여러 개의 방들이 접한 복도를 걸어들어가던 오후 네시경…… 그는 문득 몇몇 사람들과 함께 있는 엘리자베스 돌롱과 맞닥뜨렸다. 그 사람들 역시 낯설지 않은 얼굴들이었는데, 그중에는 바르베 씨와 낭퇴유 씨, 오퇴유 하숙집 여주인 부라 부인 그리고 그 집 사환인 쥘이 섞여 있었다. 모두들 한데 어우러져 뭔가를 쑥덕거리고 있다가, 제롬 팡도르를 보자마자 제일 먼저 엘리자베스 돌롱이 아는 척하며 다가왔다.

"아, 선생님! (그녀의 표정에는 살짝 나무라는 투가 배어 있었다.) 다들 얼마나 목이 빠져라 기다린 줄 아세요? 수사판사께서 벌써 신문을 마쳤는데, 그동안 두 번이나 당신이 도착했는지 물었단 말이에요!"

제롬 팡도르는 어리둥절한 얼굴로 되물었다.

"소환장에는 오늘 오후 네시로 되어 있지 않았나요?"

여자는 빙그레 웃으며 대답했다.

"당신은 네시로 되어 있었지만 우리는 좀더 일찍 불렀더라구요! 저 같은 경우는 두시 반에 도착하자마자 신문을 받았지 뭐예요."

팡도르는 처음 예심이 진행되는 동안 복도를 지키고 있지 못했던 것이 무척이나 안타까웠다. 이번에 오퇴유 사건을 맡은 수사판사는 역시 퀴즐리에 씨. 그의 집무실 앞으로 몇 걸음 다가가는 팡도르의 침울한 표정을 자기가 한 말 때문이라고 여긴 엘리자베스 돌롱은 얼른 이렇게 덧붙였다.

"따지고 보면 제 잘못이죠! 당신한테 미리 통보가 가지 않아서 그런 걸 어쩌겠어요…… 실은 어젯밤 당신이 수녀원에 전화해서 제 안부를 물었을 때 오늘 소환 일정을 알려드리려고 했는데, 막상 전화를 받으려고 하니까 글쎄……"

순간 제롬 팡도르의 눈이 휘둥그레졌다.

"지금 뭐라고 하셨습니까, 엘리자베스? 전 어젯밤에 전화한 일이 없는데요! 저한테서 전화가 왔다고 대체 누가 그러던가요?"

"그렇게 말한 사람은 아무도 없어요. 제가 그냥 당신이 전화했으려니 한 거죠. 그처럼 제게 한결같은 관심과 배려를 보여주는 사람이 당신 말고 또 누가 있겠어요……"

제롬 팡도르는 그만 입을 다물고 말았지만, 여자가 순진하게 믿어버린 그 수수께끼 같은 전화는 이미 그의 마음을 온통 뒤죽박죽 들쑤시고 있었다.

어쨌든 전날 여자의 상태를 묻는 전화가 무려 세 번에 걸쳐 왔다고 했다. 모두 다 글라시에르 가의 수녀원에 그녀가 아직 있는지를 확인하는 전화였다고 했다. 물론 상대방은 철저한 익명을 유지한 채 여자의 소재만 파악한 뒤 곧바로 전화를 끊어버리는 치밀함을 보였다.

요컨대 엘리자베스 돌롱은 평화스러운 안식처에 거하면서도 결코 안전하다고 할 수 없는 상황. 평상시 태도로 볼 때 비관주의와는 그다지 상관없는 팡도르였지만, 자신이 보호자로 자처하고 있는 가엾은 아가씨를 무시무시하고 악착같은 상대가 언제 어떻게 해칠지 모른다는 생각만 하면 등골이 오싹해지는 건 어쩔 수 없었다.

뿐만 아니라 엘리자베스 돌롱 양은 그저 불행에 빠진 일개 피해자를 넘어 그에게는 보다 따스하고 애정 어린 감정을 느끼게 해주는 여인이 아니던가!

바로 그 점을 팡도르 자신이 겉으로 내색하는 건 결코 아니지만, 그의 행동거지 하나하나에 알게 모르게 배어나오는 건 엄연한 사실이었다.

그는 엘리자베스에게 물었다.

"이제 더는 수녀원에서 지낼 수가 없게 되었는데, 혹시 어디 가서 지낼 만한 데가 있습니까?"

"일단 오늘 저녁에는 다시 거기로 돌아갈 생각이에요. 진심 어린 환대를 기대하는 건 무리겠지만요! 내일은……"

가엾은 돌롱 양이 뭔가 제스처를 취하려는데 퓌즐리에 씨의 집무실 문이 빼끔 열렸다. 이어서 수사판사의 일을 돕는 서기가 얼굴을 내밀고 무뚝뚝한 어조로 이름을 불렀다.

"제롬 팡도르 씨!"

"네, 곧 들어가겠습니다!"

얼른 대답부터 한 뒤 서둘러 여자에게 양해를 구하고는 문 앞으로 다가가는 팡도르…… 문득 멈춰 서는가 싶더니, 목소리를 낮추어 여자를 향해 이렇게 덧붙였다.

"저를 기다려주십시오, 돌롱 양! 그리고 이 점만은 꼭 명심해 주시기 바랍니다. 제가 무슨 얘기를 하든, 어떤 일이 벌어지든, 또 앞으로 우리가 함께 있든 다른 누구와 더불어 있게 되든, 당신에게 닥치는 일 앞에서 절대 놀라거나 위축되지 마십시오. 그저 당신의 안위를 위해 이 제롬 팡도르가 부지런히 움직이고 있다는 점만 굳게 믿으시라, 이겁니다…… 지금으로선 그 말밖에는 해드릴 수가 없습니다!"

여자는 할말을 잃고 우두커니 서 있을 수밖에 없었다. 제롬 팡도르가 수사판사의 집무실에 들어간 다음에도 그가 남긴 말은 계속해서 그녀의 귓가를 윙윙 맴돌았다.

한편 퓌즐리에 씨는 신문기자를 보자 반갑게 악수를 하며 말했다.

"어서 오시오, 팡도르 씨! 지금 이 자리는 신문기자가 아닌 사건 참고인이자 피해자의 생명을 구한 영웅으로서 와 계신 거올시다! 정말이지 장한 일을 하셨어요!"

"과찬이십니다, 퓌즐리에 씨. 사실은 그 사건에서 제가 한 일이 별로 없는걸요. 돌롱 양이 불러서 현장에 갔고, 어쩌다가 2층까지 올라간 것뿐입니다."

두 사람이 친구처럼 스스럼없는 대화를 나누는 사이, 내용을 알아보기 힘든 서류 작성을 이제 막 끝낸 서기가 몸을 일으키며 비음이 약간 섞인 목소리로 끼어들었다.

"판사님, 이제 제롬 팡도르 씨의 증언을 청취할까요?"

그러자 수사판사 퓌즐리에 씨는 신문기자를 바라보며 대뜸 이렇게 말했다.

"솔직히 말해 여기 와 계신 팡도르 씨는 이미 〈라 카피탈〉의 기사에 털어놓은 것 말고 달리 할 얘기가 없으실 것 같은데…… 안 그렇습니까?"

"정확히 보셨습니다, 퓌즐리에 씨."

잠시 후 작성이 끝난 팡도르의 진술서를 서기가 무미건조한 목소리로 빠르게 읽어나갔고, 팡도르는 그 무난한 내용에 확인 서명을 해주었다.

이제 작별인사를 고하고 부랴부랴 엘리자베스 돌롱 양을 만날 생각에 마음이 바쁜 팡도르…… 수사판사 퀴즐리에 씨는 그의 팔을 덥석 붙잡더니 이렇게 말했다.

"잠시만 기다려주시겠습니까? 아무래도 몇 가지 의문점을 밝히기 위해 참고인들을 상대로 두세 가지 추가 질문을 좀 해야겠는데…… 다들 아직 가지는 않은 것 같으니, 우리 어디 한번 대질신문이라는 것 좀 해볼까요?"

민완 신문기자와 친한 사이에서 어느새 엄격하기 짝이 없는 수사판사로 돌아온 퀴즐리에 씨는 참고인들을 죄다 불러들인 뒤, 매우 직업적이면서 딱딱한 말투로 보다 명확히 해둘 필요가 있다고 여긴 질문 몇 가지를 끄집어내기 시작했다.

약간 구석 쪽에 앉은 덕에 팡도르는 한자리에 모이게 된 다양한 인간들의 표정을 느긋하게 살펴볼 수 있었다.

제일 먼저 불행한 아가씨…… 현재 겪고 있는 끔찍한 시련에 놀랄 만한 용기로 맞서느라 얼굴에는 결의에 찬 표정이 남보다 월등하게 드러나 있었다. 그다음으로는 오퇴유 하숙집 여주인이 불그스름하게 상기된 얼굴로 이마에 솟는 땀방울을 연신 닦아내고 있었다. 성격 털털한 그 아주머니는 특히 이번 사건에 쏟아지고 있는 때아닌 세간의 관심이 하숙집 운영에 좋지 않은 영향을 줄까봐 노심초사 연신 애꿎은 하늘만 쳐다보는 것이었다……

그런가 하면 바로 앞에 등지고 앉은 사환의 얼굴은 전혀 볼 수가 없었다. 오로지 드세 보이는 등짝에 둥글고 큼직한 뒤통수만 떡하니 눈앞을 가린 채 피카르디 지방의 억양이 강하게 묻어나는 말투로 자신의 진술을 펴나가고 있었다. 그다지 뻔뻔하지도 않고 별로 주눅든 것 같지도 않은 그는 이를테면 잘 훈련된 하인의 전형 같은 태도였으며, 사건 당일 꼬리를 물고 벌어졌던 사태들에 관해 많은 걸 이해하는 것 같진 않았다. 마지막으로 옆에 나란히 앉은 사람들은 바르베 씨와 낭퇴유 씨였다. 희끗희끗한 턱수염이 웬만큼 나이가 들었음을 보여주는 바르베 씨는 레지옹 도뇌르 훈장 수여자로서 무척이나 진지한 사람답게 신문에 응하고 있었다. 그리고 낭퇴유 씨는 대략 삼십대 나이에 우아함과 품위, 넘치는 활력을 모두 갖춘 모습이었다. 두 사람 다 파리의 점잖은 계층에서는 가장 믿을 만하고 든든한 재정가로 잘 알려진 존재들이었다.

그나저나 바르베 씨나 낭퇴유 씨나 무슨 연유로 돌롱 양의 하숙집을 방문했던 것일까? 정말 그녀에게 뭔가 도움을 주기 위해서였을까?

수사판사의 질문에 여자가 얼굴이 빨개지면서 다소 창피해하자, 대신 낭퇴유 씨가 나서서 지극히 세련된 말투로 해명했다.

"수사판사님, 지금 돌롱 양은 군이 미묘한 사정까지 일일이 밝혀가며 얘기하길 꺼리는 게 분명합니다…… 실은 그녀가 우리에게 일종의 자선을 베풀어달라고 부탁한 적은 없었고, 우리 역시 그런 식의 지원을 해줄 생각은 해보지 않았습니다. 다만 예전에 알고지내던 사이로서 돌롱 양의 불행한 처지가 우리에게 생생한 아픔으로 다가온 건 사실이었습니다. 그러던 중 돌롱 양에게서 일자리를 하나 알아봐달라는 편지가 당도했고, 우린 자연스럽게 그녀를 도울 좋은 기회다 싶어 일단 사는 곳부터 방문해보기로 한 것입니다. 서로 자세한 얘기를 나누다보면 그녀가 할 수 있는 일이 무언지 답이 나오리라 생각한 것이죠. 그게 전부입니다. 순전히 우연의 일치였지만, 그때 돌롱 양의 집을 찾아간 것이 마침 여기 계신 팡도르 씨를 도와 그녀의 생명을 구할 수 있는 계기가 되어 지금도 얼마나 다행으로 여기고 있는지 모릅니다!"

수사판사는 이제 팡도르를 돌아보며 질문하기 시작했다.

"그래서 말인데, 팡도르 씨. 당신이 처음 돌롱 양의 방에 들어갔을 때 무슨 의심스러운 점이라도 있었는지 말씀해주실 수 있겠습니까? 당신이 쓴 기사에서는 우선 절도 행각에 이은 살해 시도로 본 것 같던데 말이죠……"

신문기자는 차분한 태도로 대답했다.

"그렇습니다. 저는 본능적으로 범인이 어떤 흔적이라도 남기지 않았나 주변을 샅샅이 훑어보았지요…… (그러면서 제롬 팡도르의 입가에 야릇한 미소가 번졌다.) 사실 저는 토므리 씨 저택에서 벌어진 사건의 결말이 어땠는지 똑똑히 기억하고 있습니다. 그 당시 건물 밖으로 나간 사람이 한 명도 없었기에 저는 어떻게든 대공비를 덮친 가해자가 초동 수사 내내 저택 안에 머물러 있을 거라는 생각을 하지 않을 수가 없더군요. 한데 가해자가 피해자의 신체에 자신의 흔적을 남긴 상태에서 맘 편하게 손님들 가운데 섞여 있다는 건 아무래도 이상한 일이었습니다. 결국 손님들에게선 그 어떤 흔적도 나오지 않았지요! 하긴 지금 이 자리가 토므리 씨 댁 사건을 신문하는 자리는 아니니, 더이상 일일이 따지고 들 건 없겠습니다만…… 아무튼 저는 왜 제가 그렇게 범인의 흔적을 찾아 이곳저곳 샅샅이 훑었는지를 여러분 앞에 강조해서 말씀드리고자 하는 것뿐입니다. 그건 다름아닌 엘리자베스 돌롱 양을 살해하려던 자가 혹시 소냐 다니도프 대공비의 목걸이를 훔친 자와 동일 인물이 아닐까 하는 생각에서 그 단서를 얻기 위함이었습니다!"

"그래, 어떤 결론이 나오던가요?"

수사판사의 질문에 대한 팡도르의 대답은 간단명료했다.

"샅샅이 훑었지만 역시 아무런 흔적도 나오질 않더군요. 결론을 내릴 수가 없었습니다……"

제롬 팡도르의 이야기를 숨죽이며 듣고 있는 다른 사람들은 특히 토므리 사건과 관련한 추론과정을 흥미롭게 받아들이고 있었다.

마침내 바르베 씨가 진지한 목소리로 끼어들었다.

"제 의견을 좀 말해볼까요…… (그와 눈길이 마주친 수사판사는 자상한 제스처로 허락했다.) 저는 아무래도 제롬 팡도르 씨의 의견에 공감하는 입장이라고 해야겠습니다. 토므리 사건과 이미 '오퇴유 사건'으로 불리기 시작한 돌롱 양 살해미수사건 사이에 긴밀한 관계가 있는지까지는 모르겠지만, 적어도 오퇴유 사건과 노르뱅 가의 끔찍한 참사 사이에는 어느 정도 연관성이 있다고 봅니다."

그러자 이번에는 낭퇴유 씨까지 나서서 말했다.

"저로 말하자면 거기서 더 나아가 우리 자신이 피해자인 카트르셉탕브르 가 절도사건도 그와 같은 일련의 의문스러운 사건들과 관계가 있다고 여기는 입장입니다!"

이 대목에서 수사판사는 의아한 표정을 지으며 은행가들에게 물었다.

"그 막대한 금전적 손실을 안긴 절도사건이야말로 두 분에게 실로 엄청난 타격이 된 사건 아닙니까?"

"그렇습니다, 한마디로 끔찍했죠…… 그로 인해 우리의 모든 자금 운용에 어마어마한 장애가 뒤따랐으니까요! 자칫하면 우리 은행의 대다수 고객들로부터 결정적으로 신용을 잃을 뻔한 사태였습니다. 물론 가장 중요한 고객 중 한 명이신 토므리 씨도 거기에 포함되고 말이죠…… 우리가 종사하는 금융업의 경우, 고객의 신용은 거의 모든 걸 의미한다는 것쯤은 다들 아실 겁니다. 그나마 보험이 손실액 대부분을 해결해준 덕분에, 정신적인 충격만 제외한다면 물질적으로는 그리 큰 손해를 보지 않은 게 얼마나 다행인지 모릅니다. 하긴……"

은행가는 손수건에 얼굴을 파묻고 흐르는 눈물을 닦아내려 애쓰고 있는 돌롱 양을 문득 돌아보더니 말을 이었다.

"……하긴, 저 가엾은 돌롱 양에게 연달아 닥친 불행에 비하면 우리가 겪은 고충이야 무슨 대수이겠습니까! 비브레 남작부인 살해사건도 그렇고……"

순간 제롬 팡도르가 불쑥 나서며 말했다.

"비브레 남작부인은 살해된 게 아니라 스스로 목숨을 끊은 것이죠. 딱히 두 분께 책임을 묻자는 건 아니지만, 그녀에게 파산 선고를 함으로써 혹독한 시련을 안겨준 것만은 두 분 모두 인정하셔야 할 겁니다!"

그러자 이번에는 바르베 씨가 여전히 그 특유의 진지함이 묻어나는 말투로 대꾸했다.

"우리 입장에서 달리 취할 행동이 있었을까요? 직업상 우리는 말을 가지고 이렇게 저렇게 장난을 칠 수는 없는 노릇입니다. 어떻게든 있는 그대로를 말하지 않으면 안 되지요. 게다가 우리는 비브레 남작부인에 관한 한 당신과는 다른 관점을 가지고 있습니다. 남작부인은 살해됐다고 확신하고 있어요!"

한편, 어쩌면 돌롱 양 주변을 맴도는 수수께끼 같은 사건들에 한줄기 빛이라도 던져줄지 모른다는 생각에 말없이 이야기를 경청하던 퓌즐리에 씨는 마침내 자신의 의견이라며 입을 열었다.

"우리 지금 순전히 비공식적인 차원에서 이야기하고 있는 것 맞죠? 다들 이 순간만큼은 수사판사의 집무실이 아닌 퓌즐리에의 집 거실에서 대화를 나눈다고 생각하시기 바랍니다. 저 역시 이제부터는 일개 개인 입장에서 노르뱅 가 사건에 관한 제 의견을 말해보고자 합니다. 우선 저는 바르베 씨와 낭퇴유 씨의 의견과 마찬가지로 비브레 남작부인은 누군가의 손에 살해되었다고 생각합니다……"

아니나 다를까, 제롬 팡도르가 곧바로 어깨를 으쓱하며 끼어들었다.

"이것 보세요, 우리 모두 제발 논리적으로 좀 생각해봅시다! 비브레 남작부인이 자살했다는 것은 부정할 수 없는 사실에 입각해서 나온 결론입니다. 즉, 그녀 자신이 직접 쓴 편지가 확고부동한 증거인 셈이죠. 물론 과학적으로 검증된 여러 자료를 토대로 볼 때 누군가의 부추김에 의해 그녀가 자살까지 감행하게 되었다는 주장도 얼마든지 가능하다는 것쯤 저 역시 모르지 않습니다. 하지만 의학 또는 심리학에 어느 정도 권위를 갖춘 전문가에게 한번 물어보십시오. 누군가가 남에게 일정한 행동을 하게끔 의지를 북돋는 것이 제아무리 가능하다 해도, 비브레 남작부인이 자살 의사를 밝히는 극단적인 편지를 그토록 단호히, 아무렇지도 않게 써내려가도록 부추기기는 힘들다는 사실을 다들 받아들이시게 될 겁니다. 요컨대 비브레 남작부인의 마지막 편지 내용에는 한 점 의혹의 여지도 없습니다! 약간은 다혈질 성격의 이 여인에게 바르베 씨와 낭퇴유 씨가 갑작스레 통보해온 불행한 소식이야말로 급격한 흥분 상태를 조장해 우울한 결정을 내리게끔 유도한 요인이라는 것이죠. 따라서 저는 비브레 남작부인의 죽음이 본인 자신의 의사로 저지른 자살 행위라고 결론짓는 겁니다!"

수사판사의 집무실에 모인 모든 사람들은 제롬 팡도르의 유난히 열띤 주장을 어안이 벙벙한 표정으로 숨죽이며 듣고 있었다.

잠시 침묵이 흐른 뒤, 모인 사람들 중에 논리적 사고력이 뛰어나고 비교적 균형감각을 갖추었다고 평가받는 낭퇴유 씨가 제롬 팡도르에게 이런 질문을 했다.

"그렇다면 선생, 비브레 남작부인이 어인 일로 자크 돌롱의 아틀리에에서 죽은 채 발견되었는지 우리에게 설명해보시겠습니까?"

그러자 퓌즐리에 씨도 점점 흥미진진하다는 표정으로 맞장구를 쳤다.

"그러게요, 한번 들어봅시다!"

팡도르는 그 정도 질문쯤은 이미 예상했다는 듯 전혀 당황하지 않고 얘기를 풀어나갔다.

"그 점에 관해서는 두 가지 가설이 있을 수 있습니다. 첫째, 제 생각에는 가장 개연성이 희박한 가설인데, 스스로 목숨을 끊겠다고 결심을 굳힌 비브레 남작부인이 지금껏 후원해온 젊은 예술가를 마지막으로 방문하고 싶어했다는 것입니다. 게다가 그 예술가는 다음 살롱전에 출품할 자신의 작품을 보여주겠다며 남작부인을 초대해놓은 상황이었고요. 여자 입장에선 아마 최후의 순간이 닥치기 전에 무사히 방문을 끝내고 돌아갈 수 있을 거라 생각했는지도 모르죠. 독약의 약효를 잘못 계산했을 수 있습니다. 자신의 시신이 노르뱅 가의 아틀리에에서 발견될 경우 그 주인에게 얼마나 큰 낭패를 초래할 것인지 모르지 않는 입장에서, 그녀는 필경 달리 어쩔 수 없는 사정하에 그곳에서 죽음을 맞게 되었을 겁니다. (제롬 팡도르는 당장이라도 반론이 튀어나올 듯한 분위기를 손짓 하나로 무마시키면서 재빨리 덧붙였다.) 물론 아까도 말씀드렸다시피 이건 개연성이 가장 희박한 가설에 불과합니다. 이제 좀더 그럴듯해 보이는 두번째 가설을 소개해드리겠습니다. 비브레 남작부인은 자신이 파산했다는 걸 알게 되자 곧바로 죽을 결심을 합니다. 한데 마침 우연한 기회에 그녀의 운명에 이해관계가 있는 제삼자가 그 결심을 알게 되지요. 여기서 과연 어떤 우연의 기회가 언제 어떻게 작용한 것인지는 지금으로선 알 수가 없습니다. 문제의 제삼자는 그녀를 설득해서 공증인 앞으로 편지를 쓰게 만듭니다. 그리고 여자가 음독하는 것을 그대로 방치하지요. 단, 죽자마자 곧장 그 시신을 수습해 자크 돌롱의 집으로 운반해갑니다. 거기서 제삼자는 강력한 마취제를 사용해 화가를 잠들게 만듭니다. 결국 다음날 이웃의 신고로 현장에 도착한 경찰은 남작부인의 싸늘하게 식은 시신과 함께 깊은 잠에 빠진 도자기 화가를 발견하게 되지요. 가까스로 정신이 든 화가는 당연히 뭐가 뭔지 설명하지 못하고, 그 결과 자신을 후원해온 유명한 미망인의 살해범으로 몰리고 마는 겁니다. 자, 여러분 생각은 어떻습니까?"

팡도르의 발언이 끝나자 퀴즐리에 씨가 기다렸다는 듯 걸고넘어졌다.

"팡도르 씨, 당신은 중요한 사실 한 가지를 빠뜨리고 있군요! 자의였건 타의였건, 비브레 남작부인은 분명 돌롱 화가의 집에서 음독한 걸로 봐야 합니다. 그 증거로 청산가리 가루가 든 약병이 그의 아틀리에에서 발견되었지요. 마개가 최근에 개봉된 것으로 보이기에 화가에게 직접 물었더니 정작 자신은 그림 그릴 때 그걸 사용하지 않은 지 오래되었다고 하더군요."

하지만 제롬 팡도르도 지지 않고 응수했다.

"수사판사님, 지금 언급하신 내용은 역으로 이렇게 뒤집어볼 수도 있는 겁니다. 만약 비브레 남작부인이 자의건 타의건 자크 돌롱의 집에 있는 청산가리로 독살을 당했다면, 자크 돌롱 자신은 당연히 그 약의 흔적부터 깨끗이 치워버리는 조치를 취했을 것입니다! 설사 치워버리지 못했더라도 경찰서장에게서 추궁을 받았을 땐 오래전부터 그 약품을 사용하지 않고 있다는 얘기는 차라리 하지 않는 게 나았을 테고요. 이렇듯 상식에 어긋나는 태도를 보인 것 자체가 바로 돌롱이 결백하다는 사실을 뒷받침해준다고 볼 수 있습니다. 결국 우리가 지금 다루고 있는 사건은 설명이 불가능하다기보다는 아직 제대로 설명되지 못하고 있을 뿐입니다!"

이번에는 바르베 씨가 끼어들었다.

"정말이지 꼼꼼하게도 챙겨서 말씀하시는군요! 특히 귀납법과 관련한 지식이 대단도 하십니다! 뭐 이건 굳이 탓하자는 말씀은 아닙니다만, 어쩐지 당신한테서는 사법적으로 엄정한 의미의 제보자보다는 신문 연재소설가 같은 분위기가 물씬 풍깁니다. 당신 의견대로 비브레 남작부인이 죽은 상태에서 돌롱 화가의 집까지 운반되었다고 칩시다. 도대체 범인들은 그렇게 함으로써 무슨 이득을 노렸다고 보시는지요?"

갈수록 열이 오르는지 제롬 팡도르는 자리에서 벌떡 일어나 수사판사의 집무실을 이리저리 서성대기 시작했다. 치밀어오르는 흥분으로 온몸이 부들부들 떨리고, 눈에는 불길이 이글거렸다. 속이 펄펄 끓는 지금의 팡도르에게서 지인들이 익히 아는 침착한 신문기자의 면모는 더이상 찾아볼 수 없었다. 자신이 진짜 변호사라도 된 듯 열변을 토하다보니 제롬 팡도르는 마치 감전이라도 된 듯했다.

그는 다시 입을 열고 떨리는 목소리로 토해냈다.

"그 질문이 나올 줄 알았습니다! 그에 대한 답변은 간단하기 짝이 없지요! 미지의 악당이 비브레 남작부인의 시신을 왜 돌롱 화가의 집에 갖다놓았느냐고요? 그 정도 설명이야 누워서 식은 죽 먹기랍니다. 우선 그렇게 함으로써 자신들의 알리바이가 만들어지기 때문이지요. 아울러 무고한 자에게 혐의를 뒤집어씌우기 위함입니다. 아시다시피 놈들의 그런 전략은 보기 좋게 성공했고 말이죠! 범행을 발견한 지 두 시간이 채 못 되어서 경찰이 한 일이라곤 여기 이 가엾은 돌롱 양의 동생을 체포한 것뿐이니까요……"

제롬 팡도르는 활달한 제스처를 동원해 사람들 앞에서 엘리자베스 돌롱 양을 보란 듯 가리켰다. 그녀는 이제 자신의 고통스러운 마음을 굳이 감추려고도, 쏟아지는 눈물을 참으려고도 하지 않은 채 목놓아 펑펑 울고 있었다.

신문기자는 신성한 영감에라도 휩싸인 듯 보였다. 그의 거침없는 웅변은 결국 사람들의 마음을 압도했고, 너 나 할 것 없이 주뼛주뼛하는 가운데 자세를 고쳐 앉게 만들고 있었다.

잠시 뜸을 들인 뒤 하염없이 눈물을 흘리고 앉아 있는 여자 곁으로 다가가 말을 거는 팡도르…… 권위 넘치는 강력한 어조로 일관하던 지금까지의 목소리와는 전혀 딴판인 부드러운 음성이었다.

“돌롱 양, 이제는 모든 걸 우리에게 털어놓아야 합니다. 지금 당신은 수사판사와 적들 앞에 나와 있는 게 아닙니다. 당신이 잘 되기만을 바라는 친구들과 함께 있는 거예요…… 당신의 그 마음, 저는 이해합니다. 불쌍한 동생에게 당신이 얼마나 물불 안 가리는 애착을 갖고 있는지 잘 알아요. 자, 이제는 당신 자신을 독하게 추슬러야 합니다. 무작정 흔들리고만 있으면 안 돼요. 늘 그래왔듯이 의연하고 정직한 여인으로 남아 있어야만 합니다. 이제 그만 우리에게 진실을 밝혀주세요!”

팡도르는 잠시 말을 끊더니, 도대체 진지하게 얘기를 하는 것인지 연극을 하는 것인지 알 수 없는 묘한 미소를 띤 채, 특별히 수사판사를 염두에 둔 듯한 어조로 이렇게 말했다.

“지금까지 저는 기사를 쓰면서 자크 돌롱이 사망했다는 주장을 펴왔습니다. 아니, 확실하게 증명했다고 생각했습니다! (이 대목에서 그의 목소리는 다시금 권위적으로 변하면서 여자 쪽을 겨냥했다.) 그런데 최근 일어난 일련의 사건들로 인해 저의 그런 입장이 다소 수그러들어야 하는 것 아닌가 하는 회의마저 드는 요즘입니다. 경찰청 구치소에서 일어난 사태 이후 계속적으로 발생하는 범죄사건들 속에서 사법당국은 마치 우리 모두를 비웃는 듯 뚜렷하게 남아 있는 자크 돌롱의 흔적을 확인하고 있습니다. 물론 저는 그런 사실을 애써 외면하면서 그 신빙성 자체를 줄곧 부정하기 일쑤였습니다. 돌롱 양, 그런 와중에 저는 당신이 한 가지 엄청난 사실을 우리에게 미처 말하지 않았다는 것을 알게 되었습니다. 다름아닌 그날 오후 두시에서 세시 사이, 당신이 머물고 있는 오퇴유의 하숙집에서 동생의 방문을 받았다는 사실…… 소냐 다니도프 대공비 절도사건과 카트르셉탕브르가 절도사건의 용의자이자, 이런 섬뜩한 표현을 쓸 수밖에 없어서 유감입니다만, 친족살해까지 범하려다 미수에 그친 바로 그 자크 돌롱이 직접 찾아온 일 말입니다!"

여자는 신문기자의 입에서 나오는 처음 몇 마디를 듣자마자 의자에서 벌떡 일어나 부들부들 떨고 있었다. 제롬 팡도르는 자신을 노려보는 여자의 시선을 피하지 않고 똑바로 마주보았다. 두 사람 다 자신을 통제하려는 악착같은 노력이 이글거리는 눈빛에서 느껴지고 있었다.

누구든 그렇게 서로를 응시하고 있는 두 사람을 침착하게 관찰했다면, 남자 쪽은 뭔가를 간청하고 있고, 여자 쪽은 놀라고 당혹스러워하고 있다는 인상을 지우지 못했을 것이다.

한편 신문기자의 당돌하기 그지없는 주장들에 비교적 익숙한 퀴즐리에 씨조차 이 정도까지 대범한 발언은 전혀 예상하지 못한 듯했다. 갑자기 제롬 팡도르가 냉혹한 고발자로 돌변하면서 엘리자베스 돌롱의 정체를 일거에 까발린 형국이 아닌가 말이다!

수사판사는 어느 정도 심증이 갔지만 지극히 침착한 태도를 견지하며 말했다.

"팡도르 씨, 당신은 방금 그냥 흘려듣기에는 너무도 중대한 발언을 했습니다. 이제 좀더 명확하게, 적극적으로 사실을 밝혀주셔야 할 때입니다!"

여전히 할말을 잃은 얼굴로 자신을 바라보는 여자에게서 시선을 거둔 제롬 팡도르, 기다렸다는 듯 말을 이었다.

"수사판사님, 제가 방금 얘기한 사실의 증거를 원하시면 지금이라도 엘리자베스 돌롱 양의 침실을 수색해보시면 될 겁니다. 그 이상은 이 자리에서 굳이 말하고 싶지 않습니다. 다만 그 전에 알려드려야 할 것은……"

"잠깐만요, 가택수색이라면 내일 아침이 밝기 전에는 불가능합니다!"

수사판사는 사법관다운 태도로 적절하게 말을 끊고는, 이 심상치 않은 분위기를 멍하니 바라만 보고 있는 하숙집 주인과 사환 그리고 두 은행가를 돌아보며 덧붙였다.

"여러분, 이만 물러가셔도 되겠습니다. (특별히 하숙집 주인 부라 부인을 향해) 부인, 사법당국에서 허락이 떨어질 때까지 당분간 돌롱 양의 방은 물론 하숙집 전체에 사람을 들이지 말아주십시오. 이제 다들 복도로 나가 기다려주시기 바랍니다."

그렇게 불필요한 인원을 바깥으로 내몬 뒤, 수사판사는 제롬 팡도르에게로 돌아와 똑바로 마주보며 말했다.

"자, 아까 알려주겠다고 한 말씀을 해보시지요……"

"그곳을 가택수색 할 때 말입니다…… 서랍장을 뒤져보면 속옷 더미 아래에서 삼베 손수건으로 싸둔 비누 덩이를 찾을 수 있을 겁니다. 그걸 곧장 인체 측정실로 넘기십시오. 그러면 베르티용 씨가 약간의 검사를 거쳐 거기 자크 돌롱의 지문이 찍혀 있다는 걸 확인해줄 겁니다!"

한마디로 충격 그 자체였다! 제법 긴 시간 동안 두 사람은 아무 말도 하지 않고 서로를 바라보기만 했다.

이윽고 퓌즐리에 씨는 미리 준비된 문서에 몇 자 끼적인 다음 호출 벨을 눌렀다.

제복 차림의 경찰관 두 명이 대령하자 퓌즐리에 씨는 잠시 대기하라는 손짓을 한 뒤, 엘리자베스 돌롱 앞으로 다가가 이렇게 물었다.

"돌롱 양, 방금 제롬 팡도르 씨가 진술한 내용에서 반박하고 싶은 부분이 있습니까? 당신 동생의 방문을 받았다는 것이 사실인지 아닌지 말해주실 수 있나요?"

엘리자베스 돌롱은 격렬한 흥분 상태에서 목까지 메는지, 무슨 말을 하려 해도 목소리가 제대로 나오지 않았다. 그러다 간신히 쥐어짜듯 중얼중얼 토해낸다는 게 수사판사의 질문엔 아랑곳하지 않은 이런 말이었다.

"세상에…… 아, 당신들은 모두 미쳤어요……"

더이상의 얘기 없이 여자가 입을 다물자, 퓌즐리에 씨는 보다 엄격해진 태도로 이렇게 말했다.

"돌롱 양, 앞으로 더 많은 조사 결과가 나올 때까지, 당신을 지금 이 자리에서 긴급 체포할 수밖에 없게 되었습니다! (대기중인 경찰관들을 향해) 어서 피의자를 데려가시오!"

경찰관 두 명이 양쪽으로 붙으며 갑작스레 두 팔을 붙잡자, 엘리자베스 돌롱은 잠깐 몸부림을 쳤다. 만약 제롬 팡도르의 굳건하면서도 애정 넘치는 시선과 맞닥뜨리지 않았다면 당장이라도 울부짖으며 난리를 피웠을 터였다.

마침내 여자는 의지라고는 털끝만치도 없는 사람처럼 축 늘어지며 몸을 맡겼다. 이젠 그 어떤 믿음도 없다는 말인가? 보호해주겠다고 호언장담하던 사내의 돌변한 태도를 비록 이해는 못할지언정, 어떤 일에도 절대 놀라지 말라던, 무조건 의연하게 버텨내라던 모종의 언질을 그녀는 정녕 받아들이지 못했단 말인가?

18
대형 트렁크 속에서

퓌즐리에 씨와 헤어진 후 제롬 팡도르는 곧장 대로로 달려나가, 이 날벼락 같은 사태에 아직도 두근거리는 가슴을 달래려 애쓰고 있는 부라 부인을 따라잡았다.

그녀는 사환 먼저 집으로 보낸 다음, 자신은 혼자 버스를 잡아탈 참이었다. 제롬 팡도르는 대뜸 에스코트해주겠다며 말을 붙였다. 나이든 아주머니로서 굳이 마다할 이유가 없는 제안이었다. 오히려 젊은 신문기자와 이야기를 나눌 수 있는 것이 그저 달가울 뿐이었다. 어쩌다보니 휘말리게 된 이 별난 사건에 대해 좀더 자세히 파악하고 싶은 욕구가 새삼 고개를 들기도 했다.

하지만 오퇴유에 거의 다다를 때까지도 하숙집 여주인이 제대로 알게 된 것은 무엇 하나 없었다. 질문을 해봤자 신문기자가 슬그머니 초점을 흐리는 대답으로 일관했던 것이다.

한 가지 소득이라면 제롬 팡도르라는 사내를 세상 보기 드물게 사랑스러운 젊은이로 보기 시작했다는 점! 이제 그녀는 젊은이가 옹호하려는 듯 보이는 입장은 무조건 지지해줄 마음의 준비가 되어 있었다.

부라 부인은 굳이 자신이 거하는 사저까지 제롬 팡도르를 초대했고, 사환인 쥘과 요리사 마리안이 모두 자기 방으로 돌아간 뒤에야 손님을 현관 앞까지 배웅해주며 작별인사를 나누었다.

때는 밤 아홉시. 캄캄한 밤하늘이 신비로운 어둠의 망토를 드리우는 시각……

"길은 찾아갈 수 있겠어요? 대문 밖으로 나간 다음 철책문을 힘껏 당겨서 닫는 것 잊지 마세요. 그렇게 해야 바깥에서 열 수 없을 정도로 단단히 문이 닫히거든요."

제롬 팡도르는 부인과 악수를 하면서 반드시 그렇게 하겠다고 안심시켰다. 자갈을 밟으며 멀어져가는 신문기자의 발소리…… 어느 순간 철책문 닫히는 소리가 요란하게 울렸고, 그뒤로도 얼마간 적막이 흐르고 나서야 부라 부인은 손님이 무사히 떠났다고 확신했다. 하지만 상황은 전혀 그렇지가 않았다!

철책문을 요란하게 닫은 건 사실이지만, 제롬 팡도르는 바깥이 아닌 문 안쪽에 여전히 머물러 있었던 것이다.

한동안 그는 꼼짝 않고 서 있었다. 부라 부인이 집안으로 들어가 블라인드를 내리고 불을 끄는 것까지 확인한 다음에야 그는 두 손을 비비며 중얼거렸다.

"이제 슬슬 시작해볼까……"

제롬 팡도르는 담장을 따라 발끝걸음으로 하숙집 발치까지 다다랐다. 하늘도 도우려는 건지, 사람은 아무도 없는 것 같았다.

2층 엘리자베스 돌롱의 방 창문은 한눈에 봐도 살짝 열린 채 방치되어 있었다.

'아무래도 오늘 운수가 괜찮은 모양이군…… 모든 것이 내게 유리한 방향으로 진행되고 있어!'

그렇게 속으로 중얼거리면서 젊은 신문기자는 엘리자베스 돌롱의 방으로 기어올라갔다. 평소에 워낙 스포츠를 즐기는 터라, 팔다리 근육을 효율적으로 움직여 신속하게 창문까지 도달하는 일은 결코 어렵지 않았다. 창틀을 붙잡고 단단히 매달린 다음, 그는 마치 체조 선수처럼 반동을 이용해 훌쩍 방안으로 뛰어들었다.

사실 창틀을 기어오를 때만 해도 불을 켜야 하는 것 아닌가 싶었다. 처음 방에 들어섰을 때 보았던 가구 배치 등 기억이 아주 없는 것은 아니었지만, 캄캄한 밤이라 사방을 자세히 분간하려면 불을 켜야 할 거라는 생각이었다. 한데 문득 어둠을 뚫고 들이치는 달빛 덕분에 그런 생각은 한낱 기우가 되어버리고 말았다.

방 한가운데에 철제 침대가 있었고, 거울 달린 옷장이 문이 잠긴 채 한쪽 구석을 차지하고 있었다. 칸막이용 병풍 뒤에는 화장대가 있었고, 루이 15세풍 책상 하나와 의자 두 개, 안락의자가 하나 놓여 있었다.

이상의 가구 목록을 빠르게 눈으로 훑은 제롬 팡도르는 턱을 쓰다듬으며 중얼거렸다.

"음, 상황이 복잡해지는군…… 조만간 이곳에 들이닥칠 자들은 자기들이 노출되는 것은 물론 나와 맞닥뜨리는 걸 극도로 꺼려할 텐데…… 필경 내일 아침 수사판사가 이곳을 수색하리라는 것까지 알고 있을 테고…… 놈들이 어떻게 아느냐고? 그야 간단하지! 살인을 시도한 주범이든, 그 공범 중 틀림없이 누구 하나는 오늘 오후 퓌즐리에 씨 집무실에 참고인 자격으로 나와 있었거든. 글쎄…… 그게 누굴까? 설마 서글서글한 하숙집 주인? 아니면 그 통통한 멍청이 쥘? 언뜻 보기에는 순 바보 같기만 한데, 혹시 모르지, 엉큼한 속내를 감추고 있는지도…… 어쩌면 그 진지하신 바르베 씨나 우아한 신사 낭퇴유 씨가 불쑥 들이닥칠지도 몰라! 하긴 좀 터무니없는 가정이긴 해. 뭐로 보나 그 두 사람이 이번 사건과 관련 있다면 그건 가해자가 아닌 피해자 입장에서일 테니까…… 그러고 보면 나 이전에 누가 이미 여길 들렀을지도 모르지……"

거기까지 생각이 미친 팡도르는 즉시 서랍장을 열어 이틀 전 감춰두었던 문제의 비누 덩이가 무사한지 확인해보았다. 비누는 손댄 흔적 하나 없이 그대로였고, 비로소 신문기자는 안도의 한숨을 내쉬었다.

"좋았어! 내가 제때 오긴 온 거야. 이제 슬슬 누가 얼굴을 들이미는지 지켜보는 일만 남았는데 말이야…… 대체 누굴까?"

젊은이는 지금까지 추적하며 허탕만 쳐온 미지의 대상을 막연하게 짚어보면서 깊은 생각에 빠져들기 시작했다……

얼마나 지났을까, 흡사 어떤 예감처럼 집요하게 떠오르는 사람이 하나 있었으니, 다름아닌 제당업자 토므리였다! 은발의 머리칼과 불그스레한 혈색, 밝게 빛나는 파란 눈동자, 양키처럼 생긴 인상에 단단한 상체가 손에 잡힐 듯 보이는 것이었다.

"토므리! (하마터면 소리를 내지를 뻔했다.) 아무래도 그자가 문제일 것 같단 말이거든…… 하지만 속단은 금물이지. 일단 적당한 곳에 숨는 게 먼저야."

제롬 팡도르는 우선 침대부터 살펴보았다. 그 아래 들어가 자리를 잡는 건 아무래도 신중하지 못한 선택 같았다. 누구라도 조금만 주의를 기울이면 침대 밑에 무엇이 있는지 금세 눈치챌 게 뻔했다. 칸막이용 병풍도 사정은 마찬가지였다.

이러다가 복도 어디쯤이나 옆방에라도 숨어들어야 하나 고민하고 있는데, 문득 엘리자베스 돌롱의 대형 트렁크가 눈에 들어왔다. 여자들이 으레 하나씩 가지고 있는 물건으로, 웬만한 남자 한 명쯤은 수월하게 들어갈 수 있는 크기였다. 팡도르는 그것이 충분한 은신처가 될 수 있다는 것을 단박에 알아차렸다.

'히야, 이것 참 재미있겠는걸! 저 안에 틀어박혀 있다가 나중에 엘리자베스 돌롱의 물건들을 뒤지러 들이닥친 놈들과 맞닥뜨린다면…… 녀석들 아마 기절초풍하겠지! 나의 이 호감 가는 얼굴 바로 옆에 조금은 험상궂은 내 권총 구멍이 떡하니 버티고 있을 테니 말이야! 자, 어디 이 한몸 들어가 있을 만한지 볼까……'

그렇게 속으로 중얼거리며 팡도르는 트렁크 뚜껑을 열었다. 위아래 두 칸으로 나뉜 트렁크의 첫째 칸에는 이런저런 옷감들과 함께 사망한 화가의 것이 틀림없는 온갖 서류와 책 들, 잡동사니가 가득 채워져 있었다. 화가의 누나가 노르뱅 가를 황급히 떠나올 때 뒤죽박죽 챙겨온 티가 역력했다. 첫째 칸을 들어내자 드디어 텅 빈 공간이 드러났다.

'옳거니! 여기 숨으면 되겠군!'

제롬 팡도르는 속으로 쾌재를 부른 뒤, 그 안으로 들어갔다. 자세도 그럭저럭 편안한 것이, 장시간 숨어 있기 안성맞춤이었다. 일단 첫째 칸을 원위치시킨 뒤 이리저리 몸을 뒤치자 열려 있던 뚜껑이 저절로 쿵 하며 닫혔다.

그러나…… 얼마나 지났을까. 시간이 흐를수록 신문기자의 마음 한구석이 초조해지는 것은 어쩔 수 없었다.

방에 냄새가 퍼질까봐 감히 담배를 피울 수도 없는 상황. 팡도르는 확실히 처음보다 위축된 상태였고, 공연히 혼자 고생하며 이렇게 밤을 지새워야 하는 것 아닌가 하는 회의가 스멀스멀 가슴 한편을 비집고 들어왔다. 그때였다, 저 바깥 철책문의 초인종이 요란하게 울리기 시작한 것은……

제롬 팡도르는 이 늦은 시각 도대체 누가 그런 식으로 소란을 피우는지 알아보기 위해 얼른 자세를 추슬렀다. 초인종 소리에 화답해 다급한 발소리와 사람들 목소리가 얼마간 이어지더니, 다시 적막이 자리잡았다. 그리고 얼마 안 있어 몇몇 사람들이 집 안으로 들어서며 만들어내는 소음이 트렁크 안까지 고스란히 전해졌다. 두방망이질하는 가슴을 달래며 집요하게 귀를 기울이자, 그중 하나의 목소리가 또렷이 들려왔다.

"세상에, 이 시각에 사람을 이렇게 들쑤시다니! 낮에 그렇게 시달리게 했으면 됐지, 뭐가 또 부족하다고…… 정말이지 지긋지긋해 죽겠어. 도무지 가만 놔두지를 않는군!"

'음, 저건 부라 부인 목소리인데……'

그렇게 속으로 중얼거리며 팡도르는 계속해서 이어지는 목소리에 귀를 기울였다.

"부인, 법은 어디까지나 법입니다. 우린 그저 묵묵히 법을 집행할 따름이지요. 수사판사께서 경찰서장인 제게 압수수색을 명하셨으므로 그에 따를 수밖에 없습니다. 그러니 이제 저희를 범행 현장으로 안내해주시기 바랍니다."

팡도르는 다시 속으로 중얼거렸다.

'대체 이건 또 무슨 소리지? 웬 난데없는 경찰서장? 갈수록 태산이로군! 내가 여기 이러고 있다는 걸 알면 인상깨나 구겨지겠는걸! 그나저나 어떻게 설명한다? 아무튼 두고 보자구……'

이윽고 계단 오르는 소리와 함께 투박한 목소리가 들려왔다.

"이쪽으로 오십시오. 아가씨가 사용하던 방은 저기 복도 끝입니다."

'음, 저건 분명 그 머저리 줼이야…… 한데 좀 이상하군…… 아까 낮에 수사판사 집무실에서 들었을 때하고는 달리 무척 당당하고 힘찬 목소리야!'

순간 제롬 팡도르는 트렁크가 자칫 요동을 칠 만큼 움찔했다.

'가만있자…… 왠지 나만 바보 된 기분인걸! 지금 이 시각에 가택수색을 하겠다며 들이닥칠 경찰서장이 세상에 어디 있단 말인가! 그렇다면…… 대체 이게 다 어찌 돌아가고 있는 거지? 혹시 놈들이 나타난 것 아닐까? 이거야 알다가도 모르겠군……'

정체를 알 수 없는 사람들이 방안에 들어서면서 갑자기 주위가 환해졌다. 그들 중 누군가가 전등 스위치를 켠 것이다.

버드나무 가지가 엮인 사이사이로 숨을 쉬는 데는 전혀 불편함이 없었지만, 그렇다고 트렁크 바깥의 동향을 자세히 파악하기에는 아무래도 무리가 있었다. 팡도르는 그저 귀를 기울이는 것에 만족할 수밖에 없었다.

이번에는 낯선 손님들을 이끌고 들어온 부라 부인의 목소리가 선명했다.

"신문기자인 팡도르 씨가 아가씨를 발견한 곳이 바로 여깁니다. 저기 가스스토브가 보이죠? 보시다시피 사건이 벌어진 이후 아직 가스관을 제대로 맞춰놓지 못하고 있습니다. 하지만 밸브와 계량기를 잠가놓았으니 위험하진 않아요……"

경찰서장 행세를 하고 있는 자는 필경 목소리도 꾸며낸 것일 터…… 팡도르도 처음 듣는 그 목소리의 주인공은 하숙집 여주인의 말에 되도록 짤막짤막하게 응수하고 있었다. 또다른 사람 역시 말이 없기는 마찬가지였는데, 일부 억양으로 미루어 왠지 오랫동안 머릿속에 그려오던 바로 그 사람의 목소리 같다는 생각이 들었다.

'혹시 토므리? 토므리가 나타나신 건가?'

그러나 신문기자는 토므리를 보기만 했지 그의 목소리까지 익히 알고 있는 것은 아니었다. 무도회장에서 한두 마디 얘기하는 것을 얼추 들었을 뿐, 그마저도 특별히 주의깊게 들어두지는 않았던 것이다. 따라서 목소리에서 뭔가가 느껴졌다 해도 지금 언뜻 스치는 육감이 확신으로 굳어지기에는 터무니없이 모자란 상황이었다. 그럼에도 불구하고 제롬 팡도르는 온갖 존경을 독차지하고 있는 파리의 내로라하는 명사께서 당장 손만 뻗으면 닿을 만한 곳에 도둑놈, 아니, 살인마의 심보로 잔뜩 무장한 채 와 있다는 생각을 쉽게 떨쳐버릴 수 없었다……

무엇보다 경찰서장을 사칭하는 걸로만 봐도 악당 패거리가 분명할 터!

애당초 세워놓은 전략에 슬슬 자신감이 붙으면서 제롬 팡도르는 당장이라도 트렁크를 박차고 뛰쳐나가 현장을 제압할 생각에 몸이 근질거렸다. 저 딱한 여주인은 놈들과 한패가 아님이 분명하니, 그녀를 멋지게 구하는 광경이 머릿속에 절로 떠오르기도 했다. 그러던 중, 경찰서장을 자처하는 자의 목소리가 또다시 들려왔다.

"부라 부인, 혹시 쓸 만한 종이 있으면 좀 부탁합니다. 보고서를 작성해야겠는데요……"

"알겠습니다. 잠시만 기다리세요."

부라 부인은 즉시 일행을 남겨두고 아래층으로 내려갔다.

수상쩍은 사내들끼리 얘기를 나누는 데 방해가 될 사람이라 멀리 쫓아보낸 것이 분명했다.

아니나 다를까, 부라 부인이 방을 나가자마자 한껏 낮아진 목소리들이 긴박하게 쑥덕이기 시작했다. 쥘이 그들과 한패인 건 이제 명확해졌다!

가짜 경찰서장이 위압적인 말투로 쥘에게 물었다.

"별고 없었나? 오늘 저녁 누구 온 사람은?"

비굴할 만큼 다소곳해진 사환의 대답이 이어졌다.

"신문기자가 여주인과 함께 왔다가 아홉시쯤 간 것 말고는 없습니다."

"알프레드 소식은?"

가짜 서장이 다시 묻자, 이번에는 또다른 목소리가 대답했다.

"여전히 경찰청 구치소에 구금되어 있습니다. 이미 결정난 일인걸요!"

"자, 그럼 시작하지!"

가짜 경찰서장의 명령이 떨어지기가 무섭게 제롬 팡도르는 드디어 결정적인 순간이 닥쳤음을 직감했다. 트렁크 뚜껑이 열리는가 싶더니, 첫째 칸의 잡동사니들을 휘젓는 손길이 머리 바로 위에서 느껴지는 것이었다.

잠시 후, 쥘을 향해 묻는 목소리가 들려왔다.

"아무것도 못 찾았나?"

"저기요…… 열심히는 찾아보았는데 제가 워낙 까막눈이라 좀 힘드네요……"

"이런 멍청이!"

가짜 경찰서장이 으르렁대는 소리에 팡도르는 속으로 중얼거렸다.

'오호라, 저 친구 제법 맘에 드는걸! 멍텅구리 쥘에 대해 나와 똑같은 생각을 가지고 있으니 말이야…… 이놈들, 어디 첫째 칸만 들어올려봐라. 느닷없이 솟구쳐 간단히 제압해줄 테니……'

각오를 다지면서 권총을 잔뜩 그러쥐고 있는 제롬 팡도르……

문득 계단을 올라오는 부라 부인의 느긋한 발소리와 함께 놈들 중 한 명의 다급한 목소리가 들렸다.

"제기랄, 여기서 죄다 살펴보는 건 무리겠어!"

그러고는 신경질적으로 트렁크 뚜껑을 도로 닫아버리는 것이었다.

그와 거의 동시에 방안에 들어선 부라 부인의 목소리가 들려왔다.

"여기 종이하고 잉크 가져왔어요."

이에 대한 가짜 경찰서장의 대꾸는 트렁크 안에 웅크리고 있는 제롬 팡도르의 입장에선 그야말로 청천벽력과도 같았다.

"부인, 아무래도 시간이 별로 없군요. 지금 여기서 자세한 수색을 진행하기엔 인원도 장비도 부족합니다. 게다가 방에 특별히 의심스러운 점도 없는 것 같고…… 다만 여기 이 트렁크에는 아주 중요한 자료들이 들어 있는 것 같군요. 이걸 경찰서로 가져가야겠습니다!"

부라 부인은 대뜸 이렇게 대답했다.

"그건 좋으실 대로 하세요. 저는 그저 이번 일로 더이상 귀찮아지는 일만 없기를 바랄 뿐입니다."

트렁크 뚜껑 양쪽으로 철커덕하고 열쇠 채워지는 소리가 들리자, 팡도르는 이제 영락없이 갇힌 신세가 되었다는 생각에 가슴이 철렁했다! 웬만한 일에는 눈 하나 꿈쩍 않는 젊은이였지만,

지금만큼은 가슴이 후끈거리면서 이마에는 식은땀까지 송골송골 맺히는 것이었다.

'빌어먹을…… 신세 한번 더럽게 꼬였군! 순식간에 옴짝달싹 못하게 생겼으니…… 놈들이 만에 하나 내 존재를 눈치챘다면 이대로 물속에 처넣을지도 모르는데…… 아, 이젠 예심도 물 건너갔고…… 〈라 카피탈〉과도 영영 이별이야……'

두 사람이 양쪽에서 들어올리느라 기우뚱 흔들리는 트렁크 속에서 제롬 팡도르는 가급적 균형을 유지하느라 애쓰고 있었다. 한데 그 와중에도 내심 안도의 한숨이 새어나오는 것은 어쩔 수 없었으니……

'그나마 놈들이 서랍장을 뒤지지 않은 걸 보면 내 정보가 퀴즐리에한테만 건네진 게 확실해! 비누 덩이는 무사한 거야!'

19
범인인가, 희생자인가?

시간이 흐를수록 트렁크 속에 처박혀 있는 제롬 팡도르는 부글부글 속이 끓고 있었다. 어처구니없이 갇혀버린 것에 화가 났고, 앞으로 닥칠 일들을 생각하느라 초조했다.

누군지 모를 사람들이 무거운 트렁크를 낑낑대며 라페 가 보도까지 운반해갔을 즈음, 제롬 팡도르는 결단을 내렸다. 즉 결과가 어떻게 나든 닥치는 대로 소리지르고 난동을 부려, 혹시라도 지나치는 행인이 있으면 일대 혼란을 야기해 그 틈에 트렁크 밖으로 탈출하겠다는 것!

게다가 젊은이에게는 희망의 불빛이 아직 남아 있었다. 다름 아닌 부라 부인이 대문 앞까지 놈들을 동행하고 있다는 사실. 옆에서 두 눈 똑바로 뜨고 지켜보는 제삼자가 있는 마당에, 만약 팡도르가 불쑥 모습을 드러낸다면 놈들로선 그만큼 대응하기가 곤란할 터였다.

신문기자는 금방이라도 자신의 생각을 행동에 옮길 태세였다. 한데 문득 말소리가 트렁크 안으로 새어들었고, 팡도르는 순간 멈칫하며 또다시 귀를 기울였다.

"부라 부인, 짐이 너무 거해서 아무래도 택시를 이용해야겠습니다. 어디서 잡을 수 있을까요?"

"아이고, 이를 어쩌나…… 지금 시각엔 근처에 돌아다니는 택시가 없을 텐데…… 괜찮다면 쥘이 오퇴유 역까지 가서 잡아 오면 어떨까요?"

"그게 좋겠군요. 자, 어서 서둘러주십시오!"

제롬 팡도르는 계속해서 귀를 세우고 있었지만, 놈들은 원래 말수가 적은 타입인 듯했다. 반드시 필요한 경우 외에는 당최 말을 하지 않으려는 것 같았다. 바깥 소리가 새어드는 것엔 문제가 없는 반면 밖을 내다보는 것은 여전히 불가능한 트렁크 안에서는 답답할 수밖에 없는 노릇이었다.

잠시 후, 쥘이 택시를 타고 도착했다.

운전기사의 거친 목소리가 들렸다.

"멀리 가십니까?"

"경찰청으로 갑시다!"

가짜 경찰서장의 대답을 들으면서도 제롬 팡도르는 도무지 그 진위를 판별하기가 어려웠다.

마침내 트렁크와 함께 정체불명의 두 사내를 태운 택시는 부라 부인과 사환 쥘을 라페 가의 하숙집 건물 앞에 남겨둔 채 멀어져갔다.

신문기자는 점점 불어나는 호기심 때문에 자신이 처한 위험을 생각할 겨를이 없었다. 귀로 흘러들어오는 단편적인 대화에 더더욱 청각을 곤두세울 뿐이었다. 아니나 다를까, 어느 정도는 예상했던 일이지만 둘 중 한 놈이 경찰청과는 다른 주소를 얼른 운전기사에게 귀띔해주고 있었다. 하지만 엔진 소리 때문에 그게 어딘지는 제대로 알아들을 수가 없었다.

이십오 분쯤 달렸을까. 갑자기 차가 멈췄다. 두 사람이 트렁크를 보도 위에 내리고 운임을 지불하자 택시는 곧장 다시 멀어져갔다.

'드디어 다 온 모양이군. 이제 어떡한다?'

팡도르가 그런 생각을 하는 사이 초인종인 듯한 벨소리가 울렸다. 문이 열리자 두 사내는 양쪽에서 트렁크를 들었는데, 그 무게 때문에 누가 먼저랄 것 없이 잇새로 푸념을 뱉어내기 시작했다. 대문을 통과하면서는 또 모르는 이름 하나를 내뱉었는데, 도무지 알아들을 수가 없었다. 잠시 후, 승강기를 통해 힘겹게 올라가다가 두 번에 걸쳐 멈춰 서는 것이 느껴졌다.

'음, 3층인 모양이군! 그래도 강바닥이 아니라 천만다행이

지……'

열쇠 돌아가는 소리가 들렸고 이어서 트렁크를 재빨리 밀어 넣더니 곧장 문 닫히는 소리가 들렸다. 이제 제롬 팡도르는 악당 두 명의 처분에 내맡겨진 처지나 다름없었다!

주위가 캄캄한 걸로 미루어 창가에는 모조리 덧창이 닫혀 있는 게 분명했고, 바닥을 디디는 구두 소리는 양탄자가 깔려 있지 않다는 걸 말해주었다. 방안에서 소리가 울리는 것은 가구가 얼마 없다는 것, 벽지가 발라져 있지 않다는 사실을 짐작게 했다.

갑자기 트렁크가 삐걱대면서 뚜껑에 가해지는 힘이 느껴졌다. 팡도르는 누가 이 아늑한 감옥을 개방하려 한다는 걸 직감하고 곧바로 방어자세를 취했다. 하지만 잠시 생각해보고는 그게 아님을 금세 깨달았다. 두 사내는 그저 좀 쉬기 위해 트렁크 위에 걸터앉았던 것이다. 그러고는 본격적인 대화가 이어졌다.

그런데 아뿔싸…… 제롬 팡도르의 입에선 자기도 모르게 얄궂은 탄식이 새어나왔다. 이번만큼은 선명하게 들리는 데 문제가 없었지만, 두 사내끼리의 대화는 전적으로 독일어로만 진행되는 것이었다……

어림잡아 한 시간쯤 지났을까. 가짜 경찰서장과 그 부하가 갑자기 방에서 나갔다. 다행히 문은 잠그지 않은 상태. 제롬 팡도르는 속으로 쾌재를 불렀다. 일단 트렁크에서 나가기만 하면 별

다른 장애물 없이 이 수수께끼 같은 장소를 빠져나갈 수 있겠다는 계산이 나온 것이다. 어느새 무거운 적막이 사방을 휘감았다.

팡도르는 슬슬 탈출을 감행하기로 했다.

물론 아주 쉬운 일은 아닐 터. 단단히 잠겨 있는 트렁크 뚜껑을 힘으로만 밀어 열기는 불가능했다. 그렇다고 버드나무 가지로 엮은 이놈의 상자를 확 불살라버려? 그러면 빠져나오기 전에 제 몸부터 불에 탈 위험이 클 뿐 아니라, 연기 때문에 제대로 시도해보지도 못한 채 들킬 것이 뻔했다. 말하자면 저 멍청한 쥘이라도 선불리 실행에 옮기진 않을 만큼 정신 나간 짓이라고나 할까?

자, 그런데 제롬 팡도르가 누구인가…… 명색이 민완 신문기자가 아닌가! 자고로 수완 좋은 기자라면 웬만한 비상장비쯤은 갖추고 다니는 것이 상식. 그는 권총뿐만 아니라 웬만한 습도에서도 불이 잘 붙는 딱성냥 그리고 작은 톱날을 갖춘 다용도 주머니칼을 소지하고 있었다.

팡도르는 당장 호주머니에서 주머니칼을 꺼내 부드럽게 엮인 버드나무 재질에 톱질을 가하기 시작했다. 십오 분쯤 지났을까. 트렁크 옆면으로부터 신문기자의 머리와 어깨, 이어서 상체가 순식간에 빠져나왔다. 너무 서두르다보니 옷깃하고 손, 팔꿈치 부분이 날카로운 버드나무 가지에 긁혀 피가 날 정도였다. 트렁크 감옥을 벗어나는 데 성공한 신문기자는 바닥에 한두 방울 떨어진 자신의 핏자국을 내려다보며 옷을 툭툭 털었다.

한데 다음 순간, 두 눈이 휘둥그레지면서 마치 벼락이라도 맞은 듯 그 자리에 꼼짝 못하고 서 있는 것이었다. 가구 하나 없는 텅 빈 공간 한가운데에 놓인 트렁크와 동트기 전 어스름한 기운이 희미하게 새어들기 시작하는 덧창 중간쯤 바닥에 뻣뻣하게 엎어져 있는 사람 몸뚱어리가 시야에 들어온 것이다!

이내 득달같이 달려드는 팡도르…… 혹시라도 잠을 자는 거라면 자칫 깨어날지도 모르는 상황! 여차하면 다시 녹다운시켜 버릴 참이었다.

하지만 가까이 다가가 막상 엎어져 있는 사람의 손을 더듬는 순간, 팡도르는 기겁하지 않을 수 없었다. 손이 얼음장처럼 차가웠던 것이다!

그것은 다름아닌 시체였다……

신문기자는 얼굴을 확인하기 위해 비교적 당당한 체격으로 보이는 죽은 자의 상반신을 애써 들어올렸다. 그러나 얼굴을 흘끔 보자마자 자기도 모르게 손을 놓을 수밖에 없었고, 시체는 그대로 둔탁한 소리와 함께 바닥에 떨어지고 말았다.

"토, 토므리 아닌가…… 토므리야!"

이 을씨년스럽도록 텅 빈 공간 안에 덩그러니 엎어져 있는 사람은 유명한 제당업자 토므리, 바로 그 사람이었다! 보랏빛으로 변한 얼굴과 입에서 맥없이 반쯤 비어져나온 혀로 미루어 교살당한 게 틀림없었다. 뿐만 아니라 목 주위로 아직도 무언가가 친친 감겨 있었는데, 자세히 보니 경찰서장의 제복에 포함된 삼색 현장三色懸章이었다!

제롬 팡도르는 그대로 바닥에 주저앉아 멍해진 머리를 감싸쥐었다.

작금의 상황을 찬찬히 돌아보면서 사태를 냉정하게 분석해볼 엄두가 난 건 얼마간 시간이 지난 뒤였다.

'가만있자…… 이러다가 누가 들이닥치기라도 하면 뭐라고 하지? 어딘지 알지도 못하는 장소에서 내가 잘 아는 사람의 시신과 단둘이 마주하고 있는 이 상황을 도대체 어떻게 설명해야 해? 여기가 어디지? 누구 집이야? 내가 여기 왜 와 있는 거냐구!…… 그나저나 이 인간의 진짜 정체가 무얼까? 범인이야, 희생자야?'

한동안 머리를 굴리던 팡도르는 일단 정신을 추스른 뒤, 문에 바짝 귀를 대고 바깥의 동향부터 살폈다. 그다음 텅 빈 실내공간을 신속하게 눈으로 훑었다. 저만치 부엌이 눈에 띄자 팡도르는 얼른 그곳으로 가 몸에 묻은 핏자국을 물로 닦아냈다. 어렴풋한 여명을 빌려 맘잡고 둘러보니, 제법 먹고사는 규모의 중산층 아파트였다. 큼직한 방도 세 개나 있었고, 그 밖에 식당과 응접실, 침실까지 갖추고 있었다.

회중시계의 바늘은 이제 막 오전 일곱시를 가리키고 있었다.

다시 문에 바짝 다가가 열쇠구멍으로 내다보니, 바로 위층 계단을 한 세입자가 내려오는 것이 보이면서 아래로부터는 그를 부르는 관리인의 목소리가 들려왔다.

"메르카디에 씨, 우편물이 왔네요. 곧 가지고 올라가겠습니다."

"아뇨, 그럴 필요 없습니다, 아주머니! 괜히 다섯 층이나 올라오실 일 없게 내가 내려갈게요!"

"아니에요, 메르카디에 씨! 어차피 계단 청소하느라 올라가야 하거든요!"

결국 두 사람은 팡도르가 위치한 층에서 서로 마주쳤고, 열쇠 구멍을 통해 그 둘의 움직임은 고스란히 팡도르의 눈에 들어오게 되었다.

잠시 후, 메르카디에 씨는 계속해서 아래층으로 내려갔고, 관리인은 위층을 향해 올라갔다.

팡도르는 드디어 문을 살짝 열고 몰래 바깥으로 빠져나왔다. 무척 신경을 썼음에도 불구하고 그가 신은 구두가 바닥을 디디며 소리를 냈다. 마침 봄이라 전체적으로 양탄자를 걷어낸 상황! 계단을 내려가려는데, 문득 위층에서 귀에 익은 관리인의 목소리가 들려왔다.

"그 아래 누구 있어요?"

제롬 팡도르는 아차 싶었다. 발소리가 저 위층에서도 들릴 정도라면 이대로 발각되어 붙잡히는 것은 시간 문제!

두 개 층에 달하는 계단을 단숨에 달려내려가 이 끔찍한 소굴을 박차고 나갈까 싶었지만, 팡도르는 다시 생각을 고르기 시작했다. 그러자 뭔가 새로운 아이디어가 뇌리를 스치고 지나가는 것이었다. 팡도르는 계단을 내려가는 대신 몇 발짝 거슬러올라가 관리인을 향해 외쳤다.

"메르카디에 씨 댁에 계십니까?"

"아뇨! 방금 내려가셨는데, 마주치지 않으셨나요?……"

'흠, 이 정도면 나쁘지 않군! 메르카디에 씨와는 생면부지이지만, 생각지도 않게 나를 도와주시네!'

신문기자는 재빨리 방향을 틀어 계단을 달려내려가면서 또 이렇게 외쳤다.

"알겠습니다, 부인! 나중에 다시 오죠 뭐……"

제롬 팡도르는 호주머니에 두 손을 찔러넣은 채 휘파람까지 불어가며 계단을 다 내려왔고, 곧장 대문을 지나 거리로 나섰다. 지나는 행인들 속으로 섞여들어간 그는 길의 표지판을 보고서야 자신이 파리 15구 르쿠르브 가에 와 있다는 사실을 알아차렸다.

20
복면 쓴 사내

도대체 무슨 일이 벌어진 것일까?

제롬 팡도르는 어떤 알 수 없는 사건들 끝에 르쿠르브 가에 방치되어 있는 토므리 씨의 시신을 발견하게 된 것일까?

사태를 파악하기 위해서는 이틀 전으로 시간을 되돌려야 한다. 즉, 법원에서 제롬 팡도르가 놀라운 진술을 해 퓌즐리에 씨로 하여금 엘리자베스 돌롱을 긴급 체포하지 않을 수 없게 만든 바로 그날 오후로 말이다.

그날 오후, 토므리 씨는 자기 사무실에서 일에 열중하고 있었다. 그때 비서가 나타나 어떤 여자분이 찾아왔다고 알렸다.

"여자분이? 명함은 없었나?"

"네, 사장님. 이름을 말해도 모르실 거라면서, 몇 분이면 용건이 끝날 테니 꼭 좀 뵙게 해달라고 하더군요."

사업가의 널찍한 책상 위에는 각종 서류들이 수북이 쌓여 있었다. 그런가 하면 방금 속기사가 들어와 서명해야 할 편지들까지 잔뜩 놓아둔 참이었다.

'아직 반시간은 더 일해야 하는데…… 도저히 안 되겠어.'

토므리는 그런 생각을 굴리면서 손님을 들이지 말라는 지시를 내릴 참이었다. 한데 비서가 또 이렇게 덧붙이는 것이었다.

"아 참, 다니도프 대공비의 일 때문에 왔다고 전해달랬습니다."

사실 토므리는 일에 충실한 사람이면서, 여성에게는 더없이 자상한 사내이기도 했다. 오랜 세월 비밀로 유지해오던 대공비와의 결혼 계획은 이제 세상이 다 아는 사실. 그야말로 사랑에 빠졌노라고 당당하게 선언해도 하나 거리낄 것 없는 상황이었다. 그런 와중에 다니도프 대공비의 이름은 그의 마음속 어떤 주저함도 말끔히 가시게 해줄 주문이나 다름없었다.

"아, 그래? 어서 들어오시라고 하게!"

잠시 후 다시 나타난 비서는 다소 초라한 행색의 한 여인을 들여보냈다.

"토므리 씨, 한창 바쁘실 텐데 이렇게 찾아뵈어서 죄송합니다. 하지만 워낙 긴요한 일이라서요…… 아마 관심을 가지실 거라 생각합니다."

"어서 말씀하십시오. 제가 무엇을 도와드리면 되겠습니까?"

사업가의 깍듯한 대응에 여인은 손사래를 치며 말했다.

“어머, 무슨 부탁을 드리려고 여기 온 것은 아닙니다. 실은 제가 다이아몬드 중개상인데요……”

“아, 그러시군요. 그럼 오신 목적도 대충 알겠습니다…… 제 결혼 일정이 세간에 알려지자 보석을 취급하는 분들만 해도 매일 십여 분 이상 저를 찾아오는데요…… 유감스럽게도 저로서는 아무것도 구입할 의사가 없다는 점을 분명히 말씀드립니다. 이미 제 약혼녀의 보석상자는 가득차고도 넘치는 상황이거든요! 정말이지 아무것도 필요 없습니다.”

토므리 씨는 토를 달 여지가 없는 단호한 어조로 말을 뱉었다. 게다가 자리에서 벌떡 일어나 면담을 이것으로 마감하겠다는 의지를 분명히 했는데도, 보석 중개상은 안락의자에 푹 파묻힌 채 꼼짝도 하지 않았다.

전혀 나갈 마음이 없는 눈치였다.

“제 말은 그러니까……”

토므리는 그만 말문이 막혀버렸다.

그토록 강한 어조로 떠들어댔건만, 상대는 말없이 웃고만 있었던 것이다!

마침내 여자가 입을 뗐다.

“토므리 씨, 저에게 볼일이 없다고 너무 선불리 속단하시는 것 같습니다. 하지만 저는 별 볼 일 없는 보석 따위나 팔려고 이렇게 찾아온 것이 결코 아니랍니다…… 부탁입니다만 제 얘기를 좀 귀담아들어주십시오. 제가 다이아몬드 중개상입니다만, 여기 다이아몬드를 팔려고 온 것이 아닙니다. 그것과는 아주 다른 물건을 가져왔어요……"

여자가 잠시 뜸을 들이는 동안, 토므리는 당혹스러운 표정으로 상대를 멍하니 바라보았다.

"아시겠지만 직업상 다이아몬드를 다루다보면 매일같이 수많은 보석상과 얼굴을 맞대야 하지요. 그런데 이곳저곳을 돌아다니다가 어떤 보석 세공인을 만났지 뭡니까. 이름은 밝힐 수 없습니다만, 바로 그 세공인에게서 발견한 진주가 제가 보기엔 선생님께 아주 특별한 보물이 될 수도 있겠다 싶었거든요……"

"이보세요, 부인. 다시 말하지만 저는 '특별한 보물' 같은 거 필요 없습니다!"

"그렇더라도 거부할 수 없는 것이 있기 마련이죠……"

다이아몬드 중개상은 그렇게 중얼거리더니, 호주머니에서 사슴 가죽으로 된 작은 보석함을 꺼냈다. 토므리가 짜증스러운 얼굴로 지켜보는 가운데 여자는 보석함을 열고 그 안에서 진주 두 알을 골라 제당업자 앞에 내보이는 것이었다.

"토므리 씨, 이것들을 한번 잘 살펴보시지요. 정말 아름답지 않습니까?"

여자의 태도가 어찌나 자연스럽고 당당한지, 토므리는 일단 물건에 눈길을 보내지 않을 수 없었다. 보석에 대해 전문가 수준의 안목을 가진 입장에서 잠시 진주알들을 들여다보던 그가 이렇게 말했다.

"훌륭한 진주이긴 합니다만…… 안타깝게도 지금 제 능력으로는 덮어놓고 구입하기가 힘들 것 같습니다. 다음에 좋은 기회가 있기를 바라야겠네요. 그리고 다시 한번 말씀드리지만, 지금으로선 이런 물건을 구입할 의사가 전혀 없습니다."

"토므리 씨, 죄송한 말씀이지만 보석을 보는 안목이 없으시군요…… 만약 조금이나마 안목을 갖고 계시다면 지금 보여드린 그 진주알들을 결코 제게 돌려주시지 않을 겁니다!"

"아니, 지금 무슨 말을 하는 거요?"

"아울러 말씀드리는데, 만약 소냐 다니도프 대공비께서 지금 이 자리에 있다면 아마 선생님과는 전혀 다른 반응을 보이셨을 거예요."

그제야 비로소 토므리의 뇌리에 어떤 의혹 어린 생각이 퍼뜩 스치고 지나갔다.

"도대체 이것들은 어디서 난 겁니까?"

사업가의 다급한 질문에 보석 상인은 담담한 어조로 말했다.

"토므리 씨, 가뜩이나 귀한 시간일 텐데 제가 공연히 선생님 시간을 허비하게 해서야 되겠습니까! 저 역시 심증만 갖고 있는 사실에 대해 확인을 하고 싶은 마음뿐입니다…… 어쨌든 이제

군이 말씀을 안 드려도 선생님께선 다 이해하셨으리라 믿습니다. 소냐 다니도프 대공비께서 이 보석들을 보면 얼마나 흥미로워하실지 말입니다……"

"그야……"

"토므리 씨, 부디 이 진주알들을 약혼녀 되시는 분께 보여드리십시오. 그런 다음 두 분께서 내리신 결정을 제게 통보해주시면 대단히 감사하겠습니다. 만약 관심이 있다면, 정말 특별한 조건으로 보석을 넘겨드리도록 할 것입니다."

토므리는 적잖이 놀란 눈으로 손안의 진주알들을 내려다보며 생각에 잠겼다.

'내가 착각할 리 없어! 이건 저번 무도회 때 소냐가 도둑맞은 바로 그 진주 아닌가 말이야!'

여자는 토므리가 무슨 생각을 하는지 훤히 읽는 듯 입가에 미소를 띤 채 가만히 바라만 보고 있었다. 토므리 역시 상대를 흘끔흘끔 관찰하며 머리를 굴리는 건 마찬가지였다.

'그렇다면 이 여자는 혹시 경찰측 정보원? 누가 봐도 평범한 보석상 같지만, 실은 경찰청에 고용되어 보석상들을 쑤시고 다니며 장물 거래를 탐지한다는 바로 그 여자 요원들 중 하나가 아닐까?'

마침내 결심이 선 듯 사업가가 입을 열었다.

"부인, 내일 오후에 소냐 다니도프 대공비와 만나 얘기를 해보겠습니다. 이 진주알들은 일단 제게 맡겨주십시오. 만약 그분이 흥미를 보이면 우리 사이에 거래가 성립되는 걸로 하겠습니다……"

"이런 식으로 불쑥 보석을 들이밀어서 미안하오. 원칙적으로는 이름 있는 보석상에 함께 가자고 해야 마땅한데, 누가 워낙 좋은 조건으로 진주를 권하기에 일단 당신한테 보여주고 맘에 들면 당신의 그 아름다운 목에 걸어주려고 한 거요…… 정말 비할 데 없이 아름다운 빛깔 아니오?"

겸연쩍어하는 토므리의 표정을 보고 소냐 다니도프 대공비는 모처럼 활짝 웃으며 대답했다.

"세상에…… 앞으로는 그런 문제로 신경쓰지 마세요. 이런 자잘한 선물이 없어도 충분히 여자를 배려해줄 수 있다는 거 잊지 마시구요. 이미 우린 서로 충분히 진지한 사이 아닌가요? 그러니 사소한 것들에 연연할 필요가 없지요……"

토므리는 꾸벅 동의를 표하고는 이렇게 덧붙였다.

"어쨌든…… 우선 견본으로 받은 것들이니 부디 주의깊게 살펴보길 바라오. 당신이 무어라 말하든 나는 그 말에 따를 거요. 괜히 내 맘 생각해서 좋게 얘기할 필요는 없어요. 좋든 싫든 솔직히 말해주면 됩니다."

대공비는 토므리가 건네는 진주 두 알을 받아들고 널찍한 거실을 가로질러 창가로 다가갔다. 그런 다음 커튼 한쪽을 들춰 빛이 들게 해, 진주의 색감과 빛깔을 유심히 관찰하기 시작했다.

잠시 후 그녀의 입에서는 감탄사가 절로 흘러나왔다.

"어머나, 이건 정말 대단한 물건이군요!"

"정말 그렇게 생각하오?"

"그럼요! 정말이지 최고의 광택이에요! 전체적으로 매끈하고요! 제가 도둑맞은 것 말고는 이처럼 빛깔이 화려한 진주도 처음 보는 것 같아요. 실은 그걸 도둑맞고 나서 얼마나 가슴이 아픈지…… 아시지만, 어머니한테서 물려받은 거거든요…… 그것만 한 품질의 진주 목걸이는 세상에 다시없을 거예요!"

한데 소냐 다니도프는 진주알에서 눈을 떼지 못한 채 잠시 뜸을 들이더니, 이렇게 덧붙이는 것이었다.

"근데 좀 이상하군요…… 여기 이 일부 광택의 특징을 보면 제가 도둑맞았던 진주와 똑같아요!"

토므리는 고대하던 얘기가 나온 것처럼 극도로 흥분하며 말했다.

"이봐요, 소냐. 정말 그 진주가 당신이 내 집에서 도둑맞은 목걸이의 진주와 똑같단 말이오?"

"네, 정말 똑같아요!"

이제는 더이상 망설일 필요가 없었다.

토므리는 벌떡 일어나 소냐를 향해 환한 미소를 지으며 말했다.

"설마 당신이 착각할 리는 없다고 생각하오, 소냐! 지금 당신 손에 있는 진주 두 알은 틀림없이 도둑맞은 바로 그 진주 목걸이에서 나온 거요!"

그러고는 전날 자신을 찾아왔던 낯선 여자 얘기를 해주면서, 잘하면 진주 목걸이를 고스란히 되찾을 수도 있을 거라고 호들갑을 떨었다.

하지만 소냐 다니도프는 오히려 걱정스러운 얼굴로 이렇게 말하는 것이었다.

"오, 그건 안 돼요! 목걸이를 찾겠다고 혼자 나서서는 안 돼요."

"왜죠?"

"목걸이를 가지고 있는 사람이라면 결국 도둑 아니겠어요?"

"그래서요?"

"그 진주 목걸이를 되찾기 위해서 당신이 거금을 들고 올 거라는 걸 다들 알고 있지 않겠냐구요! 그러니 혼자 덮어놓고 찾아가는 것만큼 신중치 못한 행동은 없겠죠."

토므리는 어깨를 한 번 으쓱 추스르더니 이렇게 대꾸했다.

"원 별걱정도 다 하는구려, 소냐…… 범인들이 내게 함정을 팔 생각이었다면 보다 은밀하고 효과적인 다른 기회와 방법들이 숱하게 있었을 거요. 게다가 지금처럼 문제의 진주알들을 사전에 당신에게 건네도록 해서 나로 하여금 그 당시 벌어진 사건에 새삼 주의하도록 만들다니…… 세상에 그런 무모한 짓이 또 어디 있겠소!…… 아니야, 그건 아니지…… 안심해요, 소냐……

보석 중개상이라는 그 여자는 절도범 일당이 아니라, 오히려 경찰 쪽 정보원일 가능성이 커요. 미리 물건의 진위를 확인해두자는 거겠지…… 그 여자를 따라간다 해도 내가 위험할 일은 전혀 없을 테니 안심해요. 뭐 어린애도 아니고…… 내 알아서 조심하리다!"

몇 분 후, 소냐 다니도프와 헤어진 토므리는 다이아몬드 중개상과 만나기로 약속한 '라 페' 카페로 이동했다.

여자는 정확하게 와 있었다. 만면에 미소를 가득 담은 채 토므리를 맞이하며 여자는 이렇게 말했다.

"소냐 다니도프 대공비께서 물건에 관심을 보이신 모양이지요?"

"그렇소……"

토므리는 나중 일이 어찌 될지는 별로 걱정하지 않고 단도직입적으로 덧붙였다.

"지금 당장 당신이 가지고 있는 보석들을 볼 수 있겠소?"

"물론 그러는 게 낫겠죠……"

제당업자 토므리는 곧장 택시를 불러 여자와 함께 올라탔고, 여자는 운전기사에게 주소를 건네줬다.

이십여 분이 지나고 나서 두 사람은 어느 건물 문 앞에 내렸다. 그때까지도 토므리는 함께 택시를 타고 온 여자에 관해 거의 알아낸 것이 없었다. 여자는 남자의 이런저런 질문을 교묘하게 피해가면서, 단지 진주 목걸이의 예상 가격에 대한 정보만을 찔끔찔끔 흘렸을 뿐이다. 하지만 그거야말로 제당업자 토므리로선 하등 궁금하지 않은 문제였다!

둘은 남루하게 생긴 계단을 앞뒤로 나란히 올라갔고, 3층에 이르러 한쪽으로만 여닫도록 되어 있는 어느 초라한 문 앞 초인종을 눌렀다. 어느 모로 봐도 그럴듯한 규모의 아파트 출입구라고는 생각되지 않는 문이었다.

"문 열러 오는 소리가 들리는군요."

여자가 중얼거리자, 아니나 다를까 문이 살짝 열렸다.

"누구요?"

남자 목소리였다.

"저예요……"

그제야 활짝 열리는 문…… 여자가 속삭였다.

"자, 들어가시죠, 토므리 씨."

그렇게 토므리가 안으로 몇 발짝 들어섰을 때였다. 뒤따라들어오던 여자가 느닷없이 기다란 비단 스카프로 남자의 목을 휘감더니, 등 한복판을 무릎으로 찌르듯 밀면서 목을 조르기 시작하는 게 아닌가! 갑작스럽게 뒤에서 급습한데다, 여자의 힘이라 믿어지지 않을 만큼 실로 어마어마한 완력이었다!

하지만 평소 왕성한 체력을 자랑하는 토므리로선 그대로 거꾸러질 수만은 없는 노릇이었다. 이런 식의 독특한 공격에 힘으로

만 버티는 것은 적절한 대처법이 아니라는 것을 그는 잘 알고 있었다. 무엇보다 기교가 절실한 상황!

토므리는 조르는 힘의 방향을 따라 뒤로 훌러덩 몸을 던졌고, 목을 조르는 여자를 밑에 깔고 눕는 자세를 취했다.

숨이 가빠오는 중에도 이런 식이라면 얼마 안 가 여자에게서 벗어날 수 있을 것 같았다.

그러나 아뿔싸!…… 저만치 어둠 속에서 한 사내의 윤곽이 마치 환영처럼 솟아나오는데…… 머리에서 발끝까지 딱 달라붙는 새카만 복장으로 휘감았고 얼굴도 눈구멍만 나 있는 복면으로 완전히 가린 모습이었다!

이쪽으로 성큼 다가서는 그의 손에는 날카로운 단도가 쥐어져 있었다……

토므리는 몸을 뒤척여볼 틈도 없었다. 복면을 한 사내는 단 한 번의 동작으로 그의 가슴팍에 칼끝을 꽂아넣었다!

사업가 토므리는 이제 무의식적인 발작으로 후들거리는 생명 없는 몸뚱어리에 지나지 않았다.

그동안 밑에 깔려 있던 다이아몬드 중개상, 발로 토므리의 사체를 밀쳐내면서 일어나 이렇게 투덜댔다.

"빌어먹을, 그 인간 되게 무겁네…… 오히려 내가 깔려 죽는 줄 알았다니까! 자칫 놈을 풀어줄 뻔했지 뭐예요! 아무튼 제때에 도와주셨습니다, 두목!"

복면을 한 사내는 어깨를 으쓱하며 대꾸했다.

"뭐 그 정도 가지고…… 누구 의심하는 사람은 없었나?"

"없었습니다, 두목. 마치 도살장에 제 발로 걸어들어오는 어린 양 같았다니까요."

"다니도프 대공비는?"

"아, 그 마나님! 지금쯤 그 여자분은 오로지 사랑하는 애인이 오기만을 목 빠져라 기다리고 있을걸요. 웬만하면 그 여자를 찾아가시는 일만은 권해드리고 싶지 않네요……"

"그놈의 주둥아리 좀 닥치지그래! (복면 쓴 사내가 일갈했다.) 어서 옷이나 갈아입고 여길 뜨자구! 아직 해야 할 일이 남아 있어……"

"오늘밤인가요?"

"그래, 오늘밤……"

이윽고 다이아몬드 중개상이 치마와 블라우스를 벗고 어엿한 남자로 거듭나자(그랬다, 그녀는 남자였다!) 복면 쓴 사내가 덧붙였다.

"니베, 자네는 맡은 임무를 훌륭히 수행했어. 그에 따른 대가는 내일 지불하겠네. 그러나 분명히 말하지만 오늘밤에 할 일이 남아 있다는 걸 잊지 말라구!…… 자, 어서 서둘러!"

사내는 잠시 뜸을 들이다가 이렇게 물었다.

"그런데 자네 이 자식 서류 더미 속에 집세 영수증은 제대로 놔

됐겠지? 경찰이 나중에 이 아파트를 찾아올 수 있게 말이야……"

"네, 두목."

"잘했어! 자, 그럼 이제 여길 뜨는 일만 남은 거로군! 오늘밤 말고는 다시 이곳에 들를 일도 없을 테지……"

그 '오늘밤'이란 다름아닌 제롬 팡도르가 우여곡절 끝에 트렁크에서 빠져나와 토므리의 끔찍한 시체를 발견한 바로 그 밤이었다……

21
죄수 호송차

라 카피탈 사의 여러 열람실 중 한 곳에서 제롬 팡도르는 부라 부인에게 전날 밤 일들에 관해 진지하게 질문을 던지고 있었다. 당연한 얘기지만, 부인은 어떻게 하면 좋을지 조언을 구하기 위해 부리나케 달려와 모든 사정을 고해바친 상태였다.

"방금 해주신 이야기는 정말 이해가 안 되는군요! 트렁크를 압수해서 가져갔다는 그 경찰서장이라는 자가 진짜 경찰서장이 아니라는 건 어떻게 아셨죠?"

"나중에 진짜 우리 동네 경찰서장인 자비에 씨가 오셨거든요! 원래 제가 아는 분이더군요. 의심의 여지가 전혀 없는 분이죠…… 제가 트렁크는 전날 밤 가져갔다고 말씀드리자, 벌써 사태가 심상치 않다는 걸 눈치채시더라구요!"

"그래서 뭐라던가요?"

"우리를 죄다 경찰서까지 데려갔죠. 기분이 몹시 언짢은 것 같았구요……"

"경찰서에 가서는 어떻게 됐나요?"

"글쎄 경찰서로 데려가더니 서장실로 들여보내더라구요. 그리고 이런저런 질문을 하기 시작했는데, 경우에 따라선 우릴 의심할 수도 있다는 투였어요."

"음…… 아마도 당신 집 식구들 중 누군가가 범인들과 공범 관계일 거라고 본 모양입니다. 요컨대, 그 가짜 경찰서장이 무단 침입을 한 것은 아니지 않습니까?"

"오, 팡도르 씨, 그 점에 대해서는 저 역시 뭐라 설명할 수가 없네요! 아마 누구였더라도 마찬가지였을 겁니다! 그 사람은 눈곱만치도 몰래 행동한 게 아니었어요. 문 앞에서 초인종을 눌렀고, 저에게 방 안내를 부탁하면서 자기들 용건을 명확히 밝혔거든요. 그리고 우리집 사환을 시켜 택시에다 트렁크를 싣게 하는 등 너무도 당당한 태도였답니다!"

"그러니까 사환인 쥘이 그들 일을 거들었다는 거죠?"

"그렇다니까요…… 그래서 자칫 딱한 쥘만 곤욕을 치를 뻔했지 뭡니까! 경찰서장이 우리집 구석구석에 대한 가택수색을 지시하더니, 그게 끝나자마자 우리한테 아무런 설명도 없이 쥘만 따로 다른 방에 데려가지 뭐예요!"

"아, 그랬어요?"

"경찰서장 얘기가 쥘의 방에서 결쇠 꾸러미가 발견되었다는 겁니다. 다시 말해서 어떤 자물쇠든 열 수 있는 도구가 있더라는 거예요! 자비에 씨는 우리 사환이 도둑이라고 아예 단정해버리는 것 같았습니다."

"그런데 당신 생각에는 전혀 아니라는 거죠?"

"오, 그럼요! 오랜 세월 쥘을 곁에 두고 지켜봐왔는데, 그만큼 정직한 사람도 보기 드물다는 생각이에요!"

"하지만 결쇠 꾸러미는 어떻게 된 거죠?"

"그건 집 헛간 열쇠가 없어져서 달리 열 방도로 제가 직접 쥘에게 구해오라고 시킨 거였어요. 결국 경찰서장도 제 설명을 듣고는 쥘이 무고하다는 점을 마지못해 인정하더군요."

순간, 제롬 팡도르는 뭔가 신경질적으로 중얼거리더니 이렇게 말했다.

"그래서 풀어줬나요?"

"아뇨. 바로 그것 때문에 제가 이렇게 답답해하고 있는 겁니다. 적어도 당분간은 쥘을 구금해두어야겠다고 하지 뭡니까! 우리집 사환이 풀려나게 하려면 도대체 어떻게 해야 하는 거죠?"

"아마 내일이면 자동적으로 풀려날 겁니다……"

"아, 그래요?…… 하지만 지금 집이 엉망진창이라 오늘밤 쥘이 제 곁을 지키고 있어야 하는데…… 가엾은 사람 같으니…… 도대체 어떻게 처신했기에 도둑으로 의심을 받느냐, 이 말이에요!"

제롬 팡도르는 실소를 머금으며 이렇게 대꾸했다.

"부라 부인, 원래 사법 공권력이 하는 일이란 종종 어리석기 짝이 없지요…… 제가 그럴듯한 충고 한마디 해드릴까요? 일단 바르베 씨와 낭퇴유 씨에게 전화를 걸어보십시오. 그 두 사람은 파리 전체에서 알아주는 은행가들 아닙니까! 아마 그들이 힘 좀 써주면 오늘 저녁이라도 당장 쥘이 풀려날 수 있을 겁니다. 저 같은 신문기자야 무슨 힘이 있어야죠……"

부라 부인이 아주 괜찮은 아이디어라며 반색을 표하자, 팡도르는 지체 없이 벨을 울려 신문사 사환을 불렀다.

"부인을 전화기 있는 데로 안내해드리게!"

혼자 있게 된 제롬 팡도르…… 자기도 모르게 두 손을 비비며 이렇게 중얼거렸다.

"하여튼 저 성격 좋은 아주머니부터 좀 떼어놔야겠다니까…… 저런 멍청한 여자도 처음 보는 것 같아! 그나저나 그놈의 사환을 가둬놓았다, 이거지! 이제야 일이 제대로 돌아가는군. 하지만 내 사정은 그리 원만하다고 볼 순 없지. 내일이라도 그 친구가 모든 걸 털어놓으면 경찰이 나보다 먼저 정보를 선점하게 될 텐데…… 그러다보면 또 어수룩한 경찰로선 자칫 그자를 진짜 놔줄지도 몰라! 나 이거야 원…… 그자를 신문하는 것도, 풀어주는 것도 막아내려면 도대체 어딜 어떻게 손대야 하는 거지? 아,

정말이지 신문기자 노릇도 힘들어 못 해먹겠어!"

그러는 사이 부라 부인이 다시 돌아와 말했다.

"낭퇴유 씨는 자리에 없고요. 방금 바르베 씨랑 통화를 했답니다. 오늘 오후 중으로 뭔가를 시도하기에는 너무 늦었으니, 내일까지 일단 기다리라고 하네요."

"그래서 내일은 나서주겠다는 겁니까?"

"모르겠어요…… 솔직히 말해서, 바르베 씨는 자기와 상관없는 일로 귀찮게 군다고 저를 좀 못마땅하게 여기는 눈치였습니다."

부라 부인의 말에 신문기자는 툭 내뱉듯 대꾸했다.

"하긴 바르베 씨나 낭퇴유 씨나 이 일과는 무관한 입장이죠! 제가 괜한 조언을 해드린 모양이군요……"

"아, 장송드사이 고등학교! 오, 그 지긋지긋한 기억! 그렇다고 애가조의 장광설이나 질질 늘어놓진 말자구!…… 어디 제대로 한번 연기를 해보잔 말이야……"

배관공은 그렇게 중얼대다 말고 문득 주변을 살폈다. 근거리에서 그를 주시하는 행인은 전혀 없었다. 배관공은 보도를 따라 내려가다가 별안간 비틀비틀 불안한 갈지자걸음을 내딛기 시작했다. '그렇지, 요렇게 내딛고…… 옳지, 다시 요렇게…… 옳거니, 이러는 동안 노래라도 한 곡조 뽑아볼까!……'

"오늘 경찰청 구치소로 호송할 인원 있나요?"

앙리마르탱 로의 경찰서에 근무하는 순경들을 향해 오늘도 어김없이 죄수 호송차 운전기사가 물었다. 소위 '샐러드 바구니'라 불리기도 하는 그 차량은 하루 동안 검거된 사람들을 경찰청 구치소로 호송하기 위해 매일 저녁 각 경찰서를 돌도록 되어 있었다.

"오늘은 두 명입니다."

대답과 함께 검거된 사람들의 인도와 호송 절차에 필요한 서류들이 오갔다. 그러는 사이 오늘 저녁 구치소 내 감방들로 보내질 두 명의 운 없는 인간들을 데리러 경찰관들이 바삐 움직였다.

먼저 과일 행상을 하는 사내가 순경들 손에 이끌려 호송차의 비좁은 칸막이 밀실에 처넣어졌다. 그다음은 방금 전까지 난동을 부리다가 지금은 잔뜩 풀죽어 있는 주정뱅이 배관공 차례였다.

"어서 올라타! 이 주정뱅이야!"

경찰관이 거칠게 떠밀자 배관공은 가운데 통로를 사이에 두고 양쪽으로 늘어선 밀실의 칸막이벽에 우당탕 부딪쳤다. 밀실 안으로 억지로 쑤셔넣듯이 배관공을 밀어넣은 경찰관은 작은 문짝을 꼼꼼하게 닫아걸었다.

호송차의 엔진에 시동이 걸리고 그날의 마지막 기착지인 푸앵뒤주르 경찰서로 출발하는 순간 주정뱅이 배관공이 어떤 표정을 짓는지를 만약 그 경찰관이 보았다면 아마 기겁을 했을 것이다.

동댕이쳐지듯 밀실에 처박힌 주정뱅이는 곧장 만면에 가득 미소를 머금으며 자세를 바로 했다.

'꽤 재미있는걸! 웃음 참느라고 아주 혼났어! 차라리 배우가 될 걸 그랬지……'

제롬 팡도르는 희희낙락 즐거운 표정을 감추지 못했다!

'이놈의 자동차, 정말 후지긴 후지구나…… 앉는 자리도 비좁기 짝이 없고, 제대로 일어서지도 못하고, 뒤로 돌지도 못하고…… 어두컴컴한데다…… 이놈의 덧창들 때문에 공기도 답답하고…… 죄수 호송차에서 탈출하기란 정말이지 하늘의 별 따기이겠어……'

그는 더더욱 환해지는 미소 속에서 생각을 이어갔다.

'혹시 성공을 못하더라도 시도는 해봄직한 일이었지! 물론 반드시 성공해야겠지만…… 아까 과일 장수 다음으로 나서려고 어찌나 잔머리를 굴렸는지 골이 다 쑤시는군…… 순서가 이렇게 돼야 내 바로 뒤칸이 텅 비거든. 이제 에그젤망 대로변의 오퇴유 경찰서에서 그 사환 녀석이 올라타면 내 바로 뒤칸에 처넣어질 테고, 그럼 나는 경찰청으로 넘어가기 직전에 기발한 인터뷰를 진행한다, 이거야! 일단 내 뒤로 들어오면 수감자들이 흔히 사용하는 방식대로 칸막이벽을 두드려가며 즉각 대화에 나서야지. 아마 전과가 꽤 있는 자일 테니 그런 정도 대화법은 익히 알고 있을 터! 만약 모른다면 경찰청 구치소에 도착하면서 어떻게든 그의 곁에 바짝 붙어 말을 걸어보는 거야. 거기가 만원이면 그나 나나 내일 아침 검사실에서 신문 받을 때까지 공동 감방에 처넣어지겠지. 여차하면 그때 가서 내 신분을 밝히면 될 테고…… 자, 이만하면 그 쥘이라는 작자를 사전에 인터뷰해서 수수께끼의 상당 부분을 미리 파악해두는 거야 떼놓은 당상이겠지! 후후, 아마 죄수 호송차 밀실에서 지금 나처럼 즐거워하는 사람은 세상에 또 없을 거야……'

한데, 뿌듯해하던 그의 얼굴에 어느 순간 살짝 긴장감이 어렸다.

보통 자동차보다 훨씬 덜컹거리는 호송차의 흔들림 속에서 문득 예상치 못한 기운이 느껴졌던 것이다. 자동차는 뜻밖에도 우회전을 하고 있었다!

'아니, 이건 또 뭐지? 대체 어디로 데려가는 거야? 에그젤망 대로로 가긴 하는 거야? 모차르트 가 끝까지 온 거 아닌가? 가만있자…… 도대체 어디로 돌아가는 거지? 라늘라 가인가? 아니야, 방금 진입하면서 덜컹하고 턱진 데가 있는 것 같았어…… 그럼 아송프시옹 가인가? 그것도 아닌 것 같아. 거긴 노면이 제법 울퉁불퉁하거든…… 지금쯤이면 차가 보통 들썩거리지 않을 텐데 말이지. 지금은 그 정반대로 완벽하게 단장된 도로를 달리고 있는 게 분명해! 통행량도 비교적 많지 않고…… 옳지, 독퇴르블랑슈 가로구나! 그렇지, 모차르트 가가 막혀 있어서 하는 수

없이 몽모랑시 대로로 우회해서 가고 있는 거야!'

거기까지 생각이 미친 신문기자는 느긋하게 결론을 내렸다.

'까짓, 바쁠 것 뭐 있나! 어차피 저 고명하신 쥘을 만나뵙는 일이야 이제 시간 문제일 뿐인데……'

그렇게 속으로 중얼거리는 찰나, 이번에는 밀실 칸막이벽에 쿵 하고 부딪히는 팡도르…… 호송차가 갑자기 한쪽으로 급격히 기우는 것이었다!

이웃한 밀실들에서 온갖 욕설이 난무하는 가운데, 버럭 내지르는 운전기사의 고함소리가 부르릉거리는 엔진 소리를 뚫고 들려왔다.

"이런 빌어먹을! 정신 좀 똑바로 차리지 못해! 오른쪽으로 다니란 말이야!"

그런가 하면 누군가 칸막이벽을 두드리며 이렇게 묻는 것이었다.

"다치지 않았나?"

"네, 괜찮습니다만……"

뭔가 물으려 했으나 질문한 사람은 이미 저만치 지나간 뒤…… 팡도르는 속으로 중얼거렸다.

'경관 나리께서 짐짝들이 무사한지 궁금했던 모양이로군…… 아마 다른 자동차와 부닥친 모양이야. 별게 다 재밌어지는군. 아주 꼴좋게 됐어! 이제 자기들끼리 사고 원인을 놓고 한바탕 시비가 붙고 훼손된 부분도 이리저리 손보다보면 반시간은 족히 걸릴 텐데…… 하필 이럴 때 사고람! 쥘이 짜증 좀 부리겠는걸……'

그때부터 과연 제롬 팡도르의 예상대로 속절없이 기다려야만 하는 시간이 이어졌다. 필경 만신창이가 된 '샐러드 바구니'를 수습하러 사람들이 몰려왔을 텐데, 정작 무얼 어떻게 하고 있는지 밀실에 갇힌 그로서는 전혀 알 수가 없었다.

얼마나 지났을까. 문득 경찰관 한 명이 다시 중앙통로로 올라오고 문이 철컥 닫히는 소리가 들렸다. 이윽고 '샐러드 바구니'는 부릉부릉 다시 시동을 걸기 시작했다.

왠지 모르게 이상한 느낌에 인상만 자꾸 구겨지는 팡도르……

분명히 지금 자동차는 제자리에서 180도 돌아 오던 길을 되돌아가고 있는 게 아닌가!

'도대체 이젠 또 어디로 가겠다는 거야?'

죄수 호송차는 차츰 속도를 늦추더니, 한번 더 방향을 튼 다음 크게 요동을 치면서 인도 위로 덜컹 올라섰다.

'어라, 어디로 빠지는 거지? 푸앵뒤주르 경찰서는 아닌 것 같고…… 틀림없이 어디로 들어가는 것 같긴 한데…… 한번 더 틀고…… 아, 드디어 멈추는군!'

실제로 호송차가 정지한 다음에도 제롬 팡도르는 귀를 바짝 기울인 채 지루한 시간을 더 견뎌야 했다. 오로지 뒤칸에 누가 올라탈까만 생각하며 기다리기를 몇십 분…… 별안간 누군가 제롬이 처박힌 밀실 앞으로 다가오더니 열쇠로 문을 열자마자 버럭 소리쳤다.

"자, 어서 나와!"

일단 묵묵히 따를 수밖에 없었다.

그런데 호송차 계단을 내려서자마자 팡도르의 입에서는 자기도 모르게 탄식이 터져나왔다.

"이런 제기랄! 여긴 경찰청 구치소 아닌가…… 에그젤망 대로는 왜 안 들렀지?"

하지만 유감스럽게도 지금 팡도르는 자신의 당혹감을 미주알고주알 떠벌리고 있을 처지가 아니었다. 이미 '샐러드 바구니' 주위에는 제복 차림의 교도관들이 빽빽이 둘러서서 위압적인 분위기를 조성하고 있었다.

"자, 자, 뭐하고 있나? 빨리빨리 움직여!"

별수없이 과일 행상의 뒤를 따라 회색 담벼락에 빠끔히 열린 문 안으로 떠밀리듯 들어간 팡도르는 길고 좁다란 복도를 지나 어떤 방에 들어서게 되었다. 거기엔 이미 인상 고약한 늙은 남자가 한 명 앉아 경찰관이 건넨 서류들을 훑어보고 있었다.

"그래서 결국 이 두 사람만 데려왔단 말인가?"

"네, 그렇습니다!"

"음, 그만하면 됐고…… 14호로 조용히 데려가도록! 공연히 사람들 깨우지 말고!"

또다시 제롬 팡도르는 과일 행상과 함께 양쪽으로 감방들이 줄지어 늘어선 비좁고 어둑한 복도로 떠밀려들어갔다.

퓌즐리에 씨는 당황한 기색이 역력했다.

"팡도르 당신이 구금되다니! 대체 이게 어찌된 일이오?"

오전 여덟시 정각. 신문기자는 감방에서 나와 검사 집무실로 끌려갔다. 그곳에서 정해진 절차에 따라 첫번째 인정신문이 진행될 참이었다.

제롬 팡도르는 호명되는 즉시 자신의 진술을 보증해줄 증인으로 퓌즐리에 씨를 불러줄 것을 요청했다.

퓌즐리에 씨는 득달같이 달려왔고, 팡도르를 곧장 자기 집무실로 데려가 도대체 어쩌다가 공공장소에서 주정을 부려 경찰에 체포되기에 이르렀는지 걱정스레 물었다.

모든 자초지종을 들은 수사판사 퓌즐리에 씨는 이렇게 말했다.

"아무래도 탐정으로서 당신의 타고난 재능과 수완에는 내가 두 손 두 발 다 들어야 할 것 같소이다! 정말이지 상상을 초월하는 계략이 아닌가 말이야!"

하지만 제롬 팡도르는 우울한 표정으로 대꾸했다.

"그 정도는 아닙니다. 결과적으로는 쥘이라는 자와 접촉하지도 못했잖아요…… 그나저나 퓌즐리에 씨, 그를 신문은 해보셨습니까?"

수사판사는 고개를 가로젓더니 맥빠진 목소리로 대답했다.

"아이고…… 이보시오, 젊은 양반. 당신은 아마 간밤에 어떤 해괴망측한 일이 일어났는지 짐작도 못할 거요! 하긴, 당신도 그 일에 간접적으로 일조한 셈이지……"

"제가 일조했다고요? 게다가 해괴망측한 일이라니…… 지금 대체 무슨 말씀을 하시는 거죠?"

"오늘 아침이 밝자마자 파리의 호사가들 사이에서 그 일 때문에 온통 뒤집어지고 난리가 났다오. 한마디로 경찰 전체가 완전히 물먹은 꼴이 된 거요! 당신도 마찬가지고…… 당신은 아까 죄수 호송차가 사고를 당했다고 말했는데…… 정말 무슨 일이 일어났는지 알고 싶소? 모르긴 해도 아마 당신이 타고 있던 그 차를 들이받은 자동차 운전기사는 아주 서툴거나 아니면…… 무척 능숙한 운전 솜씨를 가졌을 거외다……"

"네?"

"자, 이제부터 내 말 잘 들어요! 당신이 타고 있던 '샐러드 바구니'는 당신 말대로 다른 차와 충돌하고 나서 거의 반파되다시피 했소. 운전기사는 혼자 힘으로는 도저히 수리가 불가능하다는 것을 알고 곧장 경찰청으로 전화를 넣었지요. 한데 거기서 하는 얘기가 즉시 수습반을 파견할 테니 차량이 복구된 다음 오퇴유 쪽은 신경쓰지 말고 곧장 경찰청으로 들어오라고 했다는 겁니다. 그곳은 다음날 오전 중으로 처리할 거라면서. 그런데 이

전화 통화가 의외로 시간을 많이 잡아먹었답니다. 정작 경찰청에서 오퇴유 경찰서로 전화를 걸어 당일 죄수 호송은 없을 테니 기다리지 말라는 통보를 하려고 하자, 놀랍게도 그쪽에서는 벌써 호송차 한 대가 와서 쥘을 포함한 수감 인원 전원을 데려갔다고 하더라는 거예요!"

"아니, 도대체 무슨 얘긴지 이해가 안 가는군요……"

"글쎄 계속 들어보라니까…… 말하자면 당신이 타고 있던 그 '샐러드 바구니'는 우연한 사고가 아니라 의도적인 사고로 인해 고장이 났었던 겁니다! 누군가 일부러 그 호송차가 오퇴유로 가는 걸 막은 셈이죠. 그러는 사이 또다른 '샐러드 바구니'가 보란 듯이 오퇴유 경찰서 앞에 도착한 것이고요. 대범하게도 법원 앞에서 그 차를 탈취한 놈들은 운전기사와 경찰관으로 변장한 2인조라고 합니다. 놈들은 가짜 서류를 들이밀어 승인을 받아낸 다음, 오퇴유 경찰서장이 보는 앞에서 그곳에 수감되어 있던 사람들을 고스란히 빼내 날라버린 것이죠!"

퓌즐리에의 말을 한 마디도 빠뜨리지 않고 귀담아듣고 있던 팡도르의 숨소리가 점점 거칠어지고 있었다.

"그 도난당한 죄수 호송차는 어떻게 됐습니까?"

"오늘 새벽 성곽 어귀에 버려진 채로 발견되었소. 물론 말할 필요도 없이 텅 빈 채로 말이오……"

"그럼 쥘은 도망친 거네요?"

"말해 무엇하겠소……"

"일부러 사고를 낸 차량 주인은 대체 누구랍니까?"

팡도르의 질문에 퓌즐리에 씨는 실소를 머금으며 대답했다.

"오, 부디 놀라지 마시오! 이번 일에서 가장 괴이한 부분이 바로 그 점인데…… 어쩌면 그걸로 돌롱과 관련한 모든 사건이 결론에 이를 수도 있을 것 같아요. 문제의 차량은 다름아닌…… 한번 맞혀보시겠소, 팡도르?"

신문기자는 신경질적으로 고개를 가로저으며 대꾸했다.

"전 그딴 수수께끼는 질색입니다!"

"허허, 그게 말이오. 아마 당신은 그 주인이 누구인지 상상도 할 수 없을 거외다! 다행히 목격자가 그 차량의 번호를 똑똑히 기억하고 있었는데, 아까 확인해보니 바로 토므리 씨의 차더라, 이겁니다!"

"토므리 씨요?"

"그렇소. 방금 그 양반에 대한 구인영장을 발부하고 오는 길이오. 톡 까놓고 말해서 이제 나는 토므리 씨가 범인임을 믿어 의심치 않고 있소. 앞으로 한 시간만 있으면 그가 내 집무실로 올텐데 그럼 난 구인영장을 지체 없이 체포영장으로 바꿀 생각이외다!"

사실 퓌즐리에 씨 딴에는 이참에 젊은 신문기자를 깜짝 놀라게 해서 기를 팍 꺾어놓겠다는 생각으로 모처럼 충격적인 얘기를 꺼낸 것이었다. 그런데 웬걸! 얘기가 끝나자마자 제롬 팡도르는 뒤로 넘어질 듯 안락의자에 기대더니 집무실이 떠나갈 듯 폭소를 터뜨리는 것이 아닌가!

퓌즐리에 씨는 휘둥그레진 눈으로 신문기자를 바라보았다.

"아니, 뭐가 그리 우스운 거요?"

제롬 팡도르는 곧바로 자세를 추스르고는 말했다.

"오, 별것 아닙니다. 단지 장대한 체격의 소유자인 토므리 씨가 사방팔방 자크 돌롱의 지문이나 찍고 돌아다니는 기발한 수완을 대체 어디서 얻어냈는지 그게 궁금할 따름이죠……"

"그건 아니죠! 자크 돌롱의 지문이 왜 그에게서 나오겠습니까! 자크 돌롱은 엄연히 살아 있어요. 당신 자신도 인정하지 않았나요, 그가 자기 누나를 직접 찾아왔다고?……"

"아 네, 그랬지요! 자크 돌롱은 살아 있습니다. 제가 깜빡했네요…… 그렇다면 토므리는 단순한 공범이겠네요?"

퓌즐리에 씨는 실로 충격적이어야 할 자신의 얘기를 젊은 신문기자가 별로 대수롭지 않게 받아넘기는 걸 보고 여간 혼란스러운 게 아니었다. 제롬 팡도르는 조용히 자리에서 일어나 꾸벅 인사를 한 뒤, 아무 말 없이 밖으로 나왔다.

반쯤은 미소를 띠고 반쯤은 진지한 표정을 띤 채 법원을 나서는 그의 머릿속에는 앞으로 해야 할 일들이 어지러이 맴돌고 있었다……

22
처형

칠흑 같은 밤이었다. 짙은 먹구름이 미친 듯한 바람에 휩쓸려 낮게 몰려다니고 있었다. 이따금 매섭게 몰아치는 소나기가 숨 막힐 듯 쏟아졌다가 그치곤 했다.

밤 열한시가 거의 다 되어갈 무렵, 인적 하나 없이 썰렁한 라페 가 근방…… 두 남자가 자기들끼리 통하는 은어로 뭔가를 나직이 수군대면서 싸늘한 거리를 걸어가고 있었다. 혹시 지나가다가 그들의 흉포한 인상과 마주친다면 제아무리 덤덤한 사람도 움찔할 만했다.

둘 다 술에 찌들어 초췌한 얼굴이었고 잉걸불처럼 이글거리는 눈동자에 목소리는 거칠기 짝이 없었다. 건들건들 유연하고도 빠른 걸음걸이라든지, 은근히 거들먹거리는 분위기가 파리의 뒷

골목 날치기꾼이나 우범자의 모습 그대로였다.

“그래, 대체 뭐라고 씨부렁댄 거야?”

“무슨 소리야? 내가 쓴 게 아니라니까!”

“그럼 누구야?”

“그건 내가 묻고 싶은 거라구!”

“젠장, 난들 무슨 수로 알아! 네가 끼적인 게 아니라면 도대체 누구 짓이야?”

“혹시 내 깔치가……”

“에르네스틴이?”

“그래, 에르네스틴……”

잠시 입을 다문 두 사람. 이윽고 한 명이 불쑥 말했다.

“이봐, ‘종지기.’ 자네 그렇게 시샘이 나나? 여자까지 동원해 잘나가는 놈들 앞으로 그딴 거나 끼적이게.”

방금 ‘종지기’라 불린 자는 사람 머리통을 교회 종 치듯 후려치는 바람에 그런 별명이 붙은 ‘레 시프르 파’의 흉악한 멤버. 다짜고짜 너털웃음을 터뜨리며 이렇게 대꾸했다.

“우하하하, 시샘이라고? ‘털보’ 자네 진심으로 그런 말을 하는 건 아니겠지? 에르네스틴 때문에? 그런 말도 안 되는 소리를…… 장난 좀 그만하게!”

하지만 ‘털보’는 동료와는 전혀 다른 생각인 듯했다. 그가 드센 바람을 조금이나마 피해보려고 길가 담벼락에 바짝 붙으면서 말했다.

“그나저나 이건 아무래도 공연한 짓거리 같아…… 오늘밤 같은 일은 정말 맘이 내키지 않는다구……”

“그건 또 왜?”

“우리 편이잖아……”

“배신한 놈이야!”

“뭘 안다고 떠들어?”

‘종지기’는 고개를 갸우뚱하며 잠시 생각에 잠기는 듯하다가 이렇게 대답했다.

“제기랄, 뭘 아느냐구? 그래, 모른다는 건 안다, 왜!…… 잘 들어봐. 그 얘기가 나왔을 때 다들 깜짝 놀라는 눈치였잖아! 그러고는 니베하고 툴루슈, 심지어 미밀까지 전혀 주저함이 없었어! 그런 걸 난들 어쩌라구! 다들 같은 의견인걸, 굳이 왈가왈부 따질 필요 있느냔 말이지!…… 하긴 우리 둘만 있어서 얘긴데, 나도 자네랑 마음은 같아…… 동료를 치는 게 나라고 편한 줄 아나?”

갑자기 더욱 거칠고 무시무시한 돌풍이 몰아쳤다.

두 남자는 독퇴르블랑슈 가를 거의 다 걸어올라가, 이제 막 어느 저택 앞을 지나치는 중이었다. 그 집 정원에는 광풍에 이리저리 흔들리는 큼직한 포플러 나무들이 마치 유령처럼 끔찍한 음영을 드리우고 있었다.

'종지기'가 중얼거렸다.

"흠, 말이 필요 없구먼. 경관 한번 끝내줘…… 어디서 보기로 했지?"

"100미터는 더 가야 해. 몽모랑시 대로로 접어들기 바로 전이야."

"그 똥차는?"

"그보다 조금 더 가서 기다리기로 했고……"

"누가 타고 있는 거지?"

"미밀."

"좋았어!"

다시 걸음을 재촉한 '종지기'와 '털보'는 어느새 라페 가의 절반쯤에 해당하는 언덕바지에 도달해 있었다. 차가운 비바람을 등지면서 두 남자는 어떻게든 버텨내려 안간힘을 썼다.

"오냐, 왕창 쏟아부어라, 이놈의 비!"

'털보'가 내뱉자 '종지기'도 맞장구를 쳤다.

"옳거니! 오늘 공짜 청정수 맛 한번 실컷 보는구먼!"

두 사람은 추위에 벌벌 떨면서 아무 말 없이 기다렸다.

그렇게 사람 하나 지나다니지 않는 길 위에 진을 친 지 이십여 분 흘렀을까. '털보'가 문득 '종지기'의 어깨를 툭 건드렸다.

멀찌감치 어렴풋한 소리가 들려오고 있었다. 필경 누군가 반대 방향에서 길을 따라 걸어올라오는 중이었다……

"놈인가?"

'종지기'가 묻자 '털보'가 대답했다.

"응, 발소리만 들어도 알지. 원래 상태가 좀 안 좋거든……"

"발가락에 쥐라도 났나?"

불길한 기운을 물씬 풍기는 두 남자는 머잖아 닥칠 처절한 순간을 앞두고 가슴을 파고드는 참담한 심정에 애써 저항이라도 하듯, 객쩍은 농담을 주고받았다.

아니나 다를까, 잠시 후 한 사내가 모습을 드러냈다……

호텔 급사들이 흔히 입는 것처럼 가장자리에 노란 줄이 그어진 바지 차림에 저고리 옷깃은 잔뜩 세운 채, 사내는 호주머니 속에 두 손을 깊숙이 찔러넣고 빠른 걸음으로 다가오고 있었다.

"어이, 이제 오는가?"

'털보'가 먼저 아는 체를 했다.

"음, 와 있었군!"

"그래, 이 친구야!"

"'종지기' 자네도 왔나?"

"당연하지!"

"근데 대체 무슨 일인데 그래? 한번 붙잡혀 들어갔다가 탈출해 나온 뒤로는 이 동네를 가급적 어슬렁거리지 않으려고 하는데 말이야…… 무슨 일이야?"

사내가 캐묻자 '털보'는 실실 웃어가며 대꾸했다.

"뭐야, 그럼 전혀 짐작도 못하고 있는 건가? 이보게, 쥘. 정말 그런 거야?"

그랬다. 두 남자가 만나기로 한 자는 부라 부인의 하숙집 사환으로 일하고 있는 쥘이었다. 그는 고개를 가로저으며 말했다.

"맙소사, 내가 어떻게 알겠어! 오늘 아침에 온 쪽지는 대체 누가 쓴 건데? 에르네스틴이야?"

'털보'도 '종지기'도 쥘의 질문은 그대로 무시한 채 실없는 잡담만 늘어놓고 있었다. 그렇게 인적 없는 길바닥에 엉거주춤 고개를 숙이고 서서 이런저런 얘기를 나누는 가운데, 세 남자의 굽은 등에는 갈수록 거세지는 빗줄기가 사정없이 쏟아져내리고 있었다.

"자, 자, 이제 뜸 좀 그만 들이고, 도대체 무슨 일로 보자고 했는지 들어보자구! 이거야 원…… 물에 빠진 생쥐 꼴도 유분수지!"

쥘이 슬슬 짜증을 내자, '종지기'가 불쑥 분위기를 바꿨다.

그는 우선 '털보'에게 눈짓을 보낸 뒤, 털이 수북이 난 두툼한 손을 들어 쥘의 어깨 위에 털썩 얹고는 갑자기 거칠고 강압적으로 변한 목소리로 내뱉었다.

"우릴 좀 따라와야겠어!"

그러고는 다짜고짜 끌고 가는 것이었다.

아직 아무 영문도 모르는 쥘은 전혀 의심하지 않고 대뜸 물었다.

"따라오라니, 어딜?…… 싫어! 나 더이상 못 걷겠다구! 이런 날씨에 조금만 더 걸었다간 하루 온종일 햇볕에 말려도 시원찮겠구먼…… 근데 대체 무슨 일인데 그러는 거야? 엉? 뭔데 둘 다 그렇게 뚱하니 입을 다물고 있는 건데?…… 자, 자, 어서 털어놔보라구! 어딜 가자는 거야?…… 이봐, '종지기'! '털보'!…… 대답 안 할 거야?"

'털보'는 아무런 내색도 하지 않고 슬그머니 쥘의 뒤쪽으로 한 발 물러서면서, 방금 전에 '종지기'가 내뱉은 것과 똑같은 어투로 거듭 말했다.

"글쎄, 따라와보라니까……"

쥘은 무의식중에 돌아서려 했지만, 어깨를 움켜잡은 '종지기'의 단단한 손길이 그를 꼼짝 못하게 하고 있었다.

그제야 쥘은 뭔가 감을 잡았고, 이내 무서워졌다.

도대체 이들이 무슨 짓을 하려는 건가?……

친하던 동료들이 난데없이 이래라저래라 강압적으로 나오고 있지 않은가 말이다!

쥘은 흔들리는 목소리로 더듬거리기 시작했다.

"말, 말을 좀…… 해줘야지!…… 도, 도대체 무슨 일이냐고?…… 이 시간에 어디 털 일이라도 있는 거야?"

'종지기'는 가차없이 말을 잘랐다.

"안 되겠군!…… 따라올 거야, 말 거야?"

마침내 버럭 소리를 지르는 쥘.

"싫어! 안 가!……"

하지만 이미 때는 늦어 있었다!

어느새 뒤로 한걸음 물러선 '종지기'가 전광석화 같은 동작으로 기다란 머플러를 쥘의 목에 휘감는가 싶더니, 무릎을 들어 그의 등 한복판을 찌르듯 공격하는 것이었다. 뒷골목 범죄세계에서 심심치 않게 횡행하는 교살 방법인 소위 '찍어 조르기'가 제대로 먹혀들고 있었다……

쥘은 이제 희미한 신음만 입가로 흘릴 뿐, 목이 졸려 거의 숨을 못 쉬고 있었다. 자신을 지키기 위한 그 어떤 동작도 힘이 부쳐 엄두를 못 내는 상황. 설상가상 벌렁 뒤로 나자빠진데다, 이번에는 '털보'가 위에서 덮쳐 양팔을 꼼짝 못하게 붙드는 바람에, 그야말로 손가락 하나 까딱하지 못하고 속수무책으로 당하고 있었다……

껄끄러웠던 일이 거의 성공적으로 치러지자 '털보'는 언제 그랬냐는 듯 평상시의 괜찮은 기분을 회복하고 있었다. 나름 현실적인 문제를 챙길 여유가 생기면서, 그는 의식을 잃고 축 늘어진 쥘의 다리를 꽁꽁 동여매느라 정신없는 '종지기'에게 말했다.

"그 머플러 좀 이리 줘봐!"

'털보'는 '종지기'가 건넨 머플러로 사환의 얼굴을 꼼꼼히 감아 돌려 일종의 재갈을 물릴 참이었다.

"다리는 제대로 묶은 거야?"

'털보'가 툭 던지듯 묻자 '종지기'가 대답했다.

"두말하면 잔소리지!"

'종지기'는 이제 아예 소포 꾸러미라도 다루듯 쥘의 몸뚱어리를 후딱 뒤집어 두 손을 등뒤로 묶기 시작했다.

"똥차 있는 데까지 가려면 여기서 먼가?"

"천만에…… 어, 저기 오는 거 아니야?"

실제로 자동차 한 대가(한데 제법 호화스러운 차였다) 아무 소음 없이 느릿느릿 라페 가를 따라 굴러오고 있었다.

"아닌 것 같은데……"

"이 녀석부터 저쪽으로 치워두자. 워낙 캄캄하니까 아마 보이지는 않을 거야!"

'종지기'와 '털보'는 길가 담장 한쪽에 쥘의 몸뚱어리를 기대 놓은 뒤, 얼른 담배를 빼물고는 몇 발짝 어슬렁거리며 딴전을 피웠다.

하지만 그건 공연한 조심성에 불과했다.

길을 따라 굴러오던 자동차가 갑자기 그들 코앞에서 멈춰 서는 게 아닌가! 다름아닌 미밀, 아니, 이제는 에밀레의 귀에 익은 목소리가 불쑥 튀어나오는 것이었다.

"토끼는 다 잡은 건가요?"

"그래……"

"자, 그럼 어서 트렁크에 실어요!"

"좋아, 빨리 뚜껑이나 열어. 어이, '종지기.' 뭐해, 좀 거들지 않고!"

"이제 출발합니다! 아 참, 그나저나 저 인간은 아주 곯아떨어진 건가요?"

혹시나 해서 물어보는 에밀레에게 '종지기'가 대답했다.

"그래. 악몽 없는 나라를 여행중이시지……"

순간 깜짝 놀라는 에밀레.

"맙소사! 죽인 거예요?"

"걱정할 것 없어. 잠시 맛이 간 것뿐이니까."

그제야 에밀레는 어깨를 으쓱하며 중얼거렸다.

"그렇군요……"

마침내 자동차는 엔진 소리를 요란하게 울리면서 거리를 빠져나갔다.

패거리의 수뇌부가 참 기막힌 발상으로 묘하게 생긴 장소를 골라놓았다.

천장은 둥근 궁륭 모양이고 사방은 차가운 습기가 배어나는 토벽으로 둘러싸여, 흡사 거대한 지하 동굴 같은 모습이었다……

부삽, 곡괭이, 쇠스랑, 물뿌리개 등등 온갖 연장들이 여기저기 흩어져 있는데, 그나마 쓴 지가 하도 오래되어 하나같이 사용 불가능한 것들이었다. 그런가 하면 기병부대에서 사용하는 것과 똑같은 마사馬舍용 각등角燈 하나가 천장에 끈으로 매달려 대롱거리고 있었다. 희미하게 떨고 있는 불빛이 보잘것없는 조명기구 하나에 의존하기엔 너무 넓은 장소를 힘겹게 밝히는 형국이었다. 그 각등 바로 아래, 둥그렇게 그려진 불빛 속에는 사람들이 모여서 술을 홀짝이며 잡담을 나누는가 하면, 고함을 치거나 노래를 부르기도 했는데, 어느 하나 얼굴은 알아볼 수가 없었다. 뭐랄까, 다소 엄숙하면서도 괴이하고, 괴이하면서도 어딘지 무시무시한, 누가 본다면 왠지 섬뜩한 기분이 들 만한 분위기의 회동이 이루어지고 있었다.

대화 내용도 아슬아슬하기 짝이 없었다. 면도 자국이 시퍼런 한 사내가 의심으로 가득찬 작은 눈동자를 쉴새없이 깜빡이면서 말했다.

"이봐, 에르네스틴. '종지기'가 우리 모두 여기서 기다리고 있다는 걸 제대로 알고는 있는 거야?"

바닥에 웅크리고 앉아 장작불에 손을 쬐고 있던 에르네스틴은 몽글몽글 솟아오르는 연기 너머로 어깨를 으쓱하며 대답했다.

"아이, 거참 정말이지 입에 시계태엽이라도 달았나…… 내가 분명 그렇다고 했는데 자꾸 똑같은 소리만 해! 이봐요, 니베. '종지기'가 무슨 등신이라도 되는 줄 알아요?"

창녀의 걸진 대꾸에 사람들이 껄껄대며 호응했다.

사실 니베는 '레 시프르 파' 패거리 사이에선 그다지 호감을 얻지 못하고 있으며, 정식 동료로 받아들여지지도 않은 상태였다. 물론 어울려서 딱히 위험할 건 없고 그럭저럭 쓸모 있는 사람이라는 건 알지만, 공무원이라는 기본적인 신분이 왠지 모르게 거부감을 느끼게 했다. 이를테면 교도관이 입는 제복 차림새와 그에 걸맞게 나대는 꼬락서니가 패거리한테는 결코 좋아 보일 리 없었다.

그러나 니베 역시 쉽게 기가 죽는 타입은 아니었다.

"그렇다면 도대체 셋이서 지금 무얼 하고 있느냐구! 이곳 버섯 재배용 지하실을 안다면, 벌써 도착했어야 하는 거 아닌가 말이야!"

그러고는 갑자기 장물어미를 불렀다.

"어이, 툴루슈 할멈. 지금 몇시요?"

툴루슈 할멈은 고개를 가로저으며 대답했다.

"나 시계 안 가지고 있는데……"

순간 여기저기서 핀잔 섞인 웅성거림이 일었다.

거기 한데 모여, 쥘을 붙잡으러 간 '종지기', '털보', 에밀레를 목이 빠져라 기다리는 일고여덟 명 모두 툴루슈 할멈의 말을 그리 믿지 못하겠다는 눈치였다.

결국 '마도로스'가 쓱 나서더니, 노파의 어깨를 부여잡고 마구 흔들어대면서 다그쳤다.

"이런 거짓말쟁이 할망구! 만날 그렇게 조마조마하는 게 부끄

럽지도 않소? 하여튼 우리가 죽어라 털어다 모아준 온갖 잡동사니들을 내다 팔아오면서도, 이 망할 놈의 할망구는 한 번도 우릴 허심탄회하게 믿어준 적이 없다니까! 뭐 어쩌고 어째? 시계가 없다고? 아마 못해도 여남은 개는 가지고 있을걸!"

계속되는 '마도로스'의 비아냥을 끊은 건 에르네스틴이었다.

"지금이 한시 반이네요……"

순간 손가락을 입에 대고 모두 조용히 하라는 신호를 보내는 니베…… 너나없이 불현듯 움찔하는 분위기였다. 버섯 재배용 지하실은 졸지에 깊은 적막 속에 빠졌다.

"도대체 무슨 일인데?"

'마도로스'가 조심스레 묻자 니베는 다시금 조용히 하라는 신호로 말을 막았다.

"지금 오고 있어! 피의자가 오고 계신다구……"

사람들이 멀뚱하니 쳐다보자 니베는 답답하다는 듯 내뱉었다.

"이거야 원. 줘이 오고 있단 말이야! 못 알아듣겠어?"

에르네스틴은 곧바로 장작불을 떨치고 일어나 어둠 속으로 몇 발짝 내딛더니, 입을 모아 부엉이 울음소리를 흉내냈다.

잠시 후, 똑같은 소리가 화답해왔다.

"맞아요, 그들이 옵니다."

에르네스틴은 다시 불가로 돌아와 웅크리고 앉았다.

니베는 벌써 부산을 떨기 시작했다. 우선 에르네스틴의 어깨를 부여잡고 강제로 일어서게 만들었는데, 창녀가 저항하자 이렇게 말했다.

"오, 다 잘될 거야! 자네 얘기 듣는 것 말고도 할 일이 있어서 그래. 어이, '마도로스.' 자네는 이리 오고…… 여기 판자 위에 앉아서 '종지기'하고 나하고 같이 판결을 하면 되는 거야. 기소는 '털보' 몫이고…… 그리고 만약 내키면 말이지만, 에르네스틴이 그를 변호해주면 되겠지!"

에르네스틴은 당장 발끈했다.

"그럴 바엔 차라리 바퀴벌레를 두둔하는 편이 낫겠어! 그를 박살낸다 해도 난 상관 안 한다니까!"

여자 주위에 몰려 있던 사람들이 그 말에 일제히 조롱 어린 환호성을 내질렀다. '꺽다리' 에르네스틴, 그녀가 다들 '경찰청의 더러운 끄나풀'이라 부르고 있는 자와 예전 한때 그렇고 그런 사이로 의심받았다는 사실을 모르는 이가 없었던 것이다!

주변은 곧 다시 조용해졌다.

그야말로 원시적인 승강기라 할 수 있는 거대한 들통이 권양기에 연결된 밧줄에 매여 지하 공간으로 천천히 내려오는 소리가 을씨년스럽게 들려오고 있었다.

잠시 후, 바깥으로 통하는 시커먼 구멍 아래로 사람들이 둥그렇게 원을 그리며 모여들었다.

"별일 없는가, '털보'?"

니베가 제일 먼저 앞으로 나서며 소리쳤다.

"응, 별일 없지?"

"사냥감은 데려왔겠지?"

"지금 내려보내고 있지 않은가……"

'마도로스'가 당장 쥘의 어깨를 붙잡아 바닥으로 내리꽂았다. 들통은 다시 올라갔고, 이번에는 '털보'와 '종지기' 그리고 에밀레가 그걸 타고 내려올 참이었다.

사람들은 잔뜩 웅크린 채 호기심 어린 눈으로 쥘의 상태를 살폈다.

"완전히 맛이 갔군그래! 사지가 축 늘어졌어…… 팔자 한번 좋으시구먼!"

에르네스틴은 조금이나마 정신이 돌아오게 한답시고 희생자의 얼굴을 발끝으로 톡톡 건드렸다.

마침내 '털보'가 내려와 여자의 고약한 장난을 중단시켰다.

"가만 내버려두지, 에르네스틴!"

그는 한참 동안 동료들과 일일이 포옹과 악수를 나누고는 저녁시간부터 내내 돌고 돌던 술병 중 하나를 꿰어차고 나서야 이렇게 말했다.

"자, 어서 시작하자구!…… 녀석을 어차피 끝장낼 거면, 내일 동트기 전까지 처치하는 게 좋아. 낭비할 시간이 없다구."

'마도로스'는 다른 두 명과 함께 쥘의 축 늘어진 몸뚱어리를 잡아 일으켜 버팀벽의 한쪽 널판에 단단히 붙들어 맸다. 그러는 사이 에르네스틴은 쥘의 입을 막고 있던 재갈을 풀어주었다.

급기야 니베가 호기 있게 외쳤다.

"자, 곧 재판이 시작되겠습니다! 어이, 거기 그러고 있지만 말고 저 인간 정신 좀 들게 한 양동이 퍼다 주시든지……"

말이 떨어지기가 무섭게 나선 사람은 톨루슈 할멈. 큼직한 양동이에 차가운 물을 가득 퍼서 들고 오더니 쥘의 얼굴에 냅다 끼얹는 것이었다.

쥘은 가까스로 눈을 떴고, 서서히 정신을 차려갔다. 그러나 소리 없는 미소를 띤 채 사방에서 자신을 들여다보고 있는 시선들과 마주치자, 이미 하얗게 질릴 대로 질려 있던 그의 얼굴이 끔찍한 공포로 푸르죽죽 변해가기 시작했다.

가엾은 쥘은 말 한마디 하지 못한 채, 주위를 빙 둘러싸듯 웅크리고 앉은, 어제의 친구였던 자들의 빈정대는 표정을 황당한 눈빛으로 더듬을 뿐이었다.

니베가 질문을 던졌다.

"우리가 하는 말 잘 들리나, 쥘?"

"제발 살려줘!"

하지만 니베는 그런 울부짖음 따위엔 전혀 개의치 않는 얼굴이었다.

"보아하니 상황을 파악하고는 있는 모양이군! 내가 워낙 원칙과 격식에 충실한 편이라서, 이자가 스스로를 방어할 길이 없는 상황에선 굳이 심판하고 싶지 않단 말이거든! 암, 이런 일은 결코 그런 식으로 처리해선 곤란하지……"

니베는 동료들의 동의를 구하기 위해 몸을 돌려 이렇게 말했다.

"'털보'가 발언해주시게! 우리가 왜 이자를 심판해야 하는지, 왜 이자를 기소하는 것인지를 우리 모두가 듣는 앞에서 설명해줘! 검사 나리가 하듯이 말이야…… 자, 어서!"

'털보'는 천천히 일어나 논고를 개시했다.

"쥘, 우리가 자네한테 무엇 하나 해코지한 적이 있었나? 우리가 자네를 함정에 빠뜨려 엿 먹인 적이 있었나? 소득을 나눌 때 우리가 자넬 속인 적이 한 번이라도 있나? 자네 우리에게 혹시 불만을 가지고 있었던 것은 아닌가? 없었다고?…… 그렇다면 우리가 전혀 그런 사람들이 아니라는 걸 자네도 잘 알고 있으리라 간주하겠네…… 한데 말이지, 바로 그렇기 때문에 우린 자네가 원망스러울 수밖에 없는 거야! 내 말 잘 들어, 아무리 생각해도 자네밖에는 없거든! 거짓말해봤자 소용없어! 다니도프 대공비 건에서 남의 이익을 가로챌 만한 녀석은 오직 너 하나뿐이란 말이야!"

매서운 질타에 쥘은 거친 숨을 몰아쉬며 대꾸했다.

"'털보'! 난 정말…… 무슨 말을 하는 건지 모르겠어! 난 아무 짓도 하지 않았다구!…… 도대체 뭘 가지고 내게 이러는 거야?"

'털보'는 급할 것 없다는 듯 동료들을 돌아보며 너스레를 떨었다.

"다들 똑똑히 들었습니까, 여러분? 이분께서 전혀 이해를 못 하시겠다는군요! 솔직해질 용기조차 없는 모양입니다그려!"

그러고는 다시 죄인을 돌아보며 말을 이었다.

"좋아, 정 그렇다면 내가 하나하나 설명해주지. 자넨 대공비의 귀금속 훔치는 일을 맨 처음 꾸민 장본인이었어, 안 그런가? 한데 자네가 무슨 짓을 했는지 아는가? 내가 대신 설명해줄까?…… 애당초 약속된 대로 우리를 돕기는커녕, 자넨 슬그머니 '과자'를 따로 챙겼어. 무도회장에서 일하던 몇몇 하인 녀석들과 담합해서 마나님을 엮은 거지. 그렇게 해서 우리 모두와 먹이 나누는 걸 슬그머니 피했고…… 말하자면 우리는 헛물만 켜고 앉았던 셈이야! 증거를 대볼까? 자네에게 우리가 모르는 패거리가 있다는 증거 말이야. 바로 어제 자네는 감방에서 우리 도움 없이 잘도 빠져나왔지! 자넬 도와준 건 우리가 아니었어…… 그걸 보니 퍼뜩 대공비 도난사건 때가 떠오르더라구. 옳거니! 그때만 해도 자넨 아주 즐거웠을 거야. 하지만 지금은 어떤가? 누구나 다 자기 차례가 돌아오는 법이지…… 지금 자네는 더이상 즐겁지가 않아! 자넨 자네 스스로 저지른 행위를 뭐라 부르는지 아는가?"

죄은 목이 멘 목소리로 악을 썼다.

"그, 그렇지 않아! 정말 맹세한다니까!"

'털보'는 더이상 듣지 않았다.

"자네의 그런 행위는 말이야, 바로 '배신'이라고 하는 거야. 자넨 '레 시프르 파'의 멤버들을 배신했어…… 이상 끝! 달리 할말이라도 있나?"

쥘은 세번째이자 마지막으로 길길이 몸부림쳤다. 이제야말로 돌이킬 수 없게 버림받은 처지가 되어 목숨이 경각에 달렸다는 무시무시한 느낌에 압도되어가고 있었다.

"맹세하지만 난 그런 적 없어…… 대공비를 턴 건 내가 아니란 말이야! 누가 그랬는지 나도 모른다구!"

어쩌면 그의 말이 사실인지도 몰랐다. 다만 자신을 방어하는 방법으로는 부실하기 짝이 없었다. 무엇보다 그는 두려움에 사로잡혀 어쩔 줄 모르고 있었으니……

사람들은 그의 발작적인 경련과 끔찍하리만치 창백한 안색, 이마에 송골송골 맺힌 식은땀 같은 것으로 마음속 공포심을 가늠하고 있었다.

그는 이제 더이상 잘나가던 예전의 쥘이 아니었다. 보기에도 처량한 낙오자일 뿐!

그리고 낙오자의 처량한 모습이 짙어갈수록, 사람들은 그를 하찮게 바라보고 있었다.

"맹세컨대 내가 아니야! 내가 아니라니까……"

하지만 쥘의 거듭되는 절규에 맞불이라도 놓듯, 모두 벌떡 일어나 술기운에 분노까지 더한 상태로 길길이 고함을 질러대는 것이었다.

그중에서도 화가 머리끝까지 치솟아, 방금 전까지 자랑스레 떠받들던 원칙과 격식은 어디 갔는지도 모를 니베가 유독 악을 쓰고 있었다.

"좋아! 그만 됐어! 이자가 계속 거짓말로 일관하는 걸 보니 자신이 저지른 행위를 시인할 배짱조차 없는 인간이 분명해! 이런 경우엔 그냥 재갈을 물려놓는 길밖에 없지!…… 에르네스틴, 어서 원래대로 해놓으라구!"

'꺽다리' 매춘부가 다시금 쥘의 얼굴을 머플러로 친친 감는 동안, 니베는 동료들을 돌아보며 제법 근엄한 태도로 떠들어댔다.

"자, 이제 어떻게 할까요? 더이상 시간낭비 할 필요가 있겠습니까? 우린 이미 모든 자초지종을 알고 있지 않은가요? 판결은 벌써 난 거나 다름없다고 생각합니다! 지금까지 저지른 행위로 볼 때, 과연 이자에게 어떤 처분을 내려야 마땅할까요?…… 이봐요, 튤루슈 할멈. 당신이 그나마 제일 연장자니 어디 한번 말 좀 해보시구려!"

튤루슈 할멈은 엄숙한 선언이라도 하듯 부르르 떠는 손을 내밀며 말했다.

"나는 단호하게 말합니다. 나약한 마음을 먹고 동료를 배신하는 자는 죽음으로 처단해야만 한다고 생각합니다!"

노파의 말에 여기저기서 환호성이 터졌다.

그녀와 다른 의견을 가진 사람은 아무도 없는 듯했다.

니베가 말을 받았다.

"그렇다면 결정된 거나 다름없습니다! 모두가 동의를 했으니 서둘러 처리합시다. 사형입니다! 우리 모두 타격을 받았으니, 당연히 누구 하나 빠지지 않고 복수를 하는 겁니다! 다들 어떻습니까? '망치형'으로 처단하는 것이."

그러지 않아도 연기 자욱하니 음산한 분위기가 팽배한 지하 공간…… 바야흐로 무시무시한 광경이 벌어질 참이었다!

툴루슈 할멈은 어느새 저쪽 구석에서 대장장이가 사용하는 묵직한 쇠망치를 가지고 와 있었다. 여전히 부들부들 떠는 손으로 쇠망치를 집어든 할멈은 떡하니 버티고 서서, 이미 죽은 거나 진배없는 죄인을 내려다보았다. 그러고는 앙칼지면서도 준엄한 어투로 이렇게 내뱉었다.

"너는 '레 시프르 파'에 씻지 못할 과오를 저질렀다! 그러니 죽어줘야겠어, 이 짭새 끄나풀 녀석!"

망치는 허공에 포물선을 그리며 그대로 죄인의 얼굴 한복판을 강타했다.

소름끼치는 신음 소리가 재갈 너머로 스며나오더니, 시뻘건 핏줄기가 울컥하고 솟구쳤다.

하지만 그것은 시작에 불과했다!

나이순으로 차례차례 망치를 건네받으면서, 패거리 한 명 한 명이 증오가 사무친 동작으로 쥘의 죽어가는 몸뚱어리에 일격을 가하는 것이었다……

텁텁하고 역겨운 피냄새가 지하 공간을 가득 채우는 가운데, 일행 모두는 너 나 할 것 없이 끔찍스러운 취기 속으로 휘말려들고 있었다.

으스러진 뼈마디와 뭉개진 살점 위로 둔탁하게 내리꽂히는 망치 소리가 오랫동안…… 아주 오랫동안 울리고 나서야, 가엾은 쥘은 마지막 신음과 경련을 끝으로 자신의 과오에 대한 잔혹한 속죄의식을 마감할 수 있었다!

마침내 '레 시프르 파'의 멤버들 또한 몸과 마음이 지쳐 꼼짝도 할 수 없는 지경이 되었다.

그중에서도 제일 극성스럽게 망치질을 해댄 에밀레가 피투성이가 된 흉기를 구석에 던져놓으며 이렇게 내뱉었다.

"이만하면 됐겠죠? 결국 이렇게 죗값을 받은 겁니다……"

그러고는 팔짱을 낀 채 벽에 기대서서 이 모든 광경을 묵묵히 바라만 보고 있는 니베를 향해 불쑥 물었다.

"근데 뭐하는 겁니까? 마음이 약해진 거예요? 어째 한 대도 때리지 않고 있지?"

니베는 냉소적인 미소를 띤 채 이렇게 대꾸했다.

"멍청한 소리 하지 말게, 에밀레! 내가 멀찌감치 떨어져서 이러고 있는 건 나름대로 이유가 있어서야…… 이것으로 쥘에 대한 처리가 끝난 걸로 보이나?…… 물론 놈을 죽이긴 했지만, 이젠 뒤끝이 없게 마무리를 할 때지, 안 그런가? 근데 여기 모인 모두 꼴 좀 보라구. 온통 피투성이 아닌가 말이야…… 너 나 할 것 없이 아주 시뻘겋게 뒤집어썼어! 그걸 다 씻어내려면 적어도 한 시간은 걸릴 테지…… 하지만 나는 티 하나 없이 깨끗해. 왜 그래야 했냐고? 내게는 저 송장을 처리할 아주 훌륭한 계획이 있거든! 자, 자, 그러니 에밀레 자네도 어서 서둘란 말이야! 나랑 같이 준비할 게 있어…… 앞으로 십 분 시간을 줄 테니, 그 고물 자동차에서 출발 준비를 하고 있게나. 이제부터 자네와 나 둘이서 장의사 노릇을 해보는 거야. 내 장담하건대, 호기심 많은 경찰청 식구들 아마 고생 좀 하게 될걸!……"

23
보지라르에서 몽마르트르까지

법원 앞 대로변에서 제롬 팡도르는 회중시계를 꺼냈다. 낮 열두시 반.

"기사 마감 시간이네…… 자, 자, 힘을 내자구. 어서 회사로 들어가야지!"

이제 막 로비로 들어서려는 그를 편집장이 소리쳐 불렀다.

"어이, 팡도르! 이제야 나타나는가? 그나마 다행이구먼…… 도대체 어제저녁부터 어떻게 된 거야? 전화를 두 번이나 했는데 당최 연결할 방도가 없으니! 자리를 뜨려면 얘기라도 하고 뜨든지 말이야……"

하지만 팡도르는 전혀 미안한 기색 없이 빈정대듯 대꾸했다.

"나 원 참, 어디 놀러 다니기라도 한 줄 아시나…… 근데 저를 왜 찾으셨는데요? 무슨 일이죠?"

"정말 알 수 없는 사건이 터졌어! 자네 토므리라는 제당업자 알지?"

"토므리요? 아, 그럼요, 알죠!"

"놀라지 말게. 그 사람이 감쪽같이 사라졌어! 어디 있는지 아는 사람이 전혀 없다네."

팡도르는 태연하게 말을 받았다.

"뭘 그런 걸 가지고…… 그런 사람들이 어디 일일이 보고하고 나다니나요."

"맙소사, 지금 그 사람이 없어져서 파리 전체가 보통 시끄러운 줄 아나? 자네 전혀 분위기 파악을 못하고 있군그래! 제당업자 토므리가 얼마나 막강한 자산가인지 도대체 알고나 있는 건가?"

"압니다. 대단하죠……"

"그런 인물이 한번 맘먹고 사라지면 수많은 사람들이 피해를 보는 거라구!"

"어쩌면 그 덕에 또다른 사람들은 배를 불릴 수도 있는 거구요……"

"그야 그럴지도 모르지. 아무튼 그건 우리가 상관할 바 아니고…… 우린 그가 실종된 사실에만 집중하면 되는 거야! 자네 오늘 특별히 할 일 없지? 다 집어치우고 지금부터 이 문제에만 매달려주게. 이번 사태에 대해 그냥 맨송맨송 지나가느니, 발간 시간을 반시간 정도 늦추더라도 뭔가 제대로 된 조명을 해야겠다는 생각이야."

제롬 팡도르가 고개를 끄덕이면서도 딱히 취재에 임할 기색을 보이지 않자, 편집장이 다시 말했다.

"나 이거야 원. 이보게, 팡도르! 뭘 그리 꾸물거리고 있나? 오늘 어쩐지 좀 이상해…… 새로운 정보라면 사족을 못 쓰던 젊은 이가 말이야!"

"새로운 정보라…… 제게 정보가 모자라다고 보십니까? 이거 왜 이러세요…… 두고 보십시오, 편집장님, 오늘 저녁 〈라 카피탈〉에는 토므리의 실종사건에 관한 자초지종이 원 없이 실려 나갈 테니까요!"

모처럼 호기 있게 내뱉은 젊은 신문기자는 몸을 홱 돌려, 신문사 내 '정보통'으로 통하는 선배 기자에게로 다가갔다. 마르빌이라는 이름의 그 친구는 관료적인 분위기가 물씬 풍기는 사람으로, 편집실 내에서도 유독 방음장치가 잘된 혼자만의 공간을 사용하고 있었다. 거기서 소위 거물급 인사들을 자주 맞아들여 얘기를 나누는 것이 그의 중요한 일과였다.

제롬 팡도르는 토므리의 실종 사태에 관해 그가 무얼 알고 있는지 떠볼 참이었다.

"토므리가 사라졌는데, 재계에 무슨 변화의 조짐이라도 보이나요?"

"변화의 조짐이라니, 무슨 말이야?"

"돈의 흐름에 무슨 변동이라도 없느냐는 거죠."

"돈의 흐름이라……"

"왜 아니겠어요! 제 생각엔 그런 거물급 인사가 갑자기 사라졌다면 주식시장에만도 상당한 여파가 있을 텐데 말이죠. 그러지 말고 속시원히 얘기 좀 해주지 그래요!"

젊은 신문기자의 거듭된 요청에 마음이 동한 마르빌이 우쭐한 태도로 입을 열었다.

"이른바 정치·경제적 추세를 묻는 모양인데, 이보게, 젊은 친구. 그걸 별안간 이 자리에서 자네한테 줄줄이 이해시키기란 불가능하지! 만약 무리를 해서라도 자네 청을 들어주려면, 아마 『라루스 사전』*만큼 두껍고 묵직한 책을 한 권은 써야 할걸! 차라리 요점을 보다 구체적으로 정해 다시 물어보면 안 되겠나?"

제롬 팡도르는 상대가 유난 떠는 걸 한쪽 귀로 흘려버리고는 곧바로 다시 질문했다.

"제가 알고 싶은 건, 토므리가 사라짐으로써 금전적인 손해를 보는 자가 누구냐는 겁니다!"

'정보통'은 두 팔을 하늘로 치켜들며 이렇게 말했다.

"그야 모두 다지, 이 사람아! 그런 사람이 하나 종적을 감춰버

---

* 프랑스의 대표적인 사전 중 하나.

리면 주가폭락은 정해진 수순이라구! 사실 토므리라는 사람은 워낙 대담무쌍한 사업가라, 회사 또한 그가 뭐든 주도하고 이끌어나가야 제값을 발휘하는 편이지…… 아무튼 주식시장에 조만간 엄청난 파국이 벌어질 거야."

"그렇군요…… 그럼 이득을 보는 자는 누구죠?"

"이득을 보다니, 무슨 소리야?"

"말 그대로 토므리가 사라져주면 누군가에겐 틀림없이 이득이 돌아갈 거라 생각하는데요…… 그 사람이 사라지는 걸 반길 만한 사람도 있지 않겠어요?"

그제야 '정보통'은 진지한 표정으로 생각을 하더니 이렇게 말했다.

"이보게, 젊은 친구. 솔직히 말해서 난 내 호주머니 사정이야 잘 알지만, 현재 진행중인 모든 투기 상황을 줄잡아 꿰뚫고 있지는 못하다네. 토므리의 실종으로 금전적 이득을 볼 만한 사람이라면 결국 투기꾼들일 텐데…… 글쎄, 누군가 토므리의 주식을 90프랑어치 샀다고 쳐보지. 근데 오늘처럼 토므리가 실종된 상황에서는 그 주식이 70프랑대로 떨어지고 마는 거야. 결국 그만큼의 금전적 손실이 발생하는 셈이지…… 그런데 이렇게 한번 생각해보자, 이거야. 토므리의 주식이 폭락할 거라고 예상한 어느 자산가가 반대로 이 주 후 거래 가격이 90프랑대까지 떨 거라고 예상한 다른 고객한테 해당 주식을 파는 거야. 만약 토므리가 제자리를 지키고 있다면 그의 주식은 90프랑대는 물론, 그 이상으로 올라갈지도 모르는 거니까…… 전자는 득실이 아무것도 없다면, 후자는 그야말로 죽을 쒔다는 표현이 알맞겠지. 정상가보다 훨씬 낮춰서 처분하게 생겼으니 말이야. 그 차액은 고스란히 본인 부담으로 떠안아야 할 테고……"

"그렇죠! 그러면 만약 토므리가 사망했다면……"

"사망했다면 아예 얘기가 안 되는 거지…… 하지만 단순히 어디론가 숨어버린 거라면 주가는 일단 폭락할 테고, 자산가는 이 주 후에 90프랑으로 매도할 주식을 심지어 60프랑 선에서 사들일 수도 있다는 얘기지. 그건 엄청 남는 장사가 아니겠나……"

"정말 훌륭한 사업이 되겠군요! 그렇다면 마르빌 당신은 토므리 주식의 상당 부분에 대해서 그와 같은 거래가 실제로 이루어졌는지 확인해봤나요?"

"아이고, 자네 나한테 너무 많은 걸 요구하는구먼! 아직은 나도 아는 게 없어. 하지만 증권시장에서 차차 그 윤곽이 드러나겠지."

그때 옆방에서 갑자기 소란스러운 소리가 들리지 않았다면 아마 제롬 팡도르는 계속해서 선배 기자를 물고 늘어졌을 것이다.

"팡도르! 팡도르!"

아니나 다를까, '정보통'이 쓰는 방문을 불쑥 열고 들어온 편집장이 다짜고짜 이렇게 말했다.

"여기서 대체 뭐하고 있는 건가? 내가 분명 토므리 실종사건이 얼마나 시급한지 말했을 텐데! 당장 뛰쳐나가서 취재해오라구! 방금 아바스 통신사에서 온 전문인데, 르쿠르브 가의 어느 작은 아파트에서 토므리의 시신이 발견됐다는 정보야!"

순간 팡도르는 일부러 깜짝 놀란 척 애쓰며 말했다.

"그래요? 이번에는 경찰이 제법 빨랐네…… 저 역시 토므리가 단순하게 실종된 거라고는 보지 않았거든요!"

예상 외로 차분해 보이는 팡도르 앞에서 편집장은 어안이 벙벙할 수밖에 없었다.

"그랬어?"

"그럼요! 그런 생각은 벌써부터 하고 있었죠. 뭘 그리 놀라세요? 감이야 있건 없건 둘 중 하나 아니겠습니까!"

잠시 뜸을 들인 후 팡도르는 이렇게 덧붙였다.

"아무튼 가보겠습니다. 반시간 후에 전화해서 죽음에 얽힌 자초지종을 상세하게 정리해드리죠. 통신사에서는 자살이랍니까, 타살이랍니까?"

"그건 경찰도 아직 파악 못한 모양이더라구……"

"아바르 씨, 이렇게 뵙게 되어 정말 영광입니다. 잠시 인터뷰를 좀 부탁드릴까 하는데요……"

"이런, 어쩔 수 없구먼. 내가 싫다 한다고 물러설 당신이 아니잖소?"

"맞습니다! 토므리 씨의 죽음에 대한 정보는 저도 이미 어느 정도 조사를 끝낸 상황이라 묻지 않겠습니다. 다만 경찰이 어떻게 해서 그의 시신을 발견하게 되었는지, 그 과정을 되도록 자세하게 알려주시면 감사하겠습니다."

"별로 어렵지는 않았어요…… 토므리 씨 댁 하인들이 어제 아침 주인이 집에 없는 걸 알고 무척 당황했다고 합니다. 오전 열한시부터는 제당업계를 대표하는 토므리 씨의 부재 사실이 알려지면서 증권거래소가 불안해지기 시작했고요. 그의 업무와 관련해서 거래될 주식이 상당량 있었는데, 도무지 주인공이 나타날 기미가 보이지 않자, 이거 무슨 변고가 생긴 것 아닌가 하는 분위기가 확산된 거죠. 당연히 경찰청에 신고가 들어왔고, 나로선 그 즉시 무슨 일이 벌어졌다는 것을 직감으로 느끼게 된 겁니다. 물론 직접 나서서 토므리 씨 집으로 가보았죠. 이것저것 서류들을 조사하다가 우연히 어떤 임대료 영수증을 세 장 발견하게 되었습니다. 르쿠르브 가에 있는 뒤랑 씨라는 사람 소유의 아파트이더군요. 영수증 세 장 중 하나는 비교적 최근 것이었습니다. 즉시 경찰을 보내 거기 누가 살고 있는지 알아본 결과, 관리인 얘기가 아직 정식으로 이사 온 건 아니지만 바로 전날 사람들이 큼직한 트렁크를 가져와 들여놓더라는 거예요. 경찰은 곧장 아파트 문을 따고 들어갔고, 거기서 토므리 씨의 시신을 발견하게 된 겁니다. 그 밖에 시신 상태 등에 대해서는 알고 있다니 달리 말씀드리지 않겠습니다."

"그럼 혹시 토므리 씨를 자살로 몰아간 요인에 관해 어떤 단서든 찾아낸 게 있나요?"

"자살이요? (아바르 씨는 고개를 절레절레 흔들었다.) 이것 보세요, 팡도르. 그 양반이 실종되었을 때만 해도 다들 자살을 운운한 게 사실입니다만, 이제는 전혀 그렇게 생각하지 않습니다!"

"이유는요?"

"내가 직접 범죄 현장에 도착해 살펴보니, 아, 이건 자살이 아니다, 라는 생각이 퍼뜩 드는 거예요. 현장 상황이 너무도 작위적이었습니다! 적어도 돈 문제로 인해 스스로 목숨을 끊겠다는 사람이 그처럼 가명으로 빌린 작은 아파트로 기어들어가, 당신도 알겠지만, 하필 돌롱 양의 트렁크를 앞에 둔 채 자살을 결행하다니…… 굳이 그럴 필요가 있겠습니까? 이유는 알 수 없지만, 토므리 씨가 문제의 트렁크를 훔친 뒤 스스로 목을 맨 것처럼 믿게 하려고 누군가 모든 것을 그렇게 꾸며놓았다고 확신할 수 있었죠!"

"구체적인 단서나 증거는 찾으셨습니까?"

"그야 물론이지! 이 특별한 사태에 대해 이미 지역 전체에서 주목하고 있는 만큼, 증거 확보야 빠뜨릴 수 없는 일이죠. 트렁크 뚜껑에서 우리가 찾아낸 게 뭔지 알겠소?…… 다름아닌 그 유명한 자크 돌롱의 지문이랍니다!"

신문기자는 다급한 티를 물씬 풍기며 치안국장에게 거듭 물었다.

"그 밖에 다른 것은요? 다른 것은 찾지 못하셨나요?"

"아, 또 있었죠…… 바닥 여기저기에 사람 발자국이 여럿 있었습니다. 물론 죄다 본을 떠놨고요."

'아뿔싸, 그렇다면 내 발자국도 있겠군…… 꼴좋게 됐다!'

그런 생각이 뇌리를 스치는 가운데 팡도르는 계속 인터뷰를 진행했다.

"아바르 씨, 결국 이번 사건을 한마디로 요약하자면 뭐라고 할 수 있겠습니까?"

치안국장은 난감한 듯 고개를 흔들며 말했다.

"그게 참 어렵습니다…… 이건 내 생각입니다만, 우리가 여전히 자크 돌롱이 연루된 범죄에 직면해 있는 게 아니냐는 겁니다! 자기 누나에 대한 살해미수사건 직후, 그자는 경찰이 정식으로 가택수색을 하리라는 걸 간파했습니다. 당신도 알고 있겠지만, 그는 경찰서장 행세를 해가며 문제의 트렁크를 빼내, 곧바로 그 아파트로 가져가 내용물을 죄다 뒤져보았을 거예요. 뭔지는 모르지만 제당업자의 죽음에 어떤 이해관계가 있었던 것 같은데, 어쨌든 토므리 씨를 아파트로 유인해 살해하는 데까지 성공합니다. 현장에 트렁크와 시체를 그냥 방치해둔 것은 틀림없이 사건 자체를 복잡하게 꾸미려고 그런 걸 테고……"

"하지만 아바르 씨, 지금 자크 돌롱이 살아 있다고 생각하시니까 드리는 말씀인데, 과연 그가 사방에 자기 지문을 찍어놓을 만큼 순진할까요? 자유의 몸이겠다, 신문도 얼마든지 보고 있다면, 베르티용 씨가 자신의 지문을 채취해놓았다는 것쯤 모르지 않을 텐데 말이죠⋯⋯ 그만한 범죄자 같으면 의당 알아서 조심하는 것이 순리 아니겠습니까?"

"그야 그렇겠죠! 하지만 그토록 능수능란하게 모든 범죄 행각을 펼치고 다니는 걸 보면, 자크 돌롱은 필경 경찰의 추적을 우습게 따돌릴 수 있는 수단을 갖춘 게 분명합니다. 그래서 자기가 연루되어 있다는 사실을 굳이 숨길 필요도 못 느끼는 것이죠. 그냥 우리의 추적을 벗어나기만 하면 되니까요⋯⋯"

신문기자가 실소를 금치 못하는 것을 보고 아바르 씨는 이렇게 덧붙였다.

"오, 그렇다고 오해는 마시구려! 어떻게 해서든 반드시 돌롱을 체포하고야 말 테니까⋯⋯ 지금까지는 기막히게 운이 좋았을 뿐이지만, 그 운이라는 것은 언제 어떻게 변할지 모르는 것 아니겠소! 결국 그자는 우리 손에 순순히 떨어지게 되어 있지⋯⋯"

"저도 그렇게 되기를 바랍니다. 자, 이제 어떻게 하실 셈인가요?"

치안국장은 신문기자를 친근하게 붙들며 말했다.

"자, 일단 나하고 같이 움직입시다, 팡도르! 경찰청에 먼저 전화를 걸어 몇 가지 지시를 내려야겠소. 그런 다음 새로 가택수사를 하러 같이 가보는 겁니다."

"어디로 말입니까?"

"노르뱅 가에 있는 자크 돌롱의 집으로요. 그곳 열쇠를 가지고 있으니, 혹시 뒤랑이라는 이름으로 된 또다른 영수증이 있는지 확인해봐야겠습니다. 자크 돌롱이 토므리를 함정으로 유인한 건 알겠는데, 그 함정이 어떻게 토므리에게 임대가 되었는지는 도무지 모르겠거든…… 자크 돌롱이 뭔가 술책을 쓴 것 같긴 한데 말이죠! 일단 뒤랑이라는 이름으로 작성한 영수증을 토므리에게 보냈고, 그 때문에 토므리가 함정에 걸려든 것으로 보입니다만…… 아무튼 이 모든 것이 애매모호합니다. 같이 가실 거죠?"

"아, 물론이죠!"

제롬 팡도르의 대답이었다.

치안국장이 신속하게 전화를 거는 동안, 팡도르 역시 라 카피탈 사와 연락을 취해 토므리의 죽음에 대한 조사의 일차적 결과를 요약해 보냈다.

둘은 마침내 집무실에서 나와 택시를 타고 노르뱅 가로 직행했다.

한편 예술가가 머물렀던 공간은 엘리자베스 돌롱 양이 떠난 이후 아무도 드나들지 않은 채 방치되어 있었다.

현관 앞 계단에서 시작해 벽 여기저기를 기어오른 잡초 넝쿨

이 꼭 닫힌 덧문들까지 푸르죽죽 덮고 있는 건물 모습은 황폐하게 버려진 정원과 어우러져, 전체적으로 음산한 분위기를 더하고 있었다.

아바르 씨는 서슴없이 열쇠를 구멍에 꽂으며 중얼거렸다.

"빌어먹을! 수수께끼 같은 살인사건이 일어난 집안에 들어갈 때면 항상 기분이 묘해진단 말이거든…… 안 그렇소, 팡도르!"

철컥 소리가 나며 열쇠가 돌아가자, 아바르 씨가 말했다.

"왠지 모르게 뭔가 끔찍한 것과 맞닥뜨릴 것 같은데요……"

"유령 같은 것 말이죠?"

팡도르가 장단을 맞추는 사이 문이 스르르 열렸고, 신문기자는 당황하지 않고 이렇게 덧붙였다.

"자, 어디서부터 시작하면 좋을까요?"

아바르 씨는 곧장 2층으로 올라가면서 툭 던지듯 대답했다.

"당연히 아틀리에부터죠!"

그런데 둘 다 방안에 들어서기가 무섭게 누가 먼저랄 것 없이 비명부터 내지르는 것이었다.

"이크, 저게 뭐야!"

아틀리에 한복판에 이미 뻣뻣해진 지 오래된 듯한 목매단 시체 하나가 덩그러니 매달려 있는 게 아닌가!……

치안국장과 신문기자는 허겁지겁 다가가 살펴보았다.

"죽었어!"

아바르 씨의 탄식에 팡도르가 덧붙였다.

"게다가 많이 훼손됐군요!"

아바르 씨는 밧줄 끝에 매달려 대롱대롱 흔들리는 몸뚱어리를 휘둥그레진 눈으로 쳐다만 볼 뿐이었다.

먼저 침착을 되찾은 건 제롬 팡도르였다.

그는 제일 처음 머릿속에 떠오른 질문을 그대로 내뱉었다.

"도대체 이게 누구 시체죠?"

아바르 씨는 우선 의자부터 놓고 올라선 뒤, 만약을 대비해 늘 몸에 지니고 다니는 단도를 꺼내 밧줄을 끊고, 팡도르와 함께 시체를 바닥에 내려놓았다.

"얼굴이 칼로 여기저기 베인데다, 뭉개지고 부어터지고 난리도 아니구먼……"

조심스레 살펴보던 아바르 씨의 음성이 갑자기 다급해졌다.

"맙소사! 양손을 황산용액에 담갔었나보네!…… 지문을 채취하지 못하게 한 거야…… 이건…… 이건 자크 돌롱의 시체야!"

그러나 신문기자는 고개를 절레절레 내저었다.

"자크 돌롱이요?…… 무슨 말씀이세요? 만약 이 사람이 자크 돌롱이라면 자기 집에 와서 일부러 목을 매진 않았을 겁니다! 게다가 왜 목을 매겠어요?"

이에 대한 아바르 씨의 설명은 다음과 같았다.

"그가 스스로 목을 맨 건 아니겠죠. 이 역시 연출된 상황일 뿐입니다! 다른 사람의 손에 목매달아졌다는 얘기죠. 그렇지 않다면 어떻게 얼굴이 이렇게까지 손상되었겠소? 둔기로 수차례 내리쳐 죽게 한 뒤 목매단 거란 말씀이외다. 내가 법의관은 아니지만, 만약 교살에 의해 죽음에 이르렀다면 목을 따라 또다른 흔적이 나 있어야 맞을 거요. 그런데 보시오, 팡도르. 밧줄로 인해 깊이 파인 흔적이 무척 미미하고 혈흔 같은 것은 아예 보이지도 않는데, 이는 교살에 의한 사망과는 아주 다른 현상입니다! 요컨대 이 시신은 이미 죽은 다음에 목매달아진 거예요……"

"좋습니다…… 하지만 그게 지금 그렇게 중요한가요?"

"당연히 중요하지…… 그로 인해 돌롱에게 다른 공범이 있다는 점이 확실시되니까…… 결국 공범이 그를 제거하기 위해 이런 짓을 저지른 거겠죠."

제롬 팡도르는 여전히 고개를 가로저었다.

"하지만 이자는 돌롱이 아닙니다! 돌롱일 리가 없어요!"

"그렇다면 황산으로 태워버린 이 손은 뭡니까?"

"아바르 씨, 그건 아까 직접 말씀하신 대로 저 역시 연출된 것으로 보고 있습니다!"

"그럼 당신은 자크 돌롱의 집에까지 실려와서 이렇게 목매달릴 만한 사람이 누구일 거라 생각하시오? 당신은 곧잘 스스로 논리적임을 자랑해왔는데, 지금이 그 솜씨를 보여줄 기회인 것 같소! 내가 보기에는 우리가 지금 자크 돌롱의 집에 와 있는 상황에서, 이렇게 눈앞에 보고 있는 시신은 다름아닌 자크 돌롱 자신일 거라 결론 내리는 게 가장 합당한 추론일 듯한데 말이지……"

신문기자는 왠지 자신이 없는 눈치였다.

지금껏 자크 돌롱의 사망에 대해 나름대로 확신을 가져왔고, 그것도 경찰청 구치소에서 안타깝게 사망한 것으로 믿어 의심치 않으면서도, 그는 아바르 씨가 내세운 의견에 조목조목 반박할 수가 없었다.

그쯤 되니 치안국장은 자신의 말에 신문기자가 설복당하고 있는 것으로 믿었다.

"어쨌든 사실관계는 조만간 바로잡을 수 있을 거외다. 우린 어차피 이 얼굴 없는 시신의 정체를 알아볼 수가 없어요. 하지만 엘리자베스 돌롱은 몸에 있는 화상이라든가 흉터 등 어떤 신체적 특징을 통해 자기 동생인지 아닌지 판별할 수 있지 않겠습니까?"

하지만 팡도르의 생각은 달랐다.

"돌롱 양은 아무것도 판별해내지 못할 겁니다. 보십시오, 얼굴이며 손이며…… 남아난 곳이 없지 않습니까! 어딜 보고 신체적 특징을 찾아낼 거라 생각하시나요?"

그러면서 신문기자 자신도 의문의 사체 위로 몸을 숙여 진지하게 살펴보기 시작했다. 한데 잠시 후 갑자기 벌떡 몸을 일으키며 기쁨의 탄성을 내지르는 팡도르……

"아바르 씨! 누구인지 알았습니다!"

“네?”

“쥘이에요! 하숙집 사환 쥘 말입니다. 경찰에 붙잡혔다가, 신문을 버텨내지 못할 걸 우려한 공범들이 빼내간 바로 그자요! 도저히 처치가 곤란해 그냥 살해해버린 모양입니다.”

“음, 그럴듯한 설명이오만…… 사실임을 증명할 증거가 없지 않소!”

“그건……”

제롬 팡도르는 시신을 뒤집어 목덜미에 선명하게 나 있는 종기의 흔적을 가리켰다.

“일전에 쥘의 목덜미에 이와 유사한 흉터가 있는 걸 본 기억이 있습니다! 그 당시 수사판사 집무실에서 제 앞에 등지고 앉아 있었거든요. 그 종기 자국에 시선이 끌렸던 기억이 납니다…… 이 시체의 주인공은 틀림없이 쥘이에요!”

아바르 씨는 잠시 뜸을 들이더니, 자신의 생각을 한마디로 중얼거렸다.

“만약 이자가 쥘이라면…… 우린 결국 한 발짝도 나아가지 못한 셈이로군……”

제롬 팡도르가 무언가 대꾸를 하려는데, 문득 노크 소리가 들렸다.

이 음산한 건물에 갑자기 누가 들이닥친 것일까?

순간적으로 신문기자와 치안국장의 당혹스러워하는 시선이

서로 교차했다.

이내 아바르 씨가 나직이 중얼거렸다.

"아마 경찰관일 거요! 떠나기 전에 당신이랑 같이 여기에 갈 거라고 일러놨거든…… 내가 필요하면 찾으러 오라고 말이오."

과연 문을 열어보니 자전거 순찰대 소속 경찰이 한 명 서 있었다.

그는 정성껏 경례를 하면서 말했다.

"국장님, 미셸 형사의 심부름으로 왔습니다!"

"그래, 뭔가?"

"검거 작전이 성공적으로 완수되었다는 소식입니다!"

"검거 작전이라니?"

"'레 시프르 파'에 대한 대대적인 검거 작전 말입니다!"

"아, 그거 정말 중요한 작전이지!…… 정확히 누구누구를 잡아들였나?"

경찰관은 신이 나서 대답했다.

"거의 다입니다, 국장님! 적어도 그간 사건에 연루된 멤버들은 모조리……"

"구체적으로 말해보게."

"툴루슈 할멈과 '털보', 에밀레라고 불리는 미밀, '술통'…… 그리고 이름이 정확하게 파악되지 않는 졸개들까지 전부 포함됩니다."

제롬 팡도르가 은근한 미소를 지으며 물었다.

"물론 크라나주르는 빠져나갔겠죠?"

"그렇습니다. 크라나주르는 빠져나갔습니다."

경찰관은 다시 아바르 씨를 향해 물었다.

"국장님, 특별한 지시사항은 없으신지요?"

"아니, 뭐 특별한 건 없네만…… 혹시 검거 당시 이렇다 할 불상사는 없었나? 모두 다 순조롭게 풀린 거야?"

"네, 국장님. 아주 간단하고 완벽하게 진행되었습니다. 모두 다 툴루슈 할멈의 가게 안에 모여 있는 걸 덮쳤거든요…… 다들 저항은 일절 하지 않고 순순히 검거에 응했습니다."

"좋아…… 잘됐군."

고개를 끄덕이던 아바르 씨, 별안간 제롬 팡도르를 돌아보며 불쑥 물었다.

"한데 크라나주르가 붙잡히지 않았을 거라고 어떻게 추측한 거요?"

팡도르는 히죽 웃으며 대답했다.

"그 정도야 뭐 대수겠습니까! 아바르 씨, 아무래도 저를 좀 과소평가하고 계신 것 같네요…… 이번에 '레 시프르 파' 일당을 잡아들인 것은 아마 크라나주르가 정보를 주었기에 가능했을 겁니다……"

"크라나주르가?…… 팡도르 당신 제정신이오? 도대체 무슨 근거로 크라나주르가 경찰 쪽 사람이라고 생각하는 거요?"

신문기자는 아바르 씨를 똑바로 바라보며 아무렇지도 않게 내뱉듯 말했다.

"쥐브 형사가 아직 사직서를 제출하지 않았다고 했거든요……"

당황한 기색을 감추지 못한 채 한동안 신문기자를 멀뚱하니 쳐다보는 아바르 씨, 이내 더듬더듬 입을 열었다.

"아니…… 지금…… 도대체 무슨 소릴 하는 거요? 쥐브 형사가 뭘 어떻게 했다고?……"

팡도르는 쓸데없이 얘기를 돌릴 때가 아니라고 생각했는지 단도직입적으로 말했다.

"아바르 씨, 제가 무얼 어떻게 아는지는 이제 신경 끄시고, 지금 당장 '레 시프르 파' 일당에 대한 본격적인 수사에 착수해주십시오. 다만 앞으로 명심하셔야 할 게 하나 있다면, 저 역시 국장님 못지않게 이것저것 알 만한 건 다 알고 있다는 점입니다……"

치안국장은 더더욱 어안이 벙벙한 표정으로 쳐다만 보고 있었고, 제롬 팡도르는 그 면전에 또다시 이렇게 덧붙였다.

"단지 돌롱 이야기가 아닙니다, 국장님! 다시 한번 말씀드리지만, 저의 가장 절친한 친구이자 최고의 형사인 쥐브 얘기를 하고 있는 겁니다!"

24
면회실에서

"어서 들어가시오! 좀 빨리빨리 못 움직이나!"

엘리자베스가 갇혀 있는 감방문을 활짝 열어젖힌 교도관이 고약한 인상의 한 노파를 거칠게 떠밀었다.

"내일까지 여기 죽치고 있어야 할 테니 그리 아시오! 그다음 지시가 떨어지면 다른 곳으로 이송될 테니까……"

엘리자베스 돌롱은 어쩌다 같은 방을 쓰게 된 낯선 상대를 걱정스러운 눈망울로 쳐다보았다.

새로이 수감된 노파가 젊은 여자를 바라보는 눈길 속에도 여간 불안한 기색이 서려 있는 게 아니었다.

잠시 적막이 흐른 뒤, 새로운 수감자 쪽에서 먼저 친근하게 말을 걸어왔다.

"그쪽 이름은 뭐지?"

"엘리자베스라고 해요……"

"모르는 이름인걸! 성까지 다 말해봐……"

"엘리자베스 돌롱이라고 합니다……"

그 순간, 구석 지푸라기 바닥에 주저앉아 있던 노파가 벌떡 몸을 일으켰다.

"아이고, 당신이 엘리자베스 돌롱이구먼…… 이런 웃기는 일이 다 있나! 여기 붙잡혀 들어온 지 한참 됐나? 나로 말하자면 어제저녁 걸려들었지 뭐야…… 이런, 내 소개도 해야겠구먼. 난 툴루슈 할멈이라고 해. 다들 나더러 '레 시프르 파'에서 장물 관리를 도맡고 있다고는 하는데…… 물론 죄다 터무니없는 낭설이지!"

엘리자베스 돌롱은 굳이 무얼 캐묻고 싶은 심정이 아니었다. 단지 난데없는 동무를 맞이하게 되어 다소 놀랄 뿐이었다. 하긴 팔자에 없는 감방생활에 많이 의기소침해 있는 터라, 그나마 수다라도 떨 상대가 생긴 것이 다소 위안이 될 것 같기는 했다.

반면 철창생활에 웬만큼 이력이 나 있는 툴루슈 할멈은 되는 대로 퍼더버릴 공간을 확보하면서 계속 주절댔다.

"보아하니 내일이면 또 옮길 것 같은데…… 하여튼 유감이야. 자넨 분명 고약한 인상은 아닌데 말이야. 어쩐지 선해 보여…… 생각 같아선 같이 좀더 오래 있었으면 싶은걸…… 그건 그렇고,

자넨 언제 나가나? 여기 오래 있어야 하는 거야?"

그런가?

슬프게도 그녀 자신 역시 그 문제만큼은 잘 모르고 있었다.

한편 팡도르는 구치소로 들어서면서 생각을 굴리고 있었다.

'변호사가 되면 정말 대단할 거야! 변호사는 물론, 온갖 가짜 직함들을 사칭하고 나댄 지난 한 시간여 동안, 나 스스로 완전히 달라진 느낌이었다니까! 전보다 훨씬 더 진지해지고, 자신감도 예전과는 비교할 수 없을 만큼 강해졌어. 말발도 여간 는 게 아니야! 돌롱 양의 관선 변호사 뒤바르 씨의 행세를 이렇듯 멋들어지게 해내고 있는 내 모습을 보라구! 의뢰인 접견권은 물론, 지금 내 지갑을 두둑이 채우고 있는 각종 신분증들이 다 어떻게 내 수중으로 들어왔겠어! 누가 봐도 이 몸은 어엿하신 뒤바르 변호사 아니겠어!'

실제로 신문기자는 자신의 수완을 흡족하게 여길 만했다. 그 덕에 엘리자베스 돌롱을 너무도 손쉽게 만나볼 수가 있게 되었는데, 그것도 특별 면회실에서 담당 교도관조차 입회하지 않는 가운데 단둘이 시간을 보낼 수 있게 된 것이다!

제롬 팡도르는 뒤바르 변호사의 자격으로 서기과에 들어가 필요한 모든 서류를 작성했고, 무뚝뚝한 교도관의 안내를 받아 탁자 하나와 등받이 없는 걸상 몇 개가 덩그러니 놓여 있는 작은 면회실로 들어섰다.

"앉으십시오, 변호사님. 의뢰인을 데리고 오겠습니다."

열쇠를 소지한 교도관이 방을 나선 뒤, 제롬 팡도르는 변호사의 말쑥한 옷매무새를 가다듬으며 그대로 서 있었다. 이제 조금 있으면 그토록 사랑하는 여인이 마치 흉악한 범죄자처럼 교도관 두 명 사이에 끼어 나타날 거라는 생각에 벌써부터 마음이 조여들고 손끝은 파르르 떨렸다.

'그래, 이제 곧 그녀가 저 문으로 들어서겠지……'

문제는 엘리자베스가 팡도르를 알아보지 못해야만 한다는 거였다. 만에 하나 여자가 알아보고 탄성이라도 내지른다면, 일은 엄청 꼬일 수밖에 없었다.

팡도르는 양팔을 들어 신문을 한껏 펼쳐들고는, 얼굴을 최대한 가린 상태로 기사에 온 정신을 빼앗긴 척하기로 했다.

잠시 후, 문이 열리고 교도관의 목소리가 들렸다.

"자, 들어가시오…… 변호사님, 나오실 때는 벨만 울려주시면 됩니다."

묵직하게 문 닫히는 소리가 들리고 나서야 팡도르는 부리나케 신문을 내렸다.

아니나 다를까, 여자는 금세 신문기자를 알아보고는 갑자기 하얗게 질리면서 아무 말도 못하고 서 있었다.

"엘리자베스! 엘리자베스! 어서 손이라도 좀 내밀어보세요! 제가 왜 여기 와 있는지 모르시겠어요? 당신을 만나 아무도 보지 않는 데서 긴히 할 얘기가 있어서 이렇게 온 겁니다. 그래서 변호사 행세를 하고 있는 거예요…… 물론 당신에겐 변호사가 필요하지 않을 겁니다!"

그제야 여자는 조금이나마 충격에서 회복되어 점점 안정을 되찾는 기색이었다.

제롬 팡도르는 연모의 정을 전혀 숨기지 않는 눈빛으로 여자를 바라보고 있었다.

"가엾은 엘리자베스! 저 때문에 얼마나 고생이 많으십니까……"

남자의 가슴 저미는 토로에 여자는 대뜸 이렇게 물었다.

"도대체 왜 저를 배신하셨어요? 어떻게 저를 이곳에 가둘 수 있죠? 제가 결백하다는 건 잘 아시잖아요!"

"제가 당신을 배신했다고 생각하나요? 저를 의심하시는 겁니까?"

구치소 면회실이라는 처절한 환경에서 서로 재회한 두 남녀는 하나같이 가슴 깊은 곳부터 순박한 젊은이들이었다. 그들은 각자 자신의 심정에 한 점 의혹의 여지가 없었으며, 일부러 못마땅한 척할 수 있는 사람들이 아니었다.

엘리자베스는 팡도르가 자신을 가둔 것에 분개하고 있었고, 팡도르는 특별한 사정도 없이 자기를 가두었다고 생각하는 엘리자베스의 태도가 섭섭하기만 했다.

"동생의 지문이 찍힌 비누 얘기는 왜 저한테 안 하셨어요? 저한테는 동생이 죽었다고 그렇게 강변했으면서, 어떻게 동생과 만났다며 저를 고발할 수가 있죠?"

팡도르는 얼른 여자의 두 손을 부여잡고 오랫동안 꼭 쥐었다.

"오, 엘리자베스. 수사판사 집무실에서 제가 그런 난리를 피워가며 당신을 경찰에 넘길 때는 진정한 의도를 미리 얘기해줄 여유가 없었습니다! 아, 그 당시 설사 여유가 있었다 해도 공연히 당신 걱정만 더하게 만드는 꼴이었을 거예요…… 속시원히 알고 싶다고요? 네, 그러는 게 당연하겠죠…… 그래서 제가 이렇게 찾아온 겁니다. 사정은 이렇습니다. 수사판사 집무실에 모였던 바로 전날 당신은 저로부터 전화가 몇 통 걸려온 것으로 알고 있었다고 했죠? 수녀가 전화 왔다고 해서 달려오면 그때마다 저와 연결이 안 됐지만, 통화 사정이 나빠서 그러려니 했다고요…… 저는 당신의 그런 얘기를 듣고서 얼마나 가슴이 철렁했는지 모릅니다! 저는 당신에게 전화를 하지 않았어요! 수녀원에 전화한 적이 한 번도 없단 말입니다! 그건 곧 정체를 드러내길 꺼려하는 누군가가 당신의 동태를 추적하고, 당신을 글라시에르가에 묶어놓기 위해 공작을 취하고 있었다는 뜻이 됩니다……"

팡도르의 목소리는 어느새 가볍게 떨리고 있었다.

"무엇보다 제가 걱정하는 것은 당신을 그런 식으로 감시하는 존재가 예전에 부라 부인의 하숙집을 침입해 당신을 해치려 한 자들이 아닐까 하는 점입니다! 생각해보십시오. 안전하다고 믿고 당신을 그곳 수녀원에 데리고 간 사람이 바로 저인데, 실상은 전혀 그렇지가 못하니 얼마나 황당했겠습니까! 자, 이제 제가 왜 당신을 경찰 손에 넘겨 갇혀 있게 했는지 아시겠습니까? 일단 이곳에 있으면 최소한 당신의 안전은 보장된 거나 마찬가지입니다! 그 누구도 경찰이 관리하는 감방 안의 당신을 해치려 들 수는 없을 테니 말입니다. 어차피 당신을 해치려는 자를 잡아 가두지 못할 바에는 반대로 당신을 감방 안에 있게 만드는 것이 나름대로 좋은 방법이라고 생각한 겁니다. 다른 어느 곳보다 그곳에 있는 것이 훨씬 안전하게 보호받을 수 있을 테니까요……"

그제야 젊은이의 자상한 마음에 자기도 모르게 슬며시 미소를 짓는 엘리자베스. 그럼에도 불구하고 일말의 불안감이 남는지 이렇게 반문했다.

"하지만…… 당신이 그랬잖아요. 제 동생이 감방 안에서 살해당했다고……"

팡도르는 얼른 고개를 가로저으며 대답했다.

"그건 전혀 다른 얘깁니다! 당신 동생을 해친 것은 사전에 치밀하게 준비된 행위였습니다. 구치소 내부에 분명 공범이 있었을 테고, 조직적으로 한 발 한 발 목표에 접근했을 거예요…… 반면 당신은 그로 인해 한층 더 철저해진 경비 태세 속에서 안전하게 수감되어 있다고 할 수 있습니다. 그만큼 당신 동생의 죽음이 경찰에게는 충격이었던 거죠. 저는 이곳의 안전체계를 신뢰

합니다. 퓌즐리에 씨도 그 점을 보장했고요. 당신한테는 일부러 오랜 경력을 가진 교도관을 한 명 따로 배정하고 있습니다. 엘리자베스, 제가 뜻하지 않은 충격을 주면서까지 당신을 이곳에 있게끔 한 것은 당신의 안위에 대한 걱정을 최소화하기 위해서입니다. 그래야 제가 밖에서 마음놓고 조사를 진행할 수 있으니까요…… 그러니 이제 저를 그만 용서해주셨으면 합니다!"

젊은이의 말에서 우러나는 따뜻한 애정이 마음에 이미 녹아들기 시작했음에도, 엘리자베스는 공연한 푸념을 늘어놓았다.

"진작 제게 귀띔이라도 해주지 그러셨어요……"

"실은 그 자리에서도 마지막 순간에 가서야 그런 묘책이 생각났거든요! 게다가 사전에 귀띔을 해주었다간 당신이 사람들 앞에서 놀라는 시늉을 제대로 해낼지도 의문이었고요. 다들 당신의 체포 사실을 진지하게 받아들여야 했습니다…… 자, 이제 저를 용서해주시는 거죠?"

사실 팡도르가 거듭 간청하지 않아도 여자의 입장은 정해져 있었다.

"어쩔 수가 없네요…… 당신은 언제나 훌륭한 친구예요. 모든 상황을 대비해 보살펴주시는 걸 보면…… 마치 저를……"

엘리자베스는 갑자기 얼굴이 빨개지며 입을 다물더니, 얼른 화제를 바꿨다.

"그나저나 무슨 새로운 소식이라도 있나요?"

"아, 정말 기막힌 소식이 있지요!"

팡도르도 얼른 분위기를 바꿔, 버드나무 트렁크가 거의 강탈되다시피 한 일을 아주 자세하게 이야기해주었다. 그러면서도 토므리의 죽음이라든가 쥘의 살해 소식에 대해서는 일언반구도 내비치지 않았다.

지금 엘리자베스를 놀라게 하거나 슬프게 만들어서 무슨 소용이 있겠는가!

그 대신 신문기자는 여자로부터 아직 공개되지 않은 정보를 끄집어내는 쪽에 치중했다.

"문제는 그 목록을 아직 찾지 못했다는 겁니다……"

팡도르가 일부러 말끝을 흐리자 여자가 대뜸 반응을 보였다.

"아 참, 팡도르 씨, 정말 미안해요! 그때는 제가 워낙 경황이 없어서 말씀 못 드렸는데…… 그 목록을 잃어버린 줄 알았다가 다시 찾아냈답니다! 전에 당신한테 갖다주려고 손가방에 넣어두었던 걸 그만 까마득히 잊고 있었지 뭐예요! 구치소 서기과에 부탁했더니 제게 넘겨주시더라구요…… 자, 여기 있어요!"

제롬 팡도르는 더이상 얘기를 듣고 있지 않았다. 엘리자베스 돌롱이 건넨 종이를 득달같이 잡아채고는 떨리는 심정으로 살펴보기 시작했다.

여자가 말한 대로 수첩에서 뜯어낸 중간 크기의 종이쪽지였다.

필체불명의 꾹꾹 눌러쓴 글씨들이 줄지은 명단처럼 배열되어 있었다.

비브레 남작부인, 4월 3일, 자크 돌롱.

경/구…… 상기동上記同.

소냐 다니도프, 4월 12일.

바르베와 낭퇴유, 5월 15일.

제랭……?

마담 B……?

토므리, 5월 중.

바르베와 낭퇴유, 5월 말.

젊은 신문기자는 종이를 이리저리 뒤집어보았지만 그 밖의 다른 정보는 찾을 수 없었다.

그토록 오랫동안 찾아 헤매온 수수께끼의 비밀이 정녕 이 보잘것없는 종잇장 어딘가에 담겨 있단 말인가? 그는 당장이라도 어린애 같은 짜증을 부리며 종이를 구겨버릴 태세였다.

그러다가 문득 아무 말 없이 놀란 표정으로 자신을 빤히 바라보는 엘리자베스와 눈길이 마주치자, 팡도르는 깊은 생각에 잠겨들기 시작했다.

'비브레 남작부인, 4월 3일, 자크 돌롱이라…… 이 두 이름은 사건의 시작에 정확히 부합하는군. 처음 두 건의 사망과 그 일자가 말이야…… 그럼 경/구는 뭐지? 옳거니, 경찰청 구치소인가? 경/구 상기동이란 결국 장소는 경찰청 구치소이고 일정은 위와 같다는 뜻이겠군!…… 소냐 다니도프, 4월 12일이라…… 이름이 고스란히 노출되어 있고 날짜도 정확해! 바르베와 낭퇴유, 5월 15일. 카트르셉탕브르 가 사건이 5월 20일에 일어났으니 거의 비슷한 시점이로군…… 가만있자, 제랭은 뭐고 마담 B는 또 뭐야?…… 왜 날짜가 없는 거지?…… 오호라, 알았다, 알았어! 제랭은 비브레 남작부인의 전담 공증인이었지! 보아하니 미처 날짜가 정해지지 않은 상태에서 선부르게 계획된 범행을 말하고 있는 것 같은데. 하긴 날짜가 꼭 필요한 것도 아니니까! 그다음 토므리 역시 이 표에 정해진 대로 5월 중순에 죽음을 맞은 셈이로군……'

글자들이 제롬 팡도르의 눈앞에서 빙글빙글 맴도는 듯했다. 마침내 자기도 모르게 입술을 잔뜩 깨무는 팡도르……

마지막 줄 '바르베와 낭퇴유, 5월 말'은 도대체 뭘 의미한단 말인가!

하지만 제롬 팡도르가 그 명민한 머리로 글자들을 꿰어 맞추는 데는 그리 오랜 시간이 필요치 않았다. 5월 15일에 그랬던 것처럼, 바르베 씨와 낭퇴유 씨가 미지의 누군가에게 또다시 공격을 받게 된다는 뜻일 터!

무언가에 정신이 팔린 듯 팡도르는 혼자서 이렇게 중얼거렸다.

"바르베와 낭퇴유, 5월 말이라…… 오늘이 5월 28일이니까, 뭔가 또 섬뜩한 일이 일어나려면 앞으로 사흘 남았다는 얘기네! 한데 대체 무슨 일을 당한다는 거지? 금전적으로 손해를 입힌다는 뜻인가, 아니면 몸을 해친다는 건가? 그들을 어떻게 지키지? 함정을 미리 파놔야겠는데……"

신문기자가 문득 고개를 들자, 그 앞에서 어리둥절해하고 있는 엘리자베스의 얼굴이 눈에 들어왔다. 팡도르는 애써 아무렇지도 않은 척 스스로를 추스르며 말했다.

"정말 이 목록은 모든 점에서 당신이 예전에 제게 언급해준 내용과 정확히 합치하는군요! 딱히 새롭게 제시하는 내용은 없는 것 같습니다. 그렇더라도, 일단 이건 제가 보관하겠습니다, 괜찮겠죠?"

제롬 팡도르는 여자가 미처 대답하기도 전에 벌떡 일어나더니, 이번에는 이렇게 말했다.

"아 참, 엘리자베스. 줄곧 궁금해하던 건데…… (젊은이의 목소리가 적잖이 떨리고 있었다.) 당신 동생이 토므리의 주식을 산 적이 있는지 좀 확인해주실 수 있나요?"

그건 엄밀히 말해 자기도 모르게 튀어나온 얘기였다. 그는 엘리자베스의 대답을 들으며 관자놀이에 식은땀이 돋는 걸 느끼고 있었다.

"별로 많이 사두진 않았던 걸로 알고 있어요. 잘해야 서너 주

정도?…… 바르베 씨와 낭퇴유 씨가 보유 주식을 내놓으면서 제 동생이 그걸 거두어주길 바랐죠."

"당신 동생은 당연히 그에 대한 지불을 해야만 했겠고요, 안 그렇습니까?"

"맞아요. 하지만 말씀드렸다시피, 동생의 주식이라야 아주 미미한 정도에 불과했어요."

제롬 팡도르는 더이상 왈가왈부 묻지 않았다.

그는 여자에게 작별인사를 한 뒤 구치소를 빠져나왔다. 정처 없이 걸음을 옮기면서 그의 머릿속은 복잡한 생각들로 어지럽기 짝이 없었다.

'이건 분명해! 정말 확실하다구! 바르베와 낭퇴유는 토므리 주식을 선매한 거야. 누군가 토므리를 살해한 것은 그 주식값을 폭락하게 만들기 위해서였고. 결국에 가서는 5월 말일을 기해 어마어마한 수익을 올리는 걸 목표로 한 셈이지. 요컨대 이번 토요일 바르베낭퇴유은행 금고에는 황금이 두둑이 쌓일 터! 5월 마지막 날인 토요일…… 그래서 바르베와 낭퇴유 두 사람의 이름이 그 섬뜩한 목록에 올라 있었던 거야. 누군가 이번 토요일에 바르베낭퇴유은행을 털 계획이란 얘기지!'

25
작전

제롬 팡도르는 몇 번이나 쥐브의 아파트 초인종을 울려댔지만 아무런 응답이 없었다. 아마도 집에 없는 모양이었다.

'도대체 이 양반은 지금 뭐하고 있는 거야? 대체 어떻게 된 거냐구!'

방금 전에 꺼내 본 회중시계는 오후 네시를 알리고 있었다. 아직은 시간 여유가 있는 셈이었다. 하긴 앞으로 결행할 결정적인 행동에 대해 조금이라도 더 깊이 생각해보는 게 좋을 듯도 싶었다. 이대로 십오 분 정도 거닐면서 생각을 정리한다고 해서 나쁠 이유는 전혀 없었다.

제롬 팡도르는 대로 쪽으로 방향을 잡고 걸으며 속으로 중얼거렸다.

'지난 두 달여 동안 이 끊임없는 사건들 주변을 맴돌며 과연 내가 담당한 역할이 무엇이었나? 돌아가는 꼴로 봐서는 분명 내가 한몫 껴도 단단히 낀 것 같긴 한데…… (문득 그의 입가에 미소가 번졌다.) 솔직히 말해 이건 아무한테나 털어놓지 못할 고백이지. 적어도 언론에 종사하는 사람으로서 체면이 있지 말이야…… 처음 내가 발을 담근 것까지는 좋았던 게 확실하지만, 어째 그다음부터는 되는대로 굴러오기만 한 것 같거든!'

젊은 신문기자는 최근 자신도 모르게 엮여들어간 사태들을 빠르게 돌이켜보았다. 그러자 무엇보다 먼저 노르뱅 가 사건이 선명하게 떠오르는 것이었다. 신문기자로서 직접 참관하지 않고도 정확한 자료를 갖춰 놀랄 만큼 훌륭한 기사를 작성했던 바로 그 사건 말이다……

당시만 해도 그는 자크 돌롱의 혐의에 확신을 가지는 입장이었다. 자크 돌롱이 비브레 남작부인을 살해한 것엔 의심의 여지가 없다는 생각이었으며, 등장인물들 사이의 이해관계와 각종 추문들이 득실거리는 잡다한 사례만을 그 속에서 보았을 뿐이다. 입바른 소리 하기 좋아하는 파리지앵으로서 그는 자크 돌롱이 수감 도중 목을 맨 사태만을 내세워 경찰측에 흠집내는 것을 그저 즐긴 게 전부였다.

그러다가 결정적으로 엘리자베스 돌롱이라는 처녀의 생생한 고통을 접하고는 마음이 흔들리기 시작한 것이다. 그때부터 젊은 여자는 그의 머리와 가슴에 돌이킬 수 없는 각인으로 들어앉았다. 거기에 남작부인의 자살과 관련한 일련의 고백 속에서 불행한 화가의 무고함이 밝혀지고, 그와 동시에 사체가 감쪽같이 사라지는 상황에 부닥치자 신문기자가 이전까지 고수하던 입장은 근본부터 뒤흔들리게 된 것이다.

그후 법원 건물 지붕과 시테 섬 하수도를 넘나든 사체의 이동 경로에 관한 그의 기사는 글자 그대로 대박감이었다. 그런가 하면 쥐에 파먹힌 사체의 흔적을 통해 돌롱이 사망했음을 파악했으면서도 일부러 그의 생존 가능성을 은근히 제기함으로써 굼뜬 경찰을 골탕 먹이며 즐거워했던 것도 사실이다.

이처럼 자기만족감에서 흘러가던 그림 속에 난데없는 그림자 한 점이 끼어든 건 바로 그 어처구니없는 발길질에 엉덩이를 걷어차인 순간부터였다! 우스꽝스러운 몰골로 센 강에 처박히게 만든 그놈의 발길질은 결국 신문기자의 활동이 어떤 사람들에게는 그리 달갑지 않을 수 있다는 점을 다소 과격한 방법으로 깨닫게 해준 셈이었다!

물론 그 발길질의 주인공은 쥐브였고, 그로 인해 팡도르의 생명이 무사할 수 있었던 것은 더 말할 나위도 없는 일이다.

아무튼 그때 이후로 팡도르는 차분히 생각해볼 여유를 거의 갖지 못했다.

걷잡을 수 없는 속도로 치닫는 온갖 참혹하고 긴박한 사건들……

소냐 다니도프 대공비에 대한 수수께끼 같은 절도사건, 카트르셉탕브르 가에서 벌어진 대담한 날치기사건, 가엾은 엘리자베스 돌롱 양을 겨냥한 살해미수사건, 버드나무 트렁크를 둘러싼 황당한 경험들…… 특히 마지막 사건 때는 알프레드라는 경찰청 구치소 교도관이 놈들과 한패라는 것 외에는 아무것도 알아내지 못한 상태에서, 목 졸린 토므리의 시신과 더불어 하마터면 큰 곤욕을 치를 뻔하지 않았던가!

그러다가 신문기자의 자긍심을 여지없이 깔아뭉갠 사건이 벌어졌으니, 다름아닌 '샐러드 바구니'라 불리는 죄수 호송차 사건! 이어서 치안국에서는 돌롱으로 착각했지만 결국 질임이 확인된 끔찍한 시신이 발견되는가 하면, 급기야는 문제의 목록이 손에 들어오고, 그 내용을 분석해본 결과 이제는 엄청난 사태가 목전까지 들이닥쳤음이 불 보듯 뻔해진 상황! 하지만 왠지 모르게 그런 상황 자체가 하나의 자극이 되어, 마치 박차로 옆구리를 차인 경주마가 놀라운 저력을 발휘하듯 팡도르는 지금까지 거쳐온 여정의 대단원을 바라보며 새로운 활력과 도전의지를 불태우는 것이었다……

'르쿠르브 가에서 보낸 그날 밤, 나는 놈들에게 농락당했을 뿐이란 말인가? 도대체 내가 트렁크 속에 숨어 있다는 걸 알았던 거야, 몰랐던 거야? 생각할수록 판단이 서지 않고 기분만 더러

워지는군. 하여튼 애매모호한 건 딱 질색이라니까! 그나저나 처음엔 프랑스어로 말하다가 나중엔 독일어로 지껄여대던 그자들…… 혹시 지난 사건들을 거쳐오는 동안 내가 얼굴이든 목소리든 한 번 정도는 접했던 자들 아닐까? 확실히 귀에 익지 않은 목소리였던 것 같기는 하지만, 그 정도야 충분히 변조할 수 있는 거고…… 자연스럽다기보다는 어딘지 지나치게 튀는 어조였다니까……'

제롬 팡도르의 발걸음은 어느덧 트리니테 광장에 다다라 있었다. 쇼세당탱 가로 나서자마자 그의 시선은 자기도 모르게 클리시 가 모퉁이에 자리잡고 있는 거대한 건물로 향했다.

바르베낭퇴유은행이 들어선 건물의 높은 창문들이 햇빛을 반사하는 가운데, 1층에 자리잡은 사무 공간들이 거리와 광장 쪽으로 향해 있었다.

'어쨌든 내가 지금부터 취할 행동은 다소 엉뚱해 보일 수도 있어. 만약 저 은행가들에 대한 나의 판단이 옳다면, 저들은 분명 온건하고 침착하며 어느 정도는 냉정한 사람들일 거야. 아마 상상력은 다소 빈곤할지도 모르지. 그들로 하여금 내 말을 경청하고 내 말대로 따르게 만들려면 웬만한 입심 갖고는 어림도 없을걸. 사태의 추이로 볼 때 지금이 가장 황당무계하게 보일 수 있는 단계인 건 확실한데, 혹시 지나치게 1830년대* 분위기로 접근하는 건 아닌지 몰라. 저들은 20세기 동시대의 날고 기는 사람들보다 사업적으로 월등히 앞선 정신 상태를 가지고 있을 텐데 말이야…… 혹시 나를 사기꾼이나 정신 나간 사람쯤으로 여기며 문전박대하는 건 아닐까? 아니, 그럴 리는 없지. 나 역시 만만하게 당하고만 있지는 않을 테니까. 일이 잘만 풀리면 오히려 내게 엄청 고마워해야 할걸!'

팡도르는 두 분과 긴요하게 나눌 얘기가 있으며, 바쁘시면 얼마든지 기다릴 용의가 있다면서 제법 점잖은 태도로 자신의 방문 의사를 알렸다. 안내인의 인도로 넓은 홀을 비롯해 몇 개의 인접한 공간들을 거친 끝에 두 동업자의 집무실에까지 당도해 당분간 혼자 대기중인 팡도르…… 두툼하게 속을 대고 가죽을 입힌 육중한 문들이 세상으로부터 적절히 차단해주고 있는 널찍한 집무실 한복판에 우두커니 서 있었다. 아니나 다를까, 잠시 후 사뭇 진지한 태도의 바르베 씨와 단춧구멍에 장미를 꽂을 만큼 우아한 분위기의 낭퇴유 씨가 방안에 들어오더니, 전혀 놀라는 기색 없이 손님을 맞았다. 자고로 은행 일에 종사하는 사람은 어떻게든 항상 고객의 속사정에 귀기울일 준비가 되어 있어야 하는 법! 바르베 씨와 낭퇴유 씨는 재판석에 착석하는 판사들처럼 으리으리한 사무용 책상 너머에 나란히 앉으며 이렇게 말했다.

---

* 낭만주의가 활개치던 시절.

"무슨 일이신지요, 팡도르 씨?"

두 사람 다 잡다한 손님들을 맞이하는 데 이력이 난 것 같았다. 각별하다고까진 할 수 없지만, 웬만큼 예의바른 태도로 그들은 찾아온 젊은 손님의 용건에만 관심을 보일 뿐이었다.

평소 사람을 대하는 태도랄지 취재에 임할 때의 대담한 스타일은 다 어디로 도망갔는지, 팡도르는 두 은행가의 침착하고 덤덤한 태도 앞에서 잠시 주춤하지 않을 수 없었다. 가뜩이나 엉뚱하고 갑작스러운 제안을 하러 온 입장이 아닌가 말이다!

그는 우선 바쁜 시간에 불쑥 찾아든 것에 대해 이런저런 말로 양해를 구하느라 진땀을 뺐다. 그러더니 어느 한순간, 이제는 자기 쪽에서 주도권을 쥘 차례가 되었다는 듯 일거에 소심한 태도를 떨쳐버리며 단도직입적으로 털어놓는 것이었다.

"지금 두 분은 생각하는 것 이상으로 복잡한 사건에 깊이 연루되어 있습니다! 경찰이 계속해서 해결책을 모색하고 있지만 아직까지 전혀 실마리를 찾지 못하고 있지요. 저로 말씀드리자면, 상황에 휩쓸린 감도 좀 있지만 역시 직업이 직업이니만큼 치안국 업무와는 별도로 남몰래 사건조사를 해오고 있습니다. 그동안 더할 나위 없이 중대한 몇몇 단서들을 확보해왔으며, 이제는 결정적인 성과들을 목전에 두고 있는 상황이지요. 요컨대, 현재 두 분도 포함되어 있는 파리 사교계에 깊숙이 침투해 있는 범죄집단이 일부 사람들을 겨냥해 범행을 모의해왔다는 사실을 뒤늦게나마 알게 되었습니다. 그중 비브레 남작부인과 소냐 다니도프 대공비는 이미 당한 경우라 볼 수 있겠죠. 두 분에게 닥친 절도사건 역시 사전에 계획된 것이었습니다…… 이제 본론으로 들어가지요. 앞으로 두 분 신상에 직접적인 위해가 가해질 것입니다. 그것도 사흘 이내에 말입니다!"

제롬 팡도르는 일장 연설을 하면서 점점 두 은행가 쪽으로 가까이 다가서고 있었다.

급기야 그는 마호가니 원목으로 만든 널찍한 사무용 책상 바로 앞까지 바짝 다가와 섰다.

바르베 씨와 낭퇴유 씨는 누가 보면 단순히 예의를 차린다고 할 정도의 차분한 태도로 신문기자의 얘기를 경청하고 있었다. 그러면서도 특히 바르베 씨의 입술이 가볍게 움찔하는 걸 보면 상대의 얘기가 그저 예사롭게 들리지만은 않는 것이 분명했다.

그 같은 미세한 반응을 눈치챈 팡도르가 더욱 대담해지려는 찰나…… 가능한 한 억제하면서도 어딘지 모르게 냉소적인 투가 드러나는 목소리로 낭퇴유 씨가 입을 열었다.

"팡도르 씨, 지금까지 해주신 말씀 잘 들었습니다. 정말이지 저희를 그토록 생각해주시다니 뭐라 감사의 말씀을 드려야 할지 모르겠습니다! 하지만 우리 은행에 대해 말씀드리자면, 가끔은 수상쩍은 사람까지 포함해 워낙 이런저런 사람들이 드나드는데다 막대한 현금이 보관되어 있기 때문에, 저희도 나름대로 적절한 방법을 통해 조심을 기하고 있답니다. 절도 행각은 물론이고 그 이상의 심각한 위협으로부터도 최대한 안전이 보장되어 있다고 할 수 있죠. 어쨌든 염려해주시는 것에 대해서는 감사의 말씀을 드립……"

순간 팡도르는 거칠게 말을 잘랐다.

"이건 감사하고 말고 할 문제가 아닙니다! 말쑥한 경비원 몇 명 두었다고 자랑할 일이 아니에요. 단단한 자물쇠 몇 개 채워놨다고 해서 안전이 보장되었다고 자부할 상황이 아니란 말입니다! 우린 지금 상상을 초월할 만큼 무지막지한 적을 상대하고 있습니다! 제가 굳이 '우리'라고 하는 이유는 저 역시 갈수록 이 어지러운 사건들에 휘말려들고 있다는 느낌 때문이에요. 기자 경력 오 년 동안 매일같이 범죄사건을 목격하고 다뤄온 입장에서 드리는 말씀입니다. 현재까지 범인들은 자신들의 계획을 실행하는 데 한 치의 막힘도 없었습니다. 한마디로 저들이 언제 어떻게 모습을 드러낼지 미리 파악하고 경계하는 길밖에는 특별한 방어 수단이 없는 셈입니다……"

이번에는 점점 심각해지는 표정으로 얘기를 듣고 있던 바르베 씨가 불쑥 물었다.

"그래서 도대체 어쩌자는 겁니까?"

드디어 결정적인 순간이 왔음을 직감한 팡도르…… 단번에 상대를 설복시킬 최적의 표현을 고르느라 바쁘게 머리를 굴리는 가운데 두 은행가와 얼굴이 거의 맞닿을 정도로 책상 위로 바짝 몸을 기울이면서, 마치 연극의 대사를 외우듯 나지막하게 중얼거렸다.

"저는 이곳에 오기 전 라 카피탈 사에 사흘간 휴가 신청을 해 놓았습니다. 여기 이렇게 조촐하나마 짐까지 챙겨온 상태입니다. 대략 삼십 분 전쯤 집을 나서면서, 드디어 이 사건 저 사건 바쁘게 쫓아다니던 나의 이 편력도 거의 끝나간다는 생각이 들더군요…… 부탁드립니다. 앞으로 사십팔 시간 동안 제가 이곳에 머물 수 있도록 허락해주십시오. 낭퇴유 씨는 여기 사무실 위층에 거주하고 계시고, 바르베 씨는 매일 저녁 생제르맹에 있는 자택으로 퇴근하시는 걸로 알고 있습니다. 그러니 제게 방을 하나만 빌려주십시오. 저는 지금부터 단 한순간도 이곳을 뜨지 않을 작정입니다!"

제롬 팡도르는 터질 것처럼 두방망이질하는 가슴으로 단숨에 이 모든 말들을 토해내면서 두 은행가를 집어삼킬 듯 노려보았다. 이 정도면 뭔가 움찔할 거라는 기대가 드는 게 사실이었다. 설사 또다시 반론이 제기된다 해도, 물러서지 않고 상대를 제압하고야 말겠다는 결심이 확고한 팡도르로선 갈 데까지 가보자는 생각뿐이었다. 앞으로 쏟아낼 말들이 머릿속에서 부글거렸다.

한데 정말 놀랍게도 두 은행가의 모습에서는 일말의 흔들림도 느껴지지 않았다.

둘은 마치 대화를 나누듯 서로 말없는 눈빛만 잠시 교환하더니, 뭔가 대꾸를 하려던 바르베 씨를 제치고 낭퇴유 씨가 슬그머니 일어서면서 지극히 깍듯한 어조로 이렇게 말했다.

"팡도르 씨, 방금 해주신 말씀은 아무래도 그냥 넘겨버리기엔 너무 중요해 보이는군요. 워낙 자상하고 고마운 제안이라 우리도 고려하지 않을 수 없겠습니다. 잠시 시간을 좀 주시면, 우리 두 사람이 의논을 해보고 그다음에 결정을 내렸으면 하는데요……"

십여 분쯤 지났을까. 으리으리한 분위기가 물씬 풍기는 방안을 이리저리 둘러보며 어떤 결과가 나올지 궁금해하고 있는데, 가죽을 댄 묵직한 출입문 하나가 소리 없이 열리면서 두 사람이 다시 모습을 나타냈다.

바르베 씨는 그 어느 때보다 심각하고 엄숙한 표정인 반면, 낭퇴유 씨는 환한 얼굴에 웃음이 가득 담긴 눈빛이었다.

이번에는 바르베 씨가 먼저 입을 열었다.

"팡도르 씨, 저와 제 동업자는 이 문제를 충분히 논의한 끝에 상황의 중대성을 고려하여 지금 이 시각부터 당신을 우리의 정식 손님으로 맞이하고 이 건물에 머물 수 있도록 조처하기로 했습니다. 앞으로도 더 많은 얘기를 자세히 해주셔서 우리의 이 결정에 잘못이 없다는 것을 충분히 납득시켜주셨으면 합니다!"

팡도르는 엄숙하기 짝이 없는 상대의 태도에 어떤 식으로 대답을 할지 얼른 떠오르지 않아 당혹스러웠다. 바르베 씨처럼 의전에 충실한 위엄 어린 자세를 취해야 할 것인가…… 순간 낭퇴유 씨가 특유의 시원 털털한 태도로 어색한 분위기를 일거에 수습해주었다.

"자, 자, 이러고만 있지 말고 우리 함께 저녁이라도 들면서 이야기합시다! 바르베 씨도 오늘밤은 우리와 함께 시간을 보내자고요! 당신이 말한 그 당돌한 자들이 어디 어떤 모습으로 들이닥치는지 부르고뉴산 포도주나 마시면서 가늠해보는 것도 괜찮지 않겠소? 자, 팡도르 씨, 여기 잡지나 좀 들춰보고 있으세요. 사진 속의 어여쁜 아가씨들이 우리가 우편물에 서명하는 동안 젊은 기자 양반을 지루하지 않게 해드릴 겁니다."

26
함정

저녁 내내 옆에서 시중들던 하인이 물러가자, 바르베 씨와 낭퇴유 씨는 어쩔 수 없이 겉으로 드러나는 초조감을 지우지 못하면서 팡도르 쪽을 돌아보았다. 두 은행가 다 무언의 궁금증이 가득 담긴 표정이었으나, 팡도르는 더할 나위 없이 편안한 얼굴로 잘 익은 복숭아 껍질만 벗겨내고 있었다. 지금은 다시 대화를 이어갈 마음이 전혀 없는 듯했다.

마침내 바르베 씨가 침묵을 깼다.

"팡도르 씨, 오늘이 경계 태세를 갖춘 첫날인데요…… 정말 우리 곁을 한순간도 떠나지 않았고 말이죠…… 자, 무슨 수상한 점은 발견하셨습니까?"

팡도르는 고개를 가로저으며 대답했다.

"아니요…… 전혀 없더군요."

하지만 사실은 달랐다. 전화기를 수리하러 은행 안에 들어온 자에게 유난히 신경이 쓰여 주의깊게 살폈던 것이다.

그는 표나지 않게 조사를 진행했고, 전화 수리공이 바르베 씨와 낭퇴유 씨의 요청에 의해 전화선을 점검하러 파견 나온 국가기관 소속 기술자라는 정보를 은행 직원으로부터 전해듣기에 이르렀다. 일단 안심을 하자, 그자가 이리저리 오가는 것을 덤덤하게 바라볼 수 있었다.

한데 아까 일곱시 저녁 식탁이 차려질 즈음, 막 떠날 채비를 하는 그자와 은행 현관에서 맞닥뜨렸는데…… 놀랍게도, 언제 어디서 보았는지는 기억이 나지 않지만 분명 아는 얼굴이었다!

'왠지 낯익은 얼굴인걸…… 어쩌면 내가 아는 누군가와 이상하게 닮은 걸지도 모르지. 도대체 누구일까?'

그런 생각을 시작으로, 팡도르는 그자가 혹시 바르베 씨와 낭퇴유 씨를 치기 위해 은행에 잠입한 패거리 중 한 명이 아닐까 하는 의구심에 자꾸만 사로잡히는 것이었다.

만약 어느 정도의 확신, 아니, 눈곱만큼의 단서라도 눈에 띄었다면 그자의 뒤를 미행했을 것이다……

그러나 솔직히 말해 그렇게까지 할 정도로 근거가 있는 의구심은 아닌 게 사실이었다. 아는 사람 같다는 막연한 생각이거나, 아는 누군가와 어딘가 닮았거나, 둘 중 하나일 뿐…… 애매한 상황이었다.

게다가 국가기관에 소속된 자로서 최소한 신분 보장은 확실하다는 점도 무턱대고 의심할 수 없게 하는 요인이었다. 공인된 직무를 수행하는데다, 필요하면 언제든 조회할 수 있는 행정기관에 몸담은 입장이니……

결국 제롬 팡도르는 그자와 마주쳤던 일을 별로 대수롭지 않은 것으로 넘기고 별다른 언급은 하지 않기로 했다. 다만 일말의 소홀함도 되도록 피하고 그자의 정체에 관한 한 치의 의혹도 없게 하기 위해, 팡도르는 낮에 그가 한 작업을 티내지 않고 살펴볼 마음으로 있었다……

과연 결과는 어땠을까?

팡도르는 더할 나위 없이 깔끔하게 처리된 작업을 확인하고 그만 고개를 끄덕일 수밖에 없었다. 전문가의 솜씨가 확연히 드러나게끔, 모든 전화 배선이 정교하게 처리되어 있는 것이었다. 그러니 바르베 씨의 질문에 대해 이런저런 잡다한 과정을 모조리 생략한 채, 그저 아무런 이상도 발견하지 못했다는 대답을 할 밖에 다른 도리가 없었다.

바르베 씨는 어깨를 으쓱하더니 말했다.

"저런…… 어쩌면 우릴 노리는 자들이 당신이 지키고 앉아 있다는 걸 눈치채고는 알아서 조심하는지도 모르겠군요. 물론 우리 입장에서는 환영할 일이나, 이왕이면 당신이 파놓은 함정이

유용하게 작동하는 걸 보고 싶었는데 말이죠……"

아니나 다를까, 팡도르 역시 목소리에 힘주어 이렇게 대꾸했다.

"걱정 마십시오. 반드시 보게 되실 겁니다. 놈들의 탁월한 수완을 고려할 때, 이곳에 제가 진을 치고 있다는 걸 이미 다 꿰뚫고 있을 겁니다. 그 점은 확실해요! 하지만 단지 제 존재 하나만으로 모든 걸 없던 일로 돌리고 물러나기에는 놈들의 대담성 또한 만만치 않다는 것 역시 엄연한 사실입니다. 놈들은 자기들 능력이 최고라 생각하고 있을 거예요. 저는 바로 그걸 여지없이 깨뜨려 보이겠다는 겁니다!"

이번에는 낭퇴유 씨가 물었다.

"팡도르 씨, 그래, 오늘밤에는 어쩌실 생각입니까? 무슨 계획이라도 세우셨나요?"

"답변 드리기에 앞서, 우선 이 건물에 이르는 모든 진입로부터 자세하게 구경시켜주셨으면 합니다."

"오, 그야 어렵지 않죠!"

두 은행가와 신문기자는 곧바로 식당을 벗어나 현관 쪽으로 다가갔다.

낭퇴유 씨의 설명이 시작되었다.

"팡도르 씨, 보시다시피 우리 회사의 대문 역할을 하는 이 출입문은 건물 맨 끄트머리에 위치하고 있습니다. 따라서 1층을 포함해 좌측이건 우측이건 할 것 없이 모든 은행 사무실 및 생활

공간으로 진입하려면 이곳 현관을 통해야만 가능합니다. 이 문만 단단히 걸어 잠그면 아무도 드나들 수 없다는 얘기죠."

"거리 쪽으로 난 창문은 어떻습니까?"

"어림없습니다! 그쪽 창문들에는 하나같이 육중한 쇠창살이 갖춰져 있으니까요. 그걸 해체해야만 할 텐데, 그게 보통 곤란한 일이 아니거니와, 결코 조용하게 진행할 수 있는 작업이 아니죠. 정원 쪽으로 향한 창문으로 말하자면 매일 저녁 일일이 두꺼운 덧문을 닫아서 단속하고 있을 뿐 아니라, 안에서 자물쇠를 채워 놓는답니다."

"잘됐군요! 은행 사무실들은 그럼 완벽하게 차단된 셈이군요?"

"그렇다고 볼 수 있겠죠. 계단을 올라가면 널찍한 복도로 연결되는데, 바로 앞에 두 개의 문이 나타나지요. 그중 오른쪽 문이 서재로 통하는 문입니다. 그다음 나오는 방 두 개 중 하나는 제 침실이고 나머지 하나가 바로 화장실이죠. 그 밖에 다른 방들은 텅 비어 있고요."

낭퇴유 씨의 대답에 팡도르는 거듭 물었다.

"잠깐만요, 낭퇴유 씨…… 침실이 정원을 향해 있습니까, 아니면 거리를 면해 있나요?"

"정원을 바라보고 있습니다만……"

"창문들은요?"

"창문들이라니?……"

"바깥에서 기어오르는 것에 대비가 되어 있나요?"

"그렇지는 못합니다. 정원이 워낙 한적해서, 누구든 사다리를 대고 올라와 유리를 절단하고 안의 걸쇠를 푸는 게 결코 불가능하진 않습니다…… 같이 가시죠. 직접 가서 한번 살펴보는 게 말로 설명 듣는 것보다 이해가 쉬울 겁니다."

제롬 팡도르는 눈에 불을 켜고 침실 안을 샅샅이 살폈다.

낭퇴유 씨의 침실 가구들은 지극히 간소했다. 간명하고 현대적인 은행가의 취향이 고스란히 묻어나는 방이었다.

제롬 팡도르는 자기도 모르게 감탄사를 내뱉었다.

"와, 나무랄 데 없는 방이군요! 침대가 출입문을 등진 채 창문 쪽을 향해 있고…… 완벽합니다! 침대 머리맡 가까이 전등을 두어서 어느 순간에도 즉시 모든 사물을 판별할 수 있겠어요! 정말 세심함이 돋보입니다!"

아파트 구석구석을 죄다 살펴본 팡도르는 은행가가 재미있어하는 가운데 침대 밑에까지 허리를 숙여 누구 숨어 있는 사람이 없나 확인하더니, 다시 자세를 바로 하고 차분한 목소리로 말했다.

"아무래도 이 방이 맘에 드는군요! 괜찮다면 제가 이곳에서 오늘밤 불청객이 찾아오기를 기다려야 할 것 같습니다."

"여기서 혼자 주무시겠다고요?"

"물론 혼자 있어야죠. 그러는 게 논리적으로 맞습니다. 놈들은 보나마나 이곳 사정을 훤히 꿰뚫고 있을 것이고, 은행 사무실들을 습격하기에 앞서 무슨 변화가 없는지 확인하려 들 게 뻔하지요. 그런데 만약 여기 둘 이상 사람이 있다면 저들이 놀라지 않겠습니까? 가급적 저를 낭퇴유 씨로 여기게 만들어야죠……"

"하지만 엄청 위험할 텐데요……"

낭퇴유 씨의 우려에 신문기자는 어깨를 으쓱하며 말했다.

"놈들은 아마 제가 여기 잠복하고 있다는 것까지는 모를 겁니다. 반대로 저는 놈들이 들이닥칠 걸 미리 알고 있으니 그만큼 유리한 입장이죠. 안심하십시오, 낭퇴유 씨. 그다지 큰 위험은 없을 겁니다."

말은 그렇게 했지만, 사실 팡도르의 마음도 몹시 흥분된 상태였다. 이런 행위가 얼마나 위험한 시도인지 너무나도 잘 알고 있었던 것이다. 그런가 하면 이처럼 사건의 실체를 단번에 파악할 수 있는 절묘한 작전에 욕심이 생기는 것 또한 사실이었다.

마침내 두 은행가가 자리를 뜨자, 제롬 팡도르는 방에 자신이 모르는 특별한 장치가 되어 있지는 않은지 다시금 치밀하게 살피기 시작했다.

전등 스위치를 몇 차례 켰다 껐다 작동해보고 모든 사물들을 마지막으로 점검하면서 기억 속에 그 하나하나를 자세히 입력한 뒤, 팡도르는 반쯤 옷을 벗은 상태로 침대에 기어들어갔다. 그의 손은 완벽하게 장전된 권총 자루를 단단히 그러쥐고 있었다……

전등불이 꺼진 방은 순식간에 수수께끼 같은 어둠의 베일로 뒤덮였다. 팡도르는 눈을 크게 뜬 채 언제 자신을 덮칠지 모르는 흉악한 기운을 찾아 사방을 두리번거렸다.

뭔가가 갑자기, 전혀 예기치 못한 방식으로, 어쩌면 돌이킬 수 없게 일어날지 모를 이런 불확실한 상황에서, 방안을 가득 메우고 있는 적막은 그 자체로 엄청난 위협이었다……

초조감에 사로잡힌 신문기자의 머릿속에는 자신의 배포와 신념만 믿다가 코앞까지 다가서고 만 이 위험한 상황에 대한 온갖 잡념들이 끊임없이 꼬리를 물고 맴돌았다.

'오냐, 무슨 일이 있어도 엘리자베스 돌롱의 복수를 해야만 한다! 그러기 위해서는 이 정도 위험을 감수하는 것은 어쩔 수 없어!'

그렇게 각오를 다지는 가운데 유독 심기를 거스르는 기억이 하나 있었으니…… 정체불명의 마비 상태를 통해 자칫 돌롱 양을 저세상으로 보낼 뻔한 바로 그 사건이었다.

'만약 그때처럼 내가 모르는 사이 비슷한 마취제를 흡입하게 된다면…… 혹시 전혀 눈치채지 못하는 가운데 놈들이 가스를 투입해 나를 질식시키기라도 한다면……'

그러나 혈기 왕성한 젊은이는 이내 음울한 기분을 떨치고 마음을 다잡았다.

'과연 놈들이 내가 이 방에 누워 있다는 걸 알까? 함정을 파놓았다는 걸 눈치챌까? 아니면 낭퇴유 씨가 무방비 상태로 혼자 있다고만 생각할까…… 전화선을 고치던 아까 그자는 대체 누굴까? 지금이라도 그자의 이름이 떠올라만 준다면……'

그런 생각들을 굴리면서 팡도르는 기다리고 또 기다렸다.

째깍째깍 추시계의 바늘 돌아가는 소리가 점점 느리게 다가오는가 하면, 정시를 알리는 종소리와 종소리 사이가 수백 년은 되는 것 같았다.

오늘밤일까? 아니면 내일 밤?

신문기자가 잠자는 방 앞 복도 양탄자 위로 스칠 듯 말 듯 미미한 소음이 감지된 것은 얼마 지나지 않아서였다. 팡도르는 귀를 바짝 기울인 채 바깥을 서성이고 있는 미지의 존재에 온 정신을 집중했다.

그냥 지나가는 사람인가? 혹시 환청이라도 들은 건 아닐까?

지금은 또다시 사방천지 조용하기만 한데……

아니다. 방금 전처럼 스치는 듯한 소리가 좀더 가까이, 이번에는 벽을 따라 들리고 있었다…… 팡도르는 두 눈을 지그시 감았다. 마치 누군가가 벽을 통과해 자신을 들여다보고 있는 기분이었다. 몇 초의 시간이 더 흘렀고, 팡도르는 그 모든 시간의 보행이 결국 아무런 상황 변화 없이 무無로 화하고야 말리라는 생각이 들었다.

누가 걸어가긴 했던 걸까?

극도로 과민해진 젊은이의 오감은 이제 사방에서 이상한 소음

들을 무차별하게 주워듣고 있었다……

그러다 어느 한순간 그 소음들이 하나로 구체화되더니 복도 위의 발소리로 선명하게 떠오르는 것이었다. 아울러 벽을 따라 침대가 놓여 있는 곳까지 무언가 스쳐지나가는 느낌이 들기도 했다.

주저할 상황이 아니었다! 어둠 때문에 잘 보이지 않는 문손잡이가 언뜻 움직였다 싶었는데, 그 움직임이 흡사 자신이 그 위에 손을 얹고 있는 것처럼 생생하게 느껴지는 것이었다.

'그래, 이제 조만간 문이 열리겠군……'

소리 없이 스르르 열리는 문…… 과연 누구일까?

제롬 팡도르는 다시 정신을 가다듬고 속으로 중얼거렸다.

'오냐, 어디 들어오기만 해봐라……'

하긴, 배짱 두둑한 파리지앵으로서 설사 죽음이 방문한다 한들 그와 같은 환영의 인사를 못 날릴 이유가 어디 있겠는가!

공포의 밤도 머잖아 그 대단원을 맞이하겠다는 생각에 팡도르의 후끈 달아오른 가슴팍은 조금씩 가쁘게 뛰기 시작했다.

혹시 이 모든 것이 과민해진 신경계통이 불러일으킨 착각은 아닐는지……

아까 분명 들었다고 느낀 발소리도 지금은 꿈이었는지 생시였는지 아득하기만 하고…… 아무 일도 일어나지 않는 가운데 다시금 끝없이 이어질 것 같은 초침 소리만 째깍째깍, 째깍째깍……

벽을 따라 붙여놓은 침대의 머리 부분이 정확히 문 쪽을 향하고 있었기에, 팡도르는 침입자가 있을 만한 어둠 속의 어느 한 지점을 바라볼 수가 없었다. 반면 침입자 입장에서는 이쪽을 마음놓고 바라보면서 느긋이 공격에 임할 수 있다는 섬뜩한 생각이 팡도르의 뇌리를 퍼뜩 스치고 지나갔다.

정체를 알 수 없는 누군가가 정녕 방안으로 침입해 들어오긴 한 건가?

제멋대로 날뛰는 신경을 혼신의 노력을 다해 추스르고 터질 것 같은 가슴을 애써 가라앉히면서 마지막으로 온 정신을 집중해 귀를 기울여보는 팡도르……

그렇다! 분명 한 명도 아닌 여러 명이 침대 머리맡에서 그를 내려다보고 있었다. 슬그머니 뻗은 손은 금방이라도 팡도르의 목을 짓누를 참이었다! 지금 이 순간 목전에 들이닥친 끔찍한 위험을 예감하며 느낀 공포감은 아마 백 년을 더 산다 해도 잊지 못할 터였다. 팡도르는 권총을 그러쥔 손아귀에 잔뜩 힘을 주면서 속으로 중얼거렸다.

'내가 어떤 식으로 공격당하든, 지금처럼 진실을 거머쥘 절호의 기회를 망칠 수는 없지…… 그러니 내 몸 하나 지키는 데 급급할 게 아니라, 이번에야말로 뭔가 확실한 단서를 확보해야만 해! 여차하면 침대에서 뛰쳐나가 방에 불을 켜는 것이 지금으로

선 제일 중요하다. 일단 상황을 거기까지만 끌고 가면 내 목숨은 저절로 구하는 거나 다름없어!'

바로 그때였다! 외마디 비명 한마디 내지를 틈도 없었다. 습격의 어렴풋한 기미를 느낄 정신조차 없었다. 그야말로 눈 깜짝할 사이, 난데없는 손수건이 얼굴을 덮으면서 강력한 손아귀의 악력이 목을 틀어쥐는가 하면, 엄청난 중량이 가슴팍을 내리누르는 것이었다!

'아차!……'

아찔한 생각이 뇌리를 스치는 순간, 팡도르는 이를 악물었다. 온몸의 근력과 용기를 하나의 동작에 몰아넣는다는 기분으로 상대의 팔을 내치고는, 부리나케 일어나 전원 스위치 쪽으로 몸을 날렸다!

하지만 이내 가슴이 철렁한 팡도르…… 어처구니없게도 스위치가 손끝에서 헛돌 뿐 불은 켜지지 않았다!

놈들이 그것부터 손을 써놓은 게 틀림없었다.

검은 그림자들이 일제히 달려들었다. 팡도르는 조금씩 조금씩 몸에서 기운이 빠져나가는 것을 느꼈다. 오른쪽 팔목이 뭔가에 단단히 붙잡힘과 동시에 팔 전체가 갑자기 뒤로 당겨져 어깨가 탈골될 지경에 이르렀다.

"누구냐? 도대체 웬 놈들이야?……"

그야말로 젖 먹던 힘까지 쏟아부어 기적적으로 다시 한번 탈출에 성공한 팡도르는 득달같이 벽난로 쪽으로 달려가 어제저녁 그곳에 놓아둔 손전등을 와락 움켜쥐었다. 딸깍!…… 손전등에 불이 들어왔고, 팡도르는 비로소 침입자의 모습을 바라보았다.

아, 전에도 한 번 본 적이 있는 모습이었다! 날렵한 몸에 전체를 검은 옷으로 두르고, 얼굴은 기다란 복면으로 완전히 가린 살인마……

제롬 팡도르는 자기도 모르게 외쳤다.

"팡토마스! 오늘 끝장을 보자!"

그러나 예기치 못한 빛에 노출된 미지의 존재는 이미 신문기자를 향해 무서운 기세로 돌진해오고 있었다. 결국 희미하던 손전등 불빛마저 꺼져버리고 격렬한 몸싸움이 뒤를 이었다.

"팡토마스라고 했나? 오냐, 그렇다. 내가 바로 팡토마스다! 이제 널 죽여주마!"

다시금 목을 붙들린 팡도르는 반쯤 숨이 막혀 헐떡거리고 있었다.

거의 부러진 것이나 다름없어서 도저히 힘을 쓸 수 없는 오른팔…… 그 끝에는 아직도 권총이 맥없이 쥐어져 있었다. 지금처럼 무서운 힘으로 목이 제압당한 상태에서 권총을 원활히 사용한다는 건 불가능했다. 그럼에도 불구하고 살려면 어떻게든 방아쇠를 당겨야 한다…… 당겨야만 한다!

순간 귀청을 찢을 듯한 총성이 울렸다.

팡도르는 거세게 벽 쪽으로 떠밀리는 한편, 자신을 옴짝달싹 못하게 붙들고 있던 완력이 문득 느슨해지는 걸 느꼈다. 방 전체에 엄청난 소란이 일었다. 창문 유리창들이 한꺼번에 박살나는가 하면, 육중한 가구 하나가 기우뚱하더니 요란한 소리를 내며 쓰러지는 것이었다. 그러고는 또다시 적막…… 거친 숨소리만 간간이 들리고 있었다……

끝날 것 같지 않은 시간의 지루한 행보가 또다시 이어졌다.

팡도르가 두번째로 방아쇠를 당기려는 찰나, 바로 옆에서 누군가가 이렇게 소리쳤다.

"도망쳤다!"

팡도르가 분명 아는 목소리였다!

좀더 차분한 또다른 목소리도 끼어들었다.

"우선 불부터 켜야겠어."

다음 순간 성냥불이 켜졌다.

흔들거리는 불빛 속에서 제롬 팡도르는 마침내 모든 것을 보게 되었다.

방에는 자신 말고 모두 세 명의 남자가 있었다.

너덜너덜해진 옷차림에 피 묻은 얼굴을 하고 숨을 헐떡이면서 서로를 멀뚱하니 바라보고 있는 그들 모두 팡도르가 아는 사람들이었다.

침대에 기댄 채 칼에 베인 볼을 손수건으로 누르고 있는 사람은 바르베 씨!

바닥에 쓰러져 반쯤 죽은 듯 누워 있는 사람은 낭퇴유 씨!

마지막, 지극히 침착한 태도로 양초에 불을 붙이고 있는 사람은 낮에 보았던 그 전화 수리공이었다!

셋 중 전혀 흥분하지 않은 것처럼 보이는 사람은 전화 수리공 한 명뿐이었다.

팡도르는 마치 그 자리에 얼어붙은 듯 꼼짝도 하지 않는 세 명을 한동안 아무 말 없이 살펴보았다. 그러고는 쥐고 있던 권총을 팽개치고 문 쪽으로 뚜벅뚜벅 걸어가 빗장까지 이중으로 문을 걸어잠갔다!

신문기자의 행동을 눈으로 좇던 바르베 씨는 낭패감 어린 제스처와 함께 유리창이 산산조각나버린 정원 쪽 창문을 손으로 가리키며 중얼거렸다.

"우리가 당했습니다! 놈이 도망쳐버렸어요!"

하지만 제롬 팡도르는 어깨를 한 번 으쓱하더니, 문제의 창문 앞까지 한 차례 왔다갔다 거닐다 말고 아무렇지도 않은 목소리로 말했다.

"팡토마스가 이 방을 벗어났을 리는 없습니다……"

순간 우두커니 서 있던 전화 수리공, 세상 더없이 진지한 표정으로 고개를 끄덕이며 이렇게 말하는 것이었다.

"팡도르 씨, 저 역시 당신과 똑같은 의견입니다……"

27
지문

신문기자는 이미 냉정을 되찾은 상태에서, 필요하다면 언제든 물러서지 않고 다시 싸움에 뛰어들 태세를 갖추고 있었다. 그는 전화 수리공 쪽으로 고개를 돌리며 물었다.

"당신은 누구요?"

그러자 웃음을 가득 담은 얼굴에 더없이 편한 목소리로 이런 대답이 돌아왔다.

"저런, 나를 몰라보는 건가?"

전화 수리공은 가발을 후딱 벗더니 촛대를 얼굴 가까이 들고 비추면서 천연덕스럽게 자신의 정체를 밝혔다.

"예전에는 치안국 경감이었다가 지금은 아마추어 탐정 노릇을 하고 있는 쥐브라 하오!"

팡도르로선 펄쩍 뛰고 까무러칠 일이 아닐 수 없었다.

"쥐브! 세상에, 이럴 수가…… 내가 얼마나 의심을 했는데……"

한편 두 은행가로 말하자면 친구 간의 재회를 우두커니 구경이나 할 정도로 한가한 심정은 결코 아니었다.

"도대체 여기서 무얼 하고 있는 겁니까?"

바르베 씨와 낭퇴유 씨가 거의 동시에 내뱉은 질문에 쥐브는 슬그머니 웃으며 대답했다.

"글쎄요…… 예술을 즐기는 중이라고나 할까요? 실은 돌롱 사건 초기부터 재미 삼아서 줄곧 그 사건의 비밀을 추적해왔지요……"

팡도르는 휘둥그레진 눈으로 물었다.

"이봐요, 쥐브. 당신이 어떻게 여기 와 있는 거예요?"

"어떻게 와 있느냐고? 설명하자면 좀 복잡하지…… 자넨 말이야, 실은 이번 사건에서 심리학적으로 정말 대단한 발견을 한 셈이라네! 나로 말하자면 솔직히 진창을 헤맸다고 해도 과언이 아니야. 자네는 순수한 추리에 근거해서 이곳까지 왔겠지만, 나는 잡다한 사실들을 좇아다니다가 여기까지 온 거라네. 자네도 내가 '레 시프르 파'의 뒤를 캐왔다는 건 알고 있겠지? 내가 크라나주르로 둔갑한 채 놈들과 가깝게 지내왔다는 사실 말이야. 그런 마당에 우리 가난한 동료들이 여기 계신 바르베 씨와 낭퇴유 씨의 은행을 상대로 밀거래를 해왔다는 걸 내가 알아냈다 한들 자네가 설마 놀랄 텐가? 내가 이 은행을 한번 방문해봐야겠다고 생각한 게 그다지 놀랄 일은 아니겠지? 어제 가만히 지켜보자니 자네는 이곳에 들어간 뒤로 코빼기도 비치지 않더군…… 그럴 만한 나름의 이유가 물론 있었겠지. 그래서 난 또 나대로 결심했지. 자네 곁을 지키고 있다가 유사시에 도움을 줘야겠다고 말이야. 그래서 생각 끝에 이번에는 전화 수리공 노릇을 좀 해보기로 한 거라네. 내가 원래 전기 분야에 조예가 좀 깊지 않은가…… 보아하니 자네 아주 이곳에서 밤을 새울 작정이더군. 하는 수 없이 일단 거짓으로 여길 떠나는 척한 뒤, 건물 안에 숨어 있었던 것이네. 아니나 다를까, 아까 죽어라고 치고받고 투덕대는 것 같아 지체 없이 달려왔지!"

순간, 바르베 씨가 허겁지겁 동업자를 쳐다보며 외쳤다.

"우리도 마찬가지입니다!"

낭퇴유 씨 역시 고개를 끄덕이더니 이렇게 덧붙였다.

"안타깝게도 범인이 또 도망쳐버렸군요! 방금 이곳을 침입한 자가 그 유명한 팡토마스라고 했죠? 팡토마스가 도망친 거로군요……"

은행가는 완전히 박살난 유리창을 손으로 가리켰다. 과연 방금 전과 같은 소란이라면 그 와중에 살인마가 능히 도망칠 만도 했다.

그런데 신문기자와 형사는 둘 다 똑같이 시큰둥한 표정으로 어깨를 으쓱하는 것이었다.

"낭퇴유 씨, 정말 팡토마스가 이 방을 빠져나갔다고 생각하시나요?"

신문기자의 질문에 은행가는 어리둥절한 표정으로 대꾸했다.

"그럼요!"

이번에는 쥐브의 질문이었다.

"그렇다면 어디를 통해 빠져나갔다고 보시는지요?"

낭퇴유는 팔을 쭉 뻗으며 대답했다.

"그야 저기 창문을 통해서겠죠! 저걸 깨뜨린 게 바로 그자 아닙니까?…… 저길 보십시오. 그가 썼던 복면이 아직 깨진 유리창에 매달려 있지 않습니까!"

한편 제롬 팡도르는 안락의자에 늘어지게 기대앉았다. 왠지 모르게 상당히 즐거운 기분인 듯했다. 그는 문득 쥐브에게 그만하라는 손짓을 하고는 낭퇴유 씨를 돌아보며 말했다.

"낭퇴유 씨, 제가 장담하건대 팡토마스는 그 창문으로 빠져나가지 않았습니다."

"그렇게 말하는 근거라도 있습니까?"

"창문을 박살낸 건 저기 있는 저 의자입니다. 혼란을 초래하기 위해 의자로 창문을 깨뜨린 겁니다. 자신이 그쪽으로 도망친 것처럼 믿게 만들려는 것이죠. 제 얘기의 진실성을 보다 확실하게 해주는 증거가 바로 그 의자에 있습니다. 자세히 보십시오. 아직도 창문에서 떨어져나온 유리 파편이 의자 이곳저곳 그대로 박혀 있지 않습니까? 자, 보세요! 곳곳에 유리 파편들이 반짝거리는군요……"

"하지만 그걸로 증명되는 건 아무것도 없어요! 팡토마스가 의자로 유리창을 깬 다음 빠져나갔을 수도 있지 않겠소!"

"낭퇴유 씨, 그렇다면 일부러 복면을 벗어던진 이유라든가, 잘 살펴보면 아시겠지만, 창문 너머 화단에 아무런 발자국도 남아 있지 않은 건 어떻게 설명하시겠습니까? 아시다시피, 워낙 너비가 넓어서 여기서 창문 밖으로 뛰어넘는 사람이 거길 딛지 않기는 거의 불가능한데 말입니다…… 흙도 상당히 무른 상태여서 일단 거길 디딘다면 발자국이 남지 않을 리가 없지요."

신문기자의 차근차근한 설명에 바르베 씨는 가슴이 철렁한 모양이었다.

"이건 또 무슨 해괴망측한 소립니까! 팡토마스가 저기로 빠져나가지 않았다면 대체 어디로 사라졌단 말이오?"

팡도르는 또박또박 끊어서 대답했다.

"팡토마스는 빠져나갈 수가 없었습니다!"

"그렇다고 방안에 있는 것도 아니지 않소! 이곳 어디에 숨어 있기라도 하단 말입니까?"

제롬 팡도르는 여전히 냉정한 목소리로 간명하게 말했다.

"아뇨. 방안에 숨어 있지 않습니다."

“그럼 건물 어딘가로 도망쳐 숨어 있다고 생각하는 거요?”

팡도르의 말하는 태도는 조금도 변화가 없었다.

“건물 안에 숨어 있다는 얘기도 아닙니다. 아까 몸싸움이 치열했을 때, 저는 목이 졸리고 있는 상황에서도 상대가 움직이는 길목을 지켜야만 한다는 생각을 집요하게 하고 있었습니다. 그런 와중에 총이 발사되었고, 순간 저는 문 쪽을 등지고 서 있었지요. 결과적으로 문으로 빠져나가는 길목을 막아서고 있었던 셈입니다. 마지막으로 상대에게 떠밀렸을 때는 아예 문짝에 몸이 부닥친 상태였죠…… 요컨대 창문과 마찬가지로 저 문을 통해서도 아무도 나갈 수 없었다는 얘기가 됩니다.”

신문기자의 어조에는 확고부동한 자신감이 배어 있었다. 그걸 정확히 감지한 낭퇴유 씨가 물었다.

“팡도르 씨, 창문으로도 문으로도 빠져나가지 않았다는 점에 그토록 확신이 있다면, 도대체 당신은 팡토마스가 어디로 갔다고 생각하는 겁니까?”

제롬 팡도르는 대답 대신 지금까지 느긋한 자세로 앉아 있던 안락의자를 박차고 일어섰다.

그는 쥐브가 탁자 위에 놓아둔 촛대를 집어들더니, 큼직한 거울 앞으로 가 자신의 목을 조심스레 살펴보기 시작했다.

잠시 후 그의 입에서 나지막한 목소리가 중얼중얼 새어나왔다.

“정말 흥미롭군요. 아까 이 목을 졸라 끝장을 보려고 한 자는 다름아닌 팡토마스였습니다…… 그건 다들 인정하는 사실이지요…… 한데 지금 보니 그자는 아마 손가락에 상처를 입었거나, 혹은 내 몸 어딘가에 상처를 입힌 게 분명합니다. 여기 이 옷깃을 보십시오. 그자의 피 묻은 엄지손가락 자국이 선명하지 않습니까? 여러분, 혹시 이 자국을 알아보시겠습니까?"

말이 떨어지기가 무섭게 바르베 씨와 낭퇴유 씨 그리고 쥐브 모두 신문기자 곁으로 일제히 몰려들었다.

제롬 팡도르의 새하얀 옷깃 한 귀퉁이에는 과연 붉은 손가락 자국이 선명하게 찍혀 있었다. 누가 봐도 눈에 확 띌 만큼 독특한 모양의 지문…… 두 은행가의 떨리는 목소리가 거의 동시에 튀어나왔다.

"이건 자크 돌롱의 지문?……"

한동안 무거운 적막이 내리누르는 가운데, 네 명은 불안스러운 눈빛으로 서로를 바라만 보고 있었다. 그러다 어느 순간 팡도르의 입에서 귀에 익은 왈츠의 곡조가 휘파람에 실려 흘러나오는 가운데 쥐브의 입가에 알 수 없는 미소가 스치는 것이었다…… 마침내 바르베 씨가 먼저 입을 열었다.

"맙소사! 자크 돌롱이 조금 전까지 이곳에 있었단 얘긴데…… 이것 보시오, 팡도르 씨. 당신은 그가 문으로도 창문으로도 빠져나가지 않았다고 했잖소! 도대체 어찌된 영문인지 속 시원히 설명 좀 해보시오!"

그런데도 제롬 팡도르는 그저 싱글벙글 웃으며 이렇게 말할 뿐이었다.

"글쎄요, 어찌된 영문인지 제가 알 거라고 생각하시나요?"

이번에는 낭퇴유 씨가 버럭 짜증을 부리며 외쳤다.

"에잇 빌어먹을! 아는 게 없다면 더이상 시간낭비 하지 말고 어서 조사에 들어가봅시다! 자, 자, 이제부터 건물이든 정원이든 샅샅이 파헤쳐보는 거예요!"

"경찰에도 신고하고 또 한바탕 요란법석을 떨자고요? 오, 낭퇴유 씨, 그건 아니죠! 우린 아무것도 파헤치지 않고 이 방에 모두 얌전히 처박혀 있을 겁니다. 지난 석 달 내내 우린 가장 지독한 수수께끼를 풀려고 온갖 고초를 겪으며 싸워왔습니다. 그러면서도 무엇 하나 확실한 성과를 내지 못했죠. 살인범을 쫓다가 언제나 닭 쫓던 개 지붕 쳐다보는 꼴이 되곤 했어요…… 그런데 이번에야말로 명확한 사실, 이론의 여지가 없는 진실을 거머쥘 단계에 왔습니다! 그런 마당에 모든 걸 망쳐버리겠다는 겁니까?"

핵심을 털어놓기보다는 여전히 빈정대기만 하는 팡도르…… 바르베 씨가 불쑥 나서서 다그쳤다.

"지금 무슨 얘기를 하려는 거요?"

"잘 들으십시오. 불과 몇 분 전, 저는 이 방에 혼자 있었습니다. 그런데 자크 돌롱이 들어온 거겠죠. 보시다시피 제 옷깃에 그의 손가락 자국이 묻어 있으니 말입니다. 한데 자크 돌롱은 팡토마스였습니다. 그 자신이 싸움에서 승리할 걸 예상하고 스스로 그렇게 털어놓았지요. 문제는 그 자크 돌롱, 즉 팡토마스가 창문으로도 문으로도 이 방을 빠져나가지 않았다는 사실입니다. 다른 한편, 바르베 씨와 낭퇴유 씨 그리고 쥐브 세 사람은 지금 이렇게 이 방에 들어와 있지요. 따라서 여기 들어온 사람들은 있고 나간 사람은 없으니, 자크 돌롱, 즉 팡토마스는 당연히 당신들 가운데 섞여 네 개의 벽면으로 이루어진 이 방의 공간 안에 존재해야만 하는 겁니다!"

바르베 씨와 낭퇴유 씨는 똑같이 뭔가 반론을 제기하고픈 눈치였고, 쥐브는 그저 입가에 미소만 지을 뿐이었다.

팡도르는 계속해서 얘기를 이어갔다.

"자, 그렇다면 이렇게 한번 이야기해봅시다. 저는 제가 제롬 팡도르이며 자크 돌롱이 아니라는 것을 알고 있습니다! 쥐브는 자신이 쥐브이고 자크 돌롱이 아님을 잘 알고 있지요! 마찬가지로 바르베 씨와 낭퇴유 씨도 각자 자신이 누구이고 누가 아닌지 잘 알고 계실 겁니다! 우리 중 그 누구도 자크 돌롱의 것과 비슷한 지문을 남길 수는 없는 거지요. 하지만 저는 또한 자크 돌롱이 이곳에 들어왔고 다시 나가지 않은 상태임을 잘 알고 있습니다. 굳이 말하자면, 이상이 제가 아는 전부이지요!"

신문기자의 다소 엉뚱한 요설에 낭퇴유 씨는 어깨를 으쓱하며 툭 내뱉었다.

"그것 참 횡설수설이 따로 없군요……"

반면 쥐브는 호들갑스럽게 칭찬하고 나섰다.

"대단히 논리적이야. 아주 훌륭해!……"

젊은 신문기자는 계속해서 얘기를 풀어갔다.

"자크 돌롱이 빠져나가지 못하고 이곳에 있다면, 그를 붙잡는 것이 당연하겠지요. 그를 붙잡으려면 가능한 한 빨리 아바르 씨를 이곳으로 불러야 하겠고요. 자크 돌롱이 팡토마스일 테고, 팡토마스는 곧 자크 돌롱일 테니까요. 아마 그 정도로 큰 대어를 낚는 일이라면 아바르 씨도 만사를 제쳐놓고 직접 달려올 겁니다! 마침 저기 전화기가 있으니 제가 이 방을 벗어나지 않고도 지금 즉시 그를 부를 수 있을 겁니다."

다들 여전히 어리둥절해하는 가운데, 팡도르는 곧바로 치안국에 전화를 넣었다. 당직 형사에게 자초지종을 장황하게 설명하자 아바르 씨에게 전하겠다는 확답이 돌아왔고, 잠시 후 그와 직접 통화가 연결되었다. 팡도르는 되도록 간결하게 지난 상황을 전하면서 마지막으로 이렇게 말했다.

"제가 현장으로 통하는 출입문을 이중으로 잠가놓았습니다. 국장님께서 오실 때까지 아무도 이곳을 빠져나갈 수 없을 겁니다. 약속드리지요! 그러니 신속하게 와주시기 바랍니다. 그리고 오실 때 이곳 대문을 열어야 할 테니 열쇠공을 대동하시기 바랍니다. 아울러 지금 저희가 있는 이 방문도 열쇠공의 도움을 받아

직접 따고 들어오셔야 할 겁니다. 지금 제 눈에 자크 돌롱, 즉 팡토마스가 보이지는 않습니다만, 이곳에 있는 게 틀림없으니 그 신출귀몰한 존재를 놓치지 않으려면 이 방 구석구석으로부터 단 한순간도 눈을 떼선 안 되지요. 요컨대, 제가 따로 문을 열어드릴 여유가 없다는 점을 유념해주시기 바랍니다."

전화를 끊고 나서 제롬 팡도르는 사람들에게 치안국장의 대답을 그대로 전했다.

"앞으로 십오 분 후 아바르 씨가 이곳에 도착하겠답니다. 이제 십오 분 후면 우리는 사상 유례가 없는 흉악한 악당의 체포 현장을 두 눈으로 직접 목격하게 될 겁니다!"

젊은이의 과장된 호언장담에 바르베 씨가 다소 불편한 듯 비아냥대는 투로 대꾸했다.

"내가 보기엔 젊은 양반이 너무 앞서나가는 것 같구려…… 아직은 모든 것이 모호하기만 한데 벌써부터 체포 얘기가 나오다니……"

순간 제롬 팡도르는 박장대소를 터뜨렸다.

"하하하, 모호하다니요…… 지금 이 상황에 뭐가 그리 모호하단 말씀인가요?"

신문기자가 워낙 자신만만한 태도로 반문하는 터라 바르베 씨는 그만 당황하는 기색을 감추지 못하고 더듬거릴 수밖에 없었다.

"그야…… 말이 그렇다는 거죠…… 그런데 팡토마스가 저지른 각종 범죄 행각의 동기가 제각각 무엇인지 당신은 알고 있습니까?"

그에 대한 대답에는 쥐브가 대신 나섰다.

"오, 그거야 전혀 어려운 문제가 아닙니다! 우선 비브레 남작부인은 파산을 했고 실제로 자살을 결행했습니다. 그 이유는, 외람된 말씀이지만, 두 분께서 그녀에게 권고한 주식 관리 조치가 제대로 맞아떨어지지 않았기 때문이지요. 결국 그녀는 독극물을 마셨고, 자크 돌롱의 곁에서 마지막 숨을 거두려고 했습니다. 아마도 남몰래 애정을 품고 있었기 때문이 아닌가 싶습니다만…… 한데 운명의 장난인지, 바로 그날 저녁 범인들이 그 젊은 화가의 집에 난입하고 만 겁니다. 그들은 여자의 시신을 통해 일종의 알리바이를 꾸미기에 이르렀고, 수사에 혼선을 초래하기 위한 연출을 시도했지요. 즉 젊은 화가를 비브레 남작부인의 살해범으로 몰아감으로써 그가 범행에 대한 부담을 이기지 못해 자살 시도를 한 것으로 상황을 꾸민 겁니다…… 하지만 유감스럽게도 돌롱은 체내에 독이 퍼지기 전에 발견되었고, 현장에서 체포되었죠. 그쯤 되면 범인들이 얼마나 기겁을 했을지 다들 짐작이 가실 겁니다…… 왜냐하면 돌롱이 범인들을 목격했기 때문이지요…… 때가 되면 그가 증언을 할 수도 있다는 얘깁니다…… 실제 범인들이 누구인지 지목하는 것이죠…… 결국 그대로 두고 볼 수는 없는 상황…… 아마도 돌롱을 죽여야만 뒤탈이 없겠다는 생각을 했을 겁니다!"

"하지만 여기저기 지문이 남아 있는 걸로 봐선 자크 돌롱이 아직 살아 있는 것 아니겠습니까?"

바르베 씨의 거듭되는 질문에 팡도르가 다시 대답했다.

"그들은 분명 자크 돌롱을 살해했습니다! 그것은 자크 돌롱이 죽은 채 발견되었기에 이미 확정된 사실이라 할 수 있어요. 그들은 자크 돌롱을 살해한 뒤, 경찰이 죽은 사람을 체포할 수는 없다는 점에 착안하기 시작했습니다. 결국 죽은 자를 자신들의 패거리 중 일원으로 삼기에 이르렀습니다. 그런 다음 벌어진 일이 바로 다니도프 대공비가 목걸이를 도난당한 사건이었죠. 범인으로 지목된 자는 자크 돌롱이었고요……"

"말로 안 되는 소리!"

낭퇴유 씨가 내뱉은 한마디를 팡도르는 곧장 되받아쳤다.

"아뇨, 확고부동한 사실입니다, 낭퇴유 씨…… 카트르셉탕브르 가에서 벌어진 엄청난 탈취사건의 범인으로 지목된 자 역시 자크 돌롱이지요. 그 충격적인 사건은 자칫 두 분의 은행을 파산으로 몰고 갈 뻔했습니다. 다행히 완벽하게 보험 처리가 되어 두 분은 전혀 손해를 입지 않았고, 오히려 그 일로 인해 적잖은 이득을 챙기기까지 했습니다! 여기서 한 가지 덧붙여 말씀드리고 싶은 건, 만약 제가 절도단의 일원이라면 어떻게든 두 분과 접촉

해서 도난당한 금괴를 놓고 한판 거래를 제의했을 거라는 점입니다. 어차피 자기들로선 그런 금괴를 시장에 내놓고 처분하기가 곤란할 테니, 잃어버린 주인에게 되팔아 간단히 처리할 생각을 할 만도 하겠죠. 이때 만약 위조지폐로 그 금괴들을 다시 사들인다면, 결국 그로 인한 이득은 모조리 두 분 몫이 되는 셈입니다!"

낭퇴유 씨는 실소를 흘리며 대꾸했다.

"정말 칭찬해드릴 만한 유머감각이로군요, 팡도르 씨!"

"칭찬해주신다면 저야 고맙죠! 어쨌든 크게 한 건 건진 범인들은 엘리자베스 돌롱이 소지하고 있는 껄끄러운 문서 하나를 까마득히 잊고 있었다는 걸 뒤늦게나마 기억해냅니다. 그들은 즉시 죽은 자크 돌롱을 해결사로 보내 문서를 회수해오게 했지요. 자크 돌롱은 자기 누나인 엘리자베스 돌롱을 살해하려고 했지만, 절체절명의 순간 제가 들이닥쳐 창문을 열고 환기를 시킴으로써 그녀의 생명을 구합니다!…… 그러는 와중에 주식시장에서는 일련의 수상쩍은 동향이 감지됩니다. 공교롭게도 만약 토므리 씨가 실종되면 바르베낭퇴유은행이 떼돈을 벌게 되는 애매한 상황이 벌어진 것이죠…… 범인들은 먼저 방해가 되는 공범 하나를 서둘러 처치합니다. 다름아닌 라페 가의 하숙집 사환 쥘이 그렇게 희생되고 말지요. 그러고는 돌롱을 보내 토므리를 살해합니다! 이제 범인들은 황금으로 넘쳐나는 두 분의 은행을 털기로 하지요. 이 마지막 절도사건이 아니라면, 토므리 주식을 관리하는 두 분의 은행이 전날까지 산정된 주가 차액을 투자자들에게 고스란히 배상해야 하는 상황이 오는 거구요. 그런 마당에 토므리의 죽음은 두 분에겐 더없이 큰 보탬으로 작용한 셈입니다…… 두 분의 은행은 토므리 앞으로 상당액의 대차상황을 확보하고 있는데, 만약 그가 죽지 않고 살아 있다면 그동안 선매한 주식 값을 지불해야만 할 상황이었거든요. 그렇게 되면 그가 실종된 사실만으로 벌어들인 것 이상의 손실을 보게 되는 셈이지요. 이 정도면 두 분께선 자크 돌롱이 저지른 범행에 대해 무척 고맙게 생각해도 될 것 같은데…… 어떻습니까?"

신문기자의 마지막 말이 떨어지기가 무섭게 낭퇴유 씨가 자리에서 벌떡 일어났다. 그는 팡도르에게 뚜벅뚜벅 다가오더니, 부들부들 떠는 목소리로 말했다.

"이보시오, 팡도르 씨. 보아하니 당신은 돌롱 사건을 아주 이상한 방식으로 설명하고 있군요! 그 화가가 죽었다고 단언하면서도 마치 살아 있는 것처럼 이야기를 하고 있어요. 어쨌든 당신이 무얼 말하는지는 알겠소이다! 솔직히 말해서 당신이 방금 발언한 내용은 정신 나간 소리로밖에는 들리지 않아요…… 범행 하나하나를 우리 은행과 결부시키고 있지 않소!"

하지만 팡도르는 은행가를 진정시키면서 이렇게 해명했다.

"부디 고정하시기 바랍니다, 낭퇴유 씨. 앞서 언급한 모든 범행들로 인해 당신들에게 이익이 돌아간 것은 사실입니다. 위험천만한 자산관리 때문에 당신들을 상대로 소송을 걸 뻔했던 비브레 남작부인의 경우부터 주식하락을 초래해 결과적으로 당신들한테 이익을 가져다준 토므리 사건에 이르기까지 말입니다…… 물론 당신이 팡토마스도 아니요, 자크 돌롱도 아니며, 문제의 지문을 모방할 리도 없으니, 이 모든 것은 단순한 우연의 일치일 겁니다! 그럼에도 제가 이렇게 이야기한 것은 아주 제한된 환경 내에서 벌어진 그 모든 사건들이 일관된 흐름을 보인다는 점, 그 속에 당신들 두 분이 적지 않게 연루되어 있다는 점을 지적하기 위함이었습니다. 요컨대 제 얘기는……"

제롬 팡도르는 얘기를 하다 말고 문득 말을 멈추었다.

"들립니까? 누가 계단을 올라오고 있어요. 아바르 씨인 모양입니다!"

순간, 바르베 씨와 낭퇴유 씨는 안달난 사람들처럼 허겁지겁 문 쪽으로 다가갔다. 신문기자는 평소 툭하면 나오는 장난기 섞인 투로 이렇게 덧붙였다.

"어허, 움직이지 마십시오! 두 분 다 그대로 계세요…… 이왕이면 지금 오시는 저 양반이 체포할 자가 이곳을 휘저었던 그 상태 그대로 손님맞이를 하자구요!"

아니나 다를까, 잠시 후 긴박하게 오가는 말소리가 문 너머에서 들려왔다. 아바르 씨는 열쇠공에게 어서 문을 따라고 다그치고 있었다. 마침내 문이 열리자, 치안국장이 불쑥 들어와 곧바로 신문기자 앞으로 다가오더니 급하게 말을 쏟아냈다.

"그러지 않아도 지금까지 팡도르 당신이 진행해온 조사를 샅샅이 추적하고 있었소! 아니, 쥐브 당신도 여기 있었던 거요?…… 자, 자, 아까 그 난데없는 전화 통화 이후에 벌어진 상황 설명이나 어서 들어봅시다! 대체 어떻게 된 겁니까?"

제롬 팡도르는 치안국장이 들이닥치는 바람에 중단됐던 얘기를 다시 이어가려는 듯 잠시 뜸을 들인 뒤 입을 열었다.

"아바르 씨, 요컨대 제 얘기는 살인범이 이 방에 들어왔고, 아직 나가지 않은 상태라는 겁니다…… 그가 여기 있어요……"

"이 방안에 말입니까?"

아바르 씨는 한 번 휙 둘러보는 것만으로 이미 두 은행가와는 눈인사까지 마친 상태였다. 치안국장의 반문은 팡도르가 듣기에 분명 '무슨 헛소리냐'는 투였다.

"네, 그렇습니다! 그가 이 방에서 나갔을 리가 없거든요. 이제 곧 그 점을 직접 확인하시게 될 겁니다. 낭퇴유 씨, 죄송하지만 이 건물 2층의 도면을 그려주실 수 있겠는지요?"

은행가는 아무 말 없이 구석에 있는 탁자로 가서 앉았다.

"얼마든지요……"

그는 2층에 자리잡은 각종 공간의 배치 상태를 대강 그려가기 시작했다.

"이 정도면 되겠습니까?"

은행가의 말이 떨어지기가 무섭게 얼른 탁자 쪽으로 다가가는 팡도르…… 겉보기와는 달리 다소 흥분한 상태였는지 발을 헛디뎠고, 자칫 넘어질 뻔한 것을 손으로 탁자를 짚어 겨우 모면했다. 한데 그 바람에 탁자에 있던 잉크병이 엎어지면서 검은 잉크가 왈칵 쏟아지는 것이었다!

"아니, 이런!……"

낭퇴유 씨는 외마디소리와 함께 본능적으로 몸을 뒤로 빼면서 잉크가 묻지 않도록 두 손을 번쩍 쳐들었다.

"팡도르 씨, 이건 또 무슨 짓입니까?"

신문기자가 그 누구도 예기치 못한 전광석화 같은 동작을 선보인 것은 바로 그때였다. 그는 상대가 눈치챌 틈도 없이 상대의 오른손을 낚아채고는 강제로 잉크를 묻힌 뒤, 곧바로 탁자 위에 놓인 압지에다 지문을 찍었다!

얼떨결에 찍힌 은행가의 지문을 예리하게 응시하던 팡도르, 느닷없이 압지를 머리 위로 치켜들고는 마치 깃발처럼 흔들어대는 것이었다.

그건 다름아닌 자크 돌롱의 지문이었다!

낭퇴유 씨의 손가락에서 방금 자크 돌롱의 지문이 나온 것이다……

팡도르의 갑작스러운 행동은 모두에게 충격 그 자체였다.

긴장된 침묵을 맨 먼저 깬 사람은 쥐브였다.

"브라보! 브라보!"

그는 호들갑스럽게 소리치면서, 와락 껴안을 듯 신문기자에게 다가갔다.

그런가 하면 아바르 씨는 난감한 표정을 감추지 못하며 낮은 목소리로 중얼거리고 있었다.

"영문을 모르겠군. 당최 모르겠어……"

그에 비해 바르베 씨와 낭퇴유 씨는 왠지 모르게 착 가라앉은 분위기였다.

마침내 바르베 씨가 자리에서 일어나 동업자를 향해 내뱉었다.

"내 이렇게 될 줄 알고 있었지…… 잘 있게!"

그는 지체 없이 허리춤에서 예리한 단도를 꺼내 자신의 가슴팍에 깊숙이 박아넣었다!

기겁을 한 사람들의 비명소리……

쥐브가 얼른 무릎을 꿇고 쓰러진 사람을 살피는 가운데, 치안국장은 낭퇴유 씨의 반응을 한순간도 놓치지 않고 있었다.

"살았는지 죽었는지 모를 자크 돌롱이 바로 여기 계셨구만…… 이자가 바로 그 유명한 팡토마스였어……"

나지막하게 으르렁대는 치안국장 앞에서 낭퇴유 씨는 여전히 대담무쌍한 태도였다.

"지금 나를 체포하시겠다는 겁니까? 이 따위 지문 때문에? 이

건 저 신문기자의 농간일 따름입니다! 다시 지문을 찍어보십시오! 과연 내 손에서 그 같은 지문이 나올 수 있는지 정확히 확인해보란 말입니다!"

그는 버럭 소리치면서 압지 쪽으로 손을 쓱 내밀었다.

제롬 팡도르가 그 앞으로 바짝 다가서며 딱 부러진 목소리로 말했다.

"그래봤자 소용없어! 당신의 일거수일투족을 죄다 지켜보고 있었으니까……"

그는 은행가의 옷소매를 거칠게 뒤집어, 그 속에 돌돌 말려 있는 얇은 막 같은 물질을 끄집어냈다. 조심스레 펼쳐보니 희한하게도 장갑처럼 보이는 형체가 드러났다!

"이게 무엇인지 아시겠습니까, 아바르 씨? 다름아닌 사람의 피부입니다! 기가 막힌 솜씨로 벗겨낸 사람 살갗 말입니다! 피부 주인의 모든 특색을 고스란히 간직할 만큼 정교하게 벗겨낸 것이죠…… 물론 지문도 포함해서 말입니다! 자, 이쯤 되면 피부의 원래 주인이 누구인지 대충 짐작하시겠죠? 과연 어느 시신으로부터 벗겨낸 피부일까요?"

아바르 씨의 얼굴은 이제 백지장을 방불케 할 만큼 하얗게 질려 있었다.

"그럼…… 그게 자크 돌롱의…… 손가죽이라, 이거요?"

우물우물 더듬대던 아바르 씨는 잠시 입을 벌린 채 멍하니 있더니, 간신히 말을 이었다.

"말도 안 돼…… 죄다 미친 소리야! 어떻게 그런 상상을 할 수가 있지?……"

"생각보다 간단합니다! 적어도 팡토마스 정도의 악당이라면 인체 측정법 같은 탁월한 과학적 방법이 범죄자에게 얼마나 치명적인지 익히 알고도 남지요. 어쩌다 남긴 지문 하나만으로도 범인이 무사히 빠져나갈 가능성은 제로라는 걸 누구보다 잘 알고 있을 겁니다. 이에 그는 과연 범죄의 천재답게 인체 측정법을 피해갈 뿐 아니라, 그걸 역이용하겠다는 대범한 발상을 하게 된 거죠. 결국 범행에 임할 때마다 주도면밀하게도 자크 돌롱의 손 가죽 장갑을 착용함으로써 경찰의 추적을 피할 뿐 아니라 아예 죽은 사람을 뒤쫓게 만들어버린 겁니다!"

"아주 소설을 쓰시는구려, 팡도르 씨……"

낭퇴유가 계속해서 부인하려 들자 팡도르는 그를 정면으로 쏘아보며 노골적으로 빈정대기 시작했다.

"어허, 저런…… 천하의 팡토마스께서 부인해봤자 소용없는 걸 죽자고 부인해서야 체면이 서나! 물론 나는 당신의 그 놀라운 솜씨에 찬사를 보내는 바올시다! 당신의 대범한 속임수와 간교한 수완은 그야말로 상상을 초월하는 수준이오. 충분히 당신 스스로 자부심을 가질 만해요. 나로 말할 것 같으면, 이 모든 걸 내 머릿속에서만 상상한 건 결코 아니었소. 아까 이 방에서 당신이

참 당신답지 못하게 내 옷깃에 손자국만 남기지 않았더라도 지금껏 이런 생각은 꿈도 꾸지 못했을 거외다…… 아무도 나가지 않았으니 범인은 당연히 방안에 있을 터…… 그렇다면 이 방안의 누군가는 반드시 돌롱의 지문을 가지고 있겠구나 하는 생각 말이오! 그런데 남의 지문을 어떻게 가질 수 있느냐…… 맙소사! 생각이 거기까지 미치자 어쩔 수 없이 손가죽 장갑 같은 해괴망측한 아이디어가 머릿속에 떠오르더라, 이겁니다!"

제롬 팡도르는 이제 치안국장을 돌아보며 단호한 투로 말했다.

"아바르 씨, 비브레 남작부인은 바르베낭퇴유은행 주도로 행해진 주식 투기의 여파로 자살했든지, 저들 손에 직접 독살되었든지, 둘 중 하나입니다. 어쨌든 그녀의 갑작스러운 사망은 은행 입장에서 큰 위협이 될 수 있기 때문에 시신이 자크 돌롱의 거처로 옮겨지게 된 것이지요. 아울러 저들은 의혹을 딴 데로 돌리기 위해 화가마저 독살하려고 시도했습니다. 아시다시피 자크 돌롱은 간신히 죽음을 모면했고요…… 이제 그는 매우 위협적인 증인 입장이 된 셈입니다! 한데 누구인지는 아직 밝혀지지 않았지만 저들과 공범관계인 한 교도관이 자크 돌롱을 감방 안에서 살해하고 말지요. 저들은 그 시신에서 손만 잘라 향후 자신들이 저지를 살해의 도구로 활용해온 겁니다…… 자크 돌롱은 제가 늘 말씀드렸다시피 애초부터 저세상 사람이었습니다. 지금까지 모든 범행은 바로 저 낭퇴유가 저지른 것이죠. 우리는 오로지 지문

하나만 믿고 그 모든 것을 가엾은 자크 돌롱의 소행으로 의심했던 겁니다! 아까도 말씀드렸지만, 물론 모든 범행은 하나같이 바르베낭퇴유은행에 적잖은 이익을 안겨왔고 말이죠……"

신문기자가 조목조목 짚어내는 폭로의 내용 앞에서 더이상 반박할 엄두가 나지 않는지, 낭퇴유는 아무 말도 못하고 우두커니 지켜보고만 있었다. 그런가 하면 급히 침대에 눕혀놓은 바르베는 이내 숨을 거두었고, 쥐브는 젊은 친구의 일장 연설에 가끔씩 끄덕이는 고갯짓으로 응원을 해주고 있었다. 마지막으로 제롬 팡도르는 낭퇴유를 진범으로 확신하게 된 결정적 동기와 정황을 더없이 차분한 어조로 풀어내기 시작했다.

"아바르 씨, 아까 전화를 드렸을 때, 이미 저는 이후의 체포 상황을 명확히 예상하고 있었습니다. 옷깃에 돌롱의 손자국이 찍힌 직후부터 아무도 이 방을 나가지 않았으니까요. 사실 지금 이곳에 있는 사람들의 지문이 어떤지 저는 사전에 파악해두고 있었습니다. 그럼에도 불구하고 누군가 자신의 지문을 돌롱의 지문으로 바꿀 수 있었다면, 과연 그 방법이 무엇일지 곰곰이 따져보았지요. 요컨대 필요에 따라 자기 손가락에 남의 지문을 덧씌운다는 얘긴데…… 끔찍하지만, 그건 결국 남의 손가죽을 벗겨내 장갑처럼 착용함으로써 해결되는 것 아닌가 하는 생각이 들더군요. 자크 돌롱의 손가죽으로 장갑을 만들어 낀다는 얘깁니다! 아니나 다를까, 낭퇴유 씨는 왠지 고집스럽게 두 손을 등뒤로 감추고 있더군요. 그래서 단박에 그가 돌롱 역할을 한 범인이라고 짐작했습니다. 그러고는 손가죽 장갑을 벗지 못하도록 계속해서 상황을 유도했죠. 국장님이 보는 앞에서 지문을 채취해야 했으니까요…… 마침내 혼란스러운 틈을 타 지문을 확보하자, 뒤늦게나마 낭퇴유는 장갑을 벗어버린 겁니다. 막상 벗고 나면 돌돌 말아 담배 한 개비 정도밖에는 안 되는 크기죠…… 그걸 어디에 던져버리는 건 너무 위험할 테니, 생각 끝에 소매를 바로잡는 척하면서 슬그머니 그 접힌 부분에 밀어넣더군요. 그와 동시에 장갑을 벗은 맨손에 잉크까지 묻혀 치밀하게 속임수를 은폐했고 말이죠. 문제는 그 모든 행위를 제가 하나도 빠뜨리지 않고 모조리 지켜보고 있었다는 사실입니다! 아바르 씨, 지금 저는 단순히 가짜 자크 돌롱을 고발하고 있는 것이 아닙니다. 쥐브와 저는 범인이 바로 악명 높은 팡토마스와 동일 인물이라는 사실까지 간파한 상태입니다! 저기 보이는 저 복면이 움직일 수 없는 증거물이죠…… 자, 아바르 씨, 이제 저 인간을 체포하는 일만 남은 셈입니다!"

그야말로 불안한 긴장감이 극에 달하는 순간이었다!

쥐브와 팡도르는 결정적으로 다가온 승리 앞에서 서로 말없는 포옹을 나누려 하고 있었고, 아바르 씨는 주춤주춤 뒷걸음질치는 낭퇴유에게 한 발 한 발 다가서며 이렇게 말하고 있었다.

"팡토마스, 법의 이름으로 당신을 체포……"

하지만 딱 거기까지였다!

낭퇴유는 갑자기 뒤로 훌쩍 몸을 날리면서 벽면을 따라 이어진 목재 쇠시리 어딘가를 손으로 짚었다. 그 순간 아바르 씨가 눈에 보이지 않는 장애물에 걸려 발을 헛디딘 것처럼 그 자리에 엎어지고 마는 것이었다.

쥐브와 팡도르는 얼른 다가가 부축하려 했지만, 이번에는 팡도르가 똑같이 그 자리에 엎어졌다.

"제기랄, 이건 또 뭐지?……"

악을 쓰며 움직이려 하는 쥐브 형사…… 이상하게도 두 발이 바닥에 못박힌 것처럼 꼼짝할 수가 없었다. 그러는 사이 팡토마스는 엎어진 아바르 씨를 훌쩍 뛰어넘어 쏜살같이 문밖으로 뛰쳐나갔다. 그의 등뒤로 요란하게 문이 닫힌 다음에도 통쾌한 웃음소리가 한동안 방안까지 들려오고 있었다……

"아…… 귀신이 곡할 노릇이로군……"

아바르 씨가 탄식을 내뱉자 쥐브는 고래고래 소리를 질렀다.

"구두부터 벗으세요! 구두를 벗어야 합니다!"

쥐브는 이미 권총을 빼든 채 맨발로 문을 박차고 뛰어나가 악당의 뒤를 쫓고 있었다.

한데 막상 건물 출입구에 다다르자, 아바르 씨가 데리고 온 경찰관들이 아무 일도 없는 듯 삼삼오오 모여 잡담을 나누고 있는 게 아닌가! 그들은 건물을 나선 사람이 아무도 없다고 했다. 실제로 바깥 어디로 눈을 돌려도 개미 한 마리 얼씬거리지 않았다. 팡토마스는 눈 깜짝할 사이에 그야말로 연기처럼 사라져버린 것이다! 결코 붙잡히지 않는다는 그의 명성이 다시 한번 현실로 입증된 셈이었다.

아직도 넋 나간 사람처럼 어리둥절해 있는 아바르 씨와 팡도르에게 쥐브는 어떻게 된 상황인지 정리해주었다.

"따지고 보면 간단한 일입니다. 팡토마스가 뭔가를 손으로 짚는가 싶더니 아바르 씨가 곧장 넘어졌거든요…… 그 순간 아차 싶더군요!"

"또 무슨 이상한 장치가 있는 거죠?"

"그렇다네, 팡도르. 건물 바닥에 전류가 흐르도록 장치를 해놓았던 거야…… 이미 오래전부터 이런 상황을 예상하고 이 방 마룻바닥 밑에 기상천외한 전자석 장치를 깔아놓은 거지. 놈은 아바르 씨가 자기 쪽으로 다가오자, 이젠 더이상 시침떼는 걸로는 상황을 타개할 수 없다고 판단해서 곧바로 전자석 장치를 가동시킨 거야. 그 순간 아바르 씨와 자네와 나 모두 구두에 박힌 쇠못 때문에 바닥에 흐르는 강력한 자기로부터 벗어날 수가 없었던 거네. 놈은 물론 이런 상황을 대비해 자신의 구두만큼은 바닥이 절연 소재로 된 것을 골라 신었을 테고……"

설명을 들은 아바르 씨와 팡도르는 할말을 잃은 표정이었다. 방금 전까지만 해도 팡토마스를 완전히 옭아맸다고 확신했건만.

가공할 범죄자를 드디어 잡아 가둘 수 있게 되었다고 철석같이 믿었건만…… 또 이렇게 두 눈 멀쩡히 뜬 채 놓치고 말다니! 이루 형언할 수 없는 자괴감에 눈물마저 핑 도는 듯했다.

"아무래도 우리한테 마魔가 낀 것 같습니다…… 이번에는 정말 우리 쪽의 실책이라고 할 만한 것이 없지 않았습니까! 그런 장치까지는 도저히 예상할 수 없었어요!"

애가 타다 못해 볼멘소리를 늘어놓는 팡도르…… 낮은 목소리로 또 이렇게 중얼거리고 있었다.

"아, 가엾은 엘리자베스…… 동생의 살인자를 놓쳐버렸다는 얘기를 어떻게 해야 하나?……"

28
용기를 내자!

"닭 요리 좀 들겠나?"

"아뇨, 됐습니다. 배고프지 않아요……"

"그래도 뭐든 먹어야지!"

"당신은 먹을 것이 입에 들어갑니까?"

"젠장, 나도 마찬가지야……"

"그것 봐요……"

'프장그라'* 레스토랑 2층에 위치한 별실에서 두 남자는 음식만 시켜놓고 도통 손을 못 대고 있었다. 멍한 눈빛으로 허공만 응시하고 있는 쥐브와 팡도르. 완전히 의기소침해서 만사가 다

* '살찐 꿩'이라는 뜻.

귀찮기만 하고 지쳐빠진 상태였다.

갑자기 팡도르가 흐느껴 울기 시작했다. 쥐브는 미간을 잔뜩 찌푸린 채 입술을 깨물며 그 모습을 안타깝게 지켜보고 있었다.

몇 시간 전, 집에 귀가한 팡도르는 검정 테를 두른 봉투 하나가 배달되어온 것을 발견했다. 한데 거기 적힌 주소의 필체가 그를 소스라치게 만들었으니, 다름아닌 엘리자베스 돌롱이 직접 쓴 편지였다! 신문기자는 부리나케 봉인을 뜯고 내용을 읽기 시작했다.

며칠 전부터 지긋지긋하게 두 사람을 괴롭혀온 일련의 불행한 사태들 때문에 그는 뭔가 또다른 재앙이 닥친 건 아닌가 지레 겁부터 집어먹지 않을 수 없었다. 다행히 처음 몇 줄은 여자에게 별다른 일은 일어나지 않고 있다는 내용으로, 마음을 놓게 하는 분위기였다. 한데 점점 읽어갈수록 급하게 써내려간 티가 역력한 사연이 여지없이 남자의 가슴을 갈가리 찢어놓는 것이었다.

엘리자베스는 이렇게 쓰고 있었다.

아무래도 저는 미쳐버릴 것 같습니다…… 네, 저는 당신을 사랑했어요! 어제만 해도 저는 기꺼이 당신의 아내가 되리라 생각하며 행복에 겨워하고 있었습니다. 그런데 당신이 보낸 편지와 함께 도착한 또다른 편지에서 저는 그만 끔찍한 사실 하나를 알게 된 거예요!

명확한 증거까지 제시하면서 어떤 사실 하나를 폭로하는 내용이었습니다…… 물론 제가 당신을 욕하거나 저주할 권리는 없습니다. 그럴 힘도 없고 말이죠…… 다만 제가 당신과 결혼할 수 없다는 것만은 분명해졌네요! 왜냐하면 제롬 팡도르 당신은 바로 샤를 랑베르이니까요!……*

그 대목에 이르렀을 때 팡도르는 세상이 핑글 도는 느낌이었다. 금방이라도 쓰러질 듯 휘청거리는 가운데, 끔찍한 과거의 무게, 자신은 어디까지나 무고하지만 그렇다고 결코 떳떳할 수만도 없는 과거의 무게가 한순간 어깨를 짓누르는 기분이었다.

"팡토마스…… 팡토마스가…… 앙갚음을 한 거야……"

가엾은 젊은이는 당황한 표정으로 자신을 바라보는 관리인 아주머니 앞에서 결국 바닥에 쓰러져 실신하고 말았다.

그런가 하면 쥐브는 은행가(모두가 냉퇴유로 알고 있지만 그와 팡도르에게만은 팡토마스인) 냉퇴유의 기상천외한 탈주극에 속수무책으로 유린당한 직후 한 통의 전보를 받았는데, 충격적인 상황이 발생했을 경우에만 나서는 치안국 보안 책임자 아니옹 씨가 보낸 것이었다.

---

* 팡토마스 시리즈 1권 『팡토마스』 참조.

그런 우스꽝스러운 상황에서 신분을 노출시키고도 중요한 범인 체포를 그르치다니 심히 유감이오.

지극히 간명하면서 분명한 메시지였다. 약이 올라 하얗게 질린 얼굴로 두 주먹을 아프도록 불끈 쥐는 쥐브……

쥐브와 팡도르 두 사람은 전혀 식욕을 못 느끼는 채로 요리를 앞에 두고 몇 시간이고 앉아, 자신들을 비참하게 만든 참담한 상황들을 머릿속에서 곱씹고 있었다.

지금의 그들 처지는 아랑곳하지 않고 굴러가는 듯한 이 세상, 이 거대한 망망대해에 쓸쓸히 버려진 부유물들처럼 두 사람은 서로를 멀뚱하니 바라보았다. 그러다 문득 누가 먼저랄 것도 없이 서로를 포옹하며 다독이기 시작했다.

"무엇보다 괴로운 건 사랑으로 인한 고통 같아요……"

팡도르가 여전히 울먹이는 목소리로 중얼거리자, 쥐브는 고개를 설레설레 가로젓더니 비장한 어조로 이렇게 대꾸했다.

"아니야…… 가장 혹독한 상처는 뭐니뭐니해도 자존심에 난 구멍이라네!"

그렇게 한동안 서로의 등을 다독이며 포옹을 풀지 않던 두 사람…… 갑자기 정신이 퍼뜩 든 것처럼 거의 동시에 이런 생각을 하는 것이었다.

'오냐, 게임이란 이길 수도 질 수도 있는 법! 지나치게 승부에 구애받는 것 또한 또다른 패배가 아니겠는가!……'

"이보게, 팡도르!"

"네, 쥐브!"

"다시 용기를 내야지?"

"그래야죠!"

"좋아, 젊은이! 이제 지난 일은 깨끗이 잊고 다시 힘차게 출발하는 거야! 분명히 말하지만 팡토마스를 쫓는 싸움은 이제 막 시작된 거나 다름없으니까……"

(4권으로 계속)

옮긴이 해설 3

팡토마스와 아방가르드 지식인들

어떤 문학작품이 폭넓은 대중적 호응과 더불어, 작가나 예술가들을 포함한 지식인 계층의 전폭적인 관심과 지지까지 함께 누린다는 것은 분명 흔한 현상이 아니다. 벨에포크 시대를 기점으로 이십여 년 남짓 전 유럽을 휩쓴 팡토마스 시리즈 열풍은 그런 점에서 범죄추리소설의 역사 안에서도 매우 주목할 만한 사례로 평가받는다. 1권의 해설에서 잠깐 언급한 대로, 블레즈 상드라르, 기욤 아폴리네르, 막스 자콥, 장 콕토, 로베르 데스노스, 에른스트 뫼르만 그리고 무엇보다 초현실주의자들이 팡토마스 시리즈에 열광했고, 후안 그리스, 이브 탕기, 막스 에른스트, 빅토르 브라우너, 르네 마그리트 등 당대의 전위예술가들이 팡토마스라는 캐릭터로부터 적극적으로 영감을 얻어 작품을 창조했다. 팡토마스 시리즈의 두 작가 수베스트르와 알랭이 위에 언급한 예술가들과 이렇다 하게 교류했던 것도 아니며, 팡토마스 영화 5부작을 감독한 푀야드 감독의 성향이 아방가르드적이었던 것 또한 결코 아니다. 애당초 대중적 인기를 겨냥하여 범죄추리물로 고안된 팡토마스 시리즈의 과연 어떤 점이 문학과 예술의 최첨단을 표방하는 아방가르드 진영 지식인들을 그토록 매료시킨 것일까?

이 문제와 관련해서는, 20세기 초 전위예술가들이 공유하고 있던 의식세계를 살펴보는 가운데 해답을 찾는 것이 가장 효과적일 것이다. 1925년 9월 2일 앙드레 마송이 앙드레 브르통에게 보낸 편지*에는 당시 초현실주의자들 사이에 공감대로 자리한 당면 과제가 이렇게 명시되어 있다.

> 우리는 서구문명이 만들어낸 지금의 삶이 더이상 존재 이유를 갖지 못한다고 부르짖는 몇 안 되는 사람들입니다. 이제 새롭고 심오한 존재 이유를 찾아 우리 내면의 밤을 파고들어야 할 때이지요.

이 두 문장은 무엇보다도 지난 세기, 더 정확하게는 제1차세계대전 이전까지의 과거로부터 단호히 결별할 필요성과 새로운

---

* 『초현실주의 연감』, 라 마뉘팍튀르, 1990.

시대정신, 미래의 삶으로 나아가려는 갈망을 동시에 적시한 것으로 읽힌다. '과거와의 결별'과 '미래의 발견'으로 요약되는 이러한 정신자세는 사실 세계대전을 겪기 이전부터 이미 예술가들 사이에 고개를 들기 시작하고 있었다. 기욤 아폴리네르는 1912년에 쓴 「지대地帶」*라는 장시에서 그와 같은 의식세계를 이렇게 표출했다.

마침내 너는 이 낡은 세상에 질렸다 (…)
너는 소리쳐 노래하는 전단 카탈로그 벽보를 읽는다
오늘 아침 그것들은 시詩다 산문散文으로는 신문과
25상팀짜리 잡지를 가득 채운 각종 범죄 사건들
거물급 인사의 신상명세와 가지각색 기사 제목들이 있다

앞의 '너'는 에펠탑이고 뒤의 '너'는 시인 자신이다. 그리스로마 문화의 전통을 이어오는 서구세계에 대해 현대의 상징물인 에펠탑이 내지르는 것은 권태의 탄식이다. 19세기 상징주의의 박제된 미학을 탈피해 오늘의 정서가 추구하는 시정詩情은 현실의 박진감이 그대로 살아 있는 우연과 현전現前의 언어에 있다. 어떤 유파에도 소속되길 거부하고 평생을 자유롭게 떠돈 블레즈

* 기욤 아폴리네르, 『알코올』, 갈리마르, 1913.

상드라르는 「팡토마스」*라는 시에서 그 점을 더욱 간결하게 표명한다.

우리는 아직도 공통점이 많다
나는 감옥살이를 했다
나는 부정하게 벌어들인 재산을 써버렸다
나는 루브르의 소장품들보다 더 유쾌한 각양각색의 우표들을 12만 장 넘게 알고 있다.

이 시에서 '루브르의 소장품들' vs '각양각색의 우표들'의 대조는 「지대」에서 '이 낡은 세상' vs '전단 카탈로그 벽보 (…) 신문과 25상팀짜리 잡지'의 대조에 정확히 오버랩된다. 역시 '과거와의 결별'과 '현재 또는 미래를 향한 갈망'의 구도다. 요컨대, 시인이 팡토마스에게서 느끼는 공통점은 곧 과거를 벗어나고픈 현대인으로서 가질 수 있는 공감대와 다르지 않다. 이 점은, 아폴리네르와 함께 '팡토마스의 친구들'이라는 단체까지 조직한 막스 자콥의 다음 선언문을 들여다볼 때 더욱 명확해진다.**

* 블레즈 상드라르, 『시전집, 미발표작 41편 포함』, 1권, 드노엘, 2001.
** 막스 자콥, '팡토마스의 친구들 선언문' 제3부, 〈레 수아레 드 파리〉, 제26호, 1914년 7월-8월.

나로 말하자면 영웅이 필요했지.
몽테크리스토보다 멋들어진 영웅이.
이놈의 부르주아 시대에 절실한 건 숭고한 그 얼굴,
팡토마스가 그려내는 초상을 보고 싶은 거지. (…)
당대를 알기 위해 퀴퀴한 역사책보다 일간신문을 파고드는
모든 이에게 팡토마스는 생생히 살아 숨쉬는 존재거든.
팡토마스 당신이야말로 박력 넘치는 최고의 인생 교사.

과거의 영웅(몽테크리스토)을 뛰어넘는 현대의 영웅, '퀴퀴한 역사책'이 아닌 '일간신문'을 누비는 '살아 숨쉬는 존재'…… 이러한 현재성actuality과 현대성modernity이야말로 20세기 초 전위 예술가들에게 어필한 팡토마스의 대표적 이미지였다. 과거의 속박을 떨쳐내고 당대의 새로운 가치를 찾고자 몸부림치는 급진적인 지성知性의 눈에 팡토마스는 전에 없던 '현대인의 모델'로 인식되었던 것이다. 중요한 것은, 이런 인식의 근저에는 팡토마스의 '반항아적 근성', 나아가 '악마성'에 매료된 낭만주의적 감성이 자리한다는 사실이다. 낭만주의 전통에서, 사회의 주변부를 맴도는 범죄자의 캐릭터는 법의 속박을 깨트리고 기존 질서의 체제를 비웃는 아나키스트의 이미지를 구현함으로써, 반反순응주의 이데올로기의 결정체로 받아들여지기 일쑤였다. '범죄의 제왕'이자 '공포의 거장'인 팡토마스는 당시까지만 해도 선례가

없을 만큼 철저하게 악마적 성향을 체화體化하여,* 부르주아적인 대중은 물론 전위예술가들의 상상력에까지 신선한 충격과 매혹을 동시에 안긴 캐릭터였다.

초현실주의자들은 전후의 환멸로 곤두박질친 세상에 다시금 '마법'을 걸고자 하였고, 그 잿더미로부터 새로운 부활을 목도하고자 노력했다. 새로운 현실인 초현실로 나아가고자 하는 그들의 욕망이 현실과 비현실의 경계를 허무는 팡토마스의 무차별적 전횡에서 하나의 이상적인 모티브를 발견한 셈이다. 기존의 서구적 질서를 떠받치는 경직된 합리주의와 로고스에 작정하고 반기를 든 것 같은 강력한 안티히어로의 등장…… 초현실주의자들은 복면을 착용한 악당의 거침없는 반反도덕주의에 열광했고, 그 아나키즘과 절대화된 자유주의적 행동 양식이 자신들의 혁명적 의지에 부합한다고 보았다. 그들의 눈에 팡토마스의 전복적顚覆的이고 파괴적인 본질은 로트레아몽이 창조한 말도로르의 현대판 버전이나 다름없었을 터. 결국 새로운 세계의 창출을 갈망하는 전위예술가들의 들끓는 상상력이 팡토마스로 하여금 기존 세계의 정신적 틀과 윤리적 속박을 혁파할 현대적 아이콘으로 우뚝 서게 만들었다고 결론지을 수 있을 것이다. 팡토마스 시리즈

* 로캉볼, 지고마르, 아르센 뤼팽, 로빈 후드 등에서 보듯, 악당이나 범죄자가 픽션의 주인공이어도 결국엔 의적 스타일이거나 사회악에 대항하는 정의의 사도로 설정되는 것이 일종의 불문율처럼 여겨지는 오랜 풍토가 존속되어왔다.

탄생 50주년을 맞아 장 콕토가 발표한 다음 기고문은, 20세기 전반前半에 걸쳐 팡토마스의 신화가 지식인들은 물론 일반 대중에게 어떤 의미로 받아들여졌는지 그 핵심을 적확하게 짚은 글로 깊이 음미할 만하다.*

팡토마스는 규칙에 대한 철저한 반항과 지성知性을 뛰어넘는 본능적 용기로 우리 모두를 매료시킨다. 인간의 대담한 결단을 억제하고 천재의 현란한 분출을 틀어막으려는 위험천만한 지성의 농간을 훌쩍 벗어나 드높이 활공한다. 팡토마스를 통제할 수 있는 힘은 존재하지 않는다. 그의 거침없는 행보에는 어떤 주저함이나 가책도 찾아볼 수 없다. 보통 사람으로 하여금 모가지 부러질 걱정 없이도 단숨에 스스로를 초극할 수 있게 만드는 저 위대한 영웅주의를 우리는 그의 모습에서 확인한다.

팡토마스 선집에서 세번째로 번역 소개하는 작품 『죽은 자가 살인하다 *Le Mort qui tue*』는 원작 시리즈에서도 제3권에 해당한다. 1911년 4월에 처음 발표되었고, 1932년 6월에는 『팡토마스 복수하다 *Fantômas se venge*』로 제목이 바뀌어 다시 출간되

* 장 콕토, 〈르 피가로 리테레르〉, 1961년 7월 22일.

기도 했다. 이 작품은 수베스트르와 알랭이 '팡토마스 시리즈'를 쓰기 이전, 잡지 〈코뫼디아〉에 발표했던 『지문*L'empreinte*』이라는 소설을 리메이크한 작품으로 알려져 있다.* 얽히고설키는 범죄 행각들 속에서 팡토마스의 천재적인 발상이 돋보이고, 그의 존재와 경쟁하는 또다른 조직이 등장하는 가운데 기상천외한 사건들이 꼬리를 물고 이어진다. 팡도르의 풋풋한 연애가 시작된다는 점도 이 작품의 특징이다.

2014년 가을

성 귀 수

* 1권 해설 참조.

지은이 **피에르 수베스트르**
1874년 프랑스 플로믈랭 출생. 대학에서 법학을 전공한 후 파리 변호사협회에서 활동을 하던 중 피에르 드 브레즈라는 필명으로 소설집과 시집을 한 권씩 발표했다. 유명 신문에 기고를 했고 몇 편의 소설을 연재했다. 마르셀 알랭과의 공동 집필로 1911년부터 1913년까지 32편의 팡토마스 시리즈를 이끌어나갔다. 1914년 폐충혈로 사망했다.

지은이 **마르셀 알랭**
1885년 프랑스 파리 출생. 대학에서 법학을 공부하다 기자 생활을 했다. 피에르 수베스트르에 의해 글쓰기 재능이 발탁되어 함께 팡토마스 시리즈를 집필했다. 수베스트르의 사망 후 1926년부터 1963년까지 홀로 11편의 팡토마스 시리즈를 이어나갔다. 1969년 뇌충혈로 사망했다.

옮긴이 **성귀수**
시인. 전문번역가. 시집 『정신의 무거운 실험과 무한히 가벼운 실험정신』과 '내면일기' 『숭고한 노이로제』를 발표했으며 옮긴 책으로는 『오페라의 유령』 『적의 화장법』 『아르센 뤼팽 전집』 『꽃의 지혜』 『자살가게』 『반란의 조짐』 『매그레 시리즈(공역)』 『O 이야기』 등이 있다.

문학동네 세계문학
팡토마스 ❸ 죽은 자가 살인하다

초판인쇄 2014년 10월 23일 | 초판발행 2014년 10월 30일

지은이 피에르 수베스트르, 마르셀 알랭 | 옮긴이 성귀수 | 펴낸이 강병선
책임편집 김두리 | 편집 최정수 손예린 | 독자모니터 박미진
디자인 엄자영 이원경 엄혜리 | 저작권 한문숙 박혜연 김지영
마케팅 정민호 이미진 김은지 양서연 | 온라인마케팅 김희숙 김상만 한수진 이천희
제작 강신은 김동욱 임현식 | 제작처 한영문화사(인쇄) 경일제책사(제본)

펴낸곳 (주)문학동네
출판등록 1993년 10월 22일 제406-2003-000045호
주소 413-120 경기도 파주시 회동길 210
전자우편 editor@munhak.com | 대표전화 031) 955-8888 | 팩스 031) 955-8855
문의전화 031) 955-1927(마케팅) 031) 955-2691(편집)
문학동네카페 http://cafe.naver.com/mhdn

ISBN 978-89-546-2616-3 04860
978-89-546-1763-5 (전5권)

www.munhak.com